KB006230

엘리아냥 장편소설

악당의 누나는
오늘도
고통받고

악당의 누나는 오늘도 고통받고 1

엘리아냥 장편소설

초판 1쇄 찍은 날 | 2020년 2월 21일
초판 2쇄 펴낸 날 | 2020년 10월 8일

지은이 | 엘리아냥
펴낸이 | 권태완 우천제

편집책임 | 유안진
편집 | 박가연 박은정 손혜진 심성경 장현아

펴낸곳 | (주)케이더블유북스
등록번호 | 제25100-2015-43호
등록일자 | 2015. 5. 4
WFN | 제3-057호

주소 | 서울특별시 구로구 디지털로31길 38-9 에이스테크노타워 1차 401호
전화 | 02-867-4626 팩스 | 02-866-4627
E-mail | cl_production@kwbooks.co.kr

ISBN 979-11-293-4687-2 04810
     979-11-293-4686-5 (set)

엘리아냥 장편소설

악당의 누나는
오늘도
고통받고

I

윗치북

Contents

Prologue

　길고 화려한 소파에 몸을 묻은 남자가 느른하게 웃었다. 실내의 불빛을 반사하는 티 없이 깨끗한 백발에, 샛노란 눈동자는 깊고 투명해서 마치 유리구슬 같았다. 얼굴만 보면 신화나 이야기책에 나오는 왕자님처럼 생긴 남자가 배부른 맹수처럼 눈꼬리를 휘었다.

　남자가 말했다.

　"누님."

　벽난로에 연서를 장작 대신 던져 넣고 있던 나는 곁눈질하며 대답했다.

　"응?"

　"곧 누님 생일인데 필요한 거 없어? 원하는 거라든가."

　말하면 뭐든 들어줄 것 같은 어조였다.

　"글쎄……."

　나는 말끝을 흐리며 잠시 생각했다.

　'네가 날 죽이지 않고 오래오래 살려두는 거?'

"딱히 없는데."

본심은 방금 떠올린 것과 같았지만 저걸 실제로 말할 순 없었다. 저렇게 솔직 담백하게 이야기했다가 '내가 누님을 죽일 거라고 생각했단 말이야? 서운한데? 날 서운하게 했으니 죽어' 이러면 어쩌라고……

남자는 살고 싶은 의지가 충만한 내 대답에 아쉬워하는 눈치를 보였다.

"누님은 항상 그래. 인형을 가져다줘도 싫어하고."

'인형이 아니니까 그렇지. 이 정신 나간 놈.'

나는 웃음으로 응답을 대신했다.

남자가 어릴 때는 배짱 좋게 욕도 해주고 성질도 부렸었지만 이젠 안 된다. 남자는 훌쩍 자라 버렸다. 난 어른이 된 남동생 앞에서 딴청을 피우며 말을 돌렸다.

"그나저나 내 생일 뒤에 바로 네 생일이지?"

"응."

"열여덟. 드디어 성년이네."

이 세계에서는 열여덟 번째 생일을 맞이하면, 즉 만으로 열여덟 살이 되면 성인으로 인정해 준다. 남동생은 얼굴이나 체격만 보면 이미 차고 넘치게 성인 남성이었지만 실제로 성년이 되는 건 보름 후였다.

"그래."

나는 그날만을 기다리고 있었다. 그날은, 남동생의 성년식 겸 생일 연회가 열리는 날이자…….

'여주인공이 우리 앞에 처음으로 등장하는 날이니까.'

주인공. 그의 남자. 그리고 그들을 빛내주기 위한 조연. 그 모든 것이 존재하는 이 세계는 바로 소설 속이다. 그리고 나는 운명의 그날, 여주인공이 등장하자마자 이곳에서 도망칠 예정이었다.

장밋빛 도주 계획을 그린 나는 헤실헤실거렸다. 그랬더니 남동생도 잘난 얼굴로 나를 따라 미소 지었다.

타닥타닥. 나와 남동생 앞으로 온 색색의 연서들이 벽난로 안에서 연료가 되어 몸 바쳐 타올랐다. 나는 시간이 어서 흐르기만을 바라고 또 바랐다.

Chapter 1
위드그린

전생의 기억을 처음 떠올린 것은 아주 어릴 때였다. 아마 만으로 두 살 무렵이었을 것이다. 그날따라 바빠 보였던 유모는 내게 선물로 들어온 최신 딸랑이만 안겨주곤 나가 버렸다.

다시 한번 말하지만 내 나이 두 돌, 개월 수 이십사 개월. 딸랑이를 가지고 놀기엔 너무나 성숙한 시기였지만 달리 할 게 없어서 손에 든 딸랑이만 열심히 흔들었다. 흔들다 보니 제법 심취했던 것도 같다.

그런데 너무 열심히 흔든 나머지 골도 함께 흔들렸던 걸까? 갑자기 머리가 깨질 듯 아팠다. 어린 나이에 감당하기엔 너무 큰 고통이었다. 비명도 지르지 못하고 머리만 감싼 채 바닥으로 고꾸라졌다.

다음 순간 전생이 떠올랐다. 어처구니없지만 정말 그랬다. 그게 내가 최초로 지난 삶을 떠올린 순간이었다. 그렇게 얻은 기억은 그다지 유쾌하지는 못했다.

전생에서 나는 한국 서울에 살던 대학생이었다. 하고 많은 정체성 중에 왜 하필 대학생인 점을 언급했냐면 내가 바로 그때 죽었기 때문이다.

나는 스물하나에 사망했다. 꽃다운 나이에. 죽음의 원인은 교통사고였다. 여기까지 말하면 운수는 더러워도 평범해 보인다. 문제는 그 교통사고가 일어나게 된 원인이었다. 나는 스토커를 피하려다 차 사고를 당했다.

망할 놈의 스토커는 한 학번 위의 선배였다. 신입생 오티에서 처음 만났고, 초면이라 인사를 나눴고, 선배라서 묻는 말에 꼬박꼬박 대답했으며, 분위기가 어색했던지라 대화하면서 자주 웃었다. 그런데 그게 화근이 될 줄 누가 알았을까.

"이, 이럴 거면 그때 왜 나한테 웃어줬어? 어? 왜, 왜 그랬어?"

일 년간 계속된 일방적인 연락과 바란 적 없는 친절, 선물에 이제 제발 그만하라고 딱 잘라 말했던 날이었다. 선배라는 탈을 쓴 스토커 또라이는 칼을 들고 내 집 앞에 찾아와 정확히 그렇게 말했다. 와, 살다 살다 인터넷에서나 볼 법한 상황을 내가 직접 겪는 날이 오다니. 과장 않고 진짜 미친놈인 줄 알았다.

겁에 질린 나는 당연히 몸을 돌려 도망쳤다. 상대는 알아들을 수 없는 말을 지껄이며 쫓아왔고 내 인생에서 가장 긴박한 추격전이 골목에서 벌어졌다. 그리고 나는 운이 나빴다. 쫓아오는 상대를 신경 쓰느라 앞도 제대로 보지 못하고 큰길로 통하는 모퉁이를 돌았는데, 거기서 하필…….

빠앙!

뭐, 그렇게 됐다.
'아, 딸랑이 흔들 맛 뚝 떨어지네.'

당시 전생의 기억을 떠올린 내 감상은 그 정도였다. 그도 그럴 게 조금도 좋은 기억이 아니었으니까. 찰나, 전생에서 함께했던 가족과 친구들이 생각나 그립기는 했지만 죽기 직전 느꼈던 불쾌감이 지나치게 커서 그리움마저 뒤덮었다.

으으, 끔찍해. 세상 모든 스토커를 화형으로 다스리게 해줬으면.

언제 회상해도 몸서리쳐지는 기억이었지만, 그래도 전생을 떠올렸다는 게 아주 안 좋기만 한 건 아니었다. 장점도 있었다. 대표적인 건 덕분에 이번 삶이 얼마나 윤택하고 호화롭게 시작되었는지 바로 자각할 수 있었다는 것이다.

이곳은 전생에 살던 세상과는 여러 면에서 달랐다. 과학 대신 마법이 있었고, 총기나 자동차 대신 검과 마차가 있었다. 왕실도 있고 계급도 존재했다. 마치 흔한 판타지 소설 속에 나오는 세계처럼 말이다.

그리고 나는 이곳에서 귀족이었다. 그냥 귀족도 아니고, 개중에서 가장 작위가 높다는 공작 가문의 귀한 장녀였다.

그게 무슨 뜻이냐. 바로 내가 금수저도 아닌 다이아몬드 수저를 손에 쥐고 태어났다는 소리였다. 누구의 권력도 부럽지 않았다. 출생 후 탯줄을 자르는 순간부터 내가 걸을 모든 길에 레드카펫이 깔렸다. 나는 남이 깔아준 카펫 위를 걸으며 그저 걱정 없이 행복하게만 살면 되었다.

'전생의 마지막이 비참했다고 신이 내게 이런 선물을 주는구나.'

암, 이래야지. 이게 맞지! 신은 참 공평하다고 생각했다. 그런데 일 년 뒤, 그 믿음에 첫 위기가 찾아왔다.

"······아이가 알면 상처받을 거예요."

"부인."

출생의 비밀을 알았다. 알고 보니 나는 이 집에서 태어난 아이가 아니었다. 난 입양아였다. 어찌 된 일인고 하니 우리 엄마인, 아니, 엄마인 줄 알았던 공작 부인이 결혼 전 불임 진단을 받은 적이 있어 그걸 철석같이 믿고 날 입양했는데, 실은 그녀를 진단했던 의사가 돌팔이였다는 황당하고 기막힌 사연이었다.

엄마는, 아니, 공작 부인은…… 아, 몰라. 어쨌든 엄마는 의사를 재판에 세우겠다며 물기 가득한 목소리로 흐느끼셨다. 그때 엄마의 배 속에는 남동생이 막 들어선 참이었다.

나는 세상이 야속해졌다. 아, 정말로. 이러는 게 어디 있어? 어떻게 사람한테 이러냐? 수저를 줬다 뺏는 게 어디 있냐고! 더군다나 굳이 수저 때문이 아니라도 엄마, 아빠는 좋은 사람이었다. 따뜻하고 화목한 가정이라고 생각했다. 가진 사람들에 대한 편견을 깨부숴 준 참 바른 분들이었는데.

눈물이 날 것 같았다. 차라리 몰랐으면 좋았을걸. 그럼 조금이나마 더 오래 단꿈을 누릴 수 있었을 텐데. 왜 하필 나는 그 시간에 목이 말라서 자다 깬 걸까? 식당은 왜 공작 부부의 침실을 지나야만 나왔던 걸까? 공작 부부의 침실은 어째서 그렇게 방음이 엉망이었던 걸까?

원망해 봤자 소용없는 일이었다. 그 이후로 나는 남몰래 종종 베갯잇을 적셨다. 쫓아내더라도 짐은 싸게 해주겠지, 하는 마음에 내 방에 있는 것 중 뭘 들고 나가는 게 앞으로의 삶에 좋을까 혼자 꼽아보기도 했다.

그런데 시간이 흘러도 내가 짐을 싸게 되는 일은 없었다.

'음?'

일 년, 이 년. 그보다 더 세월이 흘러 남동생은 이제 기다 못해 걷고, 걷다 못해 뛰었다. 얼마 전에는 장난감 칼을 얍얍 휘둘러 목각 기둥을 박살 내는 것도 봤다. 나는 언제까지 이 집에 있을 수 있는 거지? 문득 의아해져서 지나가던 사용인을 붙잡고 몰래 물었다.

"베시."

"네, 아가씨."

"나는 언제 이 집에서 나가게 되는 거야?"

"네?"

당시 나는 일곱 살이었다. 난 내가 출생의 비밀을 알고 있다는 사실을 돌려서 어필했고 그날 어느 때보다 대경실색하는 하녀 베시를 볼 수 있었다.

"그게 무슨 소리세요, 아가씨! 그런 말씀 마세요. 누가 뭐래도 아가씨는 평생 저희 가문 아가씨세요. 주인님과 주인마님의 따님이시고, 도련님의 누나이시고요. 정말 다신 그런 말씀일랑 절대 하지 마세요!"

베시가 하도 질겁하며 나무라서 난 머쓱해졌다.

"그, 그래?"

하지만 내가 과거에 잘못 들었던 것이라고는 생각하지 않았다. 아마 앞으로도 쭉 숨기는 쪽으로 결론이 난 거겠지. 내게는 잘된 일이었다. 솔직히 기뻤다. 그날은 슬픔이 아닌 안도와 환희의 눈물로 베갯잇을 적셨다. 엄마, 아빠의 선택에 쌍수를 들고 환영했다.

'감사합니다! 효도할게요!'

그렇게 첫 번째 위기가 무사히 지나가는 듯했다. 그렇지만 내가 위에서 언급한 적이 있을 것이다. 전생에 나는 운이 나빴다고.

두 번째 위기는 그로부터 약 사 년쯤 뒤 나타났다.

"누님."

"응?"

"짠. 생일 선물이야."

"와, 언제 이런 걸 다 준비했어? 고마…… 입   ."

열한 번째 생일날. 남동생이 내게 생일 선물이랍시고 뭔가를 내밀었다. 웃으면서 받으려던 나는 그대로 굳을 수밖에 없었다.

"읍, 으읍, 읍."

'뭐야, 이거.'

사람이었다. 더구나 아는 얼굴이었다. 들어온 지 얼마 안 된 이 집 하녀이자 내 방 청소를 맡고 있는 멜리사였다. 나는 웬 원피스를 예쁘게 차려입고 머리에 리본을 단 한편 온몸이 결박되고 입에는 재갈을 문 그녀를 잔뜩 당황해서 바라보았다.

"뭐…… 니, 이게?"

겨우 물었더니 남동생이 해맑게 대답했다.

"인형! 어때? 원래는 얘가 망가뜨린 누님의 인형과 똑같은 걸 구하려고 했는데, 그게 옛날에 외국에서 들여온 거라 이제 더는 구할 수 없다고 해서. 대신 조금 모자라지만 이걸로 준비했어. 마음에 들어?"

자, 쟤가 지금 인형의 뜻을 혼용해서 써서 아주 혼란스러울 테니 내가 설명을 해주겠다.

하녀 멜리사가 망가뜨렸다는 내 인형은 진짜 인형이 맞았다. 내 방 선반에 있던 평범한 장난감이었다. 그리고 남동생 이놈이 그때 그 인형과 똑같은 옷을 입혀서 내밀고 있는 멜리사는 당연히 인형이 아니라 사람이다. 이 정신 나간 놈이 인형이라고 지칭하고 있을 뿐 엄연히 살아 움직이는 인간이었다. 나는 기겁하며 남동생의 정수리에 주먹을 꽂아 넣었다.

"아야!"

"아야? 지금 '아야'가 나와? 이게 뭐 하는 짓이야! 당장 안 풀어줘?"

"왜 화내?"

"안 내게 생겼어?"

어이가 없었다. 일곱 살이나 먹은 자식이 어떻게 인형과 사람을 혼동할 수 있는지 황당해서 기가 막혔다. 처음으로 남동생의 지능에 의심이 생겼다.

"마음에 안 들어서 그래?"

"얘가 문제의 본질을 모르네. 너 저기 가서 벽 보고 손 들고 서 있어. 내가 그만하라기 전에 팔 내리면 아주 혼날 줄 알아."

우선 벌을 세운 뒤 남동생에게 네 행위의 어디가 어떻게 문제인지 조목조목 설명해 주었다. 남동생은 쉽게 이해하지 못하는 눈치였지만—아니, 왜?—어쨌든 설교가 끝날 즈음에는 고개를 끄덕였다.

흠, 알아들은 걸 보니 다행히 심각한 수준은 아니군.

그러나 나는 남동생의 지능이 아니라 다른 쪽을 의심했어야 했다.

"누님, 누님."

"왜 그러……"

"이번 인형은 마음에 들지?"

그 일이 있고서 얼마 지나지도 않았을 때였다. 이번에 전신이 포박되고 재갈이 물려 내 앞에 등장한 사람은 하녀가 아니라 하인이었다. 그는 공포에 질린 눈으로 나를 쳐다보며 버둥거렸다.

음, 가만있어 봐. 이게 무슨 상황이지? 사고가 느리게 돌았다. 나는 뒤늦게 상황을 파악할 수 있었다.

'설마 지난번에 내가 저를 혼낸 게 인형, 아니, 사람이 정말 마음에 안 들어서 그랬던 거라고 생각한 거야? 그래서 이번엔 성별을 바꿔 온 거고?'

말문이 막혔다. 그때 느꼈던 심정을 뭐라고 표현할 수 있을까?

인형이라면서 꽁꽁 묶인 하인을 내밀며 내 반응을 살피는 남동생의 얼굴은 그저 순수하고, 무구하고, 맑았다.

"왜 말이 없어, 누님?"

"……"

"혹시 또 마음에 안 드는 거야?"

사태의 심각성을 그제야 눈치챘다. 나는 그날 이후 하던 일을 내팽개치고—하던 일이라고 해봐야 거의 놀고먹는 거였지만—남동생 관찰에 집중했다. 그리고 머잖아 한 가지 결론에 도달할 수 있었다.

'얘…… 사이코패스인 거 같은데.'

혹은 그 비슷한 거. 남동생의 문제는 간단했다. 사람과 사물, 동물 이 셋의 무게를 전혀 구분하지 못했다. 가족을 제외하면 남동생에게 사람은 가게의 장난감이나 마당을 기는 개미와 별반 다르지 않았다.

"누님, 이거 봐!"

"또 뭐?"

"쌍둥이 인형! 어때?"

"하아…… 쌍둥이니까 이번엔 양손으로 맞자."

출생의 비밀을 이겨냈더니 이번엔 남동생이 사이코패스라니. 그래도 그때의 나는 이 문제를 심각하게 여기지 않고 있었다. 소름은 좀 끼쳤지만 그뿐이었다.

남동생은 아직 어려서 훈계가 가능했다. 나는 동생이 인형이랍시고 사람을 묶어서 데려오면 남동생의 머리에 꿀밤을 먹인 뒤 곧바로 그들을 풀어주곤 했다. 꿀밤을 하도 세게 먹였더니 그런 짓을 하는 주기도 점점 뜨문뜨문해졌다.

그래, 모든 사이코패스가 살인자가 되는 건 아니라고 했다. 남동생도 나이가 들어 상식을 학습하면 점점 나아질지도 모른다.

하지만 그 생각이 얼마나 낙관적인 오판이었는지. 나는 상황의 진정한 심각성을 열일곱 여름, 어느 낡은 도서관에서 깨닫게 된다.

"……말도 안 돼."

충격이 몸을 감싸 손에서 힘이 빠졌다. 책이 떨어졌다.

'여기가 소설 속이라고?'

〈신녀 아그리타의 봄〉. 그런 제목의 책이었다. 이 세계를 배경으로 한 그 책에는 나를 비롯한 많은 사람이 등장했다. 각기 역할도 있었다. 주인공, 악당, 조연, 엑스트라. 남동생은 악당이고 난 조연이었다.

'어떻게 이런……'

실존 인물을 따온 것이거나 우연의 일치라고 부정하고 싶어도 그럴 수가 없었다. 책 속에 서술된 사건은 현실에서도 똑같이 발생했다. 책을 무시할 수 없는 이유는 또 있었다.

"베시, 혹시 이 책 무슨 내용인지 보여?"

"글쎄요. 그냥 백지 아닌가요?"

책에 쓰인 내용은 내 눈에만 보였다. 심지어 제목마저도.

가능성은 두 가지였다. 내가 미쳤거나, 혹은 이 책을 볼 수 있는 게 전생을 기억하는 사람만 지닌 어떤 특권이거나. 시간이 흐를수록 결론은 후자로 기울었다. 사람이 미치면서 예지 능력도 함께 생긴다는 말은 못 들어봤으니까.

결국 이곳은 정말 소설 속이었다. 그리고 여기서 진짜 문제가 뭐였냐면.

"나 또 죽어?"

소설에 기술된 내 결말이 형편없었다는 것이다.

"그것도 또 비참하게?"

책 후반부에 나는 남동생의 손에 죽는다. 이유는 별것 없었다. 입양아인 게 들통나서. 장성한 남동생은 내가 여태 친누나도 아니면서 감히 제 윗사람 노릇을 해왔다는 게 열 받았는지 사실을 알자마자 날 살해한다. 말려줄 부모님? 애석하게도 부모님은 그보다 전에 나란히 불치병으로 돌아가시는 게 예정되어 있었다.

"맙소사……."

지저스 크라이스트! 어떻게 이런 수가 있냐. 책에 나오는 더 큰 남동생은 지금보다 훨씬 또라이였다. 내가 사이코패스를 얕봤다. 어른 사이코패스는 무시무시했다. 머리도 크고 몸도 자라고 가문까지 손에 넣게 된 남동생은 거슬리는 인간이 생기면 일단 눈앞에서 치웠다.

인형? 허이구, 그건 귀여웠다. 그게 남동생이 보여줄 수 있는 최대의 애교였다는 걸 나는 미처 몰랐다.

어른 남동생의 손에 죽는 건 나 혼자가 아니었다. 축약하면 남동생은 여주인공을 처음 보자마자 그녀에게 끌려 미친놈처럼 집착하면서 겸사겸사 악행도 저지르는 역할이었는데, 그 겸사겸사에 여주인공 주변 사람 죽이기가 포함되어 있었다. 내 제삿날도 그쯤이었다. 아무래도 내 죽음은 덤인 것 같다는 생각을 지울 수가 없다. 환장할 노릇이었다.

'이럴 줄 알았으면 꿀밤은 먹이지 말걸.'

잘해줄 걸 그랬다. 벌도 세우지 말고, 욕도 하지 말고, 성질도 부리지 말고, 인형을 받았을 때도 순수히 기뻐해 주고…… 아니, 이건 아닌가. 별게 다 후회되었지만 사실 어떻게 했더라도 별반 소용은 없었을 것이다.

내 죽음의 골자는 출생의 비밀이었다. 내가 입양아라는 사실이 바뀌지 않는 한 내 최후 또한 바뀔 리 없었다.

'살아야 해.'

남동생에게 죽게 되는 내 나이는 스물둘이었다. 전생에선 스물하나에 죽었는데 그 억울함을 여기서도 되풀이할 순 없다. 나는 살아날 방도를 찾기 위해 밤새 책을 이 잡듯이 뒤졌다.

날이 밝을 무렵 도출해 낸 결론은 하나였다.

'도망치자.'

그것뿐. 그렇지만 무턱대고 아무 때나 튀어서는 위험했다. 지금처럼 남동생이 내가 제 누나인 줄 알고 관심 갖고 잘해줄 때 도주를 시도했다간 괜히 긁어 부스럼만 만들 우려가 있었다.

남동생이 여주인공을 만난 직후. 그때가 최적이었다. 남동생은 여주인공을 만나자마자 그녀에게 집착하기 시작한다. 그럼 모든 관심과 주의는 온통 그쪽으로 쏠릴 테고, 내가 뭘 하든 신경도 쓰지 않을 게 틀림없다. 나는 그때를 노려 재물을 싹 챙긴 뒤 유유하게 도주하면 되는 거다.

'국경을 넘으면 안전하겠지.'

설마 사람 하나 죽이겠다고 다른 나라까지 쫓아올까. 나 말고도 죽일 대상이 지천에 널렸을 텐데 말이다.

'역시 튀는 게 살길이야. 하지만 그 전에……'

도망이 상책이라고 결론을 내렸지만, 나는 본격적으로 도주 계획을 짜기 전에 한 가지만 더 노력해 보기로 했다. 바로 부모님의 죽음을 막는 것. 책에 나온 부모님의 병은 불치병이었지만, 그래도 아직 이 년이나 남은 일이다. 지금부터 미리 백방으로 노력하면 어떻게 길이 보일지도 몰랐다.

왜, 옛말에 정성이 갸륵하면 하늘도 감동한다고 했다. 하늘아, 감동해라. 제발 감동해라!

"……망자의 가는 길에 부디 안식만이 가득하기를."

감동만 하지, 미래를 바꿔주지는 않나 보다. 장의사(葬儀師)가 부모님의 관을 묻고 신관이 성호를 그렸다. 내 이 년의 노력은 그렇게 수포로 돌아갔다.

"누님."

어느샌가 내 키를 넘어버린 남동생이 곁에 서서 손을 잡아왔다.

"이젠 우리 둘만 남았어."

그래. 둘만 남았지. 미래의 악당과 그 악당에게 살해당하는 조연 둘만.

'망했다.'

이젠 정말 도망뿐이었다.

그 후로는 꽤 정신없이 시간을 보냈다. 예정되어 있었다지만 부모님의 죽음은 슬펐고, 시시때때로 떠오르는 내 처참한 미래는 혈압 상승에 큰 공헌을 했으며, 도주 계획을 짜는 것도 말처럼 쉽지 않았다. 돌이켜 보면 어떻게 흐른 줄도 모르는 나날이었다.

그리고 그러다 보니 어느덧…….

"초대장은 제대로 발송된 거지?"

"누락 없는지 다시 확인해 봐."

"알렉스, 지하 내려가서 혹시 빠진 물품 없나 리스트랑 대조해 줘."

"내일 음식이…….""

운명의 날이 바짝 다가와 있었다.

저택은 종일 소란스러웠다. 아침부터 시작된 분주함은 저녁이 다 되어도 사그라들 기미가 보이지 않았다. 내 남동생이자 이 집의 주인, 위드그린 공작의 열여덟 번째 생일 연회이자 성년식을 불과 하루 앞두고 있었으니 당연하다면 당연한 일이었다.

나는 거실에 앉아 바쁜 광경을 구경했다. 옅게 김이 오르는 찻잔을 입으로 가져가는 내 느긋한 손길만이 이곳에서 유일하게 한가로웠다.

'후우.'

그렇지만 손길과 달리 내 속내는 요동치고 있었다.

'떨지 말자. 벌써 긴장하면 안 돼.'

마침내 내일. 내일이다. 나는 내일 저녁 이곳에서 떠날 예정이었다.

'연회가 시작되자마자 도망친다.'

내 오랜 장밋빛 도주 계획을 실행하기에 내일은 그 어느 때보다도 적합한 날이었다. 이유는 말하기도 입 아프다. 바로 남동생이 여주인공과 처음 마주치는 시점이었으니까.

여주인공 아그리타는 내일 남동생의 생일 연회에 참석할 손님 중 한 명이었다. 그녀의 가문은 한미한 자작가라 본래 공작가의 연회엔 초대될 일이 없어야 했지만, 내일은 예외였다. 성년식을 겸하는 생일 연회는 가능한 사람을 많이 부르는 것이 관례라 초대장을 말 그대로 흩뿌렸기 때문이다.

나는 계획을 점검했다. 연회장에서 벌어지는 여주인공과 악당의 운명적인 만남. 첫눈에 그녀에게 이끌려 그녀 외엔 아무것도 눈에 뵈지 않게 되는 악당. 그 틈을 노린 조연의 성공적인 도망. 로맨틱, 장님, 도망, 성공적.

'완벽해.'

너무 축약해서 허술해 보일지 몰라도 보기보다 긴 시간을 들여 고안한 계획이었다. 특히 시기는 아무리 뒤져봐도 이때만큼 좋은 순간이 없었다. 살길을 찾고자 책을 여러 번 독파하면서 확인한 건데, 남동생의 관심과 주의가 아그리타에게 가장 집중되는 때는 바로 연회 첫날이었다. 그 이후부터는 악당의 특기인 뒷조사 들어가랴, 거슬리는 그녀의 주변 사람 제거하랴 등등 신경이 다소 분산되는 감이 있었다. 아무래도 동생의 신경이 분산될수록 내 위험도는 높아지게 마련이다. 그만큼 주변을 살필 겨를이 생긴다는 거니까.

내 목적은 남동생의 눈에 띄지 않는 은밀한 도망이었다. 만에 하나 이곳을 완전히 빠져나가기 전에 걸리기라도 했다간…… 와우. 이후는 장담 못 한다. 그러니 도주를 결행하는 때는 자연히 연회 첫날, 즉 내일이 최선이었다.

'잘되겠지?'

잘되어야만 한다.

'제발.'

손을 떨었더니 찻잔의 내용물이 함께 요동쳤다. 나는 내 마음처럼 파도치는 찻물을 응시하다가 훅 들이켰다. 아, 뜨거. 그러고 있는데 마침 계단을 내려오던 남동생이 날 발견했다.

"누님."

나는 그의 부름에 소리 없는 미소로 응했다. 혀가 데여서 그런 것도 있지만, 뭐, 원래 난 남동생만 보면 잘 웃었다. 살고자 하는 본능에서 나온 조건반사라 해야 하나.

에시 위드그린. 삼 년 전 부모님이 돌아가시면서 정식으로 위드그린 공작이 된 남동생은 성년을 하루 앞둔 시점에 이미 훤칠했다. 키는 열네 살을 기점으로 훌쩍 자라더니 내가 어깨를 겨우 넘게 된 지 오래고, 줄곧 검을 잡아 그런지 체격도 좋았다. 타고난 골격에 전신의 근육이 고루 발달해서 어딜 보더라도 탄탄했다. 그래서 나는 이제 그에게 꿀밤을 먹이지 않는다. 욕도 하지 않는다. 성질도 안 부린다. 어딜 감히? 그러잖아도 얼마 전 남동생에게 어릴 때처럼 꿀밤을 시도하다 그대로 손목이 잡혀 꺾이는 꿈을 꿨다. 후, 현실에선 안 그래야지.

남동생은 긴 다리로 성큼성큼 걸어 다가오더니 맞은편에 앉았다.

"어머. 공작님."

바쁜 와중에도 하녀 베시가 그걸 보곤 얼른 동생 몫의 차를 가져다주었다. 그러면서 그녀가 살포시 웃었다.

"언제 봐도 보기 좋아요. 두 분이 함께 계시는 건."

"맞아! 한 폭의 그림이지."

화병을 나르느라 거실을 지나던 하인 알렉스가 거들었다. 찻잔을 건네받는 남동생은 그 말에도 별다른 대꾸가 없었다. 나도 마찬가지였다. 뭐, 사실 저건 이 집에서 인사말이나 다름없었으니까.

'그만큼 자주 듣는 말이지.'

비단 여기서만 그런 것도 아니었다. 나와 에시를 두고 '두 분 참 보기 좋아요'라는 말을 인사 대신 건네는 사람은 바깥에도 넘쳤다. 처음에는 왜들 그러나 했는데 자꾸 듣다 보니 이유를 알 만했다.

'우선은 에시 때문이고.'

남동생은 잘생겼다. 뭐라고 할까, 어릴 때부터 봐서 눈에 익을 대로 익은 나도 방심하면 가끔 놀랄 때가 있을 정도였다. 겨울눈이 내려앉은 것처럼 티 없이 새하얀 머리카락과 보석에 비교해도 손색없는 깊고 투명한 금색 눈동자, 거기에 세밀하고 반듯한 이목구비는 남동생에게 어딘지 신화적인 분위기를 부여해 주었다. 간단히 말해 이 세상 사람이 아닌 것 같다, 뭐 그런 뜻이다. 저렇게 생겨서는 훤칠한 키로 걸어 다니니 당연히 보기 좋을 수밖에.

물론 나라고 외모가 영 뒤떨어진단 소리는 아니다. 탐스러운 적발에 생기 어린 호박색 눈동자가 매력적이라는 찬사는 나도 어디 가서 모자라지 않게 들었다. 다만 에시가 인간적으로 너무 잘생겨서 비교하자니 좀 그럴 뿐이었다.

'저 정도면 유전자의 승리지.'

회심의 역작이라고 할까. 부모님이 살아 계셨으면 저놈의 얼굴을 보고 뿌듯해하셨을지도 모르겠다. 어쨌든 남들이 우릴 두고 보기 좋다고 하는 이유의 절반은 외모 때문이고, 나머지 절반은…….

'이것도 에시 때문이고.'

우리가 겉보기에 몹시 사이좋은 남매라서 그랬다. 에시는 내게 잘해 줬다. 예전에는 나를 졸졸 따르더니 부모님이 돌아가신 이후로는 날 챙기기 시작했다. 누나를 살뜰히 챙겨주는 남동생이 있어서 든든하겠다는 말이 한동안 가는 곳마다 따라다녔을 정도였다. 나도 그걸 부정하지는 않는다. 에시는 정말 나한테 갈했다. 전생에서 남동생이 나안테 이랬으면 주말마다 치킨을 사주고 업고 다녔을 거다. 에시는 세상 모든 누나가 원하는 남동생 유니콘의 현신쯤 됐다. 다만 문제는…….

'그게 다 내가 친누나인 줄 알아서 그런다는 거지만.'

한때는 나도 착각했던 적이 있었다. 에시가 워낙 나한테 한결같이 잘해주니 의구심이 들기 시작했다.

애가 나를 죽인다고? 정말? 책 내용은 그렇게 흘러가지만 어쩌면 현실은 다를지도 모른다. 안 그래도 큰 줄기를 제외하고는 이미 소설 과 달라진 점도 몇 가지 있는 마당이다. 내 최후라고 그에 포함되지 않으리라는 법은 없다. 그간 지내며 정도 들었을 텐데 출생의 비밀을 알게 되어도 그냥 넘어가지 않을까?

그러나 그런 생각이 들기 무섭게 사건이 터졌다.

"자, 잘못했어. 내가 잘못했어!"

남동생과 오래 알고 지낸 사람이었다. 어느 가문의 서자였고, 내가 모르는 모임에서 만나 어릴 때부터 어울렸다 들었다. 그 기간만 십 년 이 되어가던 시점이었다.

"잘못인 걸 알면 그러지 말았어야지."
"제, 제발, 다신 안 그러……."
"그렇게 빌어서 시간이 되돌아간다면 얼마나 편할까?"
"으, 아아악!"

두 사람은 대외적으로 드러나지 않은 어떤 사업의 동업자였다. 문 세는 상대가 그만 한순간의 이익에 눈이 멀어 남동생을 속였다는 것 이다. 사실을 알게 된 남동생은 그날 바로 그의 사지를 잘라 죽였다.

"아."
"……."

"죽일 게 아니라 누님에게 인형으로 만들어줄 걸 그랬나?"

"……."

"아니지. 누님은 인형을 싫어하니까."

나는 그가 남동생의 죽마고우 비슷한 것이라고 생각했다. 그가 거짓말의 대가로 하루아침에 토막 난 시체가 되기 전까지는. 남동생은 그를 죽여 버린 다음 날에도 아무 일도 없었던 것처럼 여상한 태도를 유지했다. 말투도 평소처럼 평온하고 나른해서 나는 얘가 개미를 밟아 죽인 얘길 하는 줄 알았다. 그때 깨달았다.

'망할. 나는 호상이었네.'

사지 보존하고 깔끔하게 검에 심장이 꿰뚫려 죽는 내 최후가 얼마나 자비로운 거였는지. 더불어 가족이란 울타리에서 벗어난 타인이 남동생에게 얼마나 무가치한 존재인지도.

피가 섞이지 않았다는 게 들통나는 순간, 나는 남동생에게 타인이 된다. 그게 어떤 의미인지 알고 있었으면서도 바보처럼 현재만 보고 착각하고 말았다.

'착각에서 일찍 깨나서 다행이지…….'

여전히 현실을 자각하지 못하고 헛된 희망을 품고 있었으면 어쩔 뻔했을까. 제삿날 직전까지는 행복했겠지만, 어휴.

서늘한 기억을 되살렸더니 입맛이 뚝 떨어졌다. 차 맛이 영 떨떠름해져서 설탕을 좀 탈까 고민하는 그때, 에시가 말을 걸었다.

"내일 낮에."

"……?"

"시계탑을 보러 갈까 하는데. 어때?"

의아해 설탕이 든 함을 내버려 두고 고개를 들었다. 웬 시계탑? 갑자기?

"광장에 있는 거 말이야? 나랑 다녀오자고?"

"응."

"그건 왜?"

"누님이 전에 보고 싶다고 했으니까."

그랬었나? 재빨리 기억을 더듬어봤지만 달리 떠오르는 것은 없었다. 아마 말했더라도 의미 없이 지나가듯 툭 던진 말이었을 거다. 종종 느끼는 거지만 남동생은 사소한 데서 기억력이 좋았다.

"내일이면 오래간만에 나도 저녁 전까진 시간이 날 테고."

위드그린 공작이 된 이후 내내 바쁜 나날을 보내는 중인 남동생이 덧붙였다. 그것참, 바쁜 와중에도 신경 써줘서 고맙지만…… 절대 안 된다. 내일 낮이면 나는 내 방에서 짐을 싸고 있을 거고, 그게 아니더라도 그 시간에 광장을 어슬렁거리는 건 피하는 편이 나았다. 잘못하면 여주인공을 마주치게 될지도 몰랐기 때문이다.

여주인공 아그리타는 남동생의 생일 연회에 참석하기 전 광장에서 열리는 자선 행사를 돕는다고 책에 쓰여 있었다. 그녀와 남동생을 미리 만나게 하는 게 득일지 실일지도 모르는 상황에서 섣불리 나가는 건 바보짓이다.

나는 머리를 굴려 얼른 핑계를 쥐어짜 냈다.

"아냐. 바쁠 텐데 굳이 그럴 거 없어. 전에 지나가면서 얼핏 봤는데, 음, 시계탑이 많이 낡았더라고."

"그래?"

"응. 허물고 새로 짓는 게 낫겠던데? 아무튼 별로였어."

시계탑이 실제로 낡았는지 어떤지는 내 알 바 아니다. 어쨌든 보러 다녀올 만한 가치가 없다는 것을 어필하기 위해 나는 본 적도 없는 시계탑을 열심히 깎아내렸다.

"누님이 그렇다면."

남동생은 다행히 쉽게 수긍하고 넘어가는 눈치였다. 후우. 만에 하나 수상하게 여기거나 고집을 부리면 어쩌나 했는데 안심이다.

나는 위기를 잘 넘긴 것에 내심 뿌듯해했다. ……그래서는 안 됐는데. 내가 얼마나 정신 나간 짓을 저지른 건지 그때 알아차렸어야 했는데 말이다.

"……뭐?"

이튿날 오전. 나는 식탁 위 쿠키로 가져가던 손을 우뚝 멈추고 멍청하게 되물었다. 친절한 에시가 같은 말을 반복해 주었다.

"시계탑 부쉈다고."

눈가가 매끄럽게 휘며 예쁘장한 미소가 따라붙었다.

긴장한 탓인지 전날 잠을 설쳐 평소보다 늦게 기상했다. 일어났더니 배고프고 해서 우선 뭘 좀 먹을까 식당으로 막 내려온 참이었다. 마침 자리에 앉아 커피를 마시고 있던 남동생이 나를 발견하고는 그렇게 말했다. 나는 귀를 의심했다.

'뭘 부숴?'

오전부터 남동생이 화사하고 나른한 얼굴로 전해주는 소식이 지나치게 환장 파티라 사고의 흐름이 잠시 막혔다. 나는 겨우 다시 입을 열었다.

"그러니까…… 음, 광장에 있는 그 시계탑을…… 부쉈다고?"

"응."

"산산조각?"

"맞아."

누가 들으면 시계탑이 장난감이나 모래성이라도 되는 줄 알겠다. 미친 거 아냐?

"……왜 그랬는데?"

"어차피 허물 거. 조금 일찍 하면 좋잖아."

'이런 미친. 설마 나 때문?'

불쑥 떠오르는 것이 있었다. 설마 내가 어제 그런 말을 해서? 허물고 새로 짓는 게 낫겠다고 그래서? 진짜?

'맙소사!'

입이 다물어지지 않았다. 어른 사이코패스의 무서움을 충분히 알고 있다고 자신했는데 어쩌면 오만이었을지도 모르겠다. 상식을 파괴하는 것도 정도가 있지, 장난쳐?

'다른 사람이었으면 정말 장난이라고 여겼겠지만…….'

나는 얼굴에 뭐가 묻어 닦는 척 마른세수를 했다.

에시는 농담을 하지 않는다. 쟤 사전에 빈말이란 없었다. 시계탑은 실제로 붕괴되었을 것이다. 속에서 죄책감이 차올랐다.

'내 죄다.'

핑계를 대도 하필 그런 걸로 대서. 다른 말을 할걸.

'미안합니다. 부디 다들 좋은 곳으로 가셨길.'

사람 목숨을 파리 목숨으로 여기는 악당 남동생이 인명 피해를 신경 쓰며 일을 벌였을 것이라고는 생각되지 않았다. 운 좋게 시계탑만 무너지고 아무도 다치지 않았다면 좋겠지만 그랬을 확률은 희박해 보인다.

나는 마음을 나해 진심으로 기도를 올렸다. 바라고 또 바랍니다. 다음 생엔 꼭 사이코패스 악당 같은 거 없는 평온한 세계에서 다이아 수저로 환생해 천수를 누리시고…….

……잠깐만.

"에시."

"응."

"너 시계탑 언제 부쉈어?"

"아침에."

여상한 목소리로 답이 돌아왔다. 아침? 오늘?

······오늘 아침?

우당탕!

"누님?"

사고가 제대로 돌자마자 급하게 식당을 뛰쳐나왔다. 내 드레스에 의자가 걸려 넘어지는 소리도, 남동생이 의아하게 나를 부르는 소리도 귀에 들어오지 않았다.

나는 눈에 보이는 사용인을 아무나 붙들고 심부름을 시켰다. 내 표정이 어땠는지 사용인이 당황한 얼굴로 얼른 저택 밖으로 달려나갔다. 작아지는 하인의 뒷모습을 보며 우두커니 섰다.

"왜 그래?"

나를 쫓아 나온 에시가 어느새 바로 곁에서 말을 붙였다. 나는 대답하지 않았다. 정확히는 머릿속이 혼잡해서 대꾸할 정신이 없었다.

'아니겠지?'

아닐 거다. 아니, 아닌 게 당연하다.

오늘 아침 여주인공 아그리타는 시계탑에 오른다. 꼭대기에서 종소리를 들으며 기도를 드리기 위해서였다. 오늘 있을 자선 행사가 부디 별 탈 없이 마무리되게 해달라고. 그렇게 길고 정성 어린 기도를 마치고 시계탑에서 내려와 자선 행사에 참가하는 것이 책에 나와 있는 내용이었다.

'무사할 거야.'

하필 남동생이 아침에 시계탑을 부쉈다고 해서 깜짝 놀랐다. 하지만 우스운 걱정일 터였다. 혹시 몰라 심부름을 보내긴 했지만, 에이,

그럴 리가.

아그리타는 여주인공이었다. 이 세계의 주역 말이다. 예기치 못한 사고가 일어났다곤 해도 그녀가 잘못되는 건 있을 수 없는 일이었다.

'나도 참, 뭐가 불안해서.'

전부터 쓸데없이 걱정이 많았는데 이 순간이 절정이다 싶었다. 근데 정말 혹시 모르는 일이니까. 만에 하나 경미하게라도 다쳐서 오늘이 아니라 내일부터 연회에 참석한다거나, 그 정도는 있을 수도 있는 일이니 말이다.

얼마나 기다렸을까? 내보냈던 하인이 마침내 돌아왔다. 허둥지둥 뛰어 들어온 그가 숨을 헐떡이며 내게 종이 한 장을 내밀었다.

"여, 여기…… 말씀하신……."

얼른 종이를 받아 들었다. 오늘 일어난 시계탑 붕괴 사고로 인한 사상자 명단. 생각보다 적힌 이름이 많지 않았다. 곧 나는 그중에서 익숙한 이름을 발견했다.

"……거짓말."

이럴 리가 없다. 잘못 본 것이라 생각해서 몇 번이나 확인하고 다시 확인했지만 보이는 글자는 바뀌지 않았다. 손에서 빠져나간 종이가 팔락거리며 발치에 내려앉았다.

아그리타 그레이스. 사망.

여주인공이 죽었다.

사람은 받아들일 수 없는 현실에 놓이면 사고가 잠시 멎는다고도 한다. 내가 바로 그 짝이었다.

"누님."

종이를 놓치고도 망부석처럼 꼼짝 않고 서 있자 에시가 재차 나를 불렀다. 나는 대답하는 대신 중얼거렸다.

"어떻게?"

"뭐?"

"어떻게 죽을 수가 있지?"

주인공인데. 아그리타는 주인공이었다. 이 세계의 주역, 주인, 여주인공, 중심인물! 이곳의 모든 것은 그녀를 위해 설계되어 있다. 그런데 그런 세상에서 아그리타가 사망하다니?

'꿈일 거야.'

뺨을 꼬집었다. 아팠다.

'정말 말도 안 돼.'

기가 막혀서 머리도 제대로 안 돌아갔다. 찰나 동명이인이 아닐까 의심했지만 금방 현실 도피라는 것을 인정했다. 종이에는 친절하게 그녀가 그레이스 자작가의 장녀라는 신상까지 적혀 있었다.

"무슨 소리야?"

에시가 패닉에 빠진 나를 보며 미간을 좁혔다. 나는 남동생을 멀거니 올려다보았다. 만나기도 전에 여주인공을 저승으로 보내 버린 악당의 상판은 미간에 주름이 진 채로도 미끈하고 휘황했다. 순간 욕이 목구멍까지 올라왔다.

'이 미친.'

이런 진짜 미친, 정신 나간 자식이.

'여주인공을 죽여? 미쳤어? 제정신이야? 대체 누굴 죽여, 이 또라이가!'

그렇지만 내뱉는 건 가까스로 참았다. 싱그러운 단어가 고스란이 세상에 나오려는 걸 겨우 인내했다. 마음 같아선 면전에다 쏘아주고 싶었지만 아직은 명을 재촉할 때가 아니었다.

내 목숨 줄은 끊기지 않았다. 얼핏 생각하면 여주인공이 사망한 시점에서 내 미래도 와장창 산산조각이 난 것 같지만, 사실 내겐 한 가지 방도가 남아 있었다.

연달아 말을 걸어오는 에시를 무시하고 냅다 방으로 뛰어 올라왔다. 어른 남동생을 무시하는 건 평소라면 있을 수 없는 일이라 여러 모로 가슴이 벌렁거렸다.

나는 방에 들어오자마자 문을 잠갔다. 열어주기 전까진 아무도 들어올 수 없다는 걸 확인하곤 책상으로 향했다. 자물쇠를 달아둔 책상 맨 아래 서랍을 열고, 상단 서랍 밑바닥의 어느 지점을 눌러 안쪽의 비밀 공간을 개봉했다. 그러곤 그 안에서 작은 함을 하나 꺼냈다. 심장이 아플 정도로 뛰었다.

'설마 이게 이렇게 쓰이게 될 줄이야.'

백금으로 장식된 사각형 함을 복잡한 심정으로 내려다보았다.

몇 년 전, 이 세계가 소설 속이라는 것과 예정된 내 최후가 처참하다는 것을 알게 된 후 나는 살고자 갖은 노력을 기울였다. 이것도 그 노력의 결과 중 하나였다.

'원래는 아그리타가 전부 가졌어야 하는 거지만……'

이 세계는 본래 세 명의 신이 있었다.

파괴의 신, 사랑의 신, 시간의 신. 그리고 각 신을 모시는 신전이 개별적으로 존재했다. 그런데 지금으로부터 십여 년 전, 모든 신전에 동일한 신탁이 내려왔다.

"반월이 세상 가장 낮은 곳의 미물을 비추는 날, 만물을 보듬고 굽어살필 신녀가 이 땅에 나타날 것이다."

신탁의 내용을 두고 의견이 분분했다. 쟁점은 그래서 대체 저게 언제를 뜻하느냐는 거였다. 다수의 학자가 기상을 관측하고 대조해서 향후 얼마쯤에 가장 밝은 보름달이 뜨는지 계산해야 한다고 주장했다.

참고로 답을 미리 말해주자면 틀렸다. 저 신탁의 만월은 실제 달과는 전혀 상관이 없고, 다만 작은 태양이라 불리는 이 제국의 황태자를 다른 식으로 비유해서 가리킨 것뿐이었다.

민심을 파악하기 위해 암행에 나선 황태자는 어느 춥고 남루한 골목에서 빈민 아이를 도와주려다 우연히 여주인공 아그리타와 마주친다. 그걸 계기로 황태자비가 된 아그리타가 훗날 황후의 자리까지 오른다는 게 신탁의 진짜 의미였다.

황후가 된 아그리타가 연이은 선행으로 국민에게 신녀라고 추앙받기 시작하자 신전과 학자도 그때 가서 사실을 알게 되긴 한다. 어쨌든 당시 진실을 알 길이 없었던 신전은 지상에 강림하는 신의 대리자를 극진히 맞이해야 한다고 야단법석이었다.

그에 시간의 신을 모시는 신전에서 내놓은 결과물이 바로 이 함 안에 든 구슬이었다.

'시간의 신전이 신녀에게 바치기 위해 만든 신물.'

마른침이 넘어갔다.

'하나를 깨뜨리면 하루가 되돌아간다고 했지.'

신전은 구슬 서른 개를 만들기 위해 장장 십 년을 쏟아부었다. 그럴 만도 했다. 하루라지만 시간을 되돌린다니, 여기가 공상과학소설 속도 아니고 어떻게 그런 게 가능하냐 이 말이다. 십 년이 걸려서라도 만들어낸 게 대단했다.

'하루면 충분해.'

서른 개 중에 내가 가지고 있는 건 모두 열다섯 개였다. 도의적으로 절반만 훔쳤다. 책을 통해 구슬이 보관된 장소와 꺼낼 방법을 알고 있었기 때문에 빼돌리는 건 어렵지 않았다. 사실 몰래 쓱싹해 놓고 할 말은 아니지만 나름 양심적이었다고 생각한다. 다 가져오려다가 참은 거니까. 물론 신전이 알게 되면 날 매달아 죽이지 못해 안달하겠지만.

'하지만 결과적으로 그 덕분에 아그리타를 살릴 수 있게 되었으니……'

나는 이걸 사용해 여주인공을 되살릴 생각이었다. 선택의 여지는 없었다. 죽은 사람을 도로 살려내려면 이 방법이 유일했다. 문득 속눈썹이 파르르 떨렸다.

'다시 생각해도 기가 막히네.'

어떻게, 어떻게 여주인공을 죽일 수가 있지?

'욕해주고 싶다! 정말로!'

울분이 차올랐다. 남동생만 아니었어도 이 구슬을 이렇게 쓸 일은 없었다. 이게 어떤 건데. 이건 내 여분의 목숨이나 다름없었다. 구슬은 원래 여기서 도망친 이후 사용하려던 거였다. 만일의 사태에 대비한 보험이랄까? 이역만리 타국에서 어떤 일이 벌어질지 모르는 일이었으니, 만에 하나 목숨이 위험해지거나 하면 그때 쓰기 위해 기를 쓰고 훔쳐 보관해 두었던 거다.

구슬을 한 개 꺼내어 겨우 손에 쥐었다. 한 손에 모두 감추어질 정도로 작았다. 아까운 심정에 내 손동작은 답답할 정도로 느렸다.

'정신 차리자. 이건 무조건 깨야 해. 아그리타가 살아 있어야 내 도망도 성립될 수 있는 거니까.'

결단한 나는 이를 앙다물고 손을 휙 높이 들어 올렸다. 그러다 멈칫했다.

'가만.'

구슬을 깨뜨리고 나면 즉시 하루가 되돌아간다. 어차피 되돌아갈 거라면……? 벌떡 몸을 일으켰다. 어딘가에 생각이 미친 순간 오로지 그것만이 나를 지배했다. 나는 손아귀에 구슬을 꼭 쥔 채 문을 열고 우당탕 계단을 내려왔다.

에시는 여전히 같은 자리에 있었다. 무슨 대화를 나누는 중이었는지 맞은편에 선 하인이 식은땀을 뻘뻘 흘리는 게 보였다. 나는 아주 오랜만에 그를 향해 언성을 높였다.

"야!"

남동생의 시선이 내 쪽으로 이동했다. 깎아놓은 보석 같은 샛노란 눈동자가 나를 똑바로 담았다. 손바닥을 통해 구슬의 감촉이 느껴졌다. 그 순간, 나는 에시가 내 키를 넘어선 어느 날 이후 다시는 뱉게 될 일이 없을 거라 여겼던 진솔한 마음의 소리를 영혼까지 얹어 우렁차게 외쳤다.

"이 미친놈아! 꿀밤 안 맞으니까 인생이 편하지? 어? 아주 만만하지? 염병, 제발 소원인데 그렇게 좀 살지 마라!!"

이어서 나는 손에 든 구슬을 힘껏 내던졌다.

"아가씨."

"……."

"리디아 아가씨?"

"어, 어?"

퍼뜩 정신이 들었다. 한 박자 늦게 대답하며 뒤를 돌아보았더니 양손으로 숄을 들고 있는 하녀 베시가 보였다.

"여기 부탁하신 숄이에요. 확실히 날씨가 전보다 쌀쌀해지긴 한 것 같네요."

눈을 깜박였다. 찬 숄 그녀기 왜 내 앞에 있나 멍청하게 생각하다가 사고가 제대로 흘렀다.

'돌아온 건가?'

급히 주변을 둘러보았다. 근처에는 에시도, 하인도 없었고 여기는 일 층 계단도 아니었다. 내가 서 있는 곳은 내 방 발코니였다. 장소를 인지하는 순간 살갗에 닿는 야외의 바람이 서늘하게 느껴졌다. 나는 일단 베시가 내미는 숄을 받아서 어깨에 두르며 머리를 굴렸다.

'지금이 언제지?'

이 상황이 기억에 있었다. 발코니로 나와서 바깥을 구경하다 언뜻 추위를 느끼고 베시에게 가을용 숄을 가져다 달라 부탁했지. 분명 어제 있었던 일이었다.

'돌아왔어!'

정말로 하루가 되돌아왔다.

"아가씨? 괜찮으세요?"

"어, 으응."

가까운 의자에 털썩 주저앉았더니 베시가 놀라서 나를 살폈다. 나는 괜찮다고, 별것 아니라는 말로 그녀를 안심시켰다. 잠깐 다리에 힘이 풀렸을 뿐이다. 시간을 거슬렀다는 걸 실감해서 그런가? 갑자기 서 있을 힘조차 빠져나갔다.

"……베시. 잠시 혼자 있고 싶은데."

"아, 네. 아가씨, 필요한 게 있으시면 언제든 부르세요."

완전히 마음이 놓이지 않는 듯 베시는 나를 재차 살펴본 뒤에야 이내 방을 나갔다. 문이 닫히는 걸 보자마자 나는 양손에 얼굴을 묻었다.

"하아아."

진짜 돌아왔다. 그리고 돌아오기 전 내가 저지른 짓이 아주 생생하게 떠올랐다.

'무슨 정신이었지?'

남동생에게 욕을 해준 건 체감상으로 따지면 근 천 년만이었다. 성장한 미래의 남동생에게 상식도 모럴도 전혀 존재하지 않는다는 걸 알게 된 이후 나는 동생 앞에서 말씨 하나까지 신경 썼다. 욕? 고함?

그런 건 있을 수 없는 일이었다.

'와…….'

무슨 용기로 그랬는지 아직도 기분이 얼떨떨했다.

'그치만 시원하다.'

손바닥에 묻고 있던 얼굴을 들고 생각했다. 응, 맞아. 시원했지. 솔직히 후련했다. 뭐라고 할까, 속이 다 풀리는 심정이었다. 뱃심으로 영혼을 담아 진심 어린 욕을 해주는 순간, 그간의 마음고생이 아주 일부나마 보상받는 것 같은 느낌마저 들었다.

'하길 잘했어.'

약간 뿌듯해졌다. 돌이켜 보니 그러길 정말 잘했다. 어차피 시간이 되돌아왔으니까 내가 저지른 엄청난 짓은 깔끔하게 없던 일이 됐다. 하, 후환이 없다는 게 이렇게 좋은 거구나. 구슬 최고다!

'참, 구슬.'

무심결에 손을 내려다봤다. 생명 줄처럼 쥐고 있던 구슬은, 당연한 말이지만 온데간데없었다. 나는 몸을 일으켜 책상으로 다가갔다. 아까처럼 비밀 서랍을 열고 그 안에서 함을 꺼내, 안에 든 구슬의 개수를 세어봤다.

'……열네 개.'

하나가 줄었다. 열다섯 개에서 내가 하나를 사용했으니 맞는 개수였다. 역시. 이건 내가 겪은 일이 꿈이 아니었음을 알려주는 증거이기도 했다. 여주인공이 죽은 것도, 그것 때문에 구슬을 써서 시간을 되돌린 것도 전부 현실이다. 하루가 돌아온 거라는 확신이 있었지만 그래도 혹시나 싶어 나는 마지막으로 복도에서 지 8인을 붙잡고 물었다.

"저, 오늘이 며칠이지?"

"예? 그게…… 구월 십삼 일입니다."

어제 날짜다. 의심의 여지가 없다. 난 눈을 질끈 감고 긴 숨을 내뱉었다.

'정말 신기한 구슬이네.'

고작 유리구슬처럼 생긴 그 작은 걸 깨뜨렸다고 이렇게 시간이 되감기다니. 한순간에 오늘이 어제가 되어버린 감상은 생경했다. 새삼 이런 걸 만들어낸 신전이 대단하게 느껴졌다.

'아그리타도 대단하고.'

구슬을 사용해 보고 나서야 생각하는 거지만, 아그리타는 실로 이야기의 주인공이 될 만한 자격이 있었다. 그녀는 시간의 신전에서 얻은 서른 개의 구슬 중 단 하나도 본인을 위해 사용하지 않는다.

이만한 능력이 덜컥 주어지면 보통은 없는 욕심도 생기게 마련이다. 그러나 아그리타는 당연하다는 듯 일말의 고민도 없이 구슬을 모조리 타인을 돕는 데만 소모했다.

'재해, 사고를 막고…… 간혹 불쌍한 사람의 소원을 들어주는 데에도 썼지.'

그래서 신녀라 불릴 수 있었던 것일 테다. 어째 그러한 선행의 개수를 내가 줄여 버린 셈이 된 것 같아 기분이 찜찜해졌다. 으음, 뭐. 그래도 어쨌든 그 덕에 아그리타를 살릴 수 있게 됐으니까.

'이럴 때가 아니지.'

나는 여주인공의 죽음이라는 참사가 일어났던 원인을 되짚었다. 길게 고민할 것도 없었다. 모든 건 시계탑 때문이었다. 물론 더 근본적으로는 에시 때문이지만, 걔는 내가 어떻게 할 수 없으니 시계탑을 어떻게 해야지.

'지금 시각이 정오 근처. 차라리 내일 낮이 아니라 지금 시계탑에 다녀온다면 좋겠지만…….'

기억을 더듬었다. 오늘 에시는 종일 바빴다. 내내 집무실에서 나오지 않다가 저녁에 얼굴을 비치는 것도 그야말로 잠깐이었다. 고작 그 잠깐으로 그런 미친 결과를 만들어내다니, 과연 어른 사이코패스 악당.

'어쩌지? 역시 다른 핑계를 대서 거절하는 것밖에 없나.'

나는 골머리를 앓기 시작했다. 간단하게 생각하면 단순히 '낡았더라', '허물고' 이 단어만 다시 입에 담지 않으면 될 것 같지만 혹시 몰랐다.

그야 상대가 그 에시니까. 무슨 짓을 저지를지 모르는 에시 위드그린이라.

'나와라! 신박하고 안전하며 그럴듯한 핑계!'

나는 그 주제에만 사로잡혀 오후를 보냈다. 집중할 게 있다는 건 놀라운 일이다. 시간은 그야말로 순식간에 지나갔다. 정신을 차리니 어느새 저녁이었다.

에시가 내려오려면 아직 한 시간가량 남았다. 나는 지난번과 똑같이 분주한 거실의 풍경을 눈에 담으며 생각했다.

'안 떠올라.'

노력했지만 이거다 싶은 핑계가 떠오르지 않았다. 하지만 초조해야 할 상황임에도 나는 훗, 여유롭게 웃음을 흘렸다.

'대신 다른 걸 떠올렸지.'

조금 전 깨달았기 때문이다. 내가 바보 같은 주제로 고민하고 있었음을.

'거절할 핑계가 없으면 거절을 안 하면 되지.'

개소리라고 치부하기 전에 다음 말을 들어주길 바란다. 이전까지는 사고가 너무 한쪽으로 치우쳐 있어서 간과했는데, 사실 상대의 제안을 거절하는 것보다 좋은 방법은 따로 있었다.

바로 아예 제안을 받지 않는 것. 나들이 권유를 안 받으면 거절할 필요도 없다. 이전에 에시는 나를 찾으러 내려온 게 아니라 거실에 내려왔다가 마침 나를 발견했던 것처럼 보였다. 발견한 김에 겸사겸사 시계탑 관광 권유도 한 거고.

'즉 이번엔 안 마주치면 그만이라는 거지.'

나는 에시가 내려오기 전에 거실을 뜰 심산이었다. 안 그래도 일부러 이전번보다 훨씬 일찍 내려와 진작 티타임을 가졌다. 찻잔도 비었겠다, 이제 느긋하게 자리를 벗어나기만 하면 그만이다.

'내 방에 들어가서 내일까지 안 나와야지.'

안전하게 가야 한다. 안전하게.

나는 오늘 남은 시간 동안 방에서 두문불출할 계획을 세우고 몸을 일으켰다. 괜히 콧노래가 나왔다. 별거 아니잖아? 고민에 쏟은 시간이 무색하긴 하지만, 어쨌든 이렇게 여주인공 사망이라는 참사는 무사히 없던 일이…….

"누님."

"으악!"

나도 모르게 비명을 지르고 나서 고개를 들었다. 아니, 그도 그렇게 들리면 안 되는 목소리가 갑자기 들렸으니까. 여긴 계단 아래였다. 시야를 올렸더니 약간 당황한 것처럼 보이는 남동생의 얼굴이 눈에 들어왔다.

……어?

"괜찮아?"

에시가 물었다. 나는 곧바로 대답하지 못했다. 상황을 받아들이는 데 시간이 좀 필요했던 탓이다.

'왜 애가 지금 나타나?'

뭐지? 분명 아직 내려올 때가 아닌데. 시간도 제대로 확인했다. 한 시간이나 차이가 났으니 잘못 봤거나 착각했다고 생각하기도 어려웠다.

'어떻게 된 거야?'

시간을 되돌아왔으니 하루는 이전과 동일하게 흘러가야 한다. 같은 시점에 같은 일이 일어나야 하는데, 왜?

"어머, 공작님. 바로 내려오셨네요. 알렉스를 올려 보낸 게 조금 전인데."

"……으응?"

베시의 목소리였다. 무슨 말인가 싶어 돌아보았더니 그녀가 표정에 다소 염려의 기미를 담고 나를 바라보고 있었다.

"낮부터 걱정이 좀 되었거든요. 아가씨 말이에요. 불러도 금방 못 들으시고, 자꾸 멍하니 계시고. 아까는 한숨도 몇 번 쉬셨죠? 그래서 혹 무슨 일이라도 있으신가 싶었어요. 아무래도 공작님도 아셔야 할 것 같아서 알렉스를 보냈는데."

그러더니 그녀가 약간 팔불출처럼 웃었다.

"그런데 말을 전하자마자 이렇게 곧바로 내려오시다니, 하여간 아가씨 생각이 남다르시다니까."

나는 말문이 막히고 말았다. 맙소사.

'베시!'

어쩌지 못하고 마음으로만 그녀를 원통하게 불렀다. 내가 그랬나? 그렇게 상태가 안 좋아 보였단 말이야? 아아, 차라리 나한테 직접 와서 무슨 일 있는 거냐고 물어봐 주지.

"진작 알았으면 더 일찍 내려와 봤을 텐데. 괜찮은 거야?"

에시가 다정한 목소리로 걱정스럽게 물었다. 그 순간 정신없이 바쁜 와중에도 주인 아가씨를 위해준 베시의 친절한 마음씨와 남동생의 악당답지 못한 따뜻한 가족애가 쌍으로 원망스러워졌다.

나는 겨우 말했다.

"괜찮아."

사실 안 괜찮다. 정확히는 괜찮을 예정이었는데 일이 꼬여서 안 괜찮아졌다. 아아.

'어떡하지? 이대로 내일 시계탑에 다녀오자고 하면? 거절할 그럴싸한 핑계를 결국 못 찾았는데…….'

가만. 사고가 일순 멈췄다가 다른 방향으로 흐르기 시작했다.

'어라, 그냥 오해 산 김에 정말로 안 괜찮은 척하면 되는 거 아냐?'

생각해 보니 그랬다. 그렇잖아? 베시의 착각 덕에 에시는 지금 내 상태가 그다지 안 좋은 줄 알고 있는 것 같았다. 그럼 거기에 부응해 주는 편이 나을지 몰랐다.

그도 그럴 게 몸 상태가 나쁘다는데 설마 나가자고 하겠어? 거기까지 생각이 미치자마자 얼른 말을 번복했다.

"아, 아니. 실은 별로 안 괜찮은 것 같아."

말과 행동은 함께 가야 한다. 나는 현기증을 연기하며 비틀거렸다. 자연스럽게 계단 난간을 잡으려고 했는데 그 전에 에시의 단단한 팔이 내 상체를 받쳤다.

어, 음…… 빠르구나. 얇은 실내복을 사이에 두고 느껴지는 팔의 감촉은 다부졌다. 순간 상대가 어른 남성이라는 사실이 정신을 확 깨우듯 밀려들어 왔다.

으, 으음. 내가 얘한테 욕을 해줬다 이거지? 아무리 구슬을 믿었다지만 배짱이 가상한걸?

'두 번은 하기 힘들 것 같은데.'

역시 지나치게 어른이다. 남동생은 완전히 성인이 되어버렸다. 여실한 체급 차를 새삼 실감하고 있는데 에시가 말했다.

"어디가 안 좋은 거야?"

재빨리 머리를 굴렸다. 증상을 너무 특정하면 금방 꾀병이라는 걸 들킬지도 모르니 최대한 두루뭉술하게 둘러댔다.

"그냥 기력이 좀 없는 것 같아. 몸에 힘도 없고, 입맛도……."

잠깐. 나 오늘 점심밥 그릇을 너무 열심히 비웠잖아. 급히 말을 돌렸다.

"……아무튼 기운이 없어."

말을 뱉어놓고 조마조마했다. 이 정도면 대충 컨디션이 안 좋다는 정도로 설명이 되겠지? 나는 주장한 대로 '기운 없는' 상태를 연기하기 위해 몸에서 좀 더 힘을 뺐다.

덕분에 남동생에게 한결 깊게 기대는 꼴이 되고 말았다. 행여 내가 넘어지기라도 할까 걱정이 된 모양인지 에시의 단단한 팔에 힘이 들어가는 게 느껴졌다. 기분이 약간 이상했다.

'왜 이상해?'

작달막한 키로 나를 졸졸 따라다니던 꼬맹이 시절과 대비되어서 그런가. 그땐 참, 나름 귀여웠는데. 뜬금없이 과거를 반추하고 있는데 머리 위에서 목소리가 들렸다.

"요새 외출을 별로 못 했지?"

"……응?"

"줄곧 바빴으니까. 그래도 시간을 좀 낼 걸 그랬어."

어? 아니, 잠깐만.

"내일은 낮에 같이 광장에 다녀오자. 누님이 전에 시계탑을 보고 싶다고 했잖아."

야! 소리를 지를 뻔해서 입을 꽉 다물었다. 기다려 봐, 전개가 왜 그렇게 튀어? 어떻게 하면 내가 위에서 한 말을 집에만 있어서 우울한 거라고 받아들일 수 있지?

"내일이면 나도 간만에 저녁 전까진 시간이 날 테고."

기시감이 느껴지는 대사를 들으며 눈을 굴렸다. 이, 안 돼. 수습해야 한다. 어서.

'그래! 감기, 감기인 척할까?'

일순 적당한 구실이 번쩍 떠올랐다. 맞아, 그러잖아도 최근 날씨가 부쩍 쌀쌀해진 감이 있었다. 감기에 걸렸다고 하면 되잖아. 이 좋은 걸 왜 진작 생각 못 했지?

"에시, 그게, 실은 내가…… 콜록콜록."

감기 환자의 대표 증세, 일단 기침으로 어필했다. 이마에 열도 나면 딱인데 그건 내가 뭐 어떻게 해볼 수가 없네.

"누님?"

에시의 표정이 변했다.

그래, 나 감기다. 감기라서 외출 못 해! 시계탑 같은 거 못 본다! 그런데 본론을 꺼내기도 전에 에시가 내게서 눈을 뗐다. 응?

"닥터 불러와."

닥터라면…… 우리 집 주치의 이름?

"누님 건강도 제대로 못 돌보는 인간이 이 저택에 의사랍시고 눌러 앉아 있을 줄은 몰랐군."

잠깐, 저기, 잠깐만!

"아냐!"

에시의 옷을 다급하게 붙잡아 당겼다. 시선이 내게 돌아오자마자 황급히 변명을 꺼냈다.

"먼지, 먼지 때문에 기침한 거야. 별거 아니야. 몸은 멀쩡해. 안 그래도 요새 날이 추워졌다고 닥터가 영양제도 만들어주고…… 그래서 완전 튼튼해."

나는 없는 말까지 지어내며 닥터를 변호했다. 에시의 태도로 봤을 때 닥터가 이대로 불려 왔다간 십중팔구 잘릴 것이 뻔했다. 내 가짜 기침 때문에 그가 일자리를 잃게 할 수는 없었다. 그, 그랬다간 꿈자리가 사나워질지도 모른다. 내가 알기로 닥터는 애 셋 딸린 가장이었다.

에시는 적극적으로 건강하다 주장하는 나를 물끄러미 내려다보더니 이내 손으로 내 이마를 짚었다.

"확실히 열은 없네."

"……."

"그럼 기분 전환 문제가 맞는 거지? 내일은 되도록 일찌감치 나가서 점심도 바깥에서 먹고 들어오자."

"……으응."

'제기랄.'

욕이 솟구쳤다. 설마 일이 이렇게 될 줄이야. 나는 뭐라도 원망하고 싶어졌다.

'거지 같은 시계탑.'

왜 광장에 있고 난리야? 아니, 애초에 왜 존재해서 난린데? 네가 대체 뭐길래?

속으로 시계탑을 마구 헐뜯었다. 물론 아무짝에도 소용없는 분풀이라는 것은 아주 잘 알고 있다.

베시가 곁에서 역시 두 분 사이는 언제 봐도 보기 좋다며 손뼉을 쳤다. 야속한 저녁이었다.

나는 빠른 태세 전환에 들어갔다. 전개가 원하지 않던 방향으로 흘러간 건 당황스러웠지만 그렇다고 망한 건 아니었다.

'아그리타의 죽음만 막으면 되니까.'

그래. 궁극적인 목표는 그거지. 이전처럼 여주인공이 사망하는 일만 일어나기 않게 하면 된다.

'차라리 잘됐어. 이러면 최소한 시계탑이 부서지는 일은 절대 없을 테니.'

낡았다는 소리는 목에 칼이 들어와도 안 할 테다. 아, 아니. 칼이 들어오면 할지도. 어쨌든 나는 시계탑 실물을 보며 좋은 소리만 하기로 다짐했다.

'최대한 여주인공을 피해 시계탑만 보고 돌아오는 거야. 문제없어.'

"후우."

거울을 보며 결연한 숨을 내쉬곤 몸을 돌렸다.

"어쩜, 아가씨. 너무 아름다우세요."

채비를 마치고 내려왔더니 베시가 법석댔다. 굳이 그녀가 아니더라도 주변에서 한마디씩 날아드는 찬사에 나는 미소로 대답했다.

에시의 말처럼 실상 내 외출이 오랜만이기는 했다. 원래 나가서 돌아다니는 걸 썩 즐기는 편도 아닌 데다, 어차피 얼마 후면 영영 떠나 있게 될 집이니 남은 기간만이라도 최대한 오래 머무르자고 생각했기 때문이다.

'좋게 생각하자. 도망치기 전에 정신을 환기하는 거지.'

오늘 나는 붉은 머리를 높게 틀어 올리고 단추가 목까지 달린 녹색 외출용 드레스를 입었다. 남들은 내가 이렇게 차려입고 있으면 곧잘 만개한 장미 같다고 하곤 했는데, 제법 마음에 드는 표현이었다. 장미에는 가시가 있으니까.

'나름 전투 복장이랄까.'

거기에 일부러 흰색이 아닌 검정에 가까운 어두운색의 장갑을 꼈다. 좋아. 다른 걸 떠나 일단 각오가 잡혔다. 그때 주변의 소란이 옹기종기 옮겨 갔다.

"공작님, 내려오셨어요?"

"어머나."

고개를 돌렸다. 외출복 차림으로 계단을 느긋하게 내려오고 있는 에시가 보였다.

새하얀 머리카락을 깔끔하게 넘겨 이마를 드러낸 에시는 기사 정복을 떠올리게 만드는 짙은 남색 계열 옷을 입고 있었다. 망토만 없다뿐이지 제복에 가까운 디자인이었다.

'하여간 저한테 뭐가 어울리는지는 귀신같이 알아.'

그림처럼 차려입고서 계단을 내려온 에시가 내게 다가왔다. 분명 천천히 걷는 것 같은데 다리가 길어서 그런지 금방 가까워졌다.

"갈까?"

지척에 선 에시가 에스코트 자세로 팔을 굽혀 내밀었다. 나는 티 나지 않게 숨을 들이마시고 그 팔에 손을 얹었다.

"응."

그래, 가자.

"잘 다녀오세요. 늦기 전에 꼭 돌아오시고요. 오늘이 무슨 날인지 잊으신 건 아니죠?"

"걱정 마."

베시의 당부 및 배웅을 뒤로하고 나와 에시는 저택을 나섰다. 나는 행여 까먹을세라 여주인공의 오늘 일정을 달달 외웠다.

'오전 열한 시. 이 시간이면 시계탑은 이미 벗어났을 테고. 지금쯤 자선 행사 단체와 함께 있겠네.'

동선을 미리 짜본 결과 아그리타와 우리가 우연히 마주칠 확률은 생각보다 높지 않았다. 광장은 넓었다. 작정하고 이곳저곳 돌아다니지 않는 이상 맞닥뜨릴 위험은 거의 없었다. 정오 무렵 광장 중앙에서 자선 행사의 일환인 무료 배식을 하는 건 조금 마음에 걸렸지만, 잘 피해 가면 얼마든지 그 근처를 지나치지 않을 수 있었다.

'그래도 혹시 모르니 주신하자.'

그렇지만 막상 가능성이 희박하다고 생각하니 어쩔 수 없이 마음이 놓였다. 더구나 오래간만의 외출이라 나도 모르게 은근 들뜨고 말았나 보다. 에시와 함께 광장으로 가는 거리를 걷다 문득 가판대에 눈길이 갔다.

'어, 저 머리핀 예쁜데.'

나는 물욕이 많은 편은 아니었지만 취향은 꽤 확고했다. 가판대 위에 놓인 보석 머리핀은 그런 내 취향을 제법 정확히 꿰뚫는 형태였다. 잠깐 쳐다봤다고 생각했는데 에시가 곧바로 걸음을 멈췄다.

"마음에 들어?"

"……뭐."

이성은 어딜 한가롭게 머리핀이나 들여다보고 있냐고 외쳐댔지만 약간 들뜬 마음이 그걸 무시했다. 이걸 사는 데 한 시간, 두 시간이 걸리는 것도 아니고.

나는 빨리 계산하고 이동해야겠다는 생각에 얼른 손가방을 뒤졌다.

'응?'

그러다 멈칫했다.

'어?'

잠깐, 이거 뭐지?

'없어!'

지갑이 없었다.

'분명 가지고 나왔는데?'

나는 외출할 때면 항상 지갑을 챙겼다. 이번처럼 에시와 단둘이 나올 때도, 혹은 사용인을 대동하더라도 마찬가지였다. 내가 바깥에서 손수 물건값을 치를 일이 많아서라기보다는 그저 습관에 가까운 행동이있다. 아마 전생의 영향이 아닐까 싶은데, 아니, 그나저나 정말 왜 없지?

당황해서 움직임을 멈춘 채 서 있었더니 에시도 이상을 눈치챈 것 같았다. 에시가 일단 품에서 금화를 꺼내 상인에게 던져 줘서 나는 머리핀을 쥔 채 길가로 빠졌다.

'오면서 흘렸나?'

곧바로 고개를 저었다. 그럴 리가. 내가 가방을 마구 휘두르면서 걸어온 것도 아닌데 그게 그렇게 저절로 빠져?

'그럼……'

"소매치기."

머릿속으로 떠올린 단어가 다른 사람의 입을 통해 나왔다. 나는 에시를 올려다보았다.

"맞아?"

"……아마."

대답은 그렇게 했지만 거의 확신하고 있었다. 도중에 꺼낸 적이 없으니 어디에 두고 왔다는 것은 말이 안 되고, 애초 가지고 나오지 않았다기엔 저택을 나올 때 손가방 안에 제대로 들어 있던 걸 확인했다.

기억을 차근차근 더듬어보니 마차에서도 틀림없이 있었다. 결국 마차 보관소에 내려서 여기까지 걸어오는 잠깐 사이에 없어졌다는 건데.

'오는 길에 내가 누구랑 부딪혔나?'

왜, 소매치기하면 그런 거 아닌가. 걷다가 모르는 사람이랑 툭 부딪혀서 '아, 미안합니다', '괜찮아요' 하고 나면 어느샌가 돈주머니가 사라지고 없는 그런 매직.

하지만 인상에 남을 정도로 사람과 세게 부딪힌 기억은 없었다. 도중에 인파를 헤집기는 했지만 에시가 에스코트하며 길을 열어줘서 정작 나는 수월하게 지나왔다.

'언제 훔쳐 간 거야?'

기가 막혔다. 이렇게 쥐도 새도 모르게 가져갈 수가 있나? 이 정도면 뭐, 소매치기계의 살아 있는 전설, 걸어 다니는 교과서쯤 되는 거 아냐? 이걸 감탄해야 하나. 황당해하고 있는 그때, 내게서 몸을 돌린 에시가 품에서 뭔가를 꺼내는 게 얼핏 보였다.

……응? 저게 뭐지?

'보석?'

아니, 아닌데. 발꿈치를 들어가며 은근 곁눈질했다. 훔쳐본 결과 그건 정체를 짐작할 수 없는 자그마한 구체였다.

잠시 후, 그 구체에서 웬 목소리가 흘러나왔다.

―부르셨습니까?

"사람 하나 찾아."

에시가 덤덤한 목소리로 명령했다. 나는 순간 눈을 동그랗게 떴다. 저게 마치 핸드폰처럼 원거리에 있는 사람과 통신이 가능하게 해주는 일종의 도구라는 건 방금 봤으니까 알겠다. 전에 들었던 기억이 난다. 마법을 이용해서 만든 거랬지. 그런데 지금 누구한테 명령한 거야?

'설마.'

우리 집안 사용인이라기엔 어딘지 낌새가 이상했다. 그렇게 생각하자 떠오르는 것이 있었다.

자고로 악당이란 절대 정직하게 겉으로 보이는 세력만 지니고 있어서는 안 되는 법이다. 에시 또한 그 법칙을 따랐다. 책으로 읽어서 아는 것이긴 하지만, 에시는 부모님이 돌아가시면서부터 힘을 가져야 할 필요성을 느꼈다. 여기서 힘이란 단신으로 뽐내는 무력을 이야기하는 게 아니었다. 남동생은 제 손아래에서 수족처럼 휘두를 수 있는 단체를 원했다.

그러나 그런 단체는 원한다고 쉽게 생기는 것이 아니다. 만드는 데 드는 돈과 인력도 문제지만, 무엇보다 시간이 걸렸다. 그래서 우리의 악당 에시는 쉽고 간편하게 그냥 기존에 있던 단체를 빼앗아 버리기로 한다.

'암흑가……'

제국에는 암흑가라는 게 있었다. 쉽게 말해 뒷세계 같은 거다. 밤의 도시, 범죄자들의 구역, 제국의 어둠 등 갖은 이름으로 불리는 가장 원초적이고 어두운 거리. 모든 게 힘의 논리로 좌우되는 그곳엔 오래전부터 지배자로 군림해 온 거대한 조직이 존재했다. 그리고 에시는 그 조직을 찾아가 그날로 수장을 죽여 버리곤 그의 자리를 차지했다.

'심지어 그때 나이가 열다섯이었나.'

부모님의 장례식을 치르고 나서 채 반년도 지나지 않은 시점에 일어난 일이었다. 하루아침에 수장을 잃은 조직이 어떤 경로로 남동생에게 복종하게 되었는지까지는 알 길이 없다. 그건 책에 적혀 있지 않았으니까. 다만 힘의 논리를 따르는 암흑가라고 하니 압도적인 무력으로 굴복시키지 않았을까 짐작할 뿐이었다.

내가 말한 적이 있나 모르겠다. 남동생은 세 살 무렵부터 장난감 칼로 목조 조형물을 부수고 다녔다. 그때는 그게 귀여워 보였지…….

'아무튼, 정말 그건가?'

암흑가 조직원. 맞을까? 활자로만 읽었던 것이 저 통신 도구 너머에 실재한다고 생각하니 신기하기도 하면서 한편으로 속이 서늘해졌다. 사실 내가 섣불리 아무 때나 도망을 시도하면 안 되겠다고 생각한 것도 다 저것 때문이었다.

제국 구석구석 깊은 곳까지 암흑가는 존재하지 않는 곳이 없다고 했다. 어설프게 도주를 결행했다간 한 발자국 떼자마자 잡히기 딱 좋아 보인다. 더불어 잡히고 나서 바로 쓱싹당하기도.

'역시 아그리타가 있어야 해.'

새삼 내겐 그녀가 필수라는 걸 되새기고 있는데, 에시가 상대방에게 막 추가로 명령하는 소리가 들렸다. 조금 전 붉은 머리에 녹색 드레스를 입은 귀족 여성의 지갑을 훔치는 데 성공한 소매치기를 찾으라고. 어라, 저런 식으로 말해도 찾을 수 있는 건가?

그렇게 명령해 놓고 통신을 끊은 에시가 나를 돌아보았다.

"누님."

"어, 응?"

"갈까."

"어딜?"

"시계탑. 그걸 보러 나온 거잖아. 소매치기는 금방 잡을 수 있을 테니 신경 쓰지 마."

에시는 그런 것은 잊고 나들이에만 집중하라며 덧붙였다. 어, 으응. 얼결에 고개를 끄덕였지만 내심 품은 생각은 좀 달랐다. 사실 이제 소매치기 말고 다른 쪽이 신경 쓰이는데.

'진짜 암흑가 조직원이니?'

작정하고 움직이면 이 구역을 하루아침에 망자의 거리로 바꿔놓을 수 있다는 문제의 그들이 맞니? 그것에 비하면 소매치기의 존재감은 그냥 없는 수준이 됐다. 내 사라진 지갑의 무게도 덩달아 비슷해졌다.

'하여튼 이게 무슨 해프닝인지.'

피로감이 밀려왔다. 암흑가 관련 내용을 떠올렸더니 심력을 소모해서 그런 것일지도 몰랐다. 어서 시계탑을 보고 바로 집으로 돌아가고 싶어졌다. 안 그래도 오늘 저녁에 도망쳐야 하는데 몸이든 정신이든 지친 상태로는 안 될 일이다.

빨리 귀환해서 체력을 비축해야지. 그렇게 생각하며 조금 분주하게 걸었더니 금세 광장으로 진입했다. 나는 탁 트인 공간을 향해 발을 내딛다가 문득 깨달았다.

'아차, 방향 조심.'

아무 생각 없이 광장 중앙을 가로질렀다간 자선 행사 중인 아그리타와 마주치게 될지도 모른다. 나는 되도록 자연스럽게 방향을 틀기 위해 걸음을 돌렸다. 그때였다.

—주인님.

나도 모르게 에시의 품으로 눈길이 갔다. 한 번 들었다고 그새 익숙하게 느껴지는 목소리였다. 에시가 걸음을 멈췄다.

"보고해."

ㅡ찾았습니다.

뭐? 정말 찾았어?

"어떤 놈이지?"

ㅡ길거리 소매치기인데 얼핏 보면 어린아이로 비칠 정도로 신장이 매우 작습니다. 병인지 체질인지는 모르겠지만, 어쨌든 그렇게 작은 신장을 이용해 목표물 시야 아래에서 주머니를 터는 게 녀석 특깁니다.

"그래서 못 봤군."

에시가 짧게 혀를 찼다. 나는 다른 걸 떠나 조직원의 일 처리 속도에 감탄하느라 정신이 없었다. 별다른 인상착의 정보도 없이 그게 그냥 '찾아야지!' 하면 찾아지나? 범죄 카르텔의 힘 같은 건가 생각하고 있는데, 에시가 물었다.

"위치는?"

ㅡ세 시 방향 빨간 지붕 보이십니까? 그 아래입니다.

"저놈이군."

고개를 움직인 에시가 금방 누군가를 찾아냈다. 시선을 따라갔더니 나도 같은 사람을 볼 수 있었다. 헉, 진짜 작네. 실눈을 떠 시야를 좁혔더니 금화를 튕기며 실실거리는 모양새가 얼핏 눈에 들어왔다. 아니, 저게 내 돈으로?

에시가 나를 매단 채 성큼성큼 걷기 시작했다. 저걸 잡으면 어떻게 할지 고민이라도 하는 듯한 얼굴이었다. 아, 잠깐만. 죽이려니? 그건 좀 그런데. 지갑만 돌려받고 어떻게 산 채로 잘 보내주게 할 수는 없을까?

그때 우리를 발견한 상대가 깜짝 놀라더니 몸을 돌려 도망치는 게 보였다. 눈치 빠르네. 하기야 나나 에시나 멀리서도 눈에 띄는 편이라 알아채기는 쉬웠을 것이다.

에시는 괘씸하게 달아나는 상대를 쫓아가려는 것 같더니 곧 발을 멈췄다. 어, 아마 나 때문인 것 같았다. 나를 달고 뛸 수는 없으니까. 멈춰 선 에시가 통신 도구에 대고 말했다.

"놈이 도망치는 방향."

―광장 중앙입니다.

답이 즉각 튀어나왔다. 저 정도면 ARS 아냐? 근데 잠깐, 어디라고?

"외곽으로 안 빠지고 왜 그리로 튀지?"

―일당이 그곳에 있는 모양입니다. 자기가 잡힐 것을 대비해 훔친 것을 넘기고 도망가려는 것 같습니다.

에시가 입매를 비틀었다. 상대의 행동을 가소롭다고 여기는 듯한 표정이었다. 그리고 나는 불안감으로 갑자기 속이 싸해졌다.

"에……."

"싹 치워."

―알겠습니다.

불길한 예감에 일단 에시를 부르려고 했는데 그보다 에시가 한발 빨랐다. 짤막한 명령에 통신구 너머 상대방은 찰나의 주저도 없이 응했다. 다음 순간이었다.

콰앙!! 굉음이 들렸다. 지축이 흔들릴 만한 소리였다. 나는 그 폭발음이 어디에서 울린 건지 한순간에 알아차렸다. 그야 모르면 바보다.

"……악!"

"무슨…… 이야!"

혼비백산한 사람들이 사방으로 달아나거나 자리에 주저앉는 광경이 먼발치에서도 보였다. 그리고 그보다 잘 보이는 건 불길이었다. 작은 건물 하나쯤은 순식간에 불태워 버릴 만치 거세고 웅혼하게 타오르는 불길. 불길은 광장 중앙에서 솟아오르고 있었다.

나는 입을 열었다. 나도 모르게 그랬다. 그 순간 튀어나간 말은 결코 내 이성의 통제를 받지 않았다.

"미친놈아!"

아비규환이 여기까지 들려오는 와중에도 내 목소리는 또렷했다. 에시가 환청이라도 들은 사람처럼 나를 천천히 돌아보는 게 보였다.

만에 하나라는 것은 정말이지 고맙고 아름다운 단어다. 그 덕분에 내가 오늘 외출하면서 구슬 하나를 가지고 나왔으니까. 뱉은 말을 스스로 인지하는 순간 나는 구슬을 던져 깨뜨렸다.

'내가 뭘 잘못했지?'

방구석에 박혀서 생각했다.

'이성을 잃고 에시한테 미친놈이라고 한 거?'

그래서 구슬을 사용할 수밖에 없었던 거? 아니다. 어차피 미친놈 소리를 하지 않았더라도 하루를 되돌렸어야만 했다. 아그리타가 또 죽었으니까. 그래, 여주인공은 또다시 사망했다.

시야를 사로잡던 거대한 불길이 떠올랐다. 에시의 명령을 받은 조직원은 대체 어떻게 한 건지는 모르겠지만 광장 중앙에 폭발을 일으켰다. 그 주인에 그 똘마니라더니 미친 게 분명했다.

문제는, 물론 여러 가지 문제가 있지만 가장 큰 문제는 그때 광장 중앙에서 자선 행사의 일환인 무료 배식이 시행되고 있있나는 섯이다. 아그리타는 광장 가운데서 몰려든 사람들에게 친절하게 밥을 퍼주고 있었다. 그런데 거기서 갑자기 큰 폭발이 일어났다. 그렇다면 여기서 깜짝 퀴즈. 아그리타는 과연 어떻게 되었을까요?

'죽었겠지!'

바로 지척에서 그런 폭발이 터졌는데 살 거였으면 애초 시계탑이 무너졌을 때 그렇게 가지도 않았을 거다. 여주인공은 두 번이나 망자가 되고 말았다. 정말 돌아버리겠다.

"아아아."

얼굴을 묻은 손 틈으로 곡소리인지 뭔지 모를 게 흘러나왔다. 내 옆에는 하도 얻어맞아서 너덜너덜해진 베개가 뒹굴고 있었다. 이번에 내가 시간을 되돌려 돌아온 시점은 베시가 내게 숄을 건네주고 막 방에서 나간 순간이었다.

방 안에 나 혼자뿐이라는 걸 인지하자마자 나는 미친 사람처럼 애꿎은 베개를 쥐어 패기 시작했다. 그러지 않고서는 이 억울함, 울분, 황당함, 허무함 등등을 표출할 길이 없었다.

'왜!'

이미 수명이 끝나 버린 베개를 다시 내려쳤다.

'왜 일이 이렇게 된 거지?'

나름 원인을 찾아보겠다고 돌아오기 전의 하루를 되짚어봤다. 내가 도대체 뭘 잘못해서 이런 일을 겪어야만 하는지 궁금했다. 하지만 돌이키면 돌이킬수록 내 잘못보다는 원망할 거리만 잔뜩 나왔다.

'외출하면서 지갑을 들고 나간 게 잘못이야? 어? 소매치기가 잘못이지!'

베개를 때렸다.

'소매치기 일당이 하필 광장 중앙에 있었던 깃도! 걔들 잘못이고!'

또 때렸다.

'소매치기들이 좀 모여 있다고 그 장소에 다짜고짜 폭발을 일으킨 건 악당과 똘마니 잘못이고!'

강하게 때렸다.

"하아……."

허탈한 한숨이 나왔다. 자기 전에 베개 바꿔달라고 해야겠다.

'정말 이게 뭐야.'

아무리 생각해도 기가 막혔다. 상황이 공교로워도 이렇게 공교롭게 흐를 수 있는 걸까? 시계탑도, 이번 소매치기도, 아그리타의 죽음은 매번 우연이 겹친 일이었다. 시계탑이 붕괴할 때 하필 그녀가 그곳에 있지 않더라면, 이번에도 소매치기 일당이 하필 광장 중앙에 있지 않더라면. 조금만 비켜 나갔어도 충분히 살 수 있었을 텐데.

한 번이었으면 에시가 또라이라는 이유 하나로 납득하고 그냥 넘어 갔을 텐데 두 번이 되니 당황스럽고 의심이 들었다. 이쯤 되면 아그리 타한테 뭔가 마가 낀 거 아냐?

"에시라는 마가 끼어버렸나……."

중얼거리고선 침대에 털썩 드러누웠다. 그러곤 이내 괴로워하며 누운 자리에서 뒹굴기 시작했다.

'내 구슬!'

사라진 구슬의 존재감이 뒤늦게 가슴을 마구 두들겼다. 아까워서 피눈물이 흘렀다. 처음 구슬을 훔쳐내는 데 성공했을 때만 해도 도주 후 장밋빛 미래를 그렸었다. 그런데 벌써 덜컥 두 개나 소비하게 될 줄이야. 전혀 예상도 못 했다.

구슬이 하나 깨질 때마다 내 수명 일부분도 같이 깨지는 기분이었다. 이제 와 괴로워해 봤자 깨진 구슬이 돌아오지 않는다는 건 안다. 아깝다고 발악해 봤자 다시 생겨날 리 없다. 그렇지만 안타까워서 발 버둥 치게 되는 건 어쩔 수 없었다.

'……좋은 일…… 했다고 생각하자.'

금세 기력을 다 쓰고 축 늘어졌다. 나는 어떻게든 사고를 긍정적인 쪽으로 돌리기로 했다. 구슬은 날아갔지만 그 대신 많은 사람을 살렸다. 하루를 되돌리기 전 죽은 사람은 아그리타 말고도 많았다.

아그리타의 죽음이 예정된 것이 아니라면 그들의 죽음 또한 억울하고 급작스러운 것이었을 테다. 수많은 무고한 죽음을 없던 일로 만들었으니 이만하면 선행이다. 그래, 구슬을 쓴 의미가 있네.

'그게 다 에시가 아니면 일어나지도 않았을 일이라는 게 문제지만…… 아니야. 이렇게 생각하면 끝도 없어. 그만하자.'

숨을 길게 내쉬고 몸을 벌떡 일으켰다. 괴로워할 만큼 괴로워했다. 기막히고 정신 나간 과거보다 중요한 건 앞으로 닥쳐올 미래였다.

'이번만큼은 내일 낮을 무사히 보낸다. 무슨 일이 있어도!'

각오를 다졌다. 이전에 결심했던 것과는 비교할 수도 없을 만큼 정신에 깊게 새겼다. 상황이 이렇게까지 되니 이젠 오기가 치밀었다.

내가 억울해서라도 내일만큼은 아무런 사건 사고가 없게 하겠다. 시계탑, 그 까짓 거 금방 보고 온다. 순식간에 보고 아무 일 없이 저택에 돌아올 거라고! 반드시!

각오가 효과가 있었을까?

이번에는 에시와 외출하면서 지갑을 챙기지 않았다. 지갑뿐 아니라 짐이라고는 없이 그저 몸만 나갔다. 애초 뭔가를 잃어버리거나 도둑맞을 수 없게.

거리를 걸으면서도 주변에 일절 눈길을 주지 않았다. 가판대? 됐어. 머리핀? 넣어둬. 한눈파는 일은 한 번이면 족했다. 동선에도 주의를 기울여 풍경을 구경한다는 핑계를 대고 입구에서부터 광장 외곽을 둘러 갔다. 시계탑은 북쪽 광장에 있었다. 그렇게 이동했더니, 어느새…….

'시계탑.'

목적지에 도착해 있었다.

"올라갈까?"

에시가 시계탑 안쪽으로 나를 이끌었다. 밖에서 구경하는 것뿐 아니라 내부 계단을 올라 꼭대기에서 종소리를 들어야 의미가 있는 거니까.

나는 어쩐지 멍하니 서 있다가 한 박자 늦게 에시에게 끌려 계단에 발을 올렸다. 오르는 길이 좁아서 팔짱을 풀고 손을 잡은 채 올라가야 했다. 심장이 뛰었다. 잠깐 현실감이 들지 않았다. 시계탑에 도착했단 말이지? 이렇게 쉽게? 오는 동안 그 어떠한 일도 없이 무사히?

뎅— 이어서 종소리가 들렸다. 내게 지금 이 상황이 전부 현실이라고 일러주는 듯한 맑은 울림이었다.

나는 탑 꼭대기에 올라 에시와 나란히 멈춰 섰다. 창을 통해 보이는 탁 트인 경치와 귓가에 울리는 종소리가 이곳이 어디인지 실시간으로 알려주었다.

'정말 봤다.'

시계탑을 보러 나와서, 시계탑을 봤다. 볼일을 마쳤다는 말이다. 나온 목적을 달성했다. 나들이는 끝났다. 원래 이렇게 되었어야 하는 일이다. 이게 당연한 건데, 하루를 되돌리기 전 겪은 일이 너무나 강렬하고 어처구니없어서 그런지 이 평범한 순간이 꿈처럼 느껴졌다. 혹시나 해서 에시에게 물었다.

"……이제 돌아갈까?"

"돌아가고 싶어?"

"시계탑 봤으니까."

"그래. 그게 좋다면."

에시가 담백하게 고개를 끄덕였다. 긍정의 답이 나오는 순간 어깨에서 힘이 빠졌다. 탈력감이라고 해야 하나? 그런 것이 찾아왔다. 안심이 되기도 하고 허탈하기도 했다. 아무 일 없는 무탈한 상황에 감사하면서도 한편으론 억울했다.

'진작 이럴 것이지.'

지나간 일은 그냥 잊자고, 미련 갖지 말자고 다짐했으면서도 막상 이렇게 되니 밀려드는 억울한 기분을 떨칠 길이 없었다. 안타깝게 깨져버린 구슬이 각설이처럼 죽지도 않고 또 생각나 눈앞에 아른거렸다.

'이렇게 쉽고 간단한데……'

이전번엔 도대체 나한테 왜 그런 거야. 억울함이 어찌나 컸는지 코끝이 시큰거렸다. 다음 순간 뺨을 타고 눈물이 흘렀다. 눈물샘이 내 통제에서 벗어나 제멋대로 굴어댔다.

"누님?"

에시의 놀란 목소리가 들렸다. 에시는 내가 갑자기 울어서 제법 당황한 것 같았다. 이해한다. 나도 당황스러우니까.

"왜 울어?"

목이 잠겨서 대답을 뱉는 게 쉽지 않았다. 나는 겨우겨우 말을 꺼냈다.

"그냥……"

기분 탓인지 에시가 숨을 죽이고 다음 말을 기다리는 것처럼 느껴졌다. 아니, 그럴 리가 없겠지. 뭐 대단한 거라고.

"시계탑을 보니까 좋네……"

이건 반쯤 진심이다. 빌려 나온 눈물에는 억울함도 담겨 있지만 안도와 기쁨도 일부분 섞여 있었다. 아그리타가 죽는 망할 광경을 세 번은 보지 않아도 된다고 생각하니 이래저래 심경이 복잡한 와중에도 마음이 놓였다.

에시는 내 이유를 듣곤 잠시간 말이 없었다. 하긴, 나 같아도 갑자기 울어서 왜 그러냐고 물었더니 저런 대답이 튀어나오면 대꾸하기 곤란할 것 같기는 했다. 그때 에시가 말했다.

"이럴 줄 알았으면 더 빨리 시간을 낼 걸 그랬네."

"······응?"

"이제야 데려와서 미안해."

에시는 정말 미안해하는 것 같았다. 표정이나 어조에서 진심이 묻어났다. 덕분에 이번에 할 말이 없어진 건 나였다. 둘러댄 나도 나지만 그걸 진짜 그대로 순수하게 받아들이다니.

'알 게 뭐야.'

졸지에 시계탑 본 걸로 감격해서 우는 감수성 풍부한 영애가 된 모양이지만 알 바냐. 마침내 오늘의 과제를 달성했다. 나는 에시와 함께 시계탑을 봤고, 아그리타는 살았다. 이제 남은 건 돌아가서 짐을 싸는 일뿐이었다. 그렇게 생각하니 왠지 더 눈물이 나서 나는 한동안 탑 꼭대기에서 코를 훌쩍거렸다.

나는 원래 오늘 연회에 참가할 계획이 없었다. 핑계를 대면서 얼굴을 비추지 않고 있다가 연회가 시작되자마자 정신없는 틈을 타 짐을 챙겨 도주할 생각이었다.

여주인공 아그리타가 에시의 주의를 사로잡는 건 에시가 연회장에 입장한 직후, 즉 연회가 시작되고서 바로였으니 그래도 괜찮을 거라고 편단했다.

'그런데 불안해졌어.'

하지만 지금은 생각이 변했다. 말도 안 되는 여주인공의 죽음을 벌써 두 번이나 겪었다. 아그리타가 멀쩡하게 걸어 들어와서 연회장에서 있는 모습을 두 눈으로 봐야 제대로 안심이 될 것 같았다.

결국 계획을 수정했다. 연회에 참석했다가 도중에 몰래 빠져나와 도망치기로. 남동생과 아그리타가 연회장에서 별 탈 없이 마주치는 걸 직접 보고 나와야겠다. 짐은 틈틈이 미리 꾸려서 옷장 안에 숨겨 두었다. 기회만 잡으면 그걸 들고 저택을 나가는 건 일도 아니었다.

"아가씨, 거울 좀 보세요."

생각에 잠겨 있는데 베시가 말을 걸었다. 나는 그녀의 목소리에 고개를 들었다.

"원래도 아름다우셨지만, 어쩜, 오늘은 눈이 부시네요."

베시가 나더러 예쁘다고 하는 건 하루 이틀 일이 아니다. 그렇지만 이번에는 유독 진심이 느껴진다고 생각했더니…… 으음, 그럴 만했다.

거울 안의 나와 시선을 마주치며 눈을 깜박거렸다. 긴 속눈썹이 위아래로 움직이는 게 마치 나비의 날갯짓 같았다. 피부는 새하얀 와중에도 보기 좋게 혈색이 돌고, 웨이브를 줘서 풍성하게 늘어뜨린 붉은색 머리카락은 오늘따라 자르르 윤기가 흘렀다.

'베시……'

언제 봐도 베시의 솜씨는 놀라웠다. 내가 화장대 앞에서 상념에 빠져 있는 동안 고생이 많았구나.

"오늘 연회장의 누구도 아가씨보다 아름답진 않을 거예요."

"응, 뭐. 에시만 빼면."

"어머. 누구랑 비교하시는 거예요?"

농담 반 진담 반으로 남동생을 들먹였더니 재밌는 말을 들은 것처럼 베시가 웃음을 터뜨렸다. 왜, 반은 진심인데.

이내 그녀는 크림색 나비 모양 머리 장식을 가져와 정수리와 왼쪽 귀 사이에 달아주었다. 입고 있는 벨벳 드레스와 색을 맞춘 거였다.

"다 됐어요!"

베시가 외치기 무섭게 바깥에서 누가 문을 두드렸다. 똑똑, 하는 울림을 듣고 고개를 돌렸다.

"오셨나 보다."

베시가 얼른 움직여서 문을 열어주었다. 나는 눈을 천천히 감았다 떴다. 명실상부한 오늘의 주인공, 에시가 그럴싸하게 연미복을 차려입고선 서 있었다.

'저 봐.'

그럴 줄 알았다니까. 연회의 주인공답게 공들여 치장을 마친 에시는 눈이 부시니 어쩌니 하는 호들갑이 누구보다 잘 어울리는 모습이었다. 균형 잡힌 신체를 감싼 검정 계열 연미복이 신기하리만치 우아하게 어울렸다. 연미복을 만든 사람도 저만한 태는 예상하지 못했을 거다. 쟤가 전생에서 매스컴을 탔으면 완판남이라는 수식어가 이름 뒤에서 떠나질 않았을 텐데.

실없는 생각을 하며 에시에게 다가갔다. 에시가 기다렸다는 듯 손을 내밀었다.

"가실까, 레이디?"

에시의 눈이 장난기를 담아 매끄럽게 휘어졌다. 그렇게 꾸며놓고 그런 식으로 웃지 마라, 이 녀석아. 네가 어른 사이코패스 또라이 악당이라는 걸 아는 이 누나도 내심 당황스러워지니까.

'이러니까 연서가 끊이질 않지.'

문득 지칠 줄 모르고 저택으로 날아드는 형형색색의 편지들이 떠올랐다. 에시는 이제 갓 성년을 맞이하는 나이였지만 그럼에도 충분히 구미가 당기는 신랑감인 것 같있다. 조금만 방치하면 수북이 쌓이는 편지 중엔 개인적인 연서도 많았지만 가문에서 보낸 청혼서도 상당수 포함되어 있었다.

물론 에시가 여태 그 편지들에 답장을 준 역사라고는 없다. 그렇게 무시해도 괜찮은 건지는 모르겠지만 에시는 그러고 있었다. 그리고 그건 앞으로도 마찬가지일 예정이었다. 오늘 이후론 아그리타밖에 눈에 안 보일 텐데 연애나 결혼이 다 뭐야?

어쨌든 그래서라고 말하긴 뭣하지만 내겐 전부터 소소한 취미가 하나 있었다. 어차피 뜯지도 않을 에시의 편지를 내 것과 한데 모아서－나는 그래도 뜯어서 읽고 청혼서엔 거절 답신도 보낸다－거실 벽난로에 태우는 거다.

처음엔 베시가 편지들을 자기가 함부로 처분하기도 그렇고 처치 곤란이라기에 도와줄 겸 시작한 건데 하다 보니 나름 재미가 붙었다.

덧붙이자면 에시는 내 그 취미를 은근히 마음에 들어 했다. 그렇다고 직접 말한 건 아닌데 내가 편지를 태울 때마다 어째 기분이 좋아 보였으니까. 땔감을 아껴서 그런 건 아닌 것 같은데 이유는 모르겠다. 그냥 내가 재밌어 보이니까 보는 입장에서도 덩달아 재밌는 건가?

"공작님, 아가씨. 오늘따라 눈이 부셔서 고개를 들기가 어렵군요."

딴생각을 하는 사이 연회장 입구에 도착했다. 연회장 위치는 후원과 통하는 저택 일 층 안쪽이었다. 복도 입구 근처에서 우릴 맞이할 준비를 하고 있던 집사가 넉살 좋게 웃었다. 나는 세월을 담은 그의 눈가가 인자하게 호선을 그리는 걸 보며 인사 삼아 마주 미소 지었다.

"다들 도착해 있습니다. 입장하시죠."

자고로 어디서나 주인공은 가장 늦게 나타나는 법이다. 우리는 일부러 시간을 끌다가 초대한 사람이 전부 모인 이후에 내려왔다. 집사가 시선을 보내고, 알렉스가 문을 열었다. 나는 에시와 함께 연회장 안으로 들어섰다.

"……."

소란이 잠시 멎었다. 에시가 등장하는 장소에 정적이 깔리는 건 매번 그래와서 익숙했다. 나는 발을 들이자마자 다른 것보다 아그리타를 먼저 찾았다.

'어디야?'

어디 있어, 여주인공?

그때 침묵에서 깨어난 사람들이 하나둘 말을 붙여왔다.

"안녕하세요, 공작 각하. 리디아 공녀님."

"뵙게 되어 영광입니다."

"두 분은 언제 봐도 그림 같으시네요. 위드그린 공작님, 열여덟 번째 생일 축하드려요."

쏟아지는 인사에 신경이 잠시 분산되었다. 나는 몰려든 이들에게 흘긋 눈길을 주었다가 그들 대다수가 에시에게 집중한다는 걸 확인하곤 다시 시선을 돌렸다.

아그리타 그레이스. 난 너만 보면 족하다. 어디에 있니?

'아!'

찾았다. 연회장을 구석구석 훑던 나는 찰나 움직임을 멈췄다. 바깥으로 통하는 입구 가까운 곳에 한 영애가 서 있었다. 나는 그녀를 한눈에 알아보았다. 그럴 수밖에 없었다. 그녀의 외양은 책을 통해 몇 번이고 읽었던 묘사와 정확히 일치했다. 난 그녀가 오늘 연회장에 어떤 옷을 입고 오는지도 알고 있었다. 책에 구구절절 나와 있었으니까.

얼핏 보면 존재감 없이 흔한 갈색 머리에 마찬가지로 평범한 갈색 눈동자. 그렇지만 갸름한 얼굴과 풍성하게 내리깔린 속눈썹에서 그녀가 보기 드문 미녀라는 것을 알 수 있었다. 아그리타는 마치 배꽃 같았다. 내가 그녀에게서 느낀 첫인상은 딱 그랬다.

'수수한 미인이라더니'

책은 열변을 토했다. 아그리타 그레이스는 꾸미지 않아도 은은하게 아름다운 소박한 미녀라고 말이다.

'소박하기는. 안 꾸몄는데 예쁘기가 얼마나 힘든데.'

크게 중요한 것은 아니지만, 아무튼 아그리타는 묘사된 그대로 화려한 드레스나 장신구 없이도 은연중 주변의 시선을 끌었다. 예뻐서 그렇기도 했지만 그런 걸 떠나서도 왠지 계속 눈이 갔다.

장식이라고는 없는 무난한 진주색 드레스가 마치 맞춘 듯 잘 어울렸다. 계속 보고 있으니 순수하고 깨끗하단 느낌도 언뜻 들었다. 어쩐지 쳐다보면 볼수록 시선을 떼기가 어려웠다.

나는 아그리타에게 한참 주의를 쏟다가 뒤늦게 정신을 차렸다.

'아, 에시.'

에시도 이쯤이면 아그리타를 봤겠지? 보고도 남았을 거다. 에시가 아그리타를 발견하는 건 연회장에 입장하고서 거의 바로였으니까. 그러잖아도 몰려든 사람들이 에시에게서 별다른 대답을 듣지 못하고 저마다 혼잣말 중인 것이 분위기로 느껴졌다. 이건 에시가 어딘가에 정신이 팔려 있다는 얘기다.

당연히 아그리타겠지! 그렇게 생각하며 고개를 돌렸다가 나는 깜짝 놀랐다.

'뭐, 뭐야.'

에시는 나를 보고 있었다.

'날? 왜?'

워낙 예상치 못했던 일이라 그런지 눈이 마주치자마자 꼼짝없이 굳어버렸다. 에시는 나를 잠시 들여다보더니 이내 손을 뻗었다. 손끝이 내 뺨을 가볍게 훑었다.

"됐다."

"……."

"뭔가 했더니. 실 부스러기였네."

에시가 가벼운 어조로 대수롭지 않게 말했다. 그러나 당연하게도 내게 그건 대수로운 일이었다.

'뭐 하는 거야?'

당황스러웠다.

'지금 내 뺨따귀에 붙은 실밥이 중요해?'

고개를 다시 돌렸다. 아그리타가 청초한 미를 뽐내며 입구 근처에 서 있었다. 에시를 재차 쳐다보았다. 이 자식은 이제 내 뺨에서 눈을 떼고 제 앞에 몰려든 사람들을 상대해 주고 있었다. 아, 아니.

'뭐 해?'

아그리타가 저기 있는데, 왜 안 봐? 저쪽을 봐야 할 거 아냐? 이끌리듯 운명처럼 눈길이 가야지?

알고 있던 상황이 전개되지 않는 것에 당혹스럽고 의아해서 에시를 뚫어지게 응시했다. 그러자 시선을 느꼈는지 황금색 눈동자가 도로 내게 향했다.

"누님?"

"……."

"할 말 있어?"

나는 목 끝까지 차오른 질문을 꿀꺽 삼켰다. 하마터면 정말 물어볼 뻔했다. 왜 아그리타를 보지 않느냐고.

"……아니."

에시는 내 태도가 미심쩍게 느껴졌는지 대답을 듣고도 내게서 시선을 거두지 않았다. 뭐야, 이게. 어서 아그리타를 보라니까? 나 말고, 네 앞에 있는 그 사람들도 말고, 저기 저쪽!

'안 되겠다.'

문제가 발생했다. 사소하다면 사소한 것일 수 있었지만 가만히 있으면 바로 해결될 문제는 아닌 것 같았다.

'왜 시선이 안 돌아가는지는 모르겠지만…… 네가 안 보겠다면 내가 보게 해줄 수밖에.'

에시가 알아서 아그리타를 발견하고 주의를 빼앗긴다는 정해진 전 개와는 조금 어긋나는 길이었지만, 어쨌든 보게 해야 다음 흐름으로 이어질 것 아닌가. 일단 보고 나면 그때부턴 제대로 흘러가겠지.

나는 과격하게 에시의 머리를 붙잡고 돌리고 싶은 것을 참고 얌전 히 손가락을 들었다. 그러곤 괜히 놀란 척하며 어느 한쪽을 지목했다.

"어머! 저게 뭐지?"

그때였다. 와장창!!

"꺄아악!"

"으악!"

비명이 울려 퍼졌다. 나는 손가락 끝으로 그곳을 가리킨 채로 아무 것도 하지 못하고 굳었다.

"샤, 샹들리에가……."

"맙소사, 그레이스 영애!"

새된 목소리가 아그리타의 이름을 불렀다.

천장에 있던 샹들리에가 떨어졌다. 비교적 입구 가까이 달려 있던 거였다. 샹들리에가 매달려 있던 곳이 아그리타가 서 있던 곳의 바로 위는 아니었지만, 아무래도 그녀는 연회의 주인에게 인사하러 다가오 기 위해 몇 걸음 움직였던 모양이었다. 혼비백산한 중에 몇 사람이 자 리에 주저앉았다.

"어떻게 이런 일이……."

소란이 사방을 잠식한 와중, 경악이 서린 누군가의 중얼거림을 들 으면서 생각했다. 뭔가 크게 잘못되었다고.

Chapter 2
아그리타 그레이스

　연회는 중단되었다. 그럴 수밖에 없었다. 사람 위로 샹들리에가 떨어졌으니까.

　사고가 일어나자마자 연회를 중지하고 사람들을 내보내기 시작했다. 내일이라고 연회를 다시 연다는 장담이 없었기에 본래 머물 방을 내어 주기로 했던 객들 또한 일일이 사과하며 돌려보냈다. 그레이스 부부는 그 자리에서 실신했기 때문에 사람을 불러 모셔 가두록 했다.

　집사와 에시가 그 과정을 도맡는 동안 나는 연회장 바깥 복도에 등을 기대고 멍하니 서 있었다. 머리가 터질 것 같아서 무엇도 할 수 없었다.

　'뭔가…… 정말 뭔가가 잘못됐어.'

　아그리타가 사망했다. 분시에 떨어진 샹들리에에 끨러시.

　나는 가까이 가서 아그리타의 시신을 직접 확인하지는 않았지만, 대신 근처의 누군가가 의사를 불러오라고 소리치다가 이내 끝말을 안타깝게 흐리는 걸 들었다.

차가운 벽에 등을 기댄 채 생각했다.

'이상해.'

이상했다. 이건 정말로 이상했다. 아그리타가 죽은 것도 문제지만 그녀가 죽은 원인이 훨씬 더 문제였다.

'여주인공을 샹들리에로 깔아뭉개 죽이는 소설이라고?'

엑스트라도 그렇게 죽이지는 않을 거다.

엄밀히 분류해서 이 일은 불운한 사고이기는 했다. 부서진 샹들리에와 천장을 살핀 하인은 둘을 이어주는 고리의 이음새가 헐거워져 있었다고 말했다. 하지만 그렇게 이야기하면서 그는 연신 난처한 기색으로 고개를 갸웃거렸다.

그렇겠지. 이처럼 중요한 연회를 앞두고 샹들리에를 점검하지 않았을 리 없으니까. 더구나 연회장에 있는 샹들리에는 총 다섯 개였다. 그중에서 문제가 발견된 건 아그리타 위로 떨어진 것 하나뿐이었다. 아무리 재수가 없다 해도 그럴 수가 있을까? 심지어 그녀의 죽음은 벌써 세 번째였다.

'이렇게 되면 꼭……'

말도 안 되는 가정이라고 생각하면서도 어떤 생각이 머리 한구석을 채웠다.

'아그리타의 운명이 그런 것 같잖아.'

반드시 죽어야만 하는 운명.

전생에서 그런 내용의 영화를 본 적이 있다. 어떤 사고에 휘말려 죽을 운명이었던 주인공들이 운 좋게 사고를 피해 살아남는다. 그렇게 무사히 목숨을 부지한 줄 알았지만, 본래 죽었어야 하는 그들을 세상이 가만두지 않고 어떻게든 정해진 운명대로 하나씩 죽여 버린다는 꿈도 희망도 없는 줄거리였다.

그 영화 속 주인공들의 처지와 아그리타의 상황이 어렴풋이 겹쳐 보였다. 죽는 것이 운명이니까 세상이 계속해서 그녀를 죽이는 거다.

'아니, 왜?'

고개를 붕붕 저었다. 있을 수 없는 일이었다. 이해가 되질 않았다. 이전까지만 해도 납득은 했다. 기막히고 울화가 치밀었지만 그래, 우연과 미친놈이 만나면 백번 양보해 그럴 수도 있지 하고 받아들였다. 하지만 이건 백 번이 아니라 천 번, 만 번을 양보해도 수긍할 수 없는 일이다. 누구라도 그럴 거였다.

소설 속 세계에서 그 세계가 여주인공을 갑자기 죽여야 할 이유가 뭔데? 도대체 아그리타를 왜 죽이려는 거냐고! 한참을 생각해 봐도 답이 나오지 않았다. 얻는 것도 없이 머리만 아팠다. 이러다간 사고 회로에 과부하가 걸릴 것 같다는 어처구니없는 생각마저 들었다.

그러는 사이 연회장 정리가 대강 마무리된 것 같았다. 문을 열고 복도로 나온 에시가 내게 말을 걸었다.

"안색이 나쁜데. 괜찮아?"

고개를 저었다. 빈말로도 괜찮다고 할 수 없을 정도로 머릿속도 심정도 말이 아니었다. 에시는 내게 안색이 엉망인 이유를 묻지는 않았다. 대신 손을 내밀었다.

"올라가서 쉬어. 데려다줄게."

"……."

손을 잡았다. 내 방은 이 층이었다. 복도를 지나 한 층밖에 되지 않는 계단을 손을 잡고 올라가면서 생각을 정리했다.

'역시……'

답은 여전히 나오지 않았지만 한 가지만큼은 더 고민하지 않더라도 확실했다.

'내겐 아그리타가 필요해.'

나는 그녀가 필요하다. 그러니 살려야겠다. 할 수 있는 한 반드시.

어른 사이코패스 악당이라도 손엔 다른 사람처럼 평범하게 온기가
돌았다. 에시는 내 방 앞에서 손을 놓고 뒤돌았다. 나는 작아지는 뒷
모습을 잠시간 쳐다보다가 방으로 들어와 문을 닫았다.

원래 아쉬운 사람이 발버둥 치는 거라고 했다. 목마르다고 우물도 파
는데 살고 싶으면 뭘 못 할까? 나는 구슬을 바로 깨지 않고 기다렸다.
하루를 빨리 되돌려 봐야 시계탑이나 다시 보러 다녀와야 할 뿐이다.
　기다렸다가 내가 시간을 되돌린 시점은 바로 연회가 시작되기 한 시
간쯤 전이었다.

　"아가씨, 이제 화장을……."
　"미안, 베시!"
　돌아왔을 때 나는 내 방 화장대 앞에 앉아 있었다. 하루가 되돌아
왔음을 확인하자마자 난 벌떡 일어서서 방을 뛰쳐나왔다. 계단을 뛰
듯이 내려가 바로 연회장으로 향했다. 구슬을 세 개째 희생했지만 아
깝다는 감상은 오히려 이전보다도 덜했다.
　그때는 안 써도 될 구슬을 썼다는 생각에 아까워 미칠 것 같았지
만, 지금은 어차피 써야 할 것을 쓴 것이라 여겨서 그런지 비교적 초
연할 수 있었다. 물론 아예 아깝지 않은 것은 아니다. 그렇지만 그보
다 중요한 일에 집중하려고 노력했다.
　"알렉스! 이리 와서 샹들리에 좀 살펴봐."
　"리디아 아가씨?"
　"얼른. 사다리 가져와서 이음새 위주로 좀 봐줄래?"
　가까이 있던 하인 알렉스를 붙잡아 문제의 샹들리에를 점검하게

했다. 의아한 기색이면서도 순순히 시키는 대로 한 알렉스는 이내 놀란 듯 눈을 휘둥그레 떴다.

"헉. 이게 왜 헐거워져 있지?"

곧 사용인을 두엇 더 불러온 알렉스가 그들과 함께 샹들리에의 이음새를 새것으로 교체했다. 그러는 김에 이어서 다른 샹들리에도 다시 확인하는 걸 보고 있으려니 어느새 집사가 다가와 말을 붙였다.

"저대로 두었으면 위험할 뻔했습니다. 하마터면 연회 도중에 사고가 났을지도 모르겠군요. 어떻게 아셨습니까?"

"그냥……."

나를 신기라도 있는 것처럼 쳐다보는 집사에게 대충 얼버무렸다.

"꿈자리가 안 좋았어."

샹들리에는 순조롭게 손봤지만 여전히 마음이 놓이지 않았다. 이렇게 내려와서 연회장을 살펴보고 있으니 전에는 몰랐는데 은근히 눈에 걸리는 것이 많았다.

'저 조각상.'

갑자기 쓰러지면 어쩌지? 무거워서 위험해 보인다.

'저 장식품.'

저것도 떨어져서 머리에 적중하면 좋은 꼴은 못 보겠다.

'화병.'

아니, 저렇게 큰 화병은 왜 갖다 놓은 거야? 사람이 깔리면 어떡하라고?

불안했다. 아그리타가 죽는 게 우연이 아니라 필연이고 운명이라고 생각하면 위험 요소는 그게 믿든 걸고 남겨둘 수 없었다. 전부 세서 해야 한다. 나는 꿈자리 핑계를 댄 김에 집사를 보며 말했다.

"아무래도 예감이 나빠. 꿈이 너무 불길했어. 그래서 말인데 연회장 장식이나 배치를 좀 바꿀 수 있을까? 연회 시작을 좀 늦추더라도 꼭 그랬으면 하는데."

"예? 아아, 예. 알겠습니다. 말씀만 하십시오."

샹들리에를 봐서 그런가, 집사는 내 갑작스러운 요구에도 별 의문 없이 응했다. 나는 그때부터 적극적으로 눈에 거슬리는 것들을 치우기 시작했다.

내가 주인공인 연회도 아닌데 이렇게 용감하게 연회장을 멋대로 바꿔놓아도 되냐 묻는다면, 에시는 원래부터 이런 데 관심을 안 두기 때문에 괜찮다고 답하겠다. 워낙 관심이 없어서 뭐가 바뀌어도 바뀌었는지 모를 게 틀림없다.

그렇게 한바탕 공사를 하는 데 삼십 분 정도 걸렸다. 그때 베시가 후다닥 계단을 뛰어 내려왔다.

"아가씨!"

"응? 아."

"집사님한테 들었어요. 꿈자리가 불안해서 연회장을 이것저것 손보신다고요. 아휴, 그래도 그렇지. 하필 지금!"

가만 보니 베시는 화장품이 가득 든 메이크업 상자를 양손에 무겁게 들고 있었다. 그녀의 정성에 깜짝 놀랐다. 헉, 저걸 들고 여기까지 오다니.

"안 무거웠어?"

"무거운 게 문제예요? 기다리면 오시겠거니 했는데……."

"미안. 그런데 아직 바꿀 게 좀 남았는데……."

"화장받으시면서 지시하세요."

결국 의자에 앉아 메이크업을 받으면서 눈에 띄는 것마다 추가로 치우거나 교체하라고 명령했다. 본래 한 시간쯤 걸렸어야 할 화장을 삼십 분 만에 해치우느라 베시의 손은 거의 미친 듯이 날아다녔다. 나중에 이걸 지켜봤던 집사에게 듣기로 신기에 가까웠다고 한다.

어쨌든 시간이 흘러 치장도 얼추 완성되고, 연회장의 위험 요소를 제거하는 일도 대부분 끝났다. 나는 숨을 몰아쉬며 뿌듯해하는 베시 옆에 서서 마지막으로 연회장을 한 바퀴 둘러보았다.

'됐어.'

일단 눈에 보이는 위험은 없다. 할 수 있는 건 다했다. 이제 당장 이 연회장에서 아그리타의 목숨을 노릴 만한 건 없어 보였다.

조금 있으면 초대한 손님들이 들어오기 시작할 거다. 나는 그동안 나가 있다가 이곳이 사람들로 가득 채워진 이후에나 에시와 함께 입장해야 했다.

"공작님께서도 곧 채비가 끝나겠군요. 올라가시죠."

그 말에 몸을 돌리려다 문득 멈칫했다. 가만. 인제 보니, 저거…….

"저 카펫 말이야."

"예?"

"재질이 미끄러워 보이는데. 굽이 높은 구두를 신은 사람이라면 넘어질 수도 있겠어."

"……."

"교체하자."

지금까지 내 지시를 별말 없이 이행해 온 집사가 이번엔 웬지 별말이 하고 싶은 눈치로 나를 쳐다보았다. 나는 그의 시선을 무시하고 꼿꼿하게 말했다.

"어서."

다른 사람의 눈에 얼마나 유난이고 호들갑으로 비쳤을까. 나도 모르는 바는 아니다. 처음에는 샹들리에의 효과로 고분고분 따르던 사용인들이 가면 갈수록 당황스러운 눈빛으로 나를 힐끗거리는 거 빠짐없이 다 봤다.

'마음대로 생각하라지.'

꿈자리가 얼마나 뒤숭숭하고 구렸는지 추가로 피력할까 했다가 그냥 그만두었다. 내 행동을 뭐라고 여기든 그건 딱히 중요한 게 아니었으니까. 중요한 건 그저 하나뿐이었다. 아그리타의 죽음을 막는 것.

'그리고……'

주먹을 그러쥐었다.

'대체 문제가 뭔지 알아내야 해.'

전날 밤이 깊도록 뒤척이면서 생각하고, 일어나서 구슬을 깨기 직전까지도 계속 생각했다. 제자리걸음에서 크게 벗어나지 못한 사고의 연속이라 갑자기 명쾌한 답을 도출해 내지는 못했지만, 그래도 하나의 결론은 섰다.

'아그리타에게 뭔가 문제가 생긴 걸 거야.'

어차피 둘 중 하나였다. 세계가 여주인공을 죽이려고 드는 게 사실이라면 말이다. 세계에 문제가 생겼거나, 여주인공에게 문제가 생겼거나. 혹은 둘 다일 수도 있지만 그건 너무 암울하니 일단 생각하지 않도록 한다.

세계에 발생한 문제를 내 힘으로 찾아내겠다고 설치는 건 사실상 어려운 일이었다. 그러니 조금이나마 희망적인, 아그리타에게 어떤 문제가 생겼다는 쪽으로 가정하고 그녀를 살펴보기로 했다.

'연회 내내 면밀하게 관찰해야지.'

"후우."

나는 몰래 심호흡을 했다. 그랬더니 에시가 문득 말을 걸었다.

"긴장돼?"

"당연히……."

자연스럽게 대답하다가 입을 다물었다. 아니지. 장소와 상황을 인식했다. 지금 나는 에시와 나란히 연회장 입구 앞에 서 있었다. 에시가 주인공인 연회에 가족이자 하객으로서, 즉 덤으로 함께 참석하려고 말이다.

'내가 긴장할 이유가 없잖아.'

표면적으로 그랬다. 에시는 약간 의아해하는 것 같았다. 아, 이거 아그리타 때문에 그렇다고 말할 수도 없고. 나는 눈동자를 한 바퀴 굴리고 얼버무렸다.

"……떨리지, 그럼. 다른 사람도 아니고 네가 성년이 되는 날인데."

솔직히 말하면 에시가 오늘 성년이 되는 게 무슨 의미인지 모르겠다는 심정이다. 남동생은 이미 오늘이 오기 한참 전부터 내 눈엔 너무 어른이었으니까. 그렇지만 어느새 이렇게 훌쩍 커서 마침내 성년을 맞이하게 된 동생을 대견해하고 뿌듯해하며 동시에 자기가 더 설레하는 성실한 누나를 연기했다.

"얼마나 중요한 날이야. 안 그래?"

에시는 별다른 대꾸를 하지 않았다. 으응, 뭐, 대강 납득했겠지.

그때 집사의 신호로 연회장의 문이 열렸다. 나는 에시의 팔에 손을 얹은 채 연회장 안으로 발을 들였다.

"안녕하세요, 공작 각하. 리디아 공녀님."

"뵙게 되어 영광입니다."

"두 분은 언제 봐도 그림 같으시네요. 위드그린 공작님, 열여덟 번째 생일 축하드려요."

똑같은 양상이 펼쳐졌다. 에시의 등장에 잠시 굳어 있던 사람들은 이내 옹기종기 몰려와 바쁘게 인사를 건네기 시작했다. 나는 내게도 간간이 돌아오는 인사에 대충 대답하다 문득 오른손으로 뺨을 쓸었다. 이번에는 실 부스러기 없겠지.

'아그리타.'

슬쩍 눈을 돌렸다. 아그리타는 어제와 같은, 정확히는 돌아오기 전 오늘과 동일한 모습으로 예의 바깥 입구 근처에 서 있었다. 나는 무의식중에 그녀의 머리 위를 올려다보았다. 샹들리에는 분명 진작 손보았지만 괜히 가슴이 두근거렸다.

이번에도 에시는 아그리타를 발견하지 못했다. 시선을 빼앗기기는 커녕 아그리타의 존재조차 모르고 몰려든 이들의 인사를 받아주고 있었다. 그러든가 말든가 나는 아그리타만 주시했다.

여주인공을 향한 에시의 무관심도 나름대로 당혹스러운 일 중 하나긴 했지만, 아그리타의 죽음이라는 대사건에 비하면 새 발의 피였다. 뭐든 아그리타의 생존보다는 나중 문제다.

그렇게 어느 정도 지켜보고 있었더니 어느 순간, 아그리타가 움직이기 시작했다. 방향을 보아 이쪽으로 다가오려는 모양이었다.

'와서 에시에게 인사를 할 건가?'

책에선 에시가 아그리타에게 먼저 말을 걸었지만 에시가 좀처럼 전개대로 행동해 주지 않으니 다르게 흘러가려나 보다. 천장을 재차 힐긋거렸다. 샹들리에는 흔들림도 없이 잠잠했다.

긴장을 유지하며 그녀에게서 눈을 떼지 않았다. 그런데 이리로 다가오는가 싶던 아그리타가 도중에 사용인을 붙잡았다.

'응?'

그녀가 뭔가를 묻는 것 같더니 곧 사용인이 어딘가를 가리켰다. 후원으로 이어지는 문이었다. 고마움이 뜻인지 고개를 살짝 숙인 아그리타가 그쪽으로 방향을 틀었다.

'어?'

난 당황했다가 곧 정신을 차렸다. 아, 그래. 그러고 보니 아그리타는 연회가 진행되는 동안 복잡한 연회장에 오래 머물지 않고 후원에서 시간을 보낸다. 본래는 후원으로 나가기 전 에시가 그녀의 이름을 묻고 주변이 술렁이는 과정이 있어야 했지만, 상황을 보니 그건 아무래도 그냥 생략되려는 것 같았다.

'후원…… 후원에 뭐 없지?'

후원은 그냥 정원이었다. 있어 봐야 작은 나무나 풀 같은 것이 전부였다. 아, 돌…… 그것도 위험한가?

나는 문으로 이동하는 그녀를 바라보다 이내 걸음을 뗐다. 걱정도 걱정이지만 어차피 그녀를 관찰하고 살펴봐야 했다. 따라갈 수밖에 없었다.

원래는 나 말고 에시가 따라붙어야 했지만, 이미 시작부터 책의 내용과 어긋나게 굴고 있는 에시가 순순히 그렇게 할지 모르겠다.

뒤쫓아온다는 수상한 느낌을 주지 않게 그녀가 입구로 나간 이후에야 얼른 후다닥 움직였다. 조심스레 문을 열고 몸을 빼냈다.

'저기 있네.'

아그리타는 멀리 이동하지 않았다. 연회장과 조금 떨어진, 회장의 불빛이 은은하게 비추는 곳에 평평한 돌을 의자 삼아 앉아 있었다. 나는 어떤 식으로 그녀를 관찰해야 하나 조금 고민했다.

계속 이렇게 관측하듯 주시해야 하나? 아니면 접근해서 말을 걸고 대화를 나눠봐야 하나? 사실 지금처럼 거리를 두고 지켜보는 게 무슨 의미가 있나 하는 생각이 슬슬 들고 있었다.

내게 무언가 대단한 통찰력이 존재한다면 모르겠지만, 그게 아닌 이상 수동적으로 쳐다보는 것만으로는 아그리타에게 어떤 문제가 있더라도 발견하기가 요원해 보였다

'어쩔 수 없지.'

가서 말을 걸자. 굳이 대화가 아니더라도 가까이서 들여다보면 뭔가가 느껴질지도 모른다. 그렇게 생각하며 그녀와 간격을 좁힐 때였다.

"아우."

작은 칭얼거림이 새어 나왔다. 내가 내뱉은 것은 아니었다.

"여기 구두는 재질이 다 영 아닌가 봐. 비싼 것도 왜 이렇게 발이 아파?"

발을 멈췄다.

"그냥 이 몸뚱이 발이 약한 건가?"

방향 탓에 내가 보이지 않는지 아그리타는 앉은 자리에서 구두를 벗으며 편하게 투덜거렸다. 벗겨진 구두가 풀밭에 아무렇게나 뒹굴었다. 순간 당황스러웠다.

'원래…… 저런 성격이었나?'

물론 내가 아는 아그리타는 책에 서술된 것이 전부이기는 하다. 그래도 뭐라고 할까, 음, 좀 의외라고 해야 하나? 비록 대사와 행동 묘사뿐이었지만 저런 분위기는 아니었던 것 같은데.

'목소리는 상상과 비슷하지만.'

아그리타의 목소리는 맑고 청아했다. 얼굴과 목소리에 별다른 상관관계가 없다는 건 알지만 꼭 그녀의 외모처럼 말이다. 나는 곧 고개를 흔들어 의외니 어쩌니 하는 쓸데없는 감상을 날려 보냈다. 책에서 본 것뿐이고 실제로 만나는 건 처음인 상대인데 생각했던 것과 다르다고 혼자 놀라는 것도 우스운 일이었다.

'그래. 연예인만 해도 방송이랑 본모습이 얼마나 다른데.'

맞는 비유인지는 모르겠지만 그렇게 수긍하고 다시 발을 옮기려고 했다. 그 순간이었다.

"그나저나 대체 언세 돌아갈 수 있는 거지."

"……."

"돌아가는 법을 핸드폰으로 검색해 볼 수도 없고. 어휴."

뭐? 꼼짝없이 움직임이 멎었다. 방금 뭐라고 한 거야?

"그레이스…… 영애."

"응? 헉! 누구세요?"

멍하니 서서 그녀를 불렀다. 이름이 불리고서야 나를 발견한 아그리타가 눈을 동그랗게 떴다. 놀란 기색을 보이던 그녀는 이내 뭔가 떠올랐는지 황급히 자기 입을 가렸다.

"아, 설마 다 들렸나? 내 말 들었어요?"

"방금……."

나는 가까스로 조금 전 들은 말을 되풀이했다.

"핸드폰이라고."

"으아."

들었구나. 아그리타는 그런 표정으로 나를 바라보았다.

"그러니까…… 음, 그게 뭐냐면요, 그냥 제 말버릇이거든요?"

아그리타가 눈을 이리저리 굴려가며 변명을 꺼내놓기 시작했다. 아무래도 내가 들도 보도 못한 단어를 듣고 의아해한다고 생각하는 것 같았다. 물론 핸드폰은 당연히 내게 들도 보도 못한 단어가 아니다. 매우 익숙했고, 동시에 익숙해서 문제가 되는 말이었다.

"어릴 때 가지고 놀던 장난감에 이름을……."

"아그리타."

뭐라고 열심히 둘러대기는 하지만 더 궁금하지 않은 변명을 끊었다. 나는 머릿속에 떠오른 의문을 어떻게 표현해야 할지 몰라 잠시 주저하다가 입을 열었다.

"혹시 한국이라는 나라를 알……."

"어어!"

아그리타가 벌떡 몸을 일으켰다. 말 이렇게 힐 새노 없이 그녀가 후다닥 다가와 내 손을 덥석 붙잡았다.

"설마 너도 한국에서 왔어?"

손을 붙잡힌 것도, 너라는 호칭도 당황스러웠지만 진짜 중요한 건 따로 있었다. 아그리타는 상기된 기색으로 말을 이었다.

"정말, 진짜 한국 사람이야?"

"……."

"아, 미안. 너무 놀라고 반가워서. 한국인 맞아요?"

여전히 손을 잡힌 채로 나는 조금 뒤늦게 고개를 끄덕였다. 정확히 말하자면 지금이 아니라 전생에 한국 사람이었지만 말이다. 내가 고개를 끄덕이자 아그리타는 뭐라 형용하기 힘든 표정으로 제자리에서 폴짝폴짝 뛰었다.

"세상에! 동지구나! 와, 어쩜 이런 데서 한국인을 다 만나?"

"……."

"나뿐인 줄 알았는데. 정말 다행이다."

기쁨을 온몸으로 표현하던 아그리타는 이제 감격이라도 했는지 숫제 울려고 들었다. 나는 그녀의 정신없는 반응을 쳐다보다 이내 눈을 질끈 감았다 떴다.

이게 어떻게 된 일이지?

'왜 아그리타가?'

몇 번이나 읽어서 이미 외울 지경이 된 책의 내용을 머릿속에 떠올려 열심히 헤집었다. 내 기억에 문제가 있는 게 아니라면, 아그리타가 전생의 나와 같은 곳 출생이라는 언급 따위는 분명히 책의 마지막 장이 넘어가도 없었다.

'책의 내용과는 상관없이 갑자기 나처럼 전생을 떠올리게 된 건가?'

그럴 수도 있다. 내가 전생을 기억하고 있는 것도 엄밀히 말하면 책에 적혀 있는 내용은 아니었으니까.

'그럼…….'

머리가 혼란스러웠다. 상황을 어떻게 정리해야 하나 바로 판단을 내리지 못하던 그때, 아그리타가 이어 말했다.

"너는 어쩌다 여기로 들어오게 된 거야?"

"응…… 어?"

"아, 아니지. 너무 반갑고 그래서 자꾸 실수하네. 어쩌다가 이곳으로 들어오게 된 거예요? 여긴 책 속이잖아요."

바짝 가까워진 거리에서 아그리타가 눈을 깜박이며 물었다. 동그랗고 유리구슬처럼 맑은 갈색 눈동자에 내 모습이 비쳤다. 나는 그녀의 거리낌 없는 태도에 잠시 당황했다가 한발 늦게 질문을 인식했다.

'어쩌다 이곳으로 들어오게 됐냐고?'

어떻게 죽었는지를 물어보는 건가? 얼떨결에 대답해 주려 입을 열었다가 다시 다물었다. 가만. 문득 위화감이 밀려들었다.

'아까부터 말이 약간…….'

한국에서 온 거냐, 한국 사람이냐. 전생에 대해 언급하는 거라기엔 하나같이 어딘지 느낌이 미묘했다. 지금도 그렇다. 저게 죽어서 환생하게 된 계기를 묻는 게 맞긴 한 건가?

그걸 생각하느라 답을 지체했더니 내 침묵을 어떻게 해석했는지 아그리타가 재차 말을 꺼냈다.

"참, 묻기 전에 나부터 말해야 하나? 나는 엄청 별것 아니었어요. 매점에 가려고 계단을 내려오던 중이었거든요? 그런데 누가 계단에 물걸레질만 하고 마른걸레로 안 닦았는지 엄청 미끄러운 거야. 그래서 중간에 잘못 밟고 미끄러져서……."

그녀가 쉬어 가듯 후, 한숨을 내뱉고는 뒷말을 이었다.

"그리고 나서 눈을 떠보니 여기였어요."

"잠깐만."

"응?"

"그게 무슨 소리예요? 계단에서 넘어져서, 눈을 떠보니 여기였다고?"

"어처구니없죠? 나도 그랬어요. 이게 말이나 돼요? 말로만 듣던, 소설 빙의라니!"

머리가 띵 울리는 것 같았다.

뭐라고?

"소설…… 빙의?"

"왜, 언니…… 일단 언니라고 할게요. 언니도 그런 거 아니에요? 어느 순간 눈을 떠보니 갑자기 낯선 장소에서 낯선 몸으로 깨어났다. 그런데 심지어 이곳은 소설 속이고, 내가 들어온 몸은 그 소설의 등장인물이다! 맙소사! 이런 상황이잖아요."

아그리타가 명쾌하게 자기 상황을 정리해 주었다. 덕분에 알아듣기는 아주 쉬워졌지만, 큰 문제가 한 가지 있었다.

"그럼 지금 그쪽은 원래 아그리타가 아니라는 말이에요?"

"당연히 아니죠. 아그리타는 이 몸 주인 이름인데. 아그리타 그레이스라니, 이름도 참 길어."

"……."

"난 아리예요. 신아리. 언니는요?"

천진난만한 목소리로 아그리타가 이름을 물어왔다. 나는 답해줄 수가 없었다. 뻣뻣한 목으로 겨우 고개를 저었다.

"아니에요."

"네?"

"난 빙의한 게 아니에요. 눈을 떠보니 갑자기 이 세계였던 게 아니고, 죽고 나서 여기서 다시 태어났어요. 한국에 살았던 건 내 전생이고…… 한국에서 나는 죽은 사람이에요."

아그리타의 눈이 커다래졌다. 암만 노력해도 저 이상 크게 뜨는 건 무리일 것 같다는 생각이 들 정도였다. 그렇게 눈을 휘둥그레 뜨고서 아그리타가 입을 벌렸다.

"헐! 뭐야, 그럼 언니는 원래 여기 사람이라는 거예요?"

"······."

"한국을 아는 건 전생을 기억해서 그런 거고? 헉, 말도 안 돼!"

내 입장에선 아그리타의 상황이 배는 더 말이 되지 않았다. 빙의라고? 그게 뭔데? 아니, 물론 정의는 나도 안다. 영혼이 다른 사람의 몸 속으로 들어가는 거잖아. 그중에서도 지금 이 경우는 책 속 등장인물의 몸에 들어오게 된 것이고 말이다. 하지만 그런 게 실제로 가능한 거였단 말이야?

"우와, 어떻게 그러지? 신기하다. 와아. 그럴 수가."

아그리타가 내가 하고 싶은 말을 대신 다 해줘서 난 할 말이 없었다. 나는 연신 감탄사 비슷한 것을 내뱉으며 놀라워하는 그녀를 바라보다 문득 물었다.

"아그리타, 아니, 아리."

"응, 이 아니고 네?"

"언제부터 그렇게 됐어요? 그 몸에서 눈을 뜬 게 언제쯤이에요?"

"언제냐고 하면······."

아그리타가 손가락을 하나씩 접었다. 네 개를 접고 새끼손가락만 남았을 때 그녀가 행동을 멈췄다.

"나흘 전? 얼마 안 됐어요."

'정말 얼마 안 됐잖아.'

아그리타의 몸에 그녀가 들어오게 된 건 최근이었다. 고작 사 일. 나는 아그리타가 갖은 방법으로 죽기 시작한 것도 최근이라는 사실을 떠올렸다.

'이거가?'

아그리타의 몸이지만 아그리타가 아닌 상대를 뚫어져라 보았다.

'이게 아그리타에게 생긴 문제였어?'

즉, 다시 말해서.

'아그리타의 몸에 다른 사람이 들어갔기 때문에 이 세계가 그녀를 죽이려 드는 거라고?'

나는 당혹스럽게 눈을 깜박거렸다. 그럴듯했다. 소설 속 세상이 여주인공을 죽이려고 한다. 왜? 여주인공이 여주인공이 아니게 되었으니까.

아그리타, 아니, 신아리는 하루아침에 갑작스럽게 아그리타의 몸에 들어왔다. 세상의 입장에서 보면 그녀는 이방인이었다. 조금 심하게 표현하면 이물질.

빙의된 시점이 사 일 전이고 아그리타가 죽기 시작한 게 오늘 아침이니까, 단순하게 보면 세상이 그녀를 인식하는 데 사흘하고 조금 더 걸렸다는 계산이 선다.

'사람 몸도 갑자기 이물질이 들어왔다는 걸 감지하면…….'

내보낸다. 가만히 두지 않고 도로 바깥으로 내쫓으려고 한다. 마찬가지로 세상이 선택한 방법은 바로 아그리타를 죽이는 거였다.

'미친, 너무하네!'

"……언니?"

기가 막혀서 자리에 주저앉았다. 가정일 뿐이었지만 달리 반박할 말이 떠오르지 않았다. 내겐 기정사실이나 다름없게 느껴졌다.

'아니, 그렇다고 죽이냐?'

아그리타의 몸에 다른 사람이 들어왔다고 아그리타를 죽여 버리면, 그럼 진짜 아그리타는? 만에 하나 죽었을 때 신아리의 영혼은 다시 원래 세계로 잘 돌아갈 수 있다고 치자. 그러고 나면 육신은? 이 세상의 아그리타는 그냥 죽은 사람이 되는 거다. 끝이다, 끝. 여주인공이 초장부터 사라지는 거라고.

"언니, 왜 그래요? 괜찮아요?"

"미친 세상……."

"네?"

"아니, 아니야."

아그리타가 잡아줘서 도로 몸을 일으켰다. 나는 힘없이 그녀를 쳐다보다가 불쑥 궁금해진 것이 있어서 입을 열었다.

"하나만 물을게요."

"앗, 네. 마음껏 물어봐도 돼요."

"……여기가 소설 속이라는 건 어떻게 알았어요? 빙의 전 원래 살던 곳에 소설책이 있었나요?"

그러자 아그리타가 바로 고개를 저었다.

"아뇨? 사실 처음엔 몰랐어요. 그런데 이 몸으로 깨고 나서 하루쯤 방황하다가 어쩌다 서재에 갔는데, 웬 책이 눈에 띄는 거예요. 그걸 읽고 나서 알았어요. 〈신녀 아그리타의 봄〉! 맞죠?"

"……그래요."

"이름도 같고 상황도 같으니까 여기가 이 소설 속인가 보다, 그리고 내가 주인공인가 보다 했어요."

아그리타, 신아리는 적응이 빠른 편인 것 같았다. 보통 그렇게 바로 받아들이기는 쉽지 않을 텐데. 이어서 그녀는 자기 머리를 톡톡 두드렸다.

"그리고 기억도 어느 정도 있었거든요. 이 몸이 가지고 있는 기억이요. 덕분에 그걸 바탕으로 열심히 아그리타 행세를 하는 중이고."

"왜 아그리타 행세를 하는데요?"

그러고 보니 아리는 오늘 아침 정해진 대로 시계탑에 갔다. 자선 행사에 참가한 것은 식십 확인하지 못했으니 섣너뤤다고 쳐도, 그다음엔 지금 이렇게 연회에 참석했다. 소설에 기술된 대로 행동하고 있다는 말이다. 아그리타가 금방 그 이유를 설명했다.

"어, 나름대로 생각해 본 돌아갈 방법이랄까요? 달리 할 수 있는 게 없으니까요. 책에 나오는 아그리타를 그대로 따라 하다 보면, 그러다 완결을 맞이한 이후에는 집에 돌아갈 수 있지 않을까 하고."

괜찮은 생각이지 않느냐고 덧붙이면서 그녀는 해맑게 웃었다.

"실은 이렇게 하는 게 맞나 하는 의심도 들긴 했는데, 일단 지금까지 아무 일 없이 무사히 잘 해왔으니 앞으로도 계속 지금처럼 해보려고요."

"……."

아그리타의 웃음은 맑고 천진해 보였다. 나는 거기다 대고 차마 네가 벌써 세 번이나 죽었노라고 말해주지 못하고 입을 다물었다.

'어쩌지?'

기분이 복잡했다. 아그리타가 대뜸 개복치처럼 죽게 된 이유를 알았지만 명쾌하기는커녕 더 속이 답답해졌다.

'정말 그 이유라면 길이 없잖아.'

이 문제를 해결할 방법이라고는 아그리타의 몸속에 있는 신아리를 원래 그녀의 세계로 돌려보내는 것뿐이다. 그렇지만 어떻게?

'아니, 근데 돌려보낸다고 해서 아그리타가 본래 아그리타로 돌아올 수 있나?'

상황은 알지만 정확한 실상을 모르니 갑갑함에 미간에 주름만 졌다. 어떻게 된 게 이유를 알고 나니 더 미궁에 빠지는 기분이었다.

'아니야. 그래도 아무것도 몰랐을 때보단……'

그때 아그리타가 내 눈앞으로 손바닥을 획획 흔들었다.

"언니."

"……?"

"그런데 여기는 연못 없어요? 정원인데."

그렇게 물어보면서 아그리타가 드레스 자락을 들어 올려 발을 보여주었다.

"조금 전에 언니가 한국 사람인 거 알고, 비록 지금이 아니라 전생이기는 하지만, 어쨌든 그것 때문에 반가워서 신발 신는 것도 잊고 난리를 쳤더니…….”

아그리타의 맨발은 풀물이 들고 흙이 묻어 엉망이었다. 그러고 보니 아까 앉아서 벗어 던진 구두가 여전히 풀밭에 뒹굴고 있었다.

“신발을 다시 신긴 해야겠는데, 이대로는 좀 그렇잖아요. 일단 씻고 싶거든요. 연못 어디예요?”

“아마 안쪽에…….”

후원에 새 연못을 조성해 놓은 지는 얼마 되지 않았다. 나는 무의식중에 연못이 있는 방향을 가리켰다가 뒤늦게 아차 했다.

“잠깐만!”

다급하게 불렀지만 아그리타는 행동이 빨랐다. 벌써 저만치 멀어진 아그리타의 모습에 깜짝 놀라 그녀를 뒤쫓았다.

“잠시만 기다려, 아리!”

“네?”

당황해서 말을 놓았다는 걸 신경 쓸 겨를도 없었다. 아그리타가 대답하는 목소리가 저 앞쪽에서 들렸다. 아니, 대체 언제 저기까지 간 거야? 맨발이라서 빠른가?

나는 쫓아가면서 외쳤다.

“위험하니까 가지 말고 돌아와!”

“네? 연못이 위험해요?”

“너한텐 위험해!”

지금 아그리타한테 위험하지 않은 게 뭐가 있을까. 맨발로 걷다 개미에게 쏘여도 그 개미한테 독이 있을 판이었다. 이, 미쳤다고 연못의 위치를 알려주다니. 하지만 돌아오는 아그리타의 목소리는 태평했다.

“에이, 발만 씻을 건데요.”

“물 떠다 줄 테니까 어서 이리 나오…….”

"그리고 저 수영할 줄 알…… 엄마야!"

풍덩!

'젠장!'

비속어가 치밀었다. 최선을 다해 뛰었지만 늦었다. 내 손끝은 당연한 것처럼 발을 헛디뎌 연못에 빠지는 아그리타를 붙잡지 못하고 허공을 긁었다. 연못 안에서 아그리타가 허우적대기 시작했다.

연못의 수심은 사람 키 정도로, 그렇게 깊은 편은 아니었다. 그러나 앞서 말하지 않았던가. 지금의 아그리타에겐 뭐든 다 위험하다고.

나는 이를 악물고 신발을 벗은 뒤 연못으로 뛰어들었다. 나도 수영을 배웠다. 그래서 아그리타 정도는 구해낼 수 있을 거라고 생각해서 몸을 던졌다. 하지만 실수였다.

"어푹, 어푸!"

"아그리타, 푸하, 일단 가만히……."

"어푸흡!"

물에 빠진 사람을 구해봤어야 알지. 수영을 할 줄 안다던 아그리타는 어떤 연유에서인지 미친 듯이 허우적댔다. 버둥거리는 게 워낙 심해서 그녀를 물 밖으로 건져내기는커녕 나도 같이 휘말릴 지경이었다.

"아그리, 어푸!"

아그리타를 부르려고 연 입으로 물이 들어왔다. 시야가 물 때문에 자꾸 흐려졌다. 아, 미치겠네. 진짜 미치겠다. 물에 빠진 사람을 구할 때는 그 사람이 실컷 허우적대다 힘이 다 빠진 이후에야 입수해 구해야 한다던 말이 그제야 떠올랐다. 한참 늦었다.

'망할…….'

애쓰던 몸에서 조금씩 힘이 빠졌다. 탈력이 찾아오면서 아그리타는커녕 내 몸을 건사할 수 있다는 확신도 순식간에 옅어지기 시작했다.

기다렸다가 뛰어들걸. 아니, 뛰어들지 말고 차라리 구슬을 쓸걸. 때

늦은 후회가 머릿속에서 갖은 욕과 함께 빙빙 맴돌았다. 그때 억센 손길이 내 팔을 붙잡고 단숨에 날 끌어 올렸다.

"……!"

한순간에 물 밖으로 나와 풀밭에 엎어졌다. 나는 그 상태로 정신없이 기침했다. 기침과 함께 연신 연못 물이 나왔다. 숨을 몰아쉬느라 가슴이 가쁘게 오르락내리락했다. 아직 흐린 시야로 나를 건져준 사람을 겨우 확인했다.

'에시?'

샛노란 눈동자가 얼핏 보였다. 착각인가. 희뿌옇게 눈에 들어오는 익숙한 얼굴은 왜인지 몹시 화가 난 것처럼 보였다. 나는 다음 순간 연못에서 건져진 것이 나뿐이라는 사실을 깨달았다. 아직 숨이 가쁘고 시야도 선명하진 않았지만 간신히 입을 열었다.

"아그리타…… 살려……."

무거운 손가락을 들어 연못 안을 가리켰다. 제대로 전해졌을까. 그렇게 생각하는데 에시가 별다른 대답 없이 허리춤에서 검을 뽑았다. 검? 잠깐, 뭐 하는 거야?

'무슨 짓…….'

입 밖으로 뱉으려 한 말이 속에서만 맴돌았다. 생각보다 물을 많이 마셨을까? 아니면 버티느라 힘을 너무 쓴 걸까. 문득 눈앞이 어지럽게 흔들렸다. 에시는 검을 쥔 채 그대로 연못으로 뛰어들었다. 나는 그것까지 보곤 정신을 잃었다.

"……!"

벌떡 몸을 일으켰다. 일어나 앉아서 얼른 주변을 둘러보았다. 실내는 어두웠다. 나는 눈이 어둠에 익숙해지기를 기다리다 못해 손으로 지척을 더듬었다. 푹신한 매트리스와 이불의 감촉이 손끝에 걸렸다.

'침대.'

입고 있는 옷도 물에 젖어 엉망이 된 드레스가 아니라 편하고 가벼운 실내복이었다. 촉감으로 대강 상황 파악을 마친 나는 이어서 생각했다.

'아그리타는?'

그녀를 떠올리자 불안하고 다급해졌다. 의식을 잃기 전 마지막으로 목격한 건 말도 안 되는 장면이었다. 에시가 검을 빼 들고…….

"헉."

다음 순간 나는 숨을 들이켰다. 누군가가 방 안에 있었다. 슬슬 어둠에 적응한 눈으로 주변을 살피다 발견했다. 침대 가까이 누군가가 앉아 있었다. 눈을 깜박거렸다. 어둠에 익숙해지는 중인지 시야가 조금씩 선명해졌다.

나는 마침내 어둠 속에 있는 상대가 누군지 알아차렸다.

"……에시?"

이름을 불렀지만 대답이 없었다. 하지만 나는 어두운 와중에도 유리알 같은 눈동자나 반듯한 콧날로 상대방이 에시라는 사실을 확신했다. 에시는 미동도 하지 않고 가만히 앉아 있었다. 그러다 문득 손을 뻗어 내 이마를 짚더니 그대로 밀어 나를 도로 눕혔다.

"……?"

침대에 털썩 누워 에시를 돌아보았다. 거기서 뭐 하는 거냐고 물으려고 했는데, 때마침 에시의 입이 열렸다.

"더 자."

그러더니 정말 나를 재우려는 듯 크고 따뜻한 손이 눈을 덮어왔다. 기껏 어둠에 적응한 시야가 도로 깜깜해졌다. 당황스러웠다.

"에시."

"……."

"……아그리타는?"

눈을 가린 손을 치우는 대신 그렇게 물었다. 나는 아그리타의 생사가 궁금했다. 마지막에 본 장면이 장면인지라 더욱 그랬다. 에시의 목소리는 정적이 한참 지난 후에야 들렸다.

"나는 누님이 하고 싶은 거라면 그게 뭐든 상관없어."

"……?"

"뭘 해도 괜찮아. 그게 누님이 원하는 거라면."

"……."

"그런데 이번에는 좀……."

잠시 뜸을 들였다가 다음 말이 흘러나왔다.

"화가 나네."

목소리는 가라앉아 있었다. 나는 문득 에시가 내 눈을 가린 게 어서 다시 자라는 의미가 아니라, 어쩌면 자기 얼굴을 보지 못하게 하려는 의도일지도 모르겠다는 생각이 들었다.

'착각이 아니었구나.'

나를 연못에서 구해주었을 때 에시는 몹시 화가 난 것처럼 보였다. 그건 착각이 아니었다. 난 조금 우물쭈물하다가 입을 열었다.

"미안해."

에시가 왜 화가 난 것인지 모를 정도로 멍청하지 않다. 걱정을 끼쳤다. 그 사실을 스스로도 자각하고 있었다. 다만 좀 미묘한 기분이 되었을 뿐이다. 누나인 나는 에시에게 걱정을 끼치고 그 때문에 화가 날 정도의 존재인데…….

'누나가 아닌 나는 제 손으로 죽여 버리는 대상이라는 게.'

혼자 생각한 그 간극이 새삼 마음을 눌렀다. 에시는 내 사과를 듣고서 별말이 없었다. 나도 이어서 뭐라고 말을 하진 않았다. 아그리타의 안부를 더 물어봤자 지금 답이 나오지는 않을 거라는 확신이 들었다.

'그래, 자자. 자고 일어나서…… 아침이 되면 확인해 보자.'

그러고 나서 얼마나 시간이 흘렀을까. 에시가 언제쯤 내 눈을 덮은 손을 물렸는지, 언제쯤에나 내 방을 나갔는지, 그 전에 잠이 들어서 나는 둘 다 알지 못했다.

눈이 번쩍 뜨였다. 고개를 휙 돌려 침대 옆을 쳐다보았다. 텅 비어 있었다.

'꿈이었나?'

에시와 대화를 나눈 기억이 있다. 하지만 그게 현실인지 꿈인지, 어쩐지 바로 분간이 되질 않았다. 시야도 어둡고 비몽사몽 한 중에 겪었던 것이라 더 그럴지도 몰랐다. 일단 생각을 그만두고 몸을 일으켰다.

밖은 밝았다. 얼마나 잤는지는 모르겠지만 아마 아침인 것 같았다.

'……아그리타.'

다시 그녀가 떠올랐다. 어떻게 됐지? 그것부터 확인해 봐야겠다는 충동에 침대에서 벗어나려 이불을 걷었다. 그때였다.

"언니이!"

문이 벌컥 열리더니 한 인영이 뛰어 들어왔다. 후다닥 달려와 품에 안기는 가는 체구를 얼떨결에 받아주고 나서야 그녀가 다름 아닌 아그리타라는 것을 알아차릴 수 있었다.

"아그리타…… 아리?"

"아가씨!"

"깨어나셨군요."

뒤이어 몇 사람이 더 등장했다. 베시와 주치의 닥터였다.

"몸은 좀 어떠십니까?"

닥터가 안경을 올려 쓰며 내게 다가왔다. 나는 그가 맥을 짚을 수 있도록 한쪽 팔을 맡긴 채로 멍하니 대답했다.

"괜찮긴 한데……."

"언니, 흑, 나 진짜 무서웠어요."

아그리타가 내 품에 얼굴을 묻은 채로 칭얼거렸다. 그런 아그리타를 내려다보면서 생각했다.

'살아 있네.'

아그리타는 살아 있었다. 뼈대가 가느다란 몸에선 산 사람 특유의 따뜻한 체온이 느껴졌다.

'에시가 구해준 건가?'

그럼 검을 빼 든 건 뭐였던 거지? 뭐가 뭔지 모르겠다. 혼란스러워하는데 아그리타가 불쑥 품에서 고개를 들더니 말했다.

"언니, 그 연못 말이에요. 혹시 저주받은 연못이에요?"

"응?"

"언니가 위험하다고 할 때 말 들을 걸 그랬어요. 그게 그런 연못인 줄 알았으면."

닥터가 알아듣기 쉽게 바로 설명을 붙여주었다.

"연못에 빠지자마자 다리에 쥐가 났었다고 합니다. 그래서 어떻게든 팔을 휘저어 빠져나가려고 했는데, 다음엔 발목에 자꾸 뭐가 감겼고요. 수초이긴 했습니다만."

"진짜 죽는 줄 알았어요."

가만 보니 아그리타의 눈엔 눈물이 그렁그렁했다.

'아, 그래서.'

닥터의 말을 듣고 나자 에시가 검을 꺼냈던 이유를 짐작할 수 있었다. 수초를 잘라주려고 그런 거였어? 예상외로 평화롭고 이타적인 이유였다. 이건 또 이것 나름대로 안 믿길 정도로 말이다.

그때 닥터가 말했다.

"맥은 별 이상이 없군요. 하여튼 천만다행입니다. 공작님이 아니셨다면 큰일 날 뻔했습니다."

"맞아요."

베시가 끼어들었다.

"얼마나 놀랐다고요. 세상에, 아무리 사람이 빠졌어도 그렇지 어떻게 뛰어들 생각을 다 하셨어요? 위험하게."

그에 아그리타의 어깨가 움찔했다. 베시의 성난 표정을 보니 어쩐지 들으라고 하는 말인 것 같았다. 아그리타가 눈치 보듯 시선을 이리저리 굴리다 작은 목소리로 사과했다.

"미안해요, 나 때문에……."

"아니, 아냐."

뛰어든 건 내 선택이다. 결과적으로 미련한 선택이 될 뻔했지만 말이다. 베시는 뭐라고 더 해주고 싶은 눈치였지만 이내 참는다는 얼굴로 흥, 고개를 돌렸다. 그에 닥터가 난처하게 웃고는 말했다.

"다들 걱정이 많았습니다. 특히 공작님께서 그러셨지만요."

"……에시가요."

"모르셨죠, 아가씨. 한숨도 안 자고 아가씨 곁을 지키셨다고요. 조금 전에야 아가씨께서 이제 깨어나실 것 같다는 말을 남기고 처소로 돌아가신 거예요."

베시가 끼어들어 덧붙인 말에 깜짝 놀랐다. 뭐라고?

"밤새?"

"그래요. 저희가 있을 테니 먼저 들어가시라고 해도 어디 말을 들으셔야지."

베시가 툴툴거리듯, 하지만 한편으론 예의 팔불출 같은 미소를 지은 채로 말했다. 짓궂은 거짓말을 들은 기분이었다. 그렇지만 베시가 이런 걸로 내게 거짓말을 할 이유가 없다. 나는 놀라서 굳어 있다가 이내 눈가를 더듬었다.

'그럼 그건⋯⋯.'

꿈이 아니었구나. 어두운 와중에도 또렷하게 보였던 에시의 고요한 눈동자. 더 자라는 말과 함께 눈을 덮었던 약간 거칠고 커다란 손. 화를 억누르느라 낮고 조용하게 깔리던 목소리. 전부 진짜였다.

'그러고서 밤새 곁을 지켰다고?'

순간 말문이 막혔다. 그렇게까지 했다니? 걱정을 끼쳤다는 건 알았지만 그 정도였을 줄은 미처 생각하지 못했다. 뭐라고 할 말이 떠오르지 않아 입을 다물고 있었더니 베시가 대신 말을 이었다.

"하여튼 애틋하시다니까. 가족이라지만 그런 분이 또 어디에 있어요?"

"왜 그걸 베시가 뿌듯해한답니까."

"왜요, 그러면 안 돼요?"

닥터에게 눈을 흘겨준 베시가 이어 한숨 비슷한 것을 내쉬었다. 복잡해 보이는 숨이었다.

"하기야, 두 분이 어디 보통 가족이신가요. 주인님 내외께서 그렇게 돌아가시고⋯⋯ 두 분만 남겨진 게 벌써 몇 년째인지."

베시가 닥터를 밀어내고 가까이 다가와 내 손을 감쌌다.

"아가씨, 부디 몸을 아끼세요. 저희 심정도 심정이지만, 공작님을 생각하셔야죠."

베시는 저택에서 아주 오래 일했다. 어머니가 살아 계셨을 땐 어머니의 막둥무였고, 태만한 유모를 대신해 어린 나와 에시를 돌봐주었던 적도 여러 날이다. 그러니 베시에게 나나 에시가 단순히 고용주 이상의 의미를 지닌다는 것을 안다. 베시의 목소리는 따뜻하고 간절했다.

"공작님껜 아가씨뿐이잖아요."

그렇지만 아이러니한 일이었다. 나는 그녀의 절절한 당부를 들으면서 외려 내가 죽어야만 하는 이유를 통감하고 있었다.

에시에겐 나뿐이라고…… 그래, 그렇지. 난 에시의 곁에 남겨진 마지막 가족이다. 타인을 부스러기보다 무가치하게 여기는 에시가 유일하게 마음을 주고 정을 쏟을 수 있는 대상 말이다.

'하지만 가짜지.'

나는 에시의 진짜 가족이 아니었다. 피가 한 방울도 섞이지 않았으니까. 가족으로 자랐지만 정말 가족이 될 수는 없었다. 그리고 훗날 그걸 듣게 된다. 유일하고 특별한 사람이라고 생각해서 의심 않고 애정을 주었는데, 실은 그게 거짓이었다는 걸 알면 어떤 기분일까?

지금 내게 쏟는 애정이 깊으면 깊을수록, 나중의 배신감도 그만큼 커지겠지.

'정말이지, 나를 살려둘 리가 없구나.'

새삼스러운 이야기도 아닌데 실감하자마자 혀끝에 쓴맛이 올라왔다. 어쩐지 입이 떨어지지 않았다. 베시에게 뭐라고 아무렇지 않은 척 대답해 주기가 힘들었다.

닥터는 말이 없는 나를 힐긋 살피더니 팔꿈치로 베시를 툭 건드렸다.

"왜요?"

"괜한 소리는 뭐 하러 합니까?"

"괜한 소리라뇨?"

"아가씨께서 연못에 빠지고 싶어서 빠지신 것도 아니고, 어련히 알아서 하실 텐데 잔소리는."

"잔소리? 지금 잔소리라고 했어요?"

"그게 잔소리가 아니면 뭐람."

"이봐요, 닥터!"

"잠깐, 잠깐만."

나는 벌떡 일어서서 두 사람을 말렸다. 그러고 보니 이 둘은 한시도 붙어 있으면 안 되는 사람들인데 깜박했다. 왜 같이 들어온 거야?

"나는 괜찮으니까 두 사람도 다투지 마요. 닥터, 나 아무렇지 않아요. 베시, 맞는 말이야. 고마워. 앞으로 조심할게."

그래도 둘 사이에 끼어든 덕분에 기분을 환기할 수 있었다. 나는 한숨을 돌리고 언뜻 아그리타를 내려다보았다. 아그리타는 침대에 걸터앉은 채로 멀뚱멀뚱 눈만 깜박거리고 있었다. 죽다 살아난 사람치고 양 뺨에 발그레하게 도는 혈색에는 생기가 넘쳤다.

문득 신기한 느낌이 들었다. 아직 살아 있는 아그리타라니. 죽을 뻔하긴 했지만 살았다. 죽지 않았다. 그 사실에 묘한 감흥을 느끼고 있는데 베시가 말했다.

"참, 아가씨. 깨어나셨으니 씻으셔야죠. 따뜻한 물 올릴게요."

"응? 괜찮아. 찬물로 세수해도 되는데."

"어머! 안 돼요! 물 데워 올 테니 딱 기다리세요."

욕실에 들어가면 굳이 누가 떠다 주지 않아도 장치로 물을 끌어 올릴 수 있지만, 데우지 않은 차가운 물만 가능했다. 날도 추워졌는데 그러다 병나면 어쩌실 거냐고 눈에 쌍심지를 켠 베시가 금방 오겠다고 말하곤 곧장 방을 나갔다.

베시가 그렇게 사라지자 닥터도 슬슬 몸을 일으켰다.

"무사하신 걸 확인했으니 그럼 저도 이만 나가보겠습니다. 혹시라도 몸에 이상이 느껴지시면 언제든 부르시고요."

"그럴게요."

"행여 말씀드리는 거지만 자가 진단은 안 됩니다. 사소하다고 넘겨짚고 그러지 마세요. 위험합니다."

"그럼요."

걱정 많은 닥터가 거듭 당부하곤 방에서 나갔다. 그러자 이제 방에는 나와 아그리타만 남겨졌다. 아그리타는 그때부터 혼란스럽게 눈을 데굴거리기 시작했다. 이렇게 되니 자기도 따라서 나가야 하나 말아야 하나 헷갈리는 것 같았다.

나는 그런 아그리타에게 말을 걸었다.

"아리."

"네?"

"식사했어요?"

"식사요? 아니, 아니요."

"그렇군요."

문은 반쯤 닫혀 있었다. 나는 그걸 잡고 도로 활짝 열었다.

"그럼 이따가 식당에서 봐요."

아그리타까지 내보내고 나자 나는 방에 완전히 혼자 남겨졌다.

……를 기대하고 퇴장시킨 건데 기다렸다는 듯 집사가 찾아왔다.

"몸은 좀 괜찮으십니까?"

"괜찮아."

"조심하셔야 합니다. 그렇게 연못에는 왜 뛰어드셨습니까? 연못이라고 만만히 보시면 안 됩니다. 명심하세요. 다음부터는 누가 물에 빠지면 그게 어디든 뛰어드실 게 아니라 주변의 사람을 부르시고, 상황이 여의치 않으면 차라리 물에 뜰 만한 걸 찾아서 상대에게 던져주세요. 그마저도 없으면 같이 위험해지느니 차라리 기도를 해주시는 게……."

"이게 진짜 잔소리지."

"예?"

"아니야."

집사는 비슷한 소리를 내게 세 번쯤 반복하고 나서야 방에서 나갔다. 어째 피곤하다고 느낄 무렵, 이번에는 그레이스 자작 부부가 들렀다.

"정말 고맙습니다."

"딸아이를 구해주셔서 진심으로 감사드립니다, 공녀님."

"……아뇨. 제가 뭘."

멋쩍었다. 나는 같이 허우적거리기만 했지 정작 아그리타를 구해준 건 에시인데. 그들은 연거푸 감사 인사를 건넨 후 자리를 비웠다.

"후우."

"아가씨, 저 왔어요."

그리고 났더니 세숫물이 도착했다.

"……생각 정리할 틈을 안 주네."

"네? 뭐라고 하셨어요?"

"아냐. 고마워."

물이 담긴 대야와 수건을 받아 들곤 베시를 밖으로 내보냈다. 또 누가 찾아올까 봐 약간 긴장하면서 문을 닫았다. 다행히 더 이상 나타나는 사람은 없었다. 나는 침대로 가서 털썩 주저앉았다.

'정신없어.'

멍하니 앉아 있다가 이내 베시가 떠다 준 물로 간단하게 세안을 마쳤다. 그렇게 정신을 환기하곤 책상으로 향했다. 어떤 상황이든 객관적으로 정리하고 바라보기엔 글로 쓰는 것만큼 좋은 게 없다. 특히 머릿속이 복잡할수록 더 그랬다.

책상에 앉아 종이를 펼치고 펜을 쥐었다. 펜촉에 잉크를 묻히곤 현 상황에 대해 가장 기본적인 것부터 또박또박 써 내려갔다.

하나. 현재 아그리타 그레이스는 가만히 두면 무조건 죽을 운명이다.

그 아래에 부가 설명을 적었다.

—누가 그녀를 죽이느냐? 세상이.
—왜? 그녀가 진짜 아그리타가 아니기 때문에.

이유는 몰라도 하루아침에 신아리라는 다른 세계의 인물이 아그리타의 몸에 들어갔다. 그로 인해 이 세계는 그녀를 죽여서 내쫓아야 할 대상으로 인식하게 됐다.

'환장 파티 별점 열 개.'

다섯 개 만점에 열 개다. 이 미친 세상. 머리카락을 헤집고는 다음 문장을 썼다.

둘. 죽을 운명인 아그리타를 살리는 게 가능한가?

바로 아래에 답을 달았다.

—그렇다.

이건 가능하다. 증거로 아그리타는 아직까지 살아 있었다. 그냥 내버려 두었다면 어제저녁 연못에서 틀림없이 네 번째 죽음을 맞이했을 테지만, 에시가 구해준 덕분에 목숨을 부지했다.

다만 여기서 문제는 정작 작정하고 그녀를 살리려고 했던 나는 별 도움이 안 되었다는 거다.

'내 힘으로는 힘들어.'

아그리타를 구하기는커녕 그녀가 외롭지 않게 저승길에 동행할 뻔했다. 응, 망할 뻔했지. 에시가 없었으면 어떻게 되었을까 생각하니 나도 모르게 소름이 돋아서 팔을 문질렀다. 한숨을 내쉰 후 짤막하게 글을 추가했다.

—나 혼자서는 못 함. 도움이 필요함. 그나마 살릴 수 있다는 건 다행.

이어서 약간 간격을 띄우고 새로운 문장을 적어나갔다.

셋. 신아리가 들어간 지금의 아그리타가 내게 도움이 될 수 있는가?

'이건……'
펜 끝을 멈췄다.
'모르겠어.'
솔직히 판단이 안 섰다. 마음 같아서는 당연히 될 거라고 단언하고 싶다. 하지만 그렇게 확신할 수 없다는 걸 이성이 감지하고 있었다.

내가 본래 아그리타에게 바란 건 단순하면서도 간단하지 않은 일이다. 나는 그녀가 에시의 주의를 끌어줄 것이라 기대했다. 첫눈에 에시의 온 신경을 사로잡아 눈과 귀를 가려 내가 저택에서 무사히 도망치게 해줄 거라고 믿었다.

그렇지만 지금의 아그리타가 과연 그래줄 수 있을까? 지금 아그리타는 겉은 같지만 알맹이가 다르다. 온전한 진짜 아그리타가 아니었다. 에시가 아그리타에게 끌린 건 그저 오로지 그녀가 아그리타였기 때문인데, 그 전제에 문제가 생겨 버렸으니 앞으로의 일도 어떻게 될지 알 수가 없었다.

사실 이 의심은 에시가 잠든 내 곁을 밤새 지켰다는 데서 기인했다. 만약 본래 정해진 대로 에시가 아그리타를 보고 한눈에 반했다면, 지난밤 내가 아니라 아그리타의 곁을 지켰을 테니까.

'……응?'

갑자기 심장이 따끔거렸다. 뭐지?

'상황이 절망적이라서 그런가.'

말 된다. 그런가 보다. 확실히 가슴이 아플 만큼 답이 뚜렷하게 보이지 않는 상황이었다. 나는 펜을 내려놓고 얼굴을 쓸었다.

'아냐. 일단 긍정적으로 생각하자.'

마음을 다잡듯 뺨을 찰싹 때렸다. 어차피 내가 기댈 건 아그리타뿐이었다. 이러나저러나 그녀가 없으면 내 운명은 가만히 있다가 죽거나 어설프게 도망을 시도했다가 잡혀서 죽거나 둘 중 하나로 귀결될 뿐이다. 선택지도 없는 마당에 비관적인 가정은 안 하느니만 못했다.

'가능성이 아주 없는 건 아니니까.'

에시는 어제 연못에 빠진 아그리타를 순순히 구해줬다. 그러기 전에는 책의 내용처럼 후원으로 따라 나오기도 했다. 그런 걸 보면 운명처럼 첫눈에 반한 것은 아니라도, 가망은 있다고 생각됐다.

'그래. 잘될 거야.'

나는 종이를 서랍 안에 넣어두곤 몸을 일으켰다. 상황은 그리 긍정적이지 않았지만 글로 써서 정리한 효과가 있었다. 어쨌든 덕분에 머릿속이 좀 정돈되었으니 말이다. 그러면서 한 가지 결심도 섰다.

'결국 지금 내가 할 수 있는 건 하나지.'

아그리타를 내보낼 때 식당에서 보자고 말했던 것을 떠올렸다. 나는 방을 나가 베시를 부르려고 했다. 그런데 마침 노크 소리가 들렸다.

"아가씨, 다 씻으셨어요? 그럼 이제 뭐라도 좀 드셔야 할 텐데."

"베시."

반가웠다. 그러잖아도 베시에게 그 이야기를 꺼내려던 참이었다. 나는 곧바로 문을 열었다.

"응, 안 그래도 그러려고."

“드시기 편하게 식사를 방으로 올려 드릴까요?”

“아니.”

고개를 저었다.

“식당에 차려줘. 그레이스 영애도 아직 식사 전이라고 들었어. 그녀와 둘이 먹을게.”

“어머나.”

그러겠다고 대답하면서 베시는 나를 살폈다. 어제 구하겠답시고 뛰어든 것도 그렇고, 내가 대체 언제 그레이스 영애와 그처럼 친해졌을까 생각하는 눈치였다. 표정에서 고스란히 읽히는 의문을 나는 그냥 모른 체했다.

아그리타와 단둘이 이야기를 해야 한다. 식사는 겸사겸사였다.

‘내가 지금 할 수 있는 거, 그리고 해야 하는 거.’

계단을 내려가면서 생각을 되풀이했다.

‘아그리타를 어떻게든 계속해서 살려두는 것.’

나는 그녀가 필요하다. 그러니 아그리타는 살아주어야만 했다. 아그리타가 진짜 아그리타가 아니라서 정해진 미래가 불확실해졌든 어떻든, 어쨌든 그녀가 살아 있어야 일말의 가능성이라도 품어볼 수 있었다.

‘그러려면 아그리타도 일단 상황을 알아야 하겠지.’

아그리타는 어제 가지 말라는 만류를 무시하고 구태여 연못으로 향했다. 위험하다 걸 꿈에도 몰랐으니 그런 거겠지. 앞으로 그런 일이 몇 번이나 더 있을까?

최소한 아그리타가 위기를 자초하는 것이라도 막아야 했다. 그게 아그리타를 살리기 위한 첫걸음이었다.

'문제는 뭐라고 말해야 믿어주겠냐는 건데…….'

어떻게 말하면 그녀가 벌써 세 번 죽었고 네 번째에서야 겨우 살았다는 사실을 납득시킬 수 있을까. 그걸 고민하면서 층계를 밟았다.

그때였다.

"언니!"

"아리."

막 식당으로 안내받던 중이었는지 아그리타가 계단 아래에서 나를 발견하곤 반갑게 손을 흔들었다. 그러자 옆에서 집사가 뜨악 하는 표정을 짓는 것이 보였다. 참, 집사가 은근 저런 데에 굉장히 보수적이지.

"그레이스 영애. 실례지만 격을 기본으로 삼는 귀족의 몸가짐이란 자고로……."

"네?"

맙소사, 집사. 나한테만 저러는 줄 알았더니 인제 보니 상대를 안 가렸다. 아그리타는 일단 손님 아냐?

잔소리가 본격적으로 시작되기 전에 아그리타를 빼내주려고 움직이다가 멈칫했다. 잠깐, 저거 뭐지?

"꺅!"

"어머, 웬 벌이야?"

소소하게 소란이 일었다. 내가 눈길을 준 곳에는 웬 벌 한 마리가 허공을 날고 있었다.

"아휴. 이게 또 들어왔네."

앞뜰 정원이나 후원을 통해 저택 안으로 벌이 날아드는 건 드문 일이 아니다. 그 증거로 사용인 몇이 깜짝 놀라 비명을 질러놓고도 이내 대수롭지 않은 표정으로 손을 획획 저었다. 나는 상황을 보다가 대뜸 외쳤다.

"저거 잡아!"

"예?"

"아가씨?"

"놔두면 안 돼!"

맨손 말고 벌을 잡을 만한 도구가 뭐가 있지? 나는 주변을 둘러보면서 다급하게 소리쳤다.

"독벌이야!"

"예에?"

몇 사람의 표정이 해괴해졌다. 허무맹랑하게 들리겠지. 나도 안다. 그도 그럴 게 지금 저택에 들어온 것은 일반 꿀벌이랑 똑같이 생겼다. 독은커녕 살짝 따끔한 침을 쏴놓고 도리어 제가 죽는 작고 귀여운 일벌 말이다.

그렇지만 나는 확신할 수 있었다. 저놈은 독이 있는 벌이다. 왜냐하면 벌이 지금 아그리타에게 다가가고 있으니까!

"빨리! 쏘이면 죽어!"

"아, 아니."

심각한 목소리에 장난이 아니라는 걸 느꼈는지 사용인들이 황급히 움직이기 시작했다. 하지만 막상 벌을 잡으려고 드니 생각만큼 마땅한 도구가 없는 것 같았다. 모두 뭘 어찌지 못하고 저마다 두서없이 허둥거렸다. 독벌이라고 하니 쉽게 손을 대기가 어려운 것도 있었다. 그러는 사이 벌은 아그리타의 바로 지척까지 접근했다.

아, 안 돼! 어떻게 살렸는데!

그 순간이었다.

"……!"

뭔가가 허공에서 번쩍했다. 그리고 다음 순간, 아그리타의 목덜미 근처에 있던 벌이 깔끔하게 반으로 갈라진 채로 추락했다. 이어서 휴우, 한숨 소리가 들렸다.

"다행히 안 늦었네."

"……."

"오랜만에 뵙습니다, 아가씨. 어젯밤에 복귀했는데 복귀하자마자 아가씨의 곁에서 한시도 떨어지지 말고 호위하라는 명을 받은 가문의 충성스러운 기사 다베리입니다."

"……."

"진작 나왔어야 하는데 그만 늦잠을 자서……. 하하. 제발 이 일은 공작님껜 비밀로 부탁드립니다. 아, 그런데 웬 벌인가요? 잡아야 하는 분위기 같아서 잡았는데."

"다베리 경!"

나는 반가움에 차서 상대를 불렀다.

다베리 삭. 이마와 목덜미가 훤히 드러나도록 짧게 자른 금발에 훤칠한 키의 그는 저택에서 실력을 인정받는 기사 중 한 사람이었다. 에시가 직접 거둬서 에시의 말이라면 뭐든 따르기로 유명한 그는 작년 말경 임무를 받고 영지로 내려갔었다. 맡은 바를 끝내고 이제 막 돌아온 모양이었다.

놀라 굳어 있던 사용인들이 이내 너도나도 다베리를 향해 반갑게 입을 열었다.

"다베리, 온 줄 몰랐어요."

"난 소식은 들었는데 인사를 이제야 하네."

"역시 다베리 경, 실력은 여전하네요. 못 베는 것 없이 다 벨 수 있나너니, 이런 작은 벌까지 단숨에 조각내고."

"그런데 이거 정말 독벌이에요?"

누군가가 의문을 던졌다.

독벌이라는 말에 다베리가 깜짝 놀라 눈을 큼지막하게 떴다. 그가 '예? 독벌?' 하고 들은 것을 되풀이하기 무섭게 저만치서 닥터가 사용인 한 명과 함께 헐레벌떡 달려왔다.

"헉헉, 아이고. 웬 독벌이요?"

"여기요, 닥터. 시체긴 하지만."

의사라고 곤충에 빠삭하리라는 법은 없었지만 닥터는 별명이 곤충 박사였다. 벌레 종류를 포함해 다리가 여섯 개 달린 생물 중에 닥터가 모르는 것이라곤 거의 없다시피 했다.

동강 난 벌의 시체를 한참 살핀 닥터가 이내 심각해진 얼굴로 고개를 들었다.

"이게 어디서 들어온 겁니까?"

"독 있는 거 맞아요?"

"맞습니다. 그것도 아주 독한 놈입니다. 아무리 가을이라지만 이 주변에서 이 정도 독벌은 보기 힘든데……."

말끝을 흐린 닥터가 이어서 우리를 둘러보았다.

"자칫 쏘이기라도 했으면 손쓸 도리가 없었겠습니다. 혹시 쏘인 사람은 없습니까? 다들 무사한 거죠?"

"아, 네. 없어요."

닥터의 말에 대답하면서 두셋 정도가 아그리타를 힐긋 쳐다보았다. 쏘이지는 않았지만 하마터면 쏘일 뻔했으니까.

아그리타가 딸꾹질을 했다.

"진짜 독벌이었다니."

"아가씨, 어떻게 아셨어요?"

"어쩜. 나는 듣고서 봐도 구분이 안 되는데."

"아가씨랑 다녀필 겅이 아니었디면 근일 닐 뻔했어요."

사용인 몇이 나를 대단하다는 듯 응시했다. 물론 지금 내게 중요한 건 그들의 선망이나 인정 섞인 시선이 아니었다. 나는 딸꾹질이 멎지 않는 아그리타를 보면서 입을 열었다.

"아그리타."

"……."

"나랑 잠시 이야기 좀 해요."

아그리타는 많이 놀란 것 같았다. 그럴 만도 했다. 난데없이 나타난 벌에 쏘일 뻔했는데 그게 사람을 죽일 정도의 독벌이라고 하면 누구나 그럴 거다. 더구나 그녀는 물에 빠져 죽다 살아난 지 그렇게 오래 지나지도 않았다.

그리고 내게는, 이렇게 표현하기는 좀 그렇긴 하지만 이 상황이 곧 기회였다.

'지금 말하면 더 쉽게 믿을 거야.'

한 번 죽을 뻔했으면 몰라도 만 하루 사이에 벌써 두 번째였다. 누구라도 이상함을 느낄 법했다. 내가 전하려는 이야기에 기존보다 설득력이 생길 수 있었다.

나는 아그리타와 함께 식당으로 이동했다. 딱히 뭘 먹을 생각인 건 아니었지만 마땅한 장소를 새로 찾기도 그래서 일단 식당으로 향했다.

딸꾹질을 하느라 꿀 먹은 벙어리가 된 아그리타 대신 다베리 경이 따라오면서 혀를 내둘렀다.

"그게 독벌이었다니. 누구든지 깜박 속겠는데요. 겉보기엔 평범하게 생겨서는."

"……."

"앞으론 저택에서 벌이 보이면 무조건 죽이고 봐야겠습니다. 무서워서 원."

나는 다베리 경의 감상을 한 귀로 흘리면서 걷다가 문득 생각했다.

가만. 언제까지 따라오는 거지?

"다베리 경."

"예, 아가씨."

"그레이스 영애와 긴히 나눌 말이 있어서요. 얘기를 나누는 동안 문 밖에서 대기해 줄 수 있나요?"

식당이 어느새 코앞이었다. 이대로 안까지 함께 들어가면 아주 곤란해진다. 그러나 다베리 경은 내 요청에 단호하게 고개를 저었다.

"안 됩니다."

"……."

"말씀드렸다시피 아가씨의 곁에서 한시도 떨어지지 말라는 명입니다."

"영애와 몹시 깊은 이야기를 나눌 거라서요."

"이야기가 새어 나가면 제 목을 치셔도 좋습니다."

깜박했다. 다베리 경은 융통성이 없었다. 아니, 원래 있다 못해 넘치는 사람인데 에시의 명령만 받았다 하면 한없이 고지식해졌다.

'이 에시 빠돌이.'

예상에 없었던 난관에 봉착했다. 나는 재차 말했다.

"그런 걸 걱정하는 게 아니라, 누가 듣는다는 것 자체가 기분이 좋지 않아서 그래요."

"귀를 막고 있겠습니다."

"귀 막아도 다 들리잖아요?"

반박이 돌아오지 않았다. 이것 보게.

'다베리 경을 곁에 세워두고 아그리타와 대화를 나눌 순 없지.'

절대 안 될 일이다. 내가 할 말이 무슨 말인데.

나는 평상시 툭하면 유들유들 풀려 있는 주제에 지금은 심각한 척하고 있는 다베리 경의 얼굴을 올려다보다 후, 한숨을 내쉬었다. 어쩔 수 없지. 이렇게까지는 안 하려고 했는데.

"경."

"말씀하시죠."

"정 내 부탁을 들어주지 않겠다면 말이에요."

"……."

"에시에게 말하겠어요. 다베리 경의 근무 태만 때문에 내가 독벌에 쏘여서 자칫 죽을 뻔했다고."

"예에?"

다베리 경이 눈을 부릅떴다. 그게 지금 무슨 소리냐는 심정이 표정을 통해 고대로 읽혔다. 그래, 어처구니없겠지. 하지만 어쩌겠어. 나는 협박을 계속했다.

"내가 그렇게 말하면 다베리 경이 과연 무사히 내일의 해를 볼 수 있을까요?"

"아, 아니."

"오늘 뜨는 달만 봐도 다행이겠네요."

"잠시만요, 아가씨. 그건 사실이 아니잖습니까. 늦게 나타난 건 변명의 여지가 없지만, 벌에 쏘일 뻔한 건……."

"사실이 중요한가요?"

다베리 경의 말을 끊었다.

"내가 뭐라고 말하는가가 중요하지. 에시가 누구 말을 믿어줄 것 같아요?"

다베리 경이 말문이 막힌 듯 입을 다물었다. 내가 생각해도 뻔뻔하기 그지없긴 했지만 이 방법이 최선이었다. 나는 능청스럽게 생긋 웃었다.

"난 다베리 경처럼 유능한 사람을 좋아해요. 가문을 위해 오래오래 함께해 주기를 바라요."

즉 이런 일로 허망하게 죽지 말란 얘기다. 나는 이어서 말했다.

"그럼 이야기 끝나고 다시 만나요."

결국 그를 바깥에 대기시키는 데 성공했다. 나는 억울한 표정을 짓되 식당 안으로 따라 들어오지는 않는 다베리 경을 보며 천천히 문을 닫았다. 좋았어. 미안하지만 경, 이해해 줘요. 사정이 사정이라.

나는 이내 닫힌 문을 뒤로하고 식탁으로 다가갔다.

"이리 앉아요, 아리."

아그리타는 고개를 슬쩍 갸웃하는 것 같더니 곧 순순히 자리에 앉았다. 어쩌면 내가 이렇게까지 해서 둘만 남으려 한 이유가 궁금할지도 모르겠다.

'곧 밝혀질 거야.'

식탁에는 베시에게 부탁했던 식사가 차려져 있었다. 아침 식사치고는 요리의 가짓수도 많고 꽤 풍성했다.

나는 혹시나 해 물었다.

"배가 많이 고프면 먼저 먹고 이야기할까요?"

난 별로 식욕이 없었지만 아그리타가 먹겠다고 하면 기다려 줄 의향은 있다. 그렇지만 아그리타는 고개를 저었다.

"배가 고프긴 했는데……."

"했는데?"

"놀라서 입맛이 뚝 떨어졌어요."

벌을 떠올렸는지 아그리타가 눈살을 찌푸렸다. 그러더니 요리 대신 미리 따라져 있던 물을 벌컥벌컥 들이켰다. 그 덕분인지 딸꾹질이 겨우 멎었다. 그때부터 아그리타의 말문이 본격적으로 트였다.

"아니, 그게 어떻게 독벌이에요? 꿀벌이 아니고? 나 녹벌 처음 봤어요, 여기 와서."

조용함은 잠시였다.

"독벌이 그렇게 막 돌아다녀도 돼요? 재해 아니에요? 세상에, 하마터면 완전 허무하게 죽을 뻔했어. 말이 되나?"

아그리타의 얼굴은 상기되어 있었다. 그럴 만하지. 나는 그녀의 말에 맞장구칠 겸 고개를 끄덕여 주면서 준비한 말을 언제 꺼내야 하나 타이밍을 고심했다.

"생각해 보니까 어제 연못도 그렇고, 뭔가 이상하게 운이 없어요. 대박, 진짜 저주받았나? 연못이 아니라 사실 이 저택에 어떤……."

아그리타는 그렇게 이야기하다 뒤늦게 내 앞에서 꺼낼 말은 아니었다고 생각했는지 입을 다물었다. 하지만 내겐 아주 반가운 발언이었다. 바로 그거야. 말 참 잘했다. 나는 이때다 싶어 입을 열려고 했다.

그때 아그리타가 선수를 쳤다.

"맞다, 언니. 말 놓으세요."

"응?"

"말 편하게 해요, 저한테. 저 언니보다 한참 어리거든요."

말실수를 무마하려는 건지 주제가 갑자기 엉뚱한 곳으로 튀었다. 이어서 아그리타가 목소리를 낮춰 소곤거렸다.

"열일곱 살이에요. 저."

나는 순간 잘못 들었나 했다.

"……열일곱?"

"네. 여기 나이로 계산하면 만으로 세니까, 열여섯인가?"

"……."

"아니다. 열다섯이구나. 저 겨울생이거든요."

아그리타는 이세 독빌의 충격에서 슬슬 벗어난 것 같았다. 표정이나 목소리에서 느껴졌다. 대신 내가 새롭게 충격에 휩싸였다.

'열다섯?'

만으로 열다섯, 한국식으로 열일곱? 고1이라고? 진짜?

"계단에서 미끄러진 것도 학교에서 그랬던 거예요. 그날이 모의고

사 날이었거든요? 그래서 좀 급하게 계단을 내려갔던 거 같아요. 왜, 시험 치고 나면 당 엄청 당기잖아요."

당황스럽게 아그리타를 응시했다. 맙소사. 입이 떨어지지 않았다.

정말 어렸다. 고작 올해 고등학교에 진학했다니, 그 정도면 내가 보기에는 거의 어린애나 다름이 없었다. 그 나이면 얼마나 미성숙하고, 여리고.

"참, 그런데 언니. 저랑 할 이야기라는 게 뭐예요?"

설익고, 어설프고.

"혹시 심각한 건가? 근데 그럴 만한 게 있었나."

"……아리."

"네?"

어쩌면 좋을까. 준비했던 말이 목구멍에 고스란히 걸리고 말았다. 나는 아그리타에게 사실을 털어놓겠노라 결정했다. 너는 사실 죽을 운명이라고, 그러니 죽고 싶지 않다면 조심해야 한다고. 그렇게 경각심을 심어줘서 아그리타를 살리는 일이 조금이라도 쉬워지게 하려고 했다.

내게 필요하니까. 내 앞날을 위해 그렇게 해서라도 아그리타를 계속 살리려고 했다.

"언니?"

작정한 일이었다. 결심을 마치고 나왔다. 그랬는데 차마 말이 나오지를 않았다.

열다섯이라고. 그렇게, 어린 나이라고.

"언니, 괜찮아요?"

말을 듣지 않는 입을 억지로 열었다. 목소리를 쥐어짜 냈다.

"살고 싶어요?"

"네?"

하지만 튀어나간 것은 본래 생각했던 것과는 완전히 다른 말이었다.

"아리가 선택해요."

'망할.'

계단을 올라가다 말고 기습적으로 벽에 이마를 찧으려고 했다. 그러자 귀신처럼 눈치챈 다베리 경이 손등을 끼워 넣어 막았다.

"아가씨."

"……."

"아가씨께서 어디 다치기라도 하면 제가 죽습니다. 사감이 있으면 말로 해주세요. 무섭습니다."

나는 한숨을 쉬고 계단을 마저 올랐다. 다베리 경은 그런 나를 충실하게 수행하기만 할 뿐 왜 그러냐고 묻지는 않았다.

"아리가 선택해요."

식당에서 나는 아그리타에게 그녀가 처한 상황을 알려주었다. 그렇지만 그건 애초 결심한 대로 아그리타를 계속 살리기 위해서가 아니었다.

"이대로 죽으면 몸이 아닌 영혼은 원래 세계로 돌아가게 될지도 몰라요. 물론 만에 하나 가능성뿐이기는 해요."

"……."

"살지, 죽을지. 어떻게 하고 싶은지 아리가 골라요. 지금은 아리의 목숨이고, 아리의 권한이니까."

난 아그리타에게 선택지를 넘겼다. 이 세상의 뜻을 거스르면서 앞으로도 계속 살아남겠다고 하면 그걸 도와줄 것이고…… 만약 순응하고 이대로 죽는 길을 택한다면 억지로 그녀를 살리지 않기로 약속했다.

'미쳤어, 리디아.'

재차 가까운 벽에 이마를 박으려고 들었다. 당연하게도 또 실패했다. 나는 대신 손으로 머리카락을 헤집었다.

'내 코가 석 자인데.'

내가 언제부터 그렇게 양심적인 인간이었다고? 구슬을 훔칠 때만 해도 합리화 잘했잖아?

그래놓고 신아리의 나이를 들었을 때는 순간 밀려드는 죄책감과 양심의 가책에 정신을 차릴 수가 없었다. 내가 필요하다는 이유만으로 아그리타를 계속 살려둘 자신이 없어졌을 만큼.

'내가 애한테 약한 건 알았지만…….'

아아아. 정말 미치겠다. 내 앞날은 이제 순전히 아그리타의 선택에 달렸다. 그녀가 이대로 죽겠다 선택하면, 내겐 이제 정해진 미래를 바꿀 수단이 아예 사라진다. 그녀를 보낸 후 이어질 암울하고 비참한 최후를 맞이할 준비를 해야 했다.

자초한 거라서 달리 원망할 대상도 없었다. 장소를 생각해서 절규하고 싶은 걸 참고 힘없이 걸었다. 그때 복도 맞은편에서 누가 날 불렀다.

"아가씨!"

"베시?"

베시는 마침 잘 만났다는 기색으로 내게 다가왔다. 손에는 웬 쟁반을 들고 있었는데, 다가와서는 대뜸 나한테 그걸 안겼다.

"응?"

"꿀물이에요. 공작님 깨어나시면 드시게 침실에 갖다 놓으려던 건데, 아가씨께서 좀 해주세요. 부탁드릴게요."

"으응? 내가?"

"갖다 두는 김에 얼굴도 잠깐 보시고요."

에시는 지금 자기 방에서 자고 있었다. 밤을 새우는 바람에 이제야 자는 거다. 하지만 자는 얼굴을 봐서 뭘 어떡하라고?

베시는 내가 뭐라고 말을 꺼내기도 전에 내게 쟁반을 넘기고는 다시 사라졌다. 부지런히 멀어지는 뒷모습이 꽤 바빠 보였다. 쟁반을 든 채 우두커니 서 있었더니 다베리 경이 말을 걸었다.

"제가 할까요?"

"……아니."

쟁반 위에 놓인 꿀물을 내려다보다 곧 고개를 저었다.

"괜찮아요."

유리컵에 담긴 꿀물은 연하게 탔는지 꽤 맑았다. 에시는 눈을 붙이러 침실에 들어간 지 얼마 되지 않았다. 따지고 보면 어쨌든 나 때문에 밤을 새운 거니까.

나는 쟁반을 든 채 걸음을 옮겼다. 에시의 침실은 같은 층이라도 복도가 달라서 조금 걸어야 했다. 다베리 경은 일정 간격을 유지한 채 묵묵히 따라왔다. 곧 에시의 방 앞에 도착했고 난 발을 멈췄다.

"……"

그냥 협탁에 내려놓고 나오면 되겠지?

문득 이 장소에 이렇게 서 있다는 사실이 낯설게 느껴졌다. 에시의 침실에 들어가 보는 건 에시가 꼬꼬마이던 시절 이후로는 몹시 오랜만이었다. 마지막이 언제인지 기억도 나지 않을 정도다. 특히 부모님이 돌아가시고 에시가 공작이 되면서부터는 더욱 에시의 침실을 방문

할 일이 없었다. 그때부터 에시는 하루 대부분을 집무실에서 보냈으니까.

별것도 아닌 일인데 미약하게 긴장이 됐다. 나는 숨을 들이마셨다 내쉰 후 문을 두드렸다.

똑똑. 노크는 의례적인 행동이었다. 자고 있을 테니 당연히 답이 돌아오지 않을 거라는 건 안다. 나는 바로 문고리로 손을 뻗었다. 그때 안에서 목소리가 들렸다.

"들어와."

……응? 순간 당황해서 손을 어정쩡하게 뻗은 채로 멈췄다.

'안 자고 있었어?'

찰나 노크 소리에 깬 건가 했지만 그것도 아닌 듯 문 너머에서 들린 목소리에는 잠기운이 없었다.

나는 잠시 굳어 있다가 곧 문을 열었다. 끼익, 하는 미세한 소리가 왠지 선명하게 귓가에 울렸다.

들어가자마자 본 것은 책상에 앉아 있는 에시의 모습이었다. 에시는 손에 든 서류를 내려다보고 있었다. 맙소사…… 일하던 중이었어?

들어서서 문을 닫자 그제야 에시가 서류에서 시선을 뗐다. 에시의 눈이 살짝 커졌다.

"누님?"

에시는 책상에서 바로 몸을 일으켰다. 그러더니 긴 다리로 순식간에 성큼성큼 다가와 내가 미처 뭐라고 하기도 전에 내 손에 있던 쟁반을 자기 손으로 옮겨 들었다.

"어쩐 일이야?"

"……."

네 손에 들린 그게 용건이라는 말을 꺼낼 틈도 없었다. 에시는 자기가 든 쟁반으로는 눈길도 주지 않았다. 습관처럼 짐을 들어주듯 그냥 가져간 모양이었다. 괜히 뻘쭘해져서 헛기침을 하곤 입을 열었다.

"그거 주려고 왔어. 꿀물인데……."

"꿀물?"

뒤늦게 쟁반 위로 흘긋 시선을 준 에시가 이어 짤막하게 말했다.

"베시로군."

"으음."

나는 어떻게 알았냐고 묻지 않았다. 베시가 꿀물을 피로 회복제나 만병통치약 정도로 여기고 있다는 건 이미 저택 사람 모두가 아는 사실이었으니까.

"번거롭게 왜 직접 왔어."

에시는 그렇게 말하면서 쟁반을 가까운 탁자 위에 아무렇게나 내려놓았다. 관심을 받지 못한 꿀물이 약간 초라해졌다. 이내 에시가 내가 앉을 수 있게 의자를 끌어다 줘서 나는 조금 머뭇거리다 앉았다.

'되게…….'

앉으면서 나도 모르게 방 안을 곁눈질로 훑어보았다.

'……그대로네.'

시야에 들어오는 침실의 풍경은 익숙하고 친숙했다. 기억 속에 남아 있는 것과 비교해서 별반 차이가 없었다. 가구는 조금씩 바뀐 것들이 있었지만 배치가 같았고, 내 기억이 잘못되지 않았다면 방을 장식하는 조각상이나 벽의 그림도 전혀 변동 없이 여전했다. 벽지도, 커튼도 예전과 같았다.

'아니, 너무 똑같잖아.'

이래도 되는 거야? 그게 언제 적인데.

친근하면서도 한편으로 당황스러웠다. 에시가 무언가를 꾸미고 장식하는 데 관심이 없다는 건 진작 알고 있었다. 그렇지만 설마 자기 방마저 이렇게 방치할 줄은 몰랐다.

좀 너무한 게 아니냐고 해야 할지, 아니면 덕분에 내겐 편안하게 느껴지니 다행이라고 해야 할지. 어쨌든 방의 풍경이 옛날과 비슷한 덕에 긴장이 다소 날아간 건 사실이었다.

비록 예전이라지만 자주 드나들곤 했던 장소라는 게 머리보다 피부로 느껴졌다. 애초 못 들어올 곳에 들어온 것도 아닌데 긴장은 왜 되었냐는 의문은 남지만…… 뭐, 됐어. 지금은 가셨으니까. 그러고 있는데 에시가 맞은편에 앉아선 입을 열었다.

"몸은 어때?"

"응? 아, 괜찮아. 멀쩡해. 가볍고. 푹 자서 그렇대."

"다행이네."

그렇게 응수하고는 에시는 가만히 나를 들여다보았다. 마치 괜찮다는 말이 정말인지 확인이라도 하는 것 같았다. 나는 검사를 받는 기분으로 정적인 시선을 견디다가 어쩐지 살짝 어색해져서 말을 돌렸다.

"그러는 넌?"

무슨 말이냐는 듯 쳐다보기에 덧붙였다.

"자고 있을 줄 알았어. 밤을 새웠다고 들어서……."

피곤하지 않으냐는 질문을 하고 싶었다. 나는 에시의 얼굴을 슬쩍 관찰했다. 밤새 한숨도 자지 않았다는 에시는 얼굴만 봐선 별다른 표가 나진 않았다. 피로가 묻어난다거나 수척해졌다거나, 그런 기미라곤 없이 멀끔했다. 그렇지만 겉으로 티가 안 난다는 게 피곤을 느끼지 않는다는 것과 동의어는 아닐 거였다.

"왜 여기서 일하고 있었어?"

돌려서 물었더니 곧바로 답이 흘러나왔다.

"집무실에서 일하면 집사가 성가시게 굴 테니까."

"……."

아니, 그게 궁금했던 건 아니었는데. 근데 왜 납득이 가지? 하마터면 고개를 끄덕일 뻔했다.

우리의 용감무쌍한 집사는 잔소리를 할 때 놀라울 정도로 사람을 가리지 않았다. 사이코패스 악당도 그의 잔소리를 피할 순 없었다. 집사가 유능해서 다행이었다. 그러니 아직까지 살아 있는 거다.

"굳이 잘 만큼 피곤하지도 않고."

에시의 답이 이어졌다. 나는 잠시 침묵했다. 궁금해하던 것에 대한 대답이 나왔지만, 어째 앞서 들은 것보다 수긍하기가 어려웠다. 피곤하지 않다고? 그치만, 잠을 아예 안 잤다면서…….

그때 에시가 문득 손을 뻗었다.

"……?"

에시의 손가락 끝이 내 머리카락에 닿았다. 영문 모를 접촉에 순간 무심코 숨을 죽였다. 손길은 느긋하고 부드러웠다. 에시가 입을 열었다.

"바깥에."

"……."

"바람이 많이 부는 것 같네."

나는 그 말이 무슨 뜻인지 에시가 손을 거둔 후에야 알아차렸다. 에시는 내 머리카락을 정돈해 줬던 것이다. 얼떨떨하게 내 머리를 다시 매만졌다. 머리 상태가 그렇게 엉망이었나? 하지만 바람이라곤 딱히, 아니, 그보다 바깥에 나간 적도 없는…….

그렇게 생각하다가 불쑥 내가 조금 전 계단을 올라오면서 머리카락을 마구 헤집었었다는 사실이 떠올랐다.

'헉.'

가, 가만. 그러고서 여기까지 온 거야?

'……!'

민망함이 급격히 밀려들었다. 보지 않아도 동공에 지진이 일어났을 게 뻔해 눈 둘 곳을 찾아 이리저리 헤맸다.

베시, 베시가 정말 바쁘긴 했던 모양이었다. 머리를 그 모양으로 하고 있던 날 내버려 두고 그냥 가다니. 그리고 다베리 경도 그랬다. 이 인간은 정말 호위만 하는구나. 언질이라도 좀 해줄 것이지.

"날씨가…… 크흠. 응, 좀 그렇더라."

재차 헛기침이 나왔다. 그래, 날씨 탓으로 치자. 바람이 정말 강했지. 강풍이었어. 머쓱하고 부끄러워 애먼 꿀물이나 쳐다보았다. 그러다가 순간 뭔가를 깨닫곤 즉시 고개를 되돌렸다.

"잠깐만. 에시, 너!"

자각하는 순간 신경이 그리로 다 쏠려서 민망하던 것도 잊었다. 나는 에시를 똑바로 응시하면서 말했다.

"왜 거짓말해?"

"거짓말?"

"피곤하지 않기는, 피곤한 거 맞잖아. 말하는 게 평소보다 느린데."

에시에겐 버릇이 하나 있었다. 버릇이라고 해야 하나, 특징이라고 해야 하나. 몸이 피곤하면 말하는 속도가 평상시보다 느려졌다. 느려진다곤 해도 사실 미세한 수준이라 알아채기 쉽지 않기는 했다.

하지만 나는 에시가 이러는 걸 어렸을 때 몇 번이나 봤다. 확신할수 있었다. 나는 그때도 에시의 말투 차이를 분간하는 데는 도사였디.

몸은 이렇게 훌쩍 자랐는데 의외로 어릴 때와 같은 버릇이 남아 있었다니. 에시는 내 지적에 잠시 멈칫하는 것 같더니 이내 눈을 천천히 감았다 떴다.

"어떻게 알았어? 모를 줄 알았는데."

"들으면 알지, 왜 몰라?"

"다른 사람은 다 몰라."

에시가 가볍게 웃었다. 영문 모를 웃음에 잠시 시선을 뺏기는 사이 말이 이어졌다.

"거짓말은 안 했어. 아예 피곤하지 않은 건 아니지만, 딱히 잘 정도도 아니야."

"그렇지만…… 밤새 전혀 안 잤다면서."

"괜찮아. 걱정돼서 그래?"

에시가 물었다. 충분히 할 수 있는 질문인데 찰나 기습을 당한 것처럼 내심 굳고 말았다. 걱정되냐고?

"……그야…… 당연히 걱정되지. 가족인데."

걱정인지 나 때문에 밤을 새웠다는 것에서 오는 미안함인지는 몰라도 어쨌든 마음에 뭔가가 불편하게 엉켜 있는 건 맞았다. 그렇지만 뒷말은 사족이었다. 괜히 붙였다는 생각이 뒤늦게 들었다. 가족은 무슨. 아니면서.

내가 대답을 뱉은 뒤 에시는 별말이 없었다. 에시가 입을 열지 않자 자연스럽게 침묵이 깔렸다. 시선만 마주한 채로 시간이 흘렀다. 샛노란 눈동자는 고요했다. 늘 그렇듯 호수처럼 깊고, 파동이 일지 않은 수면처럼 잔잔했다.

그런 와중 문득 어떤 일렁임이 보인 것도 같았다. ……무슨 생각을 하고 있을까. 아니, 어쩌면 별다른 생각을 안 하는 걸지도 몰랐다.

왠지 오묘한 긴장감이 일었다. 공기가 어색하게 멈춰 있는 것 같았다. 혹은 멈춘 것처럼 아주 느리게 흐르거나. 입안이 마르는 듯한 느낌이 들어서 잘 모이지 않는 침을 억지로 그러모아 넘겼다. 눈을 깜박이는 사소한 움직임마저 의식되었다.

그때 에시가 대뜸 근처에 두있던 꿀물을 집었다. 그러더니 그걸 단번에 들이켰다. 목울대가 크게 몇 번 움직이더니 잔이 깨끗하게 비었다. 눈을 깜박이다가 침묵을 깼다.

"……목말랐어?"

"글쎄."

꿀물을 단숨에 비워놓고 에시는 두루뭉술한 대답을 했다. 빈 잔을 내려놓으면서 에시가 고개를 살짝 기울였다.

"그럴 때가 있어."

"……."

"가끔 갈증이 날 때."

……감긴가?

감기에 걸리면 그럴 수 있었다. 갑자기 목이 마르거나 하는 증상. 특히 내가 좀 그런 편이었다. 하지만 여기서 문제는 내가 알기로 에시는 어렸을 때 말고 감기를 앓아본 역사가 없다는 거였다. 타고난 체질인지 잔병치레는 도덕성 다음으로 에시와 거리가 먼 단어였다. 나는 그나마 그럴듯한 가정을 입에 올렸다.

"잠을 안 자서 그래. 피곤하니까 목이 타지."

"그래?"

"그럼."

너는 잘 정도로 피곤하지는 않다고 했지만 몸은 의견이 좀 다른 게 분명하다. 그렇게 이어서 피력하려는데 에시가 한발 빨랐다.

"누님."

"응?"

"아그리타 그레이스."

미약하게 움찔했다. 갑자기 흘러나온 이름은 어쩐지 평소보다 낯설게 느껴졌다. 에시의 목소리를 통해서는 처음 듣는 것이라 그럴지도 몰랐다. 에시가 말을 이었다.

"마음에 들어?"

"……어?"

"인형으로 만들어줄까."

들은 걸 인식하는 데 조금 시간이 걸렸다. 나는 퍼뜩 고개를 휘저었다.

"아니!"

"왜?"

"왜냐고 하면……."

"편하잖아. 인형으로 만들면. 멋대로 움직이지 않아서 연못에 빠질 일도 없어."

"……."

"누님이 뛰어들 일도 없고."

음…… 가만있어 봐. 혹시 나 지금 연못에 뛰어들었던 일로 혼나고 있는 건가?

그때 갑작스럽게 에시가 몸을 앞으로 기울였다. 마주 보고 있던 자세라 자연히 서로의 거리가 줄어들었다. 움직임이 멈췄다. 이전보다 훨씬 가깝게 보이는 황금색 눈동자에 거울처럼 내 모습이 비쳤다. 에시가 천천히 말했다.

"나는 누님이 뭘 하든 좋아. 뭐든 방해할 생각 없어."

"……."

"대신 누님에게 무슨 일이 생겼을 때 나머지를 가만히 두지는 못해."

"……."

"그것만 알면 돼."

내가 다치면 다른 놈을 대신해서 족치겠다 말하는 에시의 목소리는 낮고 조곤조곤했다. 에시의 사전에 빈말이란 없다. 나는 경고 아닌 경고에 눈을 껌빅이다, 미른침을 삼킨 후 조심스럽게 물었다.

"나머지가 누군데?"

대답은 속삭임처럼, 그러나 주저 없이 흘러나왔다.

"누님을 제외한 전부."

"아가씨. 꿀물은 잘 전달하셨습니까?"

방을 나왔더니 다베리 경이 충실하게 복도에서 대기하고 있었다. 나는 그의 모난 곳 없이 멀끔한 얼굴을 흘긋 올려다보았다가 이내 미묘한 한숨과 함께 시선을 내렸다.

"여기 나한테 달린 목숨이 하나……."

"예?"

"아니에요."

고개를 젓고 걸음을 옮겼다.

"누님을 제외한 전부."

목소리가 귓가에서 울리는 것 같았다. 저렇게 말해놓고 에시는 아무렇지 않게 이야기를 다음 주제로 넘겼다. 이어진 주제는 내 생일 선물에 대한 거였다. 일전에 내 생일을 앞두고 에시가 내게 필요한 것이 있느냐 물은 적이 있었는데, 나는 그때 딱히 없다고 대답했다.

그걸 언급하면서 에시는 지금이나 나중에라도 좋으니 원하는 게 생기면 언제든 말하라고 했다. 나는 그 말을 듣고 잠시 침묵하다가 이내 침대를 가리켰다. 그러곤 네가 지금 당장 한숨 자는 게 내가 원하는 거라고 말한 후, 에시를 침대에 눕힌 다음 눈을 감는 것까지 보고 방에서 나왔다.

"……."

상념에 잠기느라 걸음이 약간 느려졌다.

언젠가 그런 생각을 해본 적이 있다. 만약 내가 에시의 친누나였다면 어땠을까? 입양아가 아니라 정말 같은 배에서 태어난 가족이었다면. 그랬다면 나는 에시가 보여주는 지나칠 정도의 특별 대우에 순수하게 기뻐할 수 있었을까. 그저 팔자 좋게 웃으면서 '내 동생이 좀 극성이기는 해' 하고 가볍게 자랑처럼 말할 수 있었을까.

마음이 무거웠다. 이번처럼 에시가 나를 타인과 구분 짓고 남과 달리 특별하게 대할 때마다, 나는 정작 남의 처지에 나를 투영해 볼 수밖에 없었다.

그야 그게 실제 내 자리니까. 내가 비록 아직은 가족이라는 모조 울타리 안에서 버티고 있지만, 머잖아 바깥으로 튕겨 나가고 말 테니까. 그것도 피 한 방울 안 섞인 타인 주제에 그간 가족 행세를 해왔다는 괘씸죄까지 얹어서. ……대가를 죽음으로 지불하고.

"아가씨?"

나도 모르게 걸음을 멈췄더니 뒤따라오던 다베리 경이 의아하게 나를 불렀다. 나는 그 목소리에 정신을 차리곤 다시 걷기 시작했다.

'후우.'

머리로는 알고 있었다. 이런 어두운 감상에 백날 잠겨봤자 지금 내 상황에 도움이 되지 않는다는 걸. 어차피 변하지 않을, 어쩔 수 없는 사실로 새삼스럽게 기분을 가라앉히느니 그럴 시간에 어떻게든 살아남을 방도를 강구해 보는 게 훨씬 효율적인 일일 것이다.

하지만 알면서도 이성과 감성은 따로 놀았다. 나는 꿀꿀한 기분을 좀처럼 떨치지 못하고 걷다가 문득 입을 열었다.

"다베리 경."

"예?"

"가족이란 뭘까요?"

뜬금없는 질문에 대한 답은 즉각 나오지 않았다. 나는 딱히 답을 듣는 게 목적이 아니었다는 듯 기다리지도 않고 말을 이었다.

"경은 가족이 얼마나 소중해요?"

갑갑한 속을 풀고 싶었다. 뭐라도 말하면 기분이 좀 나아질까 싶어 속에 든 것을 나오는 대로 주절거렸다. 그러자 뒤쪽에서 대답이 들려왔다.

"음, 그게……."

조금 당황스러운 방향으로.

"저는 가족이 없어서……."

'헉.'

걸음이 흐트러질 뻔했다. 까, 깜박했다. 다베리 경은 일가친척이 없는 고아였다. 그래서 어딘가에 정착하지 못하고 뒷골목이나 전전하던 것을 에시가 일찍이 재능을 알아보곤 주웠다. 직접 거뒀다는 건 그런 의미였다.

뱉은 실언을 수습할 방안을 찾고 있는데 다베리 경이 말을 이었다.

"있다고 가정하고 대답해 보겠습니다."

"아뇨, 굳이 그럴 것까지는."

"누가 하신 질문인데요."

사람 마음 불편하게 한 다베리 경이 이어서 잠시 고민하는 듯한 소리를 내더니 말했다.

"아마…… 여동생이 있었다면 꽤 아꼈을 것 같습니다."

"여동생이요?"

"네. 능력이 닿는 선에서 해달라는 건 뭐든 해주지 않았을까요. 나가 죽으라는 것만 빼고."

"……그런데 왜 여동생이에요?"

"남동생은 별로 안 귀여울 것 같아서요."

"응?"

"형도 마찬가지고. 음, 누나는 좀 고민이 필요할 것 같군요."

"가만, 지금 되게 노골적인 편견에 찬 차별적인 발언을 들은 것 같은데요."

"뭐 어떻습니까? 실제 있는 것도 아닌데."

가상의 차별쯤이야 너그럽게 넘어가 달라고 다베리 경이 능청스럽게 덧붙였다. 자연스럽고 뻔뻔하기 그지없는 어조였다. 나는 헛웃음을 흘리곤 그의 대답에서 파생시켜 물었다.

"그럼 여동생은 왜 귀여운데요?"

"흠⋯⋯."

"그냥 여동생이라서?"

"우선 제 여동생이라면 절 닮아서 얼굴이 예쁠 테고."

"⋯⋯?"

"재주가 많고 총명하고 영특하나 거만하지 않고 겸손할 줄 알며, 성품은 착하고 정의로워 약자에게 자애롭고 강자에게 엄하며, 매사에 신중하면서도 의외의 면에서 가끔 칠칠치 못한 모습을 보이고 낯선 타인을 경계할 줄 알되 하나뿐인 오빠에게는 언제나 애교가⋯⋯."

"잠깐만요."

걸음을 늦추면서 뒤를 돌아보았다. 열변을 토하던 다베리 경이 태연하고 당당한 낯으로 고개를 기울였다.

"왜 그러십니까?"

"그게 경의 환상인가요?"

"환상이라니요."

"아니, 누가 들어도 환상이잖아요. 그것도 누가 물어봐 주기만을 기다리면서 가슴에 고이 품어온. 지금까진 말 못 해서 어떻게 참았지?"

"억울합니다."

그가 항변했다.

"저는 어디까지나 현실적 요소들에 근거해서 가장 사실적으로 제 여동생을 묘사했을 뿐인데요."

"경."

"예."

"조금 전에 내가 저택 안에서 뭘 좀 주웠는데 말이에요."

아무것도 없는 품에서 뭔가를 꺼내는 척 내밀었다.

"아무래도 떨어뜨린 경의 양심이 아닐지……."

"그럴 리가요."

"혹은 염치는 아닐지."

"저런, 누군지는 몰라도 별걸 다 흘리고 다니는군요."

나는 그의 뻔뻔한 얼굴을 들여다보다가 이내 고개를 흔들었다. 그래, 원래 저런 성격이었다. 일 년 가까이 안 본 탓에 잠시 잊고 있었을 뿐.

시선을 되돌리고 다시 부지런히 걷기 시작했더니 다베리 경이 속도를 맞춰 따라오면서 말을 걸었다.

"아가씨."

"왜요?"

"그러는 아가씨께선 가족이 얼마나 소중하십니까?"

찰나 말문이 막혔다.

'가족…….'

기실 따져보면 나도 고아인 건 마찬가지였다. 피 섞인 가족 따위는 여기에 존재하지 않았다. 설령 어딘가에 살아 있더라도 내가 알 방도는 없다.

'내 가족들도 경처럼 다들 미국 갔어요.'

물론 이렇게 대답해 줄 수는 없었다. 대강 둘러댔다.

"하늘만큼, 땅만큼."

"우와……."

"그 감탄사는 뭐죠?"

"그렇게 대답하면 되는 거였습니까?"

"문제 있어요?"

"아뇨. 그럼 저도 정정하겠습니다. 제게 가족이란 저 바다만큼, 드높은 태산만큼······.”

“늦었거든요.”

다베리 경이 뒤에서 작게 웃음을 터뜨렸다. 어디에 웃을 요소가 있었을까 생각하는 사이 말이 이어졌다.

“그거 아십니까?”

“······?”

“제게 여동생은 없지만, 여동생처럼 느껴지는 사람은 있습니다.”

“그래요?”

“저만 일방적으로 그렇게 생각하는 것이긴 하지만.”

다베리 경이 짝사랑도 아닌 짝여동생이 있다고 고백했다. 아니, 이걸 뭐라고 대답해 줘야 해. 나는 나름 고민하다가 말했다.

“······언젠가는 상대도 다베리 경의 마음을 알아줄 테니 힘내요.”

“감사합니다.”

“어떤 사람인데요?”

문득 물었더니 잠깐 침묵이 이어진 후 대답이 흘러나왔다.

“앞에서 말씀드렸던 것과 같습니다.”

“응? 설마 그 환상 속 여동생······?”

“예.”

갑자기 의심스러워졌다. 실재하는 게 맞긴 맞아?

“실존 인물 맞습니다.”

“아무 말도 안 했어요.”

“제가 잘못 들었나 봅니다.”

힐긋 뒤를 돌아보았다. 다베리 경은 씩 시원한 미소를 짓고 있었다. 뭐, 어깨를 으쓱했다. 그러는 사이 목적지인 내 방에 점차 가까워졌다. 잠시 후 걸음을 멈췄다. 다베리 경은 문 바로 앞까지 나를 수행했다. 방으로 들어가기 전 언뜻 그를 올려다보면서 물었다.

"한시도 내 곁에서 떨어지지 말라는 명을 들었다고……."

"안전이 보장되거나 극히 개인적인 장소일 경우는 예외입니다."

"그거 다행이네요."

그럼 내가 방에 들어가 있는 동안은 쉬나? 그렇게 물었더니 다베리 경이 그건 생각해 보지 않았다는 듯 진지하게 모르겠단 얼굴을 했다.

"……쉬어요. 외출하게 되면 다시 부를게요."

"알겠습니다."

방에 들어와서 문을 닫고 나니 어쩐지 기운이 빠졌다. 나는 맥없이 침대로 다가가 걸터앉았다. 그래도 오면서 다베리 경과 실없이 떠들어서 그런지 기분이 아까보다는 좀 나아졌다.

난 앉아서 옷장을 바라보았다.

'짐, 꺼내서 정리해야 하는데.'

내가 방으로 돌아온 건 다른 것보다도 우선 옷장에 숨겨두었던 짐 가방을 도로 꺼내 정리하기 위해서였다. 본래는 저걸 들고 저택에서 나르는 게 기존 계획이었지만, 상황이 변해서 당장 그럴 수도 없게 됐다. 괜히 저 안에 계속 놔뒀다가 남에게 들켜서 곤란해지느니 미리 치우는 게 맞을 테다.

'그렇지만 움직이기 싫다.'

지친 느낌이 들었다. 깨어난 후로 줄곧 심력을 소모해서 그런지도 몰랐다. 앉은 채 그대로 뒤로 넘어가 침대에 풀썩 드러누웠다.

'좀 쉬고 나서 치워도 되겠지.'

천장을 가만히 응시하고 있다가 눈을 감았다. 수마가 밀려드는 것은 아니었다. 다만 그냥 아무것도 안 하고 싶어서 꼼짝없이 그러고 있었다.

시간이 얼마나 흘렀을까? 시계를 들여다보기도 전에 노크와 목소리가 휴식의 끝을 알렸다.

"아가씨, 그레이스 영애께서……."

아그리타가 나를 찾았다.

아그리타와 식당에서 헤어질 때 최악의 가정을 하나 했었다. 생각할 시간을 주려고 그녀를 혼자 두는 사이 이 망할 세상이 이때다 싶어 아그리타를 죽여 버리는 거다. 다행히 그런 일은 일어나지 않았다.

"……."

아그리타는 방 안에 있는 응접용 탁자를 가운데 두고 나와 마주 앉았다. 베시가 가져다준 찻잔 위로 옅게 김이 피어올랐다. 수증기가 허공으로 떠오르고 흩어지기를 반복하는 동안 나는 얌전히 아그리타의 입이 열리기만을 기다렸다. 긴장 탓에 마디마디가 뻣뻣하게 굳는 것 같았다.

'……결정했겠지.'

아그리타의 얼굴을 응시했다.

'죽을지, 살지.'

나는 아그리타에게 양자택일의 선택지를 주고 헤어졌다. 엄밀히 말해 내가 줬다기보다는 그것밖에 없는 현실을 알려준 것이지만. 그리고 그녀는 결정을 내렸으니 나를 보자고 한 것일 테다.

어느 쪽을 골랐을까.

아그리타는 몇 번이나 입술을 달싹였다. 마치 할 말은 있는데 생각처럼 쉽게 나오지 않는다는 듯. 시간이 조금 더 흘러서야 마침내 아그리타가 말을 토해냈다.

"언니, 저요."

"……."

"저 있잖아요."

목소리는 힘겹고 가늘게 흘러나왔다.

"죽었…… 을까요?"

"뭐?"

순간 무슨 뜻인가 싶어 나도 모르게 반문했다. 그녀의 말이 이어졌다.

"아그리타 그레이스 말고, 저요. 저, 계단에서 미끄러져서……."

아그리타가 입술을 깨물었다가 뒷말을 뱉었다.

"죽었을까요?"

그렇게 말하는 목소리엔 물기가 어려 있었다. 나는 당황해서 그녀를 보았다.

"왜 그렇게 생각하는데요?"

"언니가 해준 이야길 듣고 많이 생각해 봤어요."

"……."

"만약 정말 제가 여기서 죽어서 영혼이 원래 세계로 돌아갈 수 있다면요. 진짜 그렇다면."

"……."

"원래 세계에서도 죽었으니까 영혼이 이 세계로 온 게 아닐까요?"

아그리타가 낮고 작은 소리로 말했다. 나는 그녀의 말을 듣고 머리를 얻어맞은 기분이 됐다. 그런 식으로는 생각해 보지 못했다. 아그리타의 눈에서 눈물방울이 툭 떨어졌다.

"계단이 높았거든요."

"……."

"생각하기 싫었는데, 생각해 보니까, 계단이 많이 높았어요."

"……."

"언니, 저 정말 죽은 걸까요?"

무슨 말을 해줘야 할지 알 수 없었다. 아그리타의 뺨을 타고 흐르는 투명한 물줄기가 또렷해졌다.

"저 열일곱 살밖에 안 됐는데."

"……."

"수능도 아직 못 쳤고, 대학도 못 갔고요, 겨울방학에는 머리 염색하려고 했는데 그것도 못 했어요."

"……."

"언니, 나요……."

울음이 섞인 말소리는 점차 알아듣기 힘들어졌다. 하지만 내겐 그녀가 뭐라고 말하는지 선명하게 들리는 것만 같았다.

"죽기 싫어요."

"……."

"죽기 싫어요, 나."

"……."

"나 진짜 죽기 싫어……."

결국 흐느껴 울기 시작하는 아그리타의 모습에서 문득 나를 겹쳐 보았다.

'나도, 그래.'

저랬겠지. 저렇게 울었겠지. 이미 환생한 후에 뒤늦게 아득한 과거처럼 전생을 떠올린 것이라 덤덤할 수 있었을 뿐, 같은 상황이었다면 똑같이 행동했겠지.

하고 싶은 게 많았다. 고작이라고 말해도 좋은 나이였으니까. 해본 것보다 못 해본 게 많고, 살아온 날에 대한 추억보다 살아갈 날에 대한 기대가 컸다.

그런 시기였다. 그럴 수밖에 없던 때였다.

몸을 일으켰다. 울고 있는 아리에게 다가가 말없이 그녀를 품에 끌어안았다. 내 품에 얼굴을 묻은 아리는 곧이어 아예 목 놓아 엉엉 울기 시작했다. 나는 가만히 그녀를 안고만 있었다. 아그리타가 아니라, 죽기 싫다고 우는 열일곱 살 신아리를 그렇게 품에 안은 채 한참 동안 서 있었다.

아리는 몸의 수분이 다 빠지도록 한참을 울고 나서야 진정했다. 손수건으로 코를 풀고, 팅팅 부은 눈을 하고선 다 식은 차를 홀짝거렸다. 그러고서 나와 길고 비밀스러운 이야기를 나눴다.

이야기가 끝났을 무렵, 아리는 빈 찻잔을 내려놓으며 고개를 끄덕였다. 아리의 얼굴을 마주 보며 나 역시 고개를 끄덕였다.

"잘 부탁해, 아리."

"……저도요."

아리는 아그리타 그레이스로서 이 세계에서 계속 살아남기로 했다. 그 수밖에 없었다. 아리는 살아야만 했다. 죽으면 그 이후가 어떻든 끝이었으니까. 죽어서 영혼이 원래 세계로 돌아가도 문제고, 그러지 못해도 문제다.

만약 돌아갈 수 있다 해도 아리의 가정대로 그녀의 원래 몸은 죽은 상태일 가능성이 크고, 돌아갈 수 없다면 그건 그야말로 개죽음이었으니까. 그러니 지금으로썬 우선 아그리타의 몸으로 살아가는 게 최선이다.

나는 그런 아리의 생존을 돕기로 했다. 그리고 그건 아리 또한 마찬가지였다

"아니, 그런데 정말 이해가 안 돼요."

"뭐가?"

그녀를 아그리타가 아닌 아리로 받아들이기로 하면서 편하게 말을

놓기로 했다. 아리는 내 응수에 볼을 부풀렸다.

"어떻게 언니처럼 예쁘고 착한 사람을 죽일 수가 있어요?"

나는 아리에게 내 상황과 처지를 전부 설명해 주었다. 아리는 그걸 듣고 나서야 책 속의 내가 어떤 역할로 등장하는지 기억해 낸 것 같았다.

하기야 책에서 내가 등장하는 분량이라고는 전부 그러모아 몇 페이지 정도밖에 되지 않으니 여태 알아차리지 못했던 것도 무리는 아니었다.

"아무리 악당이라지만, 너무한 거 아니에요?"

"그러게."

분개하는 아리를 보고 픽 웃고 말았다. 나와 아리는 협력 관계가 되었다. 나는 아리를 돕고, 아리는 나를 돕는다. 목적은 둘 다 살아남는 것이다. 아이처럼 볼에 바람을 넣고 있던 아리가 이내 의욕적으로 주먹을 불끈 쥐었다.

"저 진짜 최선을 다할게요."

"오."

"필사의 유혹의 기술로, 악당을 꼬신다! 언니의 성공적인 도망을 위해!"

아리가 보여주는 열의는 귀여웠다. 하지만 그와 별개로 내 기분은 그렇게 희망적이지 않았다. 나는 한 손으로 턱을 괴고 다른 손으로 비어버린 찻잔 안을 스푼으로 의미 없이 저었다.

'유혹의 기술……'

그걸 제대로 구사할 수 있느냐도 문제지만, 더 문제는 구사한다고 과연 그게 먹히겠느냐는 거다.

"인형으로 만들어줄까."

에시의 말이 떠올랐다. 고저 없이 미온하고 무감동하던 목소리.

에시는 아까 방에서 나와 대화할 때 아리를 인형으로 만들어주겠다는 말을 아무렇지 않게 입에 올렸다. 그건 다시 말하면, 그럴 수 있을 만큼 아리에게 어떤 가치나 의미를 전혀 부여하지 않고 있단 뜻이겠지.

'갈 길이 너무 막막하잖아.'

에시가 어제저녁 연회장에서 후원으로 아리를 따라 나온 것, 군말 없이 연못에 빠진 아리를 구해준 것.

이 두 가지에서 희망이 보인다고 생각했었다. 책의 전개처럼 아리에게 첫눈에 반하지는 않았어도 어느 정도 특별한 호감의 전조쯤은 되지 않을까 짐작했다. 그런데 착각이었을까. 그것이 헛된 낙관이었다고 일러주듯 아리를 언급하던 에시는 그저 무심했다.

'하아.'

한숨을 삼키고 아리를 응시했다. 새삼 하는 말이지만 아리는 예뻤다. 이 대목에선 아리가 아니라 아그리타인가.

복숭앗빛 홍조가 도는 흰 피부에, 오밀조밀한 이목구비. 보는 이로 하여금 보호 본능을 일으키는 가는 체구에 긴 머리칼은 매끄럽고 차분하며, 눈동자는 맑고 반짝거린다. 풍기는 분위기는 단아하고, 청순하고, 깨끗하고. 어느 모로 보나 한번 눈길을 주면 떼기 어려운 매력적인 외모였다.

'그렇지만 이걸 내가 알아서 어디에 쓰냐고.'

차 스푼을 놓고 양손으로 턱을 괬다. 말이 나온 김에 이야기하자면 에시는 사람의 얼굴을 보지 않았다. 정확히 얘기하면 관심이 없었다. 타인에게 흥미가 없다는 건 그들의 외모도 포함해서였다. 에시는 남이 이렇게 생겼든 저렇게 생겼든 도통 어떤 감흥을 보이는 일이 없었다.

그래서 생긴새나 상관없이 남을 대하는 대도가 항상 같았다. 사교계에서 이름난 미인을 대면할 때도, 뒤에서 무례한 손가락질의 대상이 되는 박색을 대할 때도 같은 태도를 고수했다. 일관되게 관심을 안 줬다.

여기서 한 가지 재미있는 건, 이게 다름 아닌 에시의 이성적 인기를 높이는 요인 중 하나라는 점이다. 실상은 단지 타인을 공기나 사물과 동일시해서 생김새에 신경을 안 쓰는 것뿐인데, 남들에겐 그게 외모로 상대를 판단하지 않는 진정한 내면적 성숙 같은 것으로 비치는 모양이었다.

뭐, 사실 그처럼 후한 평가에는 에시의 얼굴과 작위가 큰 공헌을 했을 거라고 생각하기는 한다. 같은 짓을 해도 재가 하면 멋있는 걸 두고 후광효과라고 하던가.

어쨌든 설명했다시피 에시에게는 외모의 힘이 통하지 않는다. 그러니 아리가 이렇게 예쁘든 저렇게 예쁘든 미인계로 어떤 효과를 기대해 볼 수는 없었다. 관심을 끌기 위해서는 다른 묘수가 필요했다. 그게 뭔지 모르겠다는 게 지금 제일 문제지만…….

"아리야."

"네?"

"열심히 하자."

"네!"

그나마 아리가 회복이 빠르고 의욕적이라는 건 다행이었다. 현실도피에 빠지거나 자포자기할 수도 있었을 텐데, 실컷 울고 난 아리는 생각보다 금세 평소의 모습을 되찾았다. 서로 돕자는 내 제안에도 적극적으로 응했다. 고마운 일이었다. 어쨌거나 그 덕에 나는 살아남으려 시도나 노력이라도 해볼 수 있었으니까.

나처럼 책의 내용을 읽을 수 있는 아리가 아니었다면, 누구에게 이런 비참한 미래를 털어놓고, 비밀을 공유하고, 앞으로에 대해 논의할 수 있었을까.

나는 턱을 괴고 있던 손을 풀고 의자에 등을 기댔다. 에시를 어떤 방법으로 유혹해 볼지는 나중 문제고, 지금은 일단 그보다 먼저 전념해야 하는 것이 있었다.

유혹이고 뭐고 전부 아리가 살아 있어야만 할 수 있는 일이다. 개복치 같은 운명에 거슬러 아리가 무사히 살아남는 게 우리에게 주어진 첫 번째 과제였다. 나는 마침 이걸 위해 확인해 보고 싶은 것이 있었다.

"아리. 오늘은 되도록 내 곁에서 떨어지지 말고 계속 나만 따라다녀."

"그럴게요."

아리가 순순히 고개를 끄덕였다. 확인을 위해서는 아리가 두어 번 정도 더 위기에 처해야 한다. 물론 죽어서는 곤란했다. 위기에 처하되 그걸 피해서 살아남아야 했다.

나는 다베리 경을 믿었다. 정확히는 독벌을 깔끔하게 가르던 그의 솜씨를 믿었다. 다베리 경이라면 아리에게 어떤 위험이 닥치더라도 분명 그때처럼 아리를 구해줄 수 있을 거다. 그것만 믿고 나는 아리와 함께 방에서 벗어났다.

믿음은 다행히도 현실이 되었다.

"이, 이를 어쩜 좋아. 죄송해요, 정말 죄송해요!"

하녀 지니가 사색이 되어 연신 허리를 숙였다. 그러는 이유가 있었다. 그녀가 계단을 오르면서 나르던 화병을 그만 실수로 떨어뜨려, 그게 하마터면 아리의 머리를 직격할 뻔했기 때문이다.

결과를 말하자면 아리는 무사했다. 다베리 경이 간발의 차로 아리를 안고 몸을 날려준 덕분이었다.

'역시, 다베리 경.'

나는 믿었던 경의 활약에 엄지손가락을 치켜세워 주고 싶은 것을 참으며 시계를 확인했다

'열두 시 십오 분.'

역시. 곧이어 소란을 듣고 몰려온 사용인들이 깨진 화병으로 엉망이 된 바닥을 치우기 시작했다. 난 상황을 뒤로하고 아리와 다베리 경

에게 말을 걸었다.

"아리, 괜찮아?"

"네, 네. 전 괜찮아요."

"경, 고마워요."

"아닙니다."

아리는 얼떨떨한 얼굴로 다베리 경의 품에서 벗어나 내게 다가왔다. 아리나 다베리 경이나 표정을 보니 제법 놀란 것 같았다.

아리는 대충 죽을 위험이 닥칠 걸 알고 있었다지만 그래도 머리로 예상하는 것과 직접 겪는 건 다르니 어쩔 수 없이 놀랐을 거고, 다베리 경은 하루 사이에 같은 사람의 목숨을 두 번 구했다는 쪽에 놀라워하는 것처럼 보였다. 이내 다베리 경이 정신을 차리고 소란스러운 상황이 정리되는 걸 돕는 동안 나는 아리에게 속삭였다.

"아리, 잘 들어."

"……?"

"방금 절반 정도 확실해진 건데, 내 생각에 아무래도 네가 위험해지는 '때'는 하루에 세 번인 것 같아."

"세 번이요?"

"아침, 점심, 저녁."

끼니를 챙기는 것도 아니고 갑자기 무슨 헛소리인가 싶을 수도 있다. 그러나 이 추측에는 경험에 기반한 근거가 있었다.

되짚어보자. 아리가 처음 죽었던 시계탑 붕괴, 아침.

두 번째 죽었던 광장 중앙 폭발, 점심.

세 번째 죽었던 샹들리에 낙하, 저녁.

네 번째 죽을 뻔했던 연못 사고, 저녁.

다섯 번째로 죽을 뻔했던 독벌, 아침.

마지막으로 방금 일어난 화병 낙하, 낮 열두 시 십오 분, 즉 점심.

시간대가 모조리 딱딱 맞아떨어졌다. 그 외 한밤중, 새벽, 또는 아침과 점심 사이의 오전이나 점심과 저녁 사이의 오후 같은 어중간한 시간대에 아리에게 위기가 찾아온 적은 단 한 번도 없었다. 아리가 눈을 동그랗게 떴다.

"헉, 정말!"

"이게 추측이 아니라 사실이라면 네 상황은 훨씬 나아져."

말할 것도 없다. 이 규칙성이 기정사실이 되면 아리를 살리는 일은 각오했던 것보다 배 이상 쉬워진다. 하루 내내가 아니라 특정한 시간대에만 긴장하고 대비하면 되니 위기를 피할 확률과 효율도 껑충 뛰고, 아리의 행동 제약도 한결 느슨해진다. 아리에게나 나에게나 희망적인 일이었다.

"혹시 모르니까 오늘은 쭉 내게서 떨어지지 마. 저녁까지 확인해 보고 확실하게 판단하자."

"네, 언니."

그때 다베리 경이 난처해하는 목소리가 얼핏 들렸다. 돌아보니 화병을 떨어뜨렸던 하녀 지니가 어쩔 줄 몰라 하다 이젠 아예 바닥에 무릎을 꿇고 있었다. 나는 아리와 시선을 교환한 후 다가가서 지니를 달랬다. 아리를 죽이려 드는 이 세계에 의한 희생양도 참 여러 사람이었다.

귀족의 성년식을 겸한 생일 연회는 나흘간 연달아 열린다.

오늘은 연회 이틀째 날이었다. 나는 그 사실을 거의 잊고 아리의 흰 몸처럼 붙어 함께 시간을 보내다, 어느 순간 나타난 베시에게 끌려가 갑작스럽게 치장의 때를 맞이했다.

그렇게 반강제로 잠시 이별했던 아리와 재회한 건 연회장에서였다.

"언니, 정말 예뻐요."

베시는 내게 상체는 달라붙고 그 밑으로는 풍성하게 퍼지는 다홍색 드레스를 입혀주었다. 머리는 자연스럽게 풀어 늘어뜨렸고 장신구는 따로 하지 않았다. 액세서리로는 단순하고 무난한 디자인의 귀걸이만 하나 달았는데, 드레스 색감 탓인지 그러고도 충분히 화려해 보이는 느낌이었다.

나는 나를 향해 눈을 빛내는 아리를 응시했다. 아리는 오늘도 어제와 비슷하게 흰 계열에 가까운 얌전한 드레스를 입고 있었다. 예정 없이 이곳에서 묵게 된 것이라 내 드레스를 빌려준 것이긴 하지만 꼭 제옷처럼 잘 어울렸다. 머리는 하나로 땋아 내리고 드러난 목에는 진주목걸이를 했다.

나는 그녀를 빤히 보면서 말했다.

"너도 예뻐."

"정말요?"

"응. 그렇죠, 다베리 경?"

대뜸 이름이 불린 다베리 경이 우리를 돌아보았다. 경은 내 호위를 위해 연회에 참가한 거라 연미복 대신 활동성이 편한 옷과 부분 갑옷을 착용하고 있었다. 그가 고개를 주억거렸다.

"예, 뭐."

"대답에 성의가 없는데요?"

"두 분 모두 눈이 부셔서 이 다베리 삭, 감히 장님이 될까 쳐다보기조차 어렵습니다."

"좋아요."

다베리 경의 대답에 아리가 작게 킥킥 웃었다. 그런 아리에게로 주위의 눈길이 은연중에 쏠리는 것이 느껴졌다. 물론 시선 때문에 피부가 따가운 건 나도 만만치 않았다. 어제 같았으면 온통 에시에게 집중됐을 이목이 오늘은 나뉘어져 나와 아리에게 향하는 중이었다.

'에시는 역시 안 나오려나.'

에시는 아직 연회장에 내려오지 않았다. 참석할 예정이었으면 진작 나를 에스코트하러 왔었을 테니 아마 높은 확률로 불참이 분명했다.

집사에게 듣기로 침실에서 한숨 자고 일어나 점심쯤인가 집무실로 들어갔다고 하던데, 그러고서 식사도 안으로 들이고 여태 나오지 않았으니 오늘은 이대로 집무실에서 쭉 시간을 보낼 요량인 것 같았다.

'예상은 했지만…….'

남모르게 어깨를 으쓱했다. 원래 에시는 연회가 며칠간 열리든 첫날에만 의무 삼아 얼굴을 비치는 경우가 잦았다. 자기가 주인공인 연회에서마저 그럴까 싶었는데 그럴 모양이다.

사실 책의 전개를 따르려면 에시는 오늘도 진작 연회장에 나타났어야 했다. 그리고 연회 내내 아그리타를 집요하게 주시하다, 그녀에게 춤을 신청한 영식 둘을 훗날 기회를 봐서 죽여 버려야 한다. 하지만 역시 그런 흐름 같은 건 무시될 모양이었다.

짐작은 했다. 어차피 초장부터 많은 게 틀어진 마당, 인제 와서 에시가 순순히 책의 내용을 따라주는 것도 우스운 일이었다. 나는 미련을 버리고 시계를 응시했다.

지금이 여섯 시 반. 슬슬 아리에게 새로운 위기가 닥칠 때가 됐다. 점심 무렵의 화병 사고 이후 아직 아무런 일도 일어나지 않았다. 이제 조만간 무슨 사고가 터지고 내일 아침이 올 때까지 잠잠하게 지나간다면 규칙성은 거의 사실이 된다.

'그런데 대체 무슨 위험이 닥칠까?'

문득 약간 궁금해졌다. 이 세계가 아리를 죽이려고 시도할 시간대가 되긴 했는데, 연회장 내에서 위협이 될 만한 건 내가 진작 기를 쓰고 죄 치워놨다. 쓰러질 위험이 있는 조각상 같은 건 물론이고 심지어 카펫까지 갈았으니 어떻게 보면 여긴 일종의 안전지대였다.

아리가 어제처럼 알아서 위험을 자초하러 밖으로 나가주지도 않을 테고. 무슨 일이 일어나도 다베리 경이 구해주기는 하겠지만, 그 무슨 일이 도대체 무엇일까.

그런 생각을 하고 있을 때 누군가가 내게 말을 걸었다.

"반갑습니다, 공녀님. 오늘도 여전히 눈이 부시게 아름다우시군요."

처음 듣는 목소리에 눈길을 주었다. 회색 연미복을 나름 신경 써서 차려입은 웬 젊은 남자였다.

"이 드넓은 연회장에서 누구보다 가장 빛나십니다."

"고마워요. 그런데 누구?"

남자는 목소리만큼이나 얼굴도 눈에 설었다. 처음 보는 것 같은데 누구람.

"아, 지난번에 인사드렸었는데 기억나지 않으시나 봅니다."

멋쩍게 웃은 남자가 말을 이었다.

"가미 백작가의 장남, 리가아 가미입니다. 이렇게 다시 뵈어 영광입니다. 리디아 공녀님."

"아, 가미 영식. 그래요, 나도 반가워요."

남자는 인상이 희미한 편이었다. 자기소개를 듣고 나서도 여전히 떠오르는 게 없는 것을 보니 아마 다음에 또 만나도 기억하지 못할 것이다. 내 생각을 알 길 없는 남자가 내 곁을 흘긋 응시하더니 말했다.

"한데 오늘은 공작 각하께서 보이지 않으십니다."

"에시는 일이 바쁘다는 것 같아요."

"그렇군요."

남자는 빙그레 웃었다. 흐릿한 이목구비와 달리 웃는 얼굴은 의외로 특색이 있었다. 약간…… 야비함……? 아니, 생긴 거로 이러면 안 되지. 괜한 죄책감이 드는 사이 대화가 이어졌다.

"하기야 가문을 건사한다는 게 보통 일이 아니죠. 저만 해도 후계자 수업만으로 벌써 녹초가 될 지경이라, 하하."

"그러시군요."

"각하가 존경스럽습니다. 아, 한잔하시겠습니까?"

예의 야비해 보이는…… 아니, 옳지 못한 표현이래도. 나름의 특색 있는 미소를 지으며 남자가 들고 있는 음료수 잔을 내밀었다. 양손에 하나씩 들고 나타난 게 처음부터 하나는 내게 줄 생각으로 가지고 온 모양이었다. 딱히 거절할 이유가 없어서 받으려고 손을 뻗었다. 마침 목이 타기도 했다.

그때였다.

"그거 받으시면 안 돼요!!"

새된 목소리가 카랑카랑하게 연회장을 갈랐다. 나는 깜짝 놀라 멈칫했다. 남자도 놀랐는지 그만 들고 있던 잔을 놓치는 게 보였다.

쨍그랑! 다베리 경이 재빨리 나를 제 뒤로 끌어당겨 준 덕에 내겐 유리 파편이나 음료가 튀지 않았다. 대신 붉은색 음료 일부가 경의 신발을 더럽혔다.

나와 다베리 경이 동시에 괜찮냐고 묻는 사이, 새된 목소리의 주인공이 우리 쪽으로 척척 다가왔다.

"당신은……."

"이 더러운 자식."

나를 포함해 다수의 시선이 한곳을 향했다. 암갈색 머리를 늘어뜨리고 연분홍색 드레스를 차려입은 젊은 여자가 가미 영식을 죽일 듯이 노려보고 있었다. 그녀의 붉은 입술이 달싹였다

"설마하니 공녀님께까지 그런 추잡한 수작을 부리려 할 줄은 몰랐구나."

"다안다 영애, 이게 무슨 짓이오?"

"무슨 짓? 짓은 네가 저지르려던 거겠지."

하, 헛웃음을 흘린 여자가 격양된 어조로 말을 이었다.

"네놈이 방금 공녀님께 건네려던 잔에 약을 타놓았다는 걸 내가 모를 줄 알아?"

"세상에."

"약이라고?"

주변이 술렁거렸다. 나도 눈을 휘둥그레 떴다. 저기서 말하는 약이 아플 때 먹는 그 약을 뜻하는 게 아니라는 건 바보라도 알 수 있었다.

남자가 즉각 부인했다.

"영애, 대체 그게 무슨 소리란 말이오? 약이라니!"

"지난번과 똑같은 수법을 쓰면서 뻔뻔하게 시치미를 뗄 셈이냐?"

"그때 그건 오해라고 하지 않았소."

답답하다는 듯 고개를 저어 부정한 남자가 주위를 돌아보았다.

"여러분, 들어주십시오. 이 영애께선 지금 얼토당토않은 오해를 하고 계십니다."

"오해라니?"

어느새 주위엔 사람들이 옹기종기 몰려들어 있었다. 남자는 좌중을 향해 언성을 높였다.

"지난번 어느 연회에서 저는 만취한 한 여성분을 테라스에서 부축해 드린 적이 있습니다. 한데 그 일을 곡해하여 전해 듣고 지금 제게 이러는 것입니다."

"누가 만취했다는 거야. 네가 술에 약을 타서 먹인 바람에 그랬던 것인데!"

"그게 오해라고 몇 번이나 말했지 않소. 여성분께서 그처럼 술에 약하신 줄 모르고 독한 술을 권한 건 내 실수지만, 그렇다고 약이라니?"

남자가 이어서 주위에 호소했다.

"맛이 달짝지근하여 독한 술인 줄 미처 모르셨나 봅니다. 주량을 넘게 드시고 취하신 여성분께선 그날 제 앞에서 조금 실수를 하셨습니다. 술 김에 낯선 이에게 추태를 보였다는 사실이 민망하고 수치스러웠음은 이 해합니다. 하지만 그렇다고 해서 이런 누명이라니요. 정말 억울합니다."

"어, 어디서 그따위 거짓말을······!"

"거짓말이 아니오. 영애, 내 지금까진 참았소. 그 여성분이 느꼈을 부끄러움도 이해하고, 친우의 말을 들었을 뿐인 영애 또한 이해하자 생각하여 넘어갔소. 하나 이건 도가 지나친 것이 아니오? 이 이상 아 무런 증거도 없이 나를 모함하고 내 명예를 깎아내린다면 나도 더는 가만히 있지 않을 것이오!"

다안다 영애의 얼굴이 창백해졌다. 혐의를 부인하는 가미 영식의 태도는 몹시 당당했다. 누가 봐도 그가 거짓말을 하고 있을 거라고는 생각하기 힘들 정도였다. 저게 연기라면 이대로 연극배우의 길로 나서 도 될 것 같았다.

사위가 혼란스럽게 수군거리는 와중 나는 아리와 시선을 맞췄다.

"아리, 넌 어떻게 생각하니?"

"모르겠어요. 언니는요?"

"알면 안 물어봤을 거야."

남자를 매섭게 노려보던 여자에게서는 진심 어린 증오가 느껴졌다. 하지만 그것만 보고 여자의 주장에 손을 들어주기엔, 남자의 말처럼 증거가 없는 것이 사실이었다. 말로는 어떤 의심이든 할 수 있다. 문 제는 그걸 증명해 줄 증거다.

나는 깨진 유리잔 파편과 음료로 엉망이 된 바다을 내려디보았디. 만약 저 잔이 깨지지 않고 멀쩡했다면 이야기는 지금보다 훨씬 쉬웠 을 것이다. 누구에게든 저 음료를 먹여보았다면 끝났을 일이니까. 남 자가 놀라서 잔을 놓치지만 않았다면······.

'응? 가만.'

어라, 정말 실수로 놓친 게 맞나? 어쩌면 놀란 탓에 손이 미끄러진 게 아니라, 여자의 목소리를 듣는 순간 일부러······.

생각이 거기에 미쳤을 무렵 다베리 경이 나섰다.

"실례지만 한 가지 묻겠습니다."

"저····· 한테요?"

"예. 영애께선 혹시 영식께서 사용했다는 약이 어떤 것인지 아십니까?"

"······이름은 모르지만, 효과는 알아요. 몸에 힘이 들어가지 않게 하고, 부분적으로 기억이 끊기게 하죠."

여자가 입술을 깨물었다.

"그날 제가 도중에 발견하지 않았더라면 제 친구는 저 작자에게 몹쓸 짓을 당했을 거예요. 그리고 기억조차 못 했을 거라고요. 저 인간이 하는 말은 전부 후안무치한 거짓말이에요!"

"영애!"

"진정하세요."

다베리 경이 사이에 끼어들어 두 사람을 떼어놓았다. 그의 말이 이어졌다.

"약의 종류는 대강 알겠습니다. 그럼 이제 도움을 좀 청해야겠군요."

"도움······?"

사태를 구경하고 있던 누군가가 중얼거렸다. 다베리가 화답하듯 빙긋 미소 지었다.

잠시 후, 연회장에 에시가 내려왔다. 입구에서부터 이곳까지 걸어오는 동안 에시는 당연하게 주변의 시선을 주워 삼켰다.

나도 마찬가지였다. 설마하니 다베리 경이 사람을 올려 보낸 게 에시를 부르려던 것인 줄 몰라서 가까워지는 익숙하고도 미려한 얼굴을 넋을 빼고 쳐다보았다. 그러느라 뒤늦게 발견한 건데, 가만 보니 에시는 혼자가 아니었다. 에시의 뒤로 건장한 기사 몇이 저마다 웬 남자를 하나씩 짐짝처럼 끌고 들어오고 있었다.

이내 용모도 체구도 각기 다른 남자 셋이 연회장 바닥에 내동댕이쳐졌다.

"어이쿠!"

"으억!"

"사, 사람 살려."

바닥에 나동그라진 사람 셋을 영문 모를 눈으로 당황스럽게 바라보고 있자니, 어느새 지척까지 다가온 에시가 나를 향해 입을 열었다.

"괜찮아?"

"응? 응."

얼결에 고개를 끄덕였다. 나야 괜찮지 않을 이유가 없었다. 에시가 나를 물끄러미 응시했다. 시선을 받고 있으니 문득 말문이 막혔다. 집무실에서 바로 왔는지 비교적 편안한 옷차림을 한 에시는 그러고도 이곳에서 존재감이 가장 확실했다. 종종 느끼는 거지만, 에시는 어떤 상황에서든 자기 주변을 그저 배경으로 만들어 버리는 재주가 탁월했다.

곧 에시의 눈길이 다베리 경에게 옮겨 갔다.

"보고는 들었네."

"번거롭게 해드려 죄송합니다."

"경의 탓은 아니지."

에시의 등장에 놀라 잠깐 굳었던 사람들이 이내 목소리를 낮춰 어수선하게 속닥이기 시작했다. 나도 에시가 바로 옆에 있지만 않았다면 아리와 그러고 싶은 기분이었다.

'끌려온 저 사람들은 대체 뭐지?'

그때 얼핏 가미 영식의 얼굴이 눈에 들어왔다. 그는 이전과 비교하면 확연하게 굳은 표정을 하고 있었다.

"뭐, 뭔지는 모르겠지만 다 잘못했습니다."

"살려주십시오."

"제발 살려주십시오."

연회장 바닥에 엎어졌던 남자 셋은 곧이어 후다닥 무릎을 꿇고 에시에게 머리를 조아렸다. 에시가 그들을 내려다보며 운을 뗐다.

"묻고 싶은 게 있다."

"예, 예. 뭐든 대답하겠습니다."

"판매한 약의 종류와 구매자를 모두 기억하나?"

사방이 술렁였다.

'판매한 약? 구매자?'

냉큼 다베리 경을 쳐다보았더니 그가 고개를 끄덕였다.

"현재 제도에서 활동하는 약물 거래상 전부입니다."

다베리 경이 담담하게 설명했다. 나는 얼이 빠졌다. 아니, 저들이 뭐 하는 이들인지는 그렇다 치자. 문제는, 대체 어떻게 이렇게 금방 잡아 온 거야?

다베리 경이 사람을 올려 보낸 건 불과 조금 전이었다. 보고를 받은 이후에 에시가 저들을 잡아 오라고 명령을 내린 것일 텐데, 도무지 상식적이지 않은 속도였다.

놀람을 넘어 신기해하는 사이, 그새 에시와 몇 마디 더 주고받은 거래상 한 명이 조심스럽게 손을 들어 어딘가를 가리켰다.

"일주일 전에 제게서 약을 사 가신 분이 바로 저 공자십니다."

가미 영식은 거래상에게 지목당하기 전부터 슬금슬금 몸을 뒤로 물리고 있었다. 마치 도망이라도 가려는 듯이. 이내 그가 몸을 획 돌렸으나, 누군가가 절묘하게 발을 걸었다.

우당탕 자빠지는 남자에게서 시선을 뗀 에시가 이어서 물었다.

"구매한 약의 종류와 효과는?"

“그, 최근에 유통하기 시작한 것인데…… 무색무취에 맛은 약간 씁쓸하지만 물이 아닌 음료나 술에 타면 거의 느껴지지 않습니다. 효과는 섭취 후 일정 시간이 지나면 몸에 열이 오르고 힘이 들어가지 않으며…… 다음 날이면 약을 먹은 이후의 기억이 나지 않습니다.”

거래상의 대답이 끝나기 무섭게 누군가가 경악에 찬 어조로 말을 내뱉었다.

“영애의 말이 사실이었군.”

“맙소사.”

“정말이었다니…….”

나도 할 말이 조금 있었다. 아까 남자의 웃는 얼굴이 야비하게 보였던 건 다 이유가 있었던 거다. 내 편파적인 심미안 때문이 아니었어!

“어떻게 공녀님을 상대로 그런 수작을 부릴 생각을…….”

“정신이 나갔군.”

그때 넘어졌던 몸을 벌떡 일으킨 남자가 외쳤다.

“증거 있소?”

“뭐?”

“내가 저자에게서 약을 샀다고 한들 그걸 잔에 탔다는 증거 말이오. 없지 않소?”

도망치려다 저지당해 자빠진 놈이 당당하게도 주장했다.

“약은 부탁받아서 산 것이오. 단지 그뿐이오. 사용하지 않았으니 나는 아무 죄가 없소!”

와, 저거 저거. 보아하니 일부러 잔을 떨어뜨린 게 맞는 것 같았다. 그러니까 그걸 믿고 지금 저렇게 주장하는 거지.

에시는 그런 남자에게 뭐라고 대꾸하는 대신 거래상에게 질문했다.

“약을 탄 음료를 구분할 수 있나?”

“아, 예. 물론입니다.”

"극히 소량으로도?"

"가, 가능합니다. 제가 직접 취급하는 약일진대……."

답을 들은 에시가 눈짓했다. 거래상은 에시의 눈길을 따라 바닥을 엉망으로 더럽힌 음료와 유리 파편으로 시선을 주었다. 이어 한 치의 망설임도 없이 후다닥 그리로 기어간 거래상이 바닥의 음료를 손가락으로 찍어 혀에 가져간 건 한순간에 벌어진 일이었다.

맛을 본 그가 단언했다.

"화, 확실합니다. 이건 사랑의 묘약을 탄 겁니다."

"사랑의 묘약?"

"그것이…… 앞서 말씀드렸던 약의 이름입니다."

순간 기가 막혔다. 반응을 보니 나만 그런 건 아닌 것 같았다. 범죄용 약물 주제에 이름이 뭐? 사랑?

"어머, 그런데 나 저거 들어본 적 있어. 사랑의 묘약."

"그래요?"

"네에. 진짜 사랑의 묘약인 줄 알고 구매하려고 했는데…… 저런 약이었을 줄은."

부채로 입을 가린 어느 영애가 실망한 기색이 역력한 어조로 중얼거렸다. 나는 그녀의 순진함에 내심 고개를 저었다. 사랑의 묘약이라니, 그런 편리한 게 실제로 존재할 리가 있나.

솔직히 사랑의 묘약 같은 게 누구보다 절실한 건 바로 나였다. 주술처럼 강제로 사랑에 빠지게 하는 약이라니, 그런 게 있었으면 내가 진작…….

'어?'

잠깐만.

"어어!"

나도 모르게 소리를 냈다. 이성을 거치지 않은 일이었다.

"아가씨?"

"공녀님?"

의아하게 나를 부르는 소리에 퍼뜩 정신이 들었다. 나는 장소를 자각하고 어색하게 입을 열었다.

"아니, 아무것도……."

그때였다.

"꺄악!"

"그레이스 영애!"

찰나였다. 내 영문 모를 갑작스런 탄성에 사람들의 시선이 내게 집중되었던 그 잠깐 사이. 혐의가 확실시되면서 막다른 길에 몰린 남자가 아리에게 달려들어 그녀를 붙들고 목에 칼을 들이댔다. 막을 새도 없이 벌어진 일이었다. 나는 눈을 부릅뜨고 굳었다.

"이게 무슨 짓이오! 당장 그레이스 영애를 놓아주시오!"

"빌어먹을, 일이 이렇게 될 줄이야……."

욕지거리를 뱉은 남자가 아리의 목덜미에 더욱 바짝 칼날을 들이밀며 말을 이었다.

"바라는 건 한 가집니다, 위드그린 공작 각하. 오늘 일로 저와 제 가문에 책임을 묻지 않겠다고 약조해 주십시오. 그럼 영애를 놓아드리겠습니다."

입이 절로 벌어졌다. 인질극? 보는 눈이 이렇게 많은 곳에서 인질극을 벌인다고? 기가 막혀서 말이 나오지 않았지만 남자의 표정은 비장했다. 마치 이것만이 제게 남은 유일한 방법이라는 듯.

확실히 남자가 조건으로 내건 것은 지금 그에게 가장 절실한 것이기는 했다. 그가 약을 쓴 것이 밝혀지면서 추락할 명예, 사교계에서의 평판, 사실 이런 것들은 별로 큰 문제가 아니다. 추문이 돌고 쓰레기라고 욕을 좀 처먹기는 하겠지만 그건 사소한 일이었다.

정말 중요한 건 바로 에시가 위드그린 공작의 이름으로 그가 내게 하려던 짓에 대한 죗값을 묻는 것이다.

귀족 사회에선 작위와 권력이 모든 걸 말한다. 그런 점에서 남자가 내게 약을 먹이려 들었던 건 정말 대담한 짓거리였다. 내가 상대의 웃는 얼굴이 야비하다고 생각하면서도 의심이라곤 못 하고 내미는 잔을 순순히 받으려고 한 것도 다 그것 때문이었다. 걸리면 끝장인데 설마 수작을 부렸을까 싶었으니까. 진짜 안 걸릴 줄 알았나?

어쨌든 위드그린의 이름이라면 에시가 마음먹고 나섰을 때 남자의 남은 인생을 진창으로 떨어뜨리는 것쯤은 그렇게 어려운 일이 아니다. 그걸 생각하면 인질극은 나름 남자가 발악해 볼 수 있는 최후의 수단이기는 했고. 아니, 근데 그건 그렇고.

'왜 아리인데!'

입술을 깨물었다. 젠장, 방심했다. 이 상황에선 남자가 위협하려고 아리의 목을 긋는 시늉을 하다가 실수로 진짜 그어서 죽여 버린대도 이상할 것이 없었다.

지금 시각, 저녁 일곱 시. 위험한 것들이라곤 전부 치워놓은 연회장 안에서 대체 어떤 식으로 아리에게 위험이 닥칠까 궁금하기는 했지만, 설마 이런 것일 줄이야. 가지가지 한다, 정말.

발을 동동 구르다 나도 모르게 다베리 경을 힐난했다.

"안 지키고 뭐 했어요!"

"……."

비난받은 다베리 경은 할 말이 많아 보였다. 그래, 그렇겠지. 나도 안다. 다베리 경은 남자가 움직이는 순간 반사적으로 내 앞을 가로막았다. 나를 우선으로 보호하는 게 그의 임무였으니 해야 할 일을 한 거다. 알고 있다. 그렇지만, 그렇지만!

"어서 약조해 주십시오."

남자가 재촉했다. 그는 용케 아직 아리를 죽이지 않고 있었다. 하지만 저러다 언제 죽일지 모른다. 남자는 머잖아 자기 의사와는 상관없이 손을 삐끗하게 될지도 몰랐다.

'안 돼!'

초조한 속내를 숨기지 못해 안절부절못하고 있으려니, 남자가 하는 짓을 가만 지켜보고만 있던 에시가 물었다.

"구해줘?"

"으, 응?"

"인질, 구해줄까."

아니, 그걸 뭐 질문씩이나. 생각할 필요도 없는 말에 다급하게 고개를 끄덕였다. 그러자 다음 순간 에시가 움직였다. 어떻게 움직였는지는 제대로 보지도 못했다. 다만 그냥 움직인 것 같았다. 직후 남자의 비명이 울려 퍼졌다.

"으, 으아악!"

챙강. 나이프를 떨어뜨린 남자가 무릎을 꿇었다. 이때다 싶어 남자의 품에서 벗어난 아리가 내게로 얼른 달려들었다. 나는 아리를 품에 끌어안았다.

"언니, 저 살았어요?"

"응, 살았어."

"다, 다행이다."

아리의 토닥이면서 그녀의 너머로 남자의 몰골을 얼핏 보았다. 바닥에 꿇어앉아 신음하는 그의 양쪽 손목이 기괴한 방향으로 꺾여 있었다. 윽, 아프겠다.

"끄으윽……"

이내 호위병 몇이 달려들어 남자를 완전히 제압했다. 에시의 명령이 짧게 떨어졌다.

"가문으로 전달해. 죄는 추후 직접 묻겠다."

포박당한 남자가 질질 끌려 나갔다. 보기 좋은 광경은 아니라서 나는 아리가 고개를 돌려 그쪽을 보려는 걸 막았다. 이어서 증인 역할을 해준 거래상 셋도 나타날 때와 마찬가지로 짐작처럼 끌려 연회장 밖으로 퇴장했다.

연회장은 대단히 소란스러워졌다. 어쩌면 연회가 끝날 때까지 가라앉지 않을 것 같았다. 에시는 부둥켜안은 나와 아리를 돌아보는 것 같더니 다베리 경에게 뭐라고 말을 전달했다. 연회장이 워낙 시끄러워서 내용이 들리지는 않았다. 그 직후 에시는 먼저 자리를 비웠다.

다베리 경이 다가왔다.

"아가씨, 우선 자리를 옮기시죠."

나는 그의 제의에 순순히 고개를 끄덕였다. 더러워진 바닥을 치우긴 해야겠지. 나는 아리와 함께 연회장 구석으로 이동하면서 이미 에시가 나가고 없는 입구를 흘긋 응시했다.

가슴이 순간 두근거렸다. 조금 전에 떠올랐던 사실이 다시금 머릿속을 채웠다.

'있어.'

눈을 깜박였다.

'사랑의 묘약은 아니지만……'

그와 비슷한 것이 있었다. 심장이 떨렸다. 설렘이나 희망, 희열 때문일까. 혹은 긴장 때문일까.

사실 어느 쪽인지 스스로도 정확히는 알 수가 없었다.

Chapter 3

매혹의 천

　나는 연회장에 한 시간가량 더 머물렀다. 그리고 그 한 시간은 제법 바빴다. 연회장의 사람들이 삼삼오오 몰려와 내게 쉴 새 없이 말을 건넸기 때문이다. 내용은 도돌이표였다. 괜찮으시냐, 아무 일 없으셔서 다행이다. 가미 영식이 미친 게 분명하다, 큰 벌을 받을 거다, 남자 망신 다 시키는 추잡한 새끼 어쩌고저쩌고. 중간중간 괜찮으냐는 물음이 아리에게 향하기도 했다.

　그리고 그러는 동안 다베리 경은 철통같이 주변을 경계했다. 얼마나 철통같았냐면 영애와 부인들이 득실득실 줄지어 내게 말을 거는 내내 남자라고는 나이를 불문하고 근처에 접근조차 하지 못했을 정도였다.

　"……이렇게까지 할 필요가 있나요?"

　허리춤에 겨우 닿는 꼬마마저 내게 인사를 하러 왔다가 실패하고 엄마 손을 붙잡고 돌아갔을 때 내가 던진 물음이었다. 다베리 경의 대답은 간단했다.

"명령입니다."

"……."

아, 에시가 문제였군.

　그렇게 시간을 보내고 여덟 시경이 되었을 때, 나는 이쯤이면 저녁 시간대가 지났다고 생각하고 연회장을 벗어나 아리와 헤어졌다.

　방으로 돌아가는 걸음이 분주했다. 사실 아까부터 머릿속에는 줄곧 한 가지 생각뿐이었다. 연회장에서 사람들이 건네던 말은 귀에 제대로 들어오지도 않았다.

　방에 도착하자마자 내가 가장 먼저 한 일은 바로 〈신녀 아그리타의 봄〉을 꺼내서 펼치는 거였다. 팔락팔락. 책장을 넘기는 손이 부지런했다. 이내 손길이 우뚝 멈췄다.

　'찾았다.'

　앞서 이 세계에는 총 세 명의 신이 존재한다고 언급했던 적이 있다.

　시간의 신, 사랑의 신, 파괴의 신.

　그중 시간의 신을 모시는 신전에서는 신녀를 위한 선물로 시간을 되돌리는 구슬을 준비했다. 그리고 사랑의 신을 모시는 신전에서도 신녀에게 줄 어떤 선물을 준비했는데, 그게 바로…….

　'매혹의 천.'

　이거였다. 나는 신관이 아그리타에게 매혹의 천을 건네면서 그에 대해 설명하는 대목을 찾아 눈으로 천천히 훑었다.

　"자고로 신녀란 타인의 미움을 사서는 안 됩니다. 만인에게 사랑을 받으셔야 합니다. 그를 위해 저희가 준비한 선물입니다."

　"이건……."

　"매혹의 천입니다. 이걸 두르고 계시면 신녀를 보는 모두가 신녀께 호감 이상의 감정을 품게 될 겁니다. 동성에게선 동경을, 이성에게선 사랑을, 가족과 친우의 우애는 더욱 깊어질 것입니다."

그래. 매혹의 천은 이름 그대로 타인을 매혹하는 효능을 지니고 있었다. 단지 천을 두르고 있는 것만으로 상대는 그 사람에게 무조건적인 호감과 애정을 느끼게 된다. 과연 '사랑'의 신을 모시는 신전과 자못 어울리는 보물이라고 할 수 있었다.

나는 책의 활자를 뚫어지게 응시하면서 생각했다.

'이걸 훔치면 돼.'

아리를 '내 주변의 나머지1' 정도로 인식하는 것 같은 에시에게 어떻게 하면 아리에 대한 관심과 호감을 심어줄 수 있을지 고민했다. 막막하게만 보이던 난제에 답이 있었다. 바로 이거다.

매혹의 천, 이걸 훔쳐내서 이용한다면 가능했다. 왜 이 사실을 바보처럼 이제야 떠올렸을까?

'……아니, 잊고 있을 만도 했지.'

나는 책장을 차근히 넘겼다. 사실 책 속에서 '매혹의 천'에 대한 취급은 상당히 박했다. 일단 아그리타는 매혹의 천을 사용하지 않았다. 사용할 이유가 없었다. 가만히 있어도 남자 주인공이며 악당이며 모두가 그녀를 사랑했다.

시기, 질투를 보이는 사람도 더러 있었지만 그녀의 착한 마음씨에 감화되어 결국은 그녀를 좋아하게 되었다. 천의 도움을 받지 않아도 아그리타는 어차피 만인의 사랑을 받았다. 그러니 매혹의 천은 지닌 효능은 대단하지만 정작 그 주인에게는 그다지 쓸모가 없는 보물이었다.

그리고 더 중요한 사실. 매혹의 천은 작품 내에 등장하자마자 얼마 안 되어 빠르게 소실된다. 이 책의 남자 주인공이자 아그리타의 연인, 황태자가 천의 존재를 알고 나서 그걸 실수인 척 불태워 버리기 때문이다.

질투의 화신이라고 묘사된 황태자는 신전이 몇 년을 바쳐 만들어낸 귀한 선물을 하루아침에 없애 버리는 데 전혀 거리낌이 없었다. 이런 점에서 보면 이 자식도 에시랑 좀 닮은 면이 있다.

어쨌든 특별한 효능을 제외하면 그냥 천에 불과한 매혹의 천은 그렇게 한 줌의 재가 되어 쉽게 세상에서 사라졌다. 솔직히 그 대목을 처음 읽었을 때 이럴 거면 매혹의 천을 왜 등장시킨 건가 하는 의문을 지울 수 없었다.

단지 구색 맞추기였을까? 시간의 신을 모시는 신전에서만 선물을 준비하면 어딘가 균형이 안 맞으니까, 사랑의 신을 모시는 신전에서도 뭔가를 내놓게 하려는.

참고로 파괴의 신을 모시는 신전에서는 신녀를 위한 선물을 따로 준비하지 않는다. 모시는 신의 명예를 위해 뭘 주려고 해도 도무지 줄 만한 게 없었기 때문이다. 신녀에게 파괴력을 높여주는 무기 같은 걸 선물하기도 뭐했으니까. 대신이랄지, 후일 신녀의 연인인 황태자에게 파괴의 힘을 정성껏 담은 검과 방패를 전달하기는 한다.

'아무튼.'

책을 덮었다. 책장에 책을 도로 꽂아놓으면서 내가 해야 할 일을 다시 한번 되새겼다.

매혹의 천을 훔친다. 그리고 그걸 아리에게 건넨다.

말로는 간단해 보여도 실상 그렇게 아주 간단하지만은 않은 일이었다.

'그렇지만 구슬도 훔쳤으니까.'

과거 시간을 되돌리는 구슬을 훔쳐내는 데 성공했던 때를 떠올렸다. 그래, 그때처럼 하면 되겠지. 신전이면 구조가 다 비슷할 테니까. 보물을 숨겨둔 방식도 아마 같을 테고.

'신이시여, 부디 이번에도 성공적인 도둑질이 되게 해주세요.'

양손을 맞잡고 간절히 기도를 올렸다. 천사 소녀 누구처럼 정의로운 도둑질은 아니지만, 그래도 살기 위한 도둑질이니 참작을 바란다.

나는 신전의 보물을 훔칠 계획을 세우면서 그 성공을 신에게 바라는, 스스로 생각해도 양심 없는 행동을 하며 심장이 두근거리는 밤을 보냈다.

날이 밝자마자 나는 신전에 기부 의사를 밝히며 방문 요청서를 보냈다. 마음 같아선 매혹의 천을 훔치러 당장 출발하고 싶었지만, 사랑의 신을 모시는 신전은 그렇게 무턱대고 방문할 수 있는 곳이 아니었다.

사전 요청 및 허가는 필수고, 그 허가마저 일정 금액 이상의 기부금 없이는 내려주지 않았다.

'장사하냐.'

노골적이기도 했다. 시간의 신을 모시는 신전은 이러지 않았는데.

어쨌든 그게 자기네 규칙이라니 어쩔 수 없는 일이다. 나는 사비를 털어 꽤 큰 액수를 기부금으로 기재했다. 이 정도면 답은 금방 오겠지.

집사는 요청서 발송을 도와주면서 좀 의아해했다.

"신전에 방문하시려고요?"

"응, 뭐."

"어쩐 일이십니까. 신전을 싫어하지 않으셨습니까?"

집사의 물음에 나는 약간 머쓱해졌다. 집사가 저렇게 묻는 건 다 내 과거 때문이다. 한때 내가 분노에 차서 신은 죽은 게 틀림없다고 열과 성을 다해 외치고 다녔으니까. 뭐랄까, 전생을 포함한 내 비침한 운명에 대한 울분이 유독 솟구치던 질풍노도의 시기였다고 할까?

멋쩍게 웃으며 입을 열었다.

"싫어하는 것까진 아니고……."

생각해 보면 그때 내가 괘씸죄로 신전에 잡혀가지 않은 건 전부 내 신분 덕분이었다. 신분 사회 정말 고맙다.

"사랑의 신을 모시는 신전이라니 흥미가 생겨서. 사랑의 신, 낭만적 이잖아?"

"언제는 저만 사랑하는 이기적인 나르시시스트 신이 틀림없다고……."

"그만. 과거는 잊어줘."

집사의 입을 막고 옛일을 물었다.

그러고 나니 어느새 점심때라 아리와 오찬을 함께했다. 참고로 오늘 아침에도 어김없이 아리에게 위기가 찾아왔었다. 벽에 잘 걸려 있던 액자가 갑자기 머리 위로 떨어졌지. 그때 아리를 구해준 건 역시나 다베리 경이었다. 타이밍 좋게 아리의 팔을 잡아당겨 줘서 액자를 피할 수 있었다. 내가 다베리 경의 고용주였다면 틀림없이 보너스라도 줬을 거다.

나는 그 생각을 아침에 이어 지금도 했다.

"……원래 이렇게 운이 나쁘십니까?"

다베리 경이 허리춤으로 검을 회수하며 황당함을 숨기지 못한 목소리로 물었다. 그의 발치에는 머리와 몸통이 분리된 웬 알록달록한 뱀의 사체가 나뒹굴고 있었다.

저 뱀으로 말할 것 같으면 나와 아리의 식사 도중 갑자기 식당에 나타나, 아리의 발목을 향해 은밀하고 위협적으로 접근하다 다베리 경에게 딱 걸려 방금 막 명을 달리하게 된 비운의 독사라 하겠다.

나는 태연스럽게 입을 열었다.

"점을 봤는데 올해가 유달리 악운이 겹친 해라고 그랬대요. 그렇지, 아리?"

"맞아요."

지어낸 말에 아리가 열심히 맞장구쳤다. 다베리 경은 조심하셔야겠다고 걱정하듯 덧붙였다. 나는 싸늘한 뱀의 사체를 내려다보다 문득 질문했다.

"그런데 경, 궁금한 게 있는데요."

"예?"

"방금 뱀 잡은 거 말이에요. 혹시 경이 아니라 다른 사람도 충분히 할 수 있었던 건가요?"

이게 궁금해진 이유는 뱀이 정말 은밀하게 나타났기 때문이다. 어찌나 소리 없고 기척도 없었는지 나는 저게 다베리 경의 검에 조각나기 전까지 존재조차 모르고 있었다.

그건 아리도 마찬가지라 아무것도 모르고 태평하게 식사에만 집중하다 뒤늦게 이미 죽은 뱀을 보곤 '헉, 이게 뭐야' 하는 표정을 지어 보였다. 뱀을 미리 발견한 건 다베리 경이 유일했다.

그가 대답했다.

"아뇨."

"아니에요?"

"솔직하게 말씀드리면 저니까 잡은 겁니다. 보통이었다면 뱀이 이미 목표물을 문 뒤에야 아차 싶어 검을 빼 들었겠죠."

"경은 보통이 아니라는 말이네요."

"당연한 말씀을."

농담처럼 말이 이어졌다.

"저 다베리 삭입니다."

얼핏 들으면 장난 같지만 실상 맞는 말이었다. 다베리 경이 검을 다루는 솜씨는 인재가 넘치는 위드그린 가문 내에서도 손에 꼽았다.

이건 언젠가 사용인들이 모여 수군거리는 걸 주워들은 것이긴 하지만, 출신만 받쳐주었어도 진작 황궁에 들어가 작은 기사단의 단장직 정도는 맡았을 거라고도 했다. 하기야, 다른 걸 다 떠나 애초 에시가 재능만 보고 거둔 사람이다. 실력에 대해서는 더 말할 필요도 없었다. 어쨌든 그런 다베리 경이니까 뱀을 잡을 수 있었던 거라고.

나는 약간 심각해졌다.

'아니, 그럼 경이 없을 땐 누가 아리를 구해주지?'

아리를 구하는 일이 그만큼 쉽지 않다는 건, 아무나 호위로 붙여둬서는 아리가 안전할 수 없다는 말이었다. 기껏 호위 기사라고 데려다 놨는데 실력이 모자라서 아리를 못 살리고 죽게 두면 그게 무슨 소용이야?

'다베리 경 수준의 실력자가 어디 흔한 것도 아니고……'

골치 아프다고 생각하다 문득 사고가 어딘가에 미쳤다.

'아니지. 어차피 이건 에시가 알아서 하려나?'

아, 그래. 에시가 아리에게 호감을 느껴주기만 하면 그 이후로 아리의 안전은 에시가 충분히 책임져 줄 거다. 그때부터는 더는 이런 일들이 내 과제가 아니게 될 것이었다.

'그래. 나는 천을 훔치는 데만 신경 쓰자.'

그렇게 생각을 마무리하는데 갑자스럽게 식당의 문이 벌컥 열렸다. 연락을 듣고 왔는지 다급하게 뛰어 들어오는 사람들 사이로 웬 중년 남성이 눈에 띄게 울먹거리는 것이 보였다.

"플로라아아아!"

"……."

그는 죽은 뱀을 보자마자 절규하더니 곧바로 그 앞에 무릎을 꿇었다. 힘께 들어온 집사에게 물었다.

"……뭐야?"

"희귀 동물 및 잡화를 취급하는 방문판매상입니다. 조금 전에 저택에 찾아와 물건을 소개하던 도중, 갑자기 자기 애완 뱀이 사라졌다고 혼비백산하더니 저렇게……."

"아."

중년 남성에게 시선을 주었다. 그는 참 서럽게도 오열하고 있었다. 닭똥 같은 눈물이 뚝뚝 떨어졌다. 저런…….

원칙대로라면 이건 전부 뱀을 제대로 관리하지 못한 주인의 책임이라 그에게 아리를 위험하게 했던 것에 대한 배상을 요구해야 했다. 하지만 나나 아리나 그 또한 이 세계의 불운한 피해자일 뿐이라는 걸 알았기에 외려 이쪽에서 상대에게 보상금을 쥐어 주고 돌려보냈다.

"너무 후하십니다."

집사는 불만이 있는 것 같았지만 나는 그저 인자한 미소로 대인배 코스프레를 했다.

이후로 시간이 무탈하고 무난하게 흘렀다. 규칙적으로 아리에게 찾아드는 위기는 다베리 경이 매번 솜씨 좋게 처리해 주었다. 기분 탓인지 슬슬 익숙해진 것처럼 보이기도 했다.

기다리던 신전의 답신은 이틀 후에 도착했다. 내심 하루 안에 오기를 바랐던 것보다는 늦었지만, 그래도 이 정도면 나쁘지는 않은 속도였다. 오히려 시기상으로는 마침 적절하기도 했다. 나흘간 계속된 연회가 어제부로 종지부를 찍어, 오늘 일정엔 완전히 여유가 넘쳤으니까.

나는 신전 방문을 허가한다는 서신을 받자마자 부랴부랴 채비해 곧장 저택을 나섰다. 마차 옆자리에 몸을 실은 아리가 상기된 얼굴로 내게 속삭였다.

"긴장돼요, 언니."

"나도."

나는 출발 전에 아리에게 목적지와 목표를 전부 설명해 주었다.

아리는 여전히 나와 함께 저택에서 지내고 있었다. 연회가 끝나면서 그레이스 부부는 가문으로 돌아갔지만, 아리는 어차피 무사하려면 다베리 경의 도움도 필요하고, 매혹의 천도 건네받아야 하는 처지였다. 그래서 내 손님 자격으로 공작저에 좀 더 머물기로 했다.

"성공할 수 있겠죠? 어떡해, 떨려."

아마도 아리에겐 신전의 보물을 훔치러 가는 것이 흥미로운 도전이나 모험처럼 느껴지는 것 같았다. 말로는 긴장된다고 하면서도 들뜬 기색이 역력했다.

귀엽기는. 나이가 고1이라고 생각하면 뭐든 그냥 귀엽게 보였다. 호위 겸 함께 마차에 탑승한 다베리 경이 우리를 보다가 언뜻 입을 열었다.

"그러고 보니, 아가씨. 혹시 들으셨습니까?"

"뭘요?"

"가미 영식, 아니, 이젠 영식이 아니죠."

정정하면서 그가 말을 이었다.

"리가아 놈이 가문에서 추방당했다고 합니다."

"리가아 놈이라면……."

"예. 그 추잡한 쓰레기."

듣자마자 알았다. 그도 그럴 게 저렇게 묘사될 만한 인간이라고권 근래에 하나뿐이었으니까. 아리도 곧바로 알아들었는지 눈을 동그랗게 떴다가 이내 손뼉을 딱 쳤다.

"와! 그 범죄자가 집안에서 쫓겨났다고요?"

"그렇습니다."

"그럼 그 사람은 어떻게 되나요? 이제 귀족이 아닌 거예요?"

"응. 평민이나 다름없지."

잘 모를 아리를 위해 간략하게 설명을 덧붙였다.

사흘 전, 연회 이틀째 날 내게 약을 탄 음료를 먹이려다 실패하곤 그걸 무마하려 인질극까지 벌였던 구질구질한 놈. 그 리가아 가미의 신분은 본래 백작 영식이었다. 다만 백작의 아들일 뿐, 따로 작위는

지니고 있지 않았다.

그런 상황에서 가문과 절연할 경우 이름 뒤의 '가미'라는 성은 애초 없었던 것처럼 사라진다. 그럼 남는 건 '리가아'라는 이름 하나뿐. 평민과 똑같은 처지가 되는 것이다.

"그런데 참, 가미 백작이 단단히 결심했나 보네요."

단 그러려면 정말 작정하고 연을 끊어야 했다. 단순히 말로만 '넌 이제 내 아들이 아니다. 나가!' 이러는 것으로는 안 됐다.

혈연 증서를 남들이 보는 앞에서 파기하고 가문에서 추방함을 문서로 남겨 정식으로 황궁의 공증까지 받아야 한다. 그렇게까지 하고 나면 추후 다시 가문으로 받아들이는 것도 사실상 불가능해진다. 당연한 말이지만 핏줄과 혈통이 전부라고 여기는 귀족 사회에서 실제 저렇게까지 하는 경우는 정말, 저엉말 거의 없었다.

다베리 경이 고개를 끄덕거렸다.

"현명한 거죠. 죄인을 품으려다 다 같이 죽느니, 합당한 선택 아니겠습니까."

나는 문득 에시가 엊그제 저택을 나가 어딜 다녀왔던 사실을 떠올렸다. 원래도 일 때문에 외출하는 일이 종종 있어서 굳이 행선지를 묻진 않았는데, 지금 보니 어쩌면 가미 백작저에 직접 방문했던 게 아닌가 하는 생각이 든다. 가미 백작의 이 전례 없이 빠르고 과감한 결단은 그래야 설명이 쉬웠다.

'진짜 가서 협박했나……'

만약 그랬으면 나라도 자식 하나쯤 누구보다 빠르게 버렸을지도. 수긍하고 있는 7때 아리가 나를 톡 톡 두드리고는 깃가에 대고 작세 속닥였다.

"언니, 완전 사이다."

사이다라니, 이게 얼마 만에 듣는 표현인지. 픽 웃곤 맞장구쳐 주었다.

"응, 완전 스X라이트."

머리를 맞대고 아리와 킥킥 웃었다. 확실히 상대의 최후가 통쾌하기는 했다. 비록 그 자식이 나한테 하려던 짓은 시도조차 제대로 못하고 미수에 그쳤지만, 그 성정에 그런 짓거리를 여태 한두 번 저질렀을 것 같지는 않았다.

말 못 할 피해자가 물밑에 꽤 있지 않았을까 싶은데, 이젠 자길 지켜줄 신분이라는 방패도 사라졌으니 보복을 톡톡히 당해 인과응보를 보여주길 바랄 뿐이었다.

"언니, 근데 우리 얼마나 더 가야 해요?"

"글쎄. 꽤?"

아리의 질문에 엊저녁에 보았던 지도를 떠올렸다. 매혹의 천을 보관 중인 서쪽 사랑의 신전은 이곳에서 제법 멀었다. 하루 종일 마차를 타야 하는 정도까진 아니었지만, 오가는 길이 다소 지루할 수는 있었다.

아리는 하품을 하더니 등받이에 몸을 기댔다.

"사실 저 멀미가 그거거든요. 잠 오는 멀미."

"뭔지 알겠다. 도착하면 깨워줄 테니까 자."

그러겠다고 대답한 아리는 의자에 머리를 대자마자 금세 새근새근 고른 숨소리를 내기 시작했다. 나는 따가운 햇빛이 아리의 잠을 방해하지 않도록 마차 창문에 커튼을 쳤다.

다긱, 다각. 말발굽 소리가 마차가 달리면서 나는 소음에 섞여 들렸다. 한동안 그 상태로 조용히 이동하던 중, 다베리 경이 운을 뗐다.

"사랑의 신전에는 가보신 적이 있습니까?"

"아뇨, 없어요. 경은요?"

"저도 이번이 처음입니다."

다베리 경이 잠시 뜸을 들이고 뒷말을 흐렸다.

"신전 자체에 가본 기억이 거의 없습니다. 신을 믿지 않았거든요. 한 때는."

한때는, 이라. 의미가 깊은 말이라는 생각이 들었다. 기껏 기억 저 편에 묻었던 내 머쓱한 과거를 도로 떠올리게 한다는 것은 둘째 치고.

"한때라면, 지금은요? 신을 믿게 됐어요?"

"음……."

"……."

"어느 정도는요."

내게는 저 답이 예전보다 지금의 삶이 만족스럽다는 뜻으로 받아들여졌다. 보통 신의 존재에 대한 불신은 정말 신이 있다면 내게 이럴 수는 없다는 절망적인 상황에서 비롯한 좌절이나 울분, 회의감에서 오는 법이니까. 적어도 나는 그랬다.

다베리 경은, 어쩌면 에시를 만났던 게 신에 대한 인식을 바꾸게 된 인생의 전환점이지 않았을까?

"잘됐……."

'……네요'라고 말하려는 순간, 갑자기 마차가 크게 덜컹거렸다.

"……!"

나는 하마터면 혀를 씹을 뻔했다. 식겁해서 마부석이 있는 방향을 돌아보았다. 그런다고 안에서 보이는 건 아니었지만.

"언니? 무슨 일이에요?"

덜컹거림 탓에 잠에서 화들짝 깨어난 아리도 정신없어 보이는 얼굴로 주변을 이리저리 살폈다.

"아가씨, 괜찮으십니까?"

"괜찮아요. 그런데 갑자기 왜……."

덜컹! 말하는 사이 마차의 흔들거림이 더욱 심해졌다. 또 혀를 씹을 뻔해서 난 그냥 입을 다물었다. 이게 도대체 무슨 일인가 싶었다. 일단 손을 뻗어 창문을 가린 커튼을 휙 걷었다. 이어 눈이 커다랗게 뜨였다.

"뭐야?"

어지럽게 자란 초목이 시야를 싱그러운 푸른색으로 가득 채웠다. 마차는 느닷없이 웬 산길인지 숲길인지를 달리고 있었다.

"제가 잘 몰라서 묻는 겁니다만…… 원래 이런 길입니까?"

"……아닐, 걸요?"

덜컹거리는 게 워낙 심해서 대답도 쉽지 않았다. 나도 사랑의 신전은 초행길이다. 하지만 이건 뭔가 아니었다. 아닌 것 같다는 느낌이 아주 강하게 들었다.

"마부에게 묻겠습니다."

"내가 할게요."

창밖으로 고개를 완전히 내밀었다. 이렇게 하면 마부석을 볼 수 있었다. 설마 길을 잘못 들었다고 하는 건 아니겠지? 이 길이 맞다고 하는 것보단 그쪽이 더 수긍이 가긴 하지만.

그렇게 머리를 내밀고서 막 마부에게 말을 걸려던 참이었다. 음울하게 내리깔린 목소리가 바람과 함께 얼핏 귓가를 스쳤다.

"……거야."

응?

"거지 같은 인생…… 나만 죽을 순 없어."

뭐?

"나 같이 죽어야지. 다 죽어 버릴 거야. 싹 다."

자, 잠깐만.

덜커덩!

"꺅!"

아무리 봐도 제정신은 아닌 것 같은 마부의 상태가 머릿속을 어지럽혔다. 마부의 불길한 혼잣말, 마차의 지나친 흔들거림, 아리의 짤막한 비명과 결국 혀를 씹는 바람에 아릿하게 퍼지는 통증 등이 혼잡하게 한데 뒤섞이는 와중 불현듯 생각했다.

'지금 몇 시지?'

"아가씨!"

다음 순간 마차가 급격하게 기울었다. 그 직후, 나는 그저 본능이 시키는 대로 행동했다. 머리로 상황을 인식하기도 전에 손이 먼저 움직였다. 빠르게 품 안에서 구슬을 꺼냈다. 그리고 그걸 입에 넣어 힘껏 깨물었다.

"언니?"

눈을 깜박였더니 아리의 얼굴이 가장 먼저 보였다. 다음으로 눈에 들어온 건 식탁, 빈 접시들과 식기, 물컵, 냅킨…….

"……헉."

"아가씨?"

"언니! 왜 그래요?"

의자에서 미끄러져 주르륵 주저앉았다. 심장이 벌렁거렸다. 나는 주저앉은 채로 손을 들어 오른쪽 볼을 더듬었다. 구슬을 깨느라 잔뜩 힘을 주었던 어금니가 지금도 얼얼하게 아픈 것 같았다.

시계를 보았더니 한 시 반이었다.

'이런 미친.'

"언니, 괜찮아요?"

"……괜찮아. 나, 방에 먼저 좀 들어갈게."

간신히 몸을 일으켜 방으로 돌아왔다. 문을 닫자마자 다시 힘없이 미끄러졌다.

"미쳤어!"

욕부터 흘러나왔다. 죽을 뻔했다. 정말, 정말 저승으로 갈 뻔했다. 일촉즉발의 상황이었다. 마차가 기울기 직전에 보았던 광경이 선연했다. 분명 낭떠러지였다.

무슨 정신으로 구슬을 깼는지 모르겠다. 정말이지 살고자 하는 본능이었을 거다. 본능 덕에 살았다.

"와……."

문에 등을 대고 앉아 중얼거렸다.

"미친 거 아냐?"

이 말밖에 안 나왔다. 하마터면 진짜 그대로 다 같이 죽었을지도 모른다는 사실에 가슴이 섬뜩했다. 수전증이 온 것처럼 손끝도 떨렸다.

나는 한참이나 그러고 앉아 있다가 겨우 움직였다. 침대로 자리를 옮겨 혼잣말을 뱉었다.

"미친 세상."

그야 규칙적으로 아리를 찾아오는 위기가 외부에도 당연히 있을 거라고 예상은 했다. 하지만 다베리 경이 있으니까. 경의 존재를 믿어서 안심했다. 여태 무사히 위기를 넘겼던 것처럼 어김없이 그럴 수 있을 줄 알았는데…….

"아니, 정신병 걸린 마부가 손님이랑 동반 자살하려고 마차를 몰고 벼랑으로 돌진해?"

입 밖으로 내고 났더니 더 어이가 없었다. 기가 막혀서 허공으로 주먹질을 했다. 세계를 향한 펀치였다. 섀도복싱을 한참 하고 나서야 떨리는 심장을 겨우 가라앉힐 수 있었다.

'이렇게 나온다 이거지.'

덕분에 정신이 좀 들었다. 아무래도 나도 모르게 그만 방심한 모양이었다. 이 세계가 얼마나 제정신이 아닌지 알면서 안일했다. 그래, 긴장하면 될 거 아냐. 신중하게 굴어주겠다고.

나는 다시금 내일의 외출을 준비하며 의지를 불태웠다.

"정말 제가 모는 겁니까?"

"응."

하인 알렉스의 물음에 고개를 끄덕였다.

"어…… 왜 하필 제가?"

"네가 정신이 가장 튼튼하니까."

혹시 몰라 마차도 교체하고, 마부는 당연히 바꿨다. 새 마부는 바로 젊고 건강하며 말 잘 듣는 저택의 하인, 알렉스였다.

"네?"

"믿음직하다는 뜻이야."

알렉스를 고른 이유는 단순했다. 그는 저택의 수많은 고용인 중에 정신 질환이 없을 것 같은 사람 일 위였다. 우울이나 고뇌, 고민, 갈등, 비관의 뜻조차 모를 것처럼 늘 밝고 단순했다. 이번에도 알렉스는 내 말에 단순하게 함빡 웃었다.

"아, 그렇군요! 하하, 맞습니다. 믿음직한 거 하면 바로 저 알렉스죠."

"그럼 잘 부탁해."

"맡겨주세요."

그렇게 마부석에 (정신이) 건강한 청년 알렉스를 앉히고, 그러고도 완전히 마음이 놓이지 않아 다베리 경에게 마부석 옆자리에서 알렉스를 지켜봐 달라고 당부했다. 다베리 경은 굳이 그래야 하는 이유를 잘 모르겠다는 기색이었지만, 내가 워낙 진지한 얼굴로 부탁하자 순순히 그러겠다고 해주었다.

나는 그런 다음 다베리 경 외에 나와 아리를 호위해 줄 저택의 기사 두 명까지 새로 충원한 후 마침내 저택을 출발했다.

"언니, 많이 긴장돼요?"

"뭐…… 조금."

죽기 바로 직전까지 갔었던 기억 때문인지 초조해하는 기색이 좀 묻어난 모양이었다.

나는 아리의 걱정 어린 물음에 대답하면서 마차의 창문을 가린 커튼을 끝까지 활짝 젖혔다. 바깥의 변화를 놓치는 일이 있어서는 안 된다. 휴대용 시계도 잊지 않고 가지고 나왔다. 틈틈이 시간을 확인해서 정오 무렵부터는 더 정신을 바짝 차릴 생각이었다.

그런 상태로 얼마나 이동했을까?

"히히힝!"

"어어!"

"왜 그래?"

마차가 갑자기 멈췄다. 급히 시계를 들여다본 뒤 바로 창밖으로 고개를 내밀었다.

"앞에 사람이……."

알렉스의 당황한 목소리가 들리는가 싶더니, 어느새 훌쩍 내려서서 곁으로 다가온 다베리 경이 바깥에서 상황을 설명해 주었다.

"웬 어린아이가 마차를 막아서셨습니다."

"어린아이?"

"도와주세요!"

앳된 음성이 기다렸다는 듯 절박하게 공기를 갈랐다. 나를 따라 마차 밖으로 머리를 내민 아리가 이내 헉, 하곤 입을 가렸다.

"어떡해. 무슨 일일까요?"

마차를 막아서셨다더니 대뜸 도와달라고 외친 아이는 이제 열 살이나 되었을까 싶을 만큼 어렸다. 더구나 행색은 꼬질꼬질하고 남루했다.

동정을 불러일으키는 모습이었다. 사람이라면 마땅히 도와주어야만 할 것 같았다. 하지만 나는 단호하게 입을 열었다.

"그냥 가."

"아가씨?"

"언니?"

"못 들었어? 알렉스, 어서 다시 출발해."

평소 같았으면 저런 불쌍해 보이는 어린아이, 당연히 사정을 묻고 도와줬을 거다. 고민하지도 않았겠지. 그러나 지금은 아니었다.

왜냐고? 지금 시각이 열두 시 반이었으니까!

"하지만 아가씨……."

"빨리……."

"와하하! 잘했다, 쥐새끼!!"

그때 걸걸한 목소리가 허공을 쩌렁쩌렁하게 울렸다. 동시에 길가의 풀숲이 부스럭거리더니 한 무리의 시커먼 사내가 우르르 모습을 드러냈다.

"쥐방울만 한 꼬맹이의 말이 맞았구나. 이 길목에 숨어 있으면 분명 귀족 마차가 지나갈 거라더니."

"야, 약속 지켰어요. 그러니 우리 마을은 그냥 지나가 주세요."

아이는 후다닥 마차에서 떨어졌다. 언제 마차에서 내렸는지 모를 호위 기사 둘이 빼곡하게 시야를 채운 무리를 보면서 중얼거렸다.

"……도적 떼?"

"원래 저런 숫자로 몰려다니는 겁니까?"

"보통 아닙검?"

"그럼 이건 보통이 아닌 상황이군요."

두 사람의 대화를 들으면서 생각했다. 아, 젠장.

"좀 많구나."

"좀이 아니지 말입니다. 마흔……? 아니, 더 될 것 같습니다."

"어떡하냐."

"어쩌기는, 죽을 각오나 하십시오."

기사 둘이 각자 검을 빼 들었다. 나는 침착하게 다베리 경에게 말을 걸었다.

"경."

"예."

"막을 수 있나요?"

"걱정 마십시오. 바로 마차를 돌리면 가까운 치안소까지 오래 걸리지 않을 겁니다. 그동안 목숨을 바쳐 저지하겠습니다."

그렇게 말하는 다베리 경은 빈말이 아닌지 정말로 죽음을 결심한 사람의 얼굴을 하고 있었다. 나는 그의 비장한 눈빛을 보며 품 안에 손을 넣었다. 그리고 그냥 구슬을 꺼내서 깼다.

구슬 두 개를 날리고 나자 비로소 의심이 들었다.

'이거, 아리랑 함께 외출하면 안 되는 거 아닌가?'

처음에는 내가 방심해서 그랬던 건 줄 알았다. 그러니 긴장을 풀지 않으면, 신중하게 대비하면 괜찮을 거라 여겼다. 그런데 아무래도 그게 아닌 것 같았다.

'스케일이 너무 다르잖아.'

아니, 웬 도적 떼? 그것도 그런 비상식적인 숫자로?

낭떠러지 일이 유독 재수가 없었던 게 아니었다. 이렇게 보니 실내와 실외에서의 위기 규모가 달라도 지나치게 달랐다. 저택 내에서는 화병, 액자, 이렇게 소소하게 가더니 밖으로 나가자마자 대뜸 벼랑, 도적 떼…….

'가만, 그러고 보니.'

문득 떠올랐다. 생각해 보니 이전에도 그랬다. 아리가 광장이라는 실외에 있을 때 그녀를 죽였던 건 하나같이 시계탑 붕괴, 광장 폭발 같은 대규모 사고였다.

"아! 이걸 이제야 깨닫다니!"

원래 규모 차이가 심했다. 이 사실을 구슬을 두 개씩이나 소모하고 나서야 알아차렸다는 것에 통탄을 금할 수 없었다. 나는 내 멍청한 머리를 붙잡고 침대를 굴렀다.

"아니, 이럴 게 아냐……."

구르다 말고 흐느적 침대를 벗어났다. 큰일이었다. 아리를 데리고 외출했다간 감당할 수 없는 수준의 사고가 터진다. 그렇다면 어쩔 수 없이 아리를 저택에 두고 신전에 다녀와야 한다.

하지만 그럼 그동안 저택에서 아리를 지켜줄 사람은?

이게 문제였다. 기껏 나가서 천을 훔치는 데 성공했는데 그사이 저택에서 아리가 죽어버리면 죽도 밥도 되지 않았다. 중요한 일인 만큼 어중이떠중이에게 함부로 맡길 수도 없었다.

'다베리 경은 내가 외출하면 무조건 나를 따라 나올 거고……'

경은 내 호위다. 저택에 남아달라고 해봐야 당연히 들어주지 않을 거였다. 그래도 혹시 모르니까 말이라도 해볼까.

"안 됩니다."

이럴 줄 알았지. 경의 단호한 태도를 보며 슬프게 고개를 떨궜다.

"이렇게…… 부탁하는데……."

"부탁을 들어드리는 대신 저는 명령 불이행으로 죽으면 되는 겁니까?"

"쳇."

"신전 가시는 길에 저는 왜 떼어놓으려는 겁니까? 저처럼 유능하고 다재다능한 실력 좋은 호위가 또 어디 있다고."

"그래요, 그러니까 하는 말이에요. 그 실력으로 저택에서 아리를 좀 지켜주면 안 될까요?"

여기서 한 가지 언급하고 넘어가자면, 사람들은 알아서 '아리'를 아그리타의 애칭 정도로 인식했다. 아리의 이름이 하필 아리인 게 신의 한 수였다.

"제 역할은 아가씨를 지키는 겁니다. 걱정되시면 다른 이에게 그레이스 영애의 호위를 부탁하시는 건 어떻습니까?"

'그게 안 돼서 이러지.'

내심 고개를 흔들었다. 앞서 뱀 사태 때 깨달았지만, 아리를 위험에서 무사히 구해내는 건 그렇게 쉬운 일이 아니었다. 그걸 아무 기사에게 덜컥 맡기는 건 모험이다. 나는 모험을 하고 싶지 않았다.

물론 저택 내에는 다베리 경의 실력에 버금가는 기사가 전혀 없냐는 의문이 들 수도 있다. 그야 몇 있기는 했다. 하지만 그 정도로 뛰어난 기사들은 이미 실력에 맞게 대우를 받고 있었다. 내가 멋대로 그들에게 하던 일을 내팽개치고 아리의 호위를 서달라 무작정 요구할수 없다는 말이었다.

'에시의 명령이라면 당연히 듣겠지만⋯⋯.'

으음.

으으음.

⋯⋯으으으음.

'아, 역시 이것뿐인가.'

나는 시간을 좀 더 들였지만 결국 다베리 경 설득에 실패하고, 이층 복도 안쪽 에시의 집무실을 향해 발길을 옮겼다. 집무실이 가까워질수록 발걸음이 머뭇거리듯 조금씩 느려졌다.

에시에게 부탁하는 건 이 시점에서 문제를 해결할 수 있는 가장 쉽고 명료한 방법일 거다. 그러니 이렇게 걸음이 느려지는 건, 머리가 아니라 마음의 문제였다. 언젠가부터 에시에게 뭔가를 부탁하는 게 내게 좀처럼 쉽지 않은 일이 되었다.

그건 에시 때문은 아니다. 에시는 내가 뭘 부탁하든, 아니, 애초 그
럴 필요도 없게 뭐든 먼저 묻고 주저 없이 해주었으니까. 이유는 전부
내게 있다. 얼마 전까지는 긴가민가했지만, 최근에 확실해졌다.

나는 에시가 나 때문에 마음 쓰고 뭔가를 해주는 일이 늘어나는
게 싫었다. 정확히는 싫다기보다 불편했다. 결국, 그것들이 전부 훗날
진실이 밝혀졌을 때 나를 향한 괘씸함과 분노를 추가하는 비료가 될
테니까.

"안녕하십니까, 리디아 아가씨. 어쩐 용무십니까?"

느려 터진 걸음으로도 용케 집무실 앞에 도착했더니 문을 지키고 선
경비병이 내게 말을 걸었다. 나는 그에게 눈인사를 건네곤 대답했다.

"에시에게 개인적으로 할 말이 있어서요."

"잠시 기다려 주십시오."

경비병은 문을 두드려 내가 방문했음을 알렸다. 별다른 대꾸 없이
문이 달칵 열린 것은 잠시 후였다.

"들어와, 누님."

몰래 심호흡하곤 에시가 손수 열어준 문 안으로 발을 디뎠다.

"무슨 일이야?"

나는 에시의 친숙하지만 도무지 질릴 수는 없을 것 같은 얼굴을 올
려다보았다. 그러곤 목을 가다듬었다.

"그게, 음, 바쁘지 않으면 간단한 부탁 하나만 해도 될까?"

"바빠도 상관없어."

이이 나는 에시와 응집용 소파에 마주 앉았나. 자가 필요하냐고 해
서 고개를 흔들고 운을 뗐다.

"내가……"

'매혹의 천을 훔치러 사랑의 신전에 다녀오려고 하는데 아리를 데

리고 나가면 십중팔구 죽을 판이거든. 그래서 떼어놓고 나가야 하는데 그럼 그동안 저택에서 아리를 지켜줄 사람이 필요하거든? 아무나 할 수 없는 일이고 적격인 다베리 경은 네 명령 듣는다고 내 말은 안 들어주고 그래서 적임자를 찾기 어려워 너한테 부탁하려고 왔어.'

"……신전에 잠시 다녀올 생각인데, 그동안 여기서 그레이스 영애의 호위를 맡아줄 만한 뛰어난 기사가 있었으면 해."

"뛰어나다면, 얼마나?"

"다베리 경…… 정도?"

에시는 잠시 생각에 잠긴 것 같았다. 나는 말이 없는 에시를 보며 문득 고민했다. 뭔가 더 설명을 붙여야 하나?

내가 제시한 기준이 과하다고 생각하고 있을까. 그럴지도 몰랐다. 확실히 다베리 경은 저택 내에서 수위를 다투는 기사였으니까. 대뜸 그런 수준의 실력자를 아리의 호위로 필요로 한다는 게 의문스러울지도 모른다. 뭐라고 덧붙여야 하나 고심하는 그때, 에시의 입이 열렸다.

"다베리 수준이라. 그럼 다베리를 써."

"응?"

"다베리를 저택에 남기고, 신전에는……."

샛노란 눈동자가 깜박이더니 말이 이어졌다.

"나랑 가. 그러면 됐지?"

으응? 아니, 잠깐만. 말을 듣자마자 나도 모르게 시선이 집무실 책상으로 향했다. 잘은 모르겠지만 적지는 않아 보이는 서류의 양을 보는 순간 질로 입이 열렸다.

"바쁜 거 아냐?"

"말했잖아."

"……."

"상관없다고."

나는 잠깐 내가 다녀오려는 서쪽 신전이 이곳에서 얼마나 먼지 이야기할까 하다가 그만두었다. 에시가 설마 그걸 몰라서 저렇게 말하지는 않았을 테니까.

나는 그저 고개를 끄덕였다. 생각했던 것과는 다른 방향이었지만, 어쨌든 문제가 해결되기는 했다. 거절할 이유도 핑계도 없기는 했다.

그렇게 내 세 번째 신전행은 에시와 함께하는 것으로 결정되었다.

"잘 다녀오십시오."

다베리 경이 절도 있는 자세로 손수건을 흔들었다. 나는 배웅 나온 그를 지그시 응시하다가 입을 열었다.

"나한텐 그렇게 안 된다더니. 뭐랬더라? 떼어놓으려면 자기가 백골이 된 후에나 가라고?"

"아가씨도 참."

경이 하하 웃었다.

"제 한 몸 위에 하늘, 그 하늘이 바로 공작 각하 아니십니까."

"……"

"각하의 명이라면 이 다베리 삭이 한 입으로 몇 말을 못 할까요."

당당한 에시 빠돌이의 자태에 더 할 말이 없었다. 하여튼.

"아리를 잘 부탁해요."

"염려 마십시오."

아리도 배웅을 나왔다. 그녀는 내심 따라붙고 싶어 하는 눈치였지만, 내게 왜 저택에 두고 가는지 이유를 들은 터라 다베리 경의 곁에서 얌전히 손만 흔들었다.

이내 마차가 출발했다. 나와 에시 둘만 태운 마차는 일정한 속도로 달렸다. 기분 탓일까? 마부가 혼신의 힘을 다해 안락하게 마차를 운전하는 것 같다는 느낌을 받았다.

'아니, 기분 탓이 아니겠지.'

맞은편에 앉은 에시를 응시했다. 에시는 팔짱을 끼고 눈을 감고 있었다. 마차에 오르자마자 저렇게 의자에 몸을 기대고는 눈을 감았다. 아무래도 전날 잠을 충분히 자지 못한 것 같다는 생각을 지우기 힘들었다.

'책상 위에 서류가 많더라니.'

어쨌든 외출복을 말끔하게 차려입은 에시는 허리춤에 장검을 차고 있었다.

큰 키, 다부진 체격, 아무리 봐도 장식용은 아닌 것 같은 검. 거기에 이목구비에서부터 귀티가 흐르는 얼굴이 어우러지니 대부분이 사람이 신분을 듣기도 전에 에시를 어려워했다. 신분을 듣고 나면 뭐, 말할 것도 없고. 특히 생존 본능이 발달한 사람일수록 더 바짝 긴장하고 자세를 낮췄다.

'나는……'

언뜻 생각했다.

'내가 에시와 완전히 모르는 사이였다면 어땠을까?'

그래서 바깥 행사 따위에서 우연히 마주치는 게 첫 만남이었다면.

'쫄았을까.'

먼발치서 겁에 질려 힐끔거리는 걸 상상해 봤다.

'아니, 몰라. 사이코패스 악당인 걸 겉만 봐서는 모르니 의외로 편안히 대했을시노.'

이것도 아니지, 얼굴 때문에 편안하기는 힘들었으려나. 그런 생각이나 하며 물끄러미 에시의 얼굴에 시선을 고정하고 있을 때였다.

에시의 입이 열렸다.

"할 말 있어?"

"응?"

"할 얘기 있나 해서."

……자는 거 아니었어? 눈꺼풀이 천천히 말려 올라가며 예의 유리 구슬 같은 황금색 눈동자가 드러났다. 덕분에 나는 내 눈길이 그렇게 따가웠을까 재고해 보지 않을 수 없었다.

"그게……."

"……."

"아, 혹시 사랑의 신전에 가본 적 있어?"

그냥 쳐다봤다고 하기도 뭐해서 다베리 경의 질문을 인용했다. 고 마워요, 경.

"아니. 없어."

"그럼 이번이 처음이네. 어때? 서쪽 사랑의 신전이면 나름 유명하 잖아. 어떨지 궁금하지 않아?"

"글쎄…… 딱히. 그보다는 누님이 가서 뭘 할까 궁금하긴 해."

"나? 나야 뭐, 그냥 구경이지."

"그것도 좋고."

피식 웃은 에시가 다시 눈을 감았다. 나는 뭔가 더 이어 붙일 말을 찾는 대신 창가를 쳐다보았다. 계속 얼굴 구경하면 또 할 말 있는 줄 알겠지. 풍경이나 봐야겠다.

마차는 빠른 속도로 이동하면서도 높은 수준의 안락한 승차감을 유지했다. 이 정도면 꽤 고급 기술이 아닌가 싶었다. 마부의 노고 덕 에 어느 순간부터 눈이 깜박깜박 감겼다.

얼마나 졸았을까? 정신을 차렸을 때는 어느새 목적지인 신전에 거 의 도착해 있었다.

'쓰읍.'

세상에, 존 게 아니라 숙면했네. 얼마나 잔 거야? 몸이 찌뿌드드해서 매무새를 단장하는 척 이리저리 풀었다. 그러는 사이 마차가 완전히 멈췄다.

마부가 문을 열었다. 에시의 에스코트를 받아 마차에서 내려서자 신전의 외관이 한눈에 들어왔다.

"와……."

약간 허탈감이 섞인 탄성이 흘러나왔다.

'이렇게 쉬운데.'

이렇게 아무 일 없이 금방 도착할 수 있는 것을. 진작 이럴 걸 그랬다. 아, 내 구슬.

"반갑습니다. 저는 서쪽 사랑의 신전의 사제, 러버입니다."

출발 전에 연통을 보내놓았더니 기다리고 있었던 듯 새하얀 사제복을 차려입은 여자가 우리를 맞아주었다. 나는 그녀의 인사에 마주 고개를 까딱했다.

"리디아 위드그린이에요. 이쪽은 에시 위드그린."

"알고 있습니다. 공녀님, 공작 각하. 과연 듣던 대로……."

나, 에시. 그리고 쭉 에시. 그녀의 시선이 노골적으로 에시에게 길게 머물다가 뒷말이 이어졌다.

"대단히 아름다우시군요. 두 분 모두."

둘 다 아름답다면서 왜 여전히 에시만 쳐다보고 있는지 모를 일이다.

"신께서 기쁘게 반기실 겁니다. 아름다움은 신의 선물이니까요. 잘 오셨습니다. 자, 이쪽으로."

곧이어 사제의 안내를 따라 신전 안으로 발을 들였다. 대리석과 상아를 섞어 지은 것 같은 드높은 건축물은 겉보기부터 웅장하더니 내부도 비슷했다. 새하얀 기둥이 복도를 따라 끝없이 이어지고, 천장은 몹시 높아 실내임에도 탁 트인 인상을 주었다. 장식이라곤 전혀 없어서 다소 단조롭기도 했지만 다르게 말하면 깨끗하고 깔끔한 느낌이 든다.

앞서서 걷던 사제가 신전에 대해 간단히 설명하기 시작했다.

"간략하게 소개해 드리자면, 이 신전은 약 삼백 년 전 당대 교황 성하의 명령으로 지어졌습니다. 그 당시 최고의 건축가라 불리던 자르지어 형제가……."

나는 그녀의 설명을 한 귀로 흘렸다. 머릿속에는 한 가지 생각만 맴돌았다.

'역시.'

추측이 맞아떨어져서 다행이었다. 외관이 조금 달라 보이기에 걱정했는데, 안으로 들어오자 시간의 신전과 구조가 거의 똑같았다. 다른 것이라고 해봐야 간간이 눈에 들어오는 창문의 성화(聖畵) 정도일까?

'방의 위치도 비슷하겠지.'

나는 내가 몰래 숨어들어야 하는 곳을 되새겼다.

대신관이 머무르는 방 안쪽에 존재하는 비밀 공간. 매혹의 천은 그 안에 보관되어 있었다. 책에서 대신관이 그곳에서 천을 꺼내 아그리타에게 건네는 대목을 읽었으니 확실했다.

'보관 방법이 구슬과 같으면, 손에 넣는 건 별로 어렵지 않아. 들어가기만 하면 돼.'

잠입도 운만 따라준다면 그리 힘들지는 않을 것이다. 신전이 좋은 점은 신도 간의 믿음을 이유로 방 앞에 경비 따위를 세우지 않는다는 거다. 허가받지 않은 외부의 침입만 경계할 뿐, 일단 입장하고 나면 얼마든지 자유롭게 움직일 수 있었다.

다만 따로 경비병을 세우지 않는 것일 뿐 신전 내에는 싱기사가 득시글하니 난동을 피우거나 하는 건 불가능했다. 물론 나야 신전을 뒤엎는 게 목적이 아니라 몰래 천만 슬쩍하면 그만이었으니 상관없지만.

밀려드는 은근한 긴장감에 내심 숨을 고르는 사이, 사제가 걸음을 멈췄다. 그녀가 왼쪽을 가리켰다.

"소기도실입니다. 이곳에서 기부금을 바치고 신께 기도를 드리시면 됩니다."

"아아, 네."

"기도를 끝내시면 소강당과 대강당, 접견실, 대기도실을 차례로 보여 드리겠습니다. 마음 같아선 대기도실을 가장 먼저 보여 드리고 싶지만, 지금은 대신관께서 기도 중이시라."

"……대신관이요?"

"네. 혹시 꼭 먼저 뵙고 싶으시다면 말씀은 전해보겠습니다."

"아뇨, 괜찮아요. 그럴 거 없어요."

귀가 쫑긋했다가 뒤이어 가슴이 설레었다.

'기회다.'

대신관이 기도 중이다. 그렇다면 현재 방을 비워두었다는 소리였다. 좋아, 운이 따라주는구나.

"저, 그럼 혹시 저희가 소기도실에서 기도를 드리는 동안 사제님은 뭘 하시나요?"

"두 분의 기도를 방해할 수 없으니 이곳 복도에서 기다리겠습니다. 끝내면 바로 나오시거나 혹은 불러주시면 됩니다."

"그렇군요. 알겠어요."

이어서 소기도실에 발을 들였다. 들어가서 문을 닫자마자 반짝 눈을 빛냈다.

'몰래 나가야 해.'

소기도실 풍경 같은 건 눈에 들어오지도 않았다. 기도를 드리는 척 얼른 여길 빠져나가 대신관의 방으로 잠입해야 한다. 재빨리 천을 빼낸 다음 다시 여기로 돌아와서 시치미를 떼고 복도로 나간다면 딱 적절했다. 나는 기도실 내부를 살폈다. 창문을 열고 그쪽으로 몸을 빼

낼 궁리를 하다가 순간 에시와 정통으로 눈이 마주쳤다.

"……."

짧은 갈등 끝에 입을 열었다.

"어딜 잠시 다녀오려고 하는데…… 정말 잠깐이거든."

"……."

"기다릴래?"

이내 어쩌면 당연한 대답이 흘러나왔다.

"같이 가."

잠시 후, 나는 에시와 함께 창문을 넘었다.

대신관의 방을 찾는 건 생각만큼 어렵지 않았다. 누가 지었는지는 몰라도 신전이면 다 똑같은 구조여야 한다는 아이디어, 정말 칭찬해 주고 싶다.

나는 첩보 영화를 찍는 기분으로 창문 아래로 수그려 걷거나, 기둥 뒤로 몸을 숨기거나 하며 조심스레 방으로 이동했다. 에시는 그런 내 행동에 순순히 어울려 주었다. 어떤 생각을 하고 있을지는 잘 모르겠지만.

그렇게 목적하던 장소에 도착했다. 나는 대신관의 방에 입장하자마자 한숨을 돌렸다.

"후우."

방 안을 둘러보았다. 공간은 넓지만 가구는 단출하고 소소했다. 시간의 신전에서 봤던 것과 마찬가지였다. 나는 곧 어떤 책장 옆으로 다가가 그걸 힘껏 밀었다. 아니, 시늉만 했다. 손을 대기기 무섭게 에시가 도와주는 바람에.

예전에 나 혼자 할 때는 힘들었는데 에시가 도와주니 책장이 아주 쉽게 스르륵 밀렸다. 그리고 그 뒤에서 기다렸다는 듯 새로운 공간이 모습을 드러냈다.

'좋았어.'

내심 쾌재를 불렀다. 구슬을 훔치던 때와 한 치도 다를 것이 없었다. 어떻게 봐도 비밀 공간처럼 생긴 은밀하고 협소한 공간으로 발을 내딛는데, 문득 뒤에서 에시가 픽 웃는 소리가 들렸다.

"……왜?"

"아니, 재미있어 보여서."

내가? ……아니면 상황이?

나는 추궁하는 대신 걸음을 마저 옮겼다. 상황이 순조로운 것과는 별개로 대신관의 기도가 언제 끝날지 모르니 서두를 필요가 있었다.

비밀 공간 내부에는 어린아이 키만 한 높이의 가로 폭이 넓은 단상이 있었다. 그리고 그 위로 사각형의 함이 놓여 있었다. 아무런 무늬가 없는 상앗빛 함. 일견 평범해 보이지만, 저 함은 사실 신성력으로 봉인되어 있다.

억지로 열려고 들면 절대 열리지 않는다. 대신 손을 대서 표면에 떠오르는 문자를 배열하여 정해진 암호를 맞히면, 잠금이 해제되고 함이 열렸다. 일종의 마법이었다.

'나한텐 좀 친숙하지.'

뭐랄까. 왜, 그런 것 같아서. 스마트폰 잠금이나 터치스크린 도어락. 실없는 생각을 하며 손으로 함을 살짝 건드렸다. 그러자 함 표면으로 새하얀 빛과 함께 은은하게 문자가 떠올랐다. 나는 마구잡이로 산재한 문자들을 하나씩 골라 손가락으로 끝이 중앙에 배합하기 시작했다.

'암호도 마찬가지겠지.'

바로 신의 이름. 이 신전에서 모시는 사랑의 신, 아시모르. 배열을 끝내고 잠시 기다렸다. 이제 곧 문자가 사라지고 함이 열리겠지.

그런데 갑자기 문자 배열이 사방으로 다시 흩어지며 함에서 요란한 소리가 나기 시작했다.

"......!"

뭐, 뭐지?

'틀렸나?'

처음 겪는 현상이었지만 느낌으로도 알 수 있었다. 이건 오답을 입력했다는 뜻이다.

'아니, 왜?'

그렇지만 그럴 리가 없었다. 이름이 아니면 뭔데? 신전에서 신의 이름을 암호로 쓰는 건 그들 사이의 암묵적인 약속 같은 거라고 책에서 읽은 기억이 있다. 다행히 함의 경고음은 일정 시간 울리다가 멈췄지만 여전히 경고음이 울린 이유를 알 수 없었다.

'설마 표기가 다른가?'

재빨리 손을 다시 움직였다. 에로스, 큐피드. 알고 있는 사랑의 신의 다른 이름을 모조리 입력해 봤다. 하지만 전부 틀렸는지 함의 반응은 여전했다. 나는 초조해졌다. 소리가 너무 요란했다. 이러다간 경고음을 듣고 사람이 몰려오는 것도 시간문제일 것 같았다.

"이쪽에서 소리가 났다!"

아, 젠장 맞을. 어떻게 생각하자마자. 나는 함을 놔두고 우선 다급하게 에시를 끌어당겼다. 그나마 미리 비밀 공간의 입구를 책장으로 막아두어서 다행이었다. 급한 대로 단상 뒤로 몸을 숨긴 순간 소리가 뚝 끊겼다.

"......이쪽이라고?"

"아무도 없는 것 같은데."

비밀 공간의 책장 너머에서 발소리에 이어 대화 소리가 들렸다. 나는 단상 뒤에서 에시와 밀착한 채로 숨을 죽였다.

"확실한 건가? 잘못 들은 게 아니고?"

"아뇨, 분명 여기가 맞는데……."

"잘못 들은 게 아니라면 이미 빠져나갔을 수도 있겠지. 나가서 근방을 더 살펴보게."

"알겠습니다!"

이내 몇 사람이 분주하게 방을 빠져나가는 소리가 들렸다. 나는 여전히 움직이지 않고 숨을 최대한 죽이고 있었다. 그때 닫아두었던 책장이 드르륵 밀렸다.

"끄응, 혹시 여긴가."

지시를 내리던 중후한 목소리였다. 나는 순간 아예 숨을 참았다. 상대는 안을 잠깐 들여다보는 것 같더니, 곧이어 중얼거렸다.

"뭐…… 그럴 리가 없나. 아는 사람도 몇 안 되는 장소인데. 어휴, 그나저나 무거워서 원."

곧 다시 책장이 닫혔다.

"……."

나는 책장이 닫히는 소리가 들리고도 시간이 좀 더 흐른 후에야 참았던 숨을 뱉었다.

"후아."

공기가 폐로 한 번에 들어찼다. 하, 다행이다. 하마터면 큰일 날 뻔했다.

낮은 단상 뒤에 쪼그려 앉아 있다가 겨우 무릎을 짚고 일어서려는 순간이었다. 긴장이 풀린 나머지 팔을 삐끗했다.

"으잇."

"괜찮아?"

"……어, 어."

에시의 얼굴이 코앞에서 보였다. 나는 그제야 여태 에시와 얼마나 가깝게 붙어 있었는지 인식했다. 불현듯 심장 소리가 들리는 것 같았다. 귓가에 울림이 선명했다. 좀 전의 긴장이 아직 다 안 가셨나.

이유 모르게 시선을 피해 황급히 고개를 돌리려다 순간 멈칫했다. 가만.

'설마?'

에시의 얼굴을 가까이서 보자 갑자기 떠오르는 것이 있었다. 나는 단상을 잡고 벌떡 일어섰다. 그러곤 재차 함을 건드려 문자를 맞춰 나갔다.

리아르. 사랑의 신이 아닌, 미의 신의 이름. 그러자 이번에는 요란한 소리가 나지 않았다. 대신 새하얀 빛이 잠시간 환하게 뿜어지더니 달칵, 함이 열렸다.

"……."

말문이 막혔다. 맙소사, 정말 이거야?

'사랑의 신을 모시는 신전이라며!'

내가 미의 신의 이름을 입력한 건, 에시의 조각 같은 얼굴을 가까이서 보는 순간 우릴 안내해 주었던 사제가 떠올랐기 때문이다. 에시의 얼굴에서 좀처럼 눈을 못 떼더니 신전에 입장하면서는 아름다움이 신의 선물이네 어쩌고 했던 것이 생각났다. 정말 혹시나 했는데.

'어이가…….'

기막혀서. 사랑보다 미야? 얼굴이 그렇게 중요하냐? 하여간 돈 밝힐 때부터 알아봤지만 이 속물들이.

"된 거야?"

어느새 따라 몸을 일으킨 에시가 물었다. 나는 열린 함에서 천을 꺼내면서 고개를 끄덕였다. 마음 같아선 실물로 만난 매혹의 천을 천천히 감상하고 싶었지만 지금 여기서는 아니었다. 어서 빠져나가야 했다. 들킬 뻔했던 것 때문인지 마음이 좀 조급해졌다.

별로 의미는 없겠지만 가져온 다른 천을 함 안에 대신 넣어두었다. 그리고 함을 닫은 뒤 책장을 밀었다. 이번에도 나는 시늉만 했다.

"참, 에시. 나 재킷 좀 벗어줘."

대신관의 방을 벗어나 소기도실로 몰래 되돌아가면서 말했다. 에시가 순순히 외투를 벗어 건네줘서 나는 그걸 몸에 걸치곤 품 안에 천을 숨겼다. 그러고서 소기도실에 도착해 창문을 다시 넘는데, 에시가 문득 말했다.

"그게 필요한 거였으면, 저택에서 진작 말하지 그랬어."

"응?"

"훔쳐다 줬을 텐데."

어떻게……? 나는 에시가 나처럼 혼자 잠입 미션을 수행하는 건 도무지 상상해 볼 수가 없었다. 그러니까 훔친다고 하면, 어, 아마도.

'신전 고위 사제를 납치하고 협박해서 강제로 천을 빼내게 한 다음 죽여서 입을 막았을까……?'

가정인데 너무 그럴듯해서 말문이 막혔다. 으음, 안 되지, 안 돼. 나는 비록 도둑질은 해도 평화주의자인걸.

"아냐. 직접 훔치는 게 보람 있으니까."

뭔가 잘못된 발언 같기는 한데, 어쨌든.

이윽고 나는 에시와 함께 소기도실의 문을 열고 나갔다. 말한 대로 복도에서 얌전히 기다리고 있던 사제가 반가운 표정으로 우릴 반겼다.

"기도는 잘 하셨나요? 어머, 기도실이 좀 추우셨나 봅니다."

사제의 눈길이 내가 걸치고 있는 에시의 외투에 닿았다. 나는 기침하는 시늉을 했다.

"실은 오기 전부터 감기 기운이 좀 있었거든요."

"저런, 그러잖아도 계절이 변하는 시점이긴 하지요. 접견실에서 따뜻한 차를 준비해 드릴까요?"

고개를 저었다. 그러곤 이미 전생 학창 시절에 마스터한 아픈 척 연기에 더 몰입했다.

"고맙지만 괜찮아요. 기도도 마쳤으니 이만 돌아가 볼까 해서요. 마음은 더 구경하고 싶지만, 하필 좀 전부터 오한이 들기 시작해서……."

"아아."

신전에는 으레 치유의 신관 같은 게 있게 마련이지만, 알기로 이들은 외상만 치료할 수 있을 뿐 질병에는 무력했다.

"그렇다니 어쩔 수 없네요."

사제는 우리를 이대로 보낸다는 게 몹시 아쉬운 눈치였으나—십중팔구 에시 때문이겠지만—그래도 아프다는 사람을 붙잡지는 못하고 순순히 우리를 다시 입구로 안내해 주었다.

휴우. 솔직히 몸에 매혹의 천을 숨긴 채로 신전을 구경할 수준의 배짱은 나한테 없었다. 그렇게 입구까지 거의 다 이동했을 때였다. 나는 훔친 천이 잘 있나 재킷 안으로 몸을 더듬어 확인하다, 순간 멈칫했다.

'헉, 기부금.'

손끝에 돈주머니가 걸렸다. 그러고 보니 소기도실에 두고 나왔어야 하는 걸 그만 깜박했다.

'어쩌지?'

사실 보물도 훔친 주제에 가져온 기부금쯤 안 내고 튀는 게 뭐가 문제인가 싶을 수 있다. 하지만 마음에 걸렸다. 이건 뭐랄까, 오히려 천을 훔친 마당이라 느끼는 양심의 가책이라고 할까…….

"잠시만요, 사제님."

결국 사제를 불러 세웠다. 그리고 에시에게 말했다.

"나 소기도실에 잠깐만 다녀올게. 바로 올 테니 기다려 줘."

"같이 가는 게……."

"아냐, 정말 금방 올 거야. 사제님, 미안해요."

"괜찮습니다. 다녀오세요."

진심으로 괜찮은 표정의 사제와 에시를 뒤로하고 나는 왔던 복도를 부지런히 밟았다. 귀족의 예법에 뛰면 안 된다는 항목이 있다는 게 이 순간에는 좀 갑갑했다.

'얼른 두고 나오지, 뭐.'

나처럼 염치 있는 도둑이 또 어디 있을까. 나 참. 그렇게 생각하며 모퉁이를 돌았다. 마침 반대편에서 오던 사람을 제대로 발견하지 못하고 부딪힌 건 그 직후였다.

"아!"

"이런, 괜찮습니까?"

"괜찮…… 아요."

대답하다 말고 눈이 튀어나갈 뻔했다. 헉! 매혹의 천! 상대와 부딪히면서 떨어뜨렸는지 머플러 모양의 연푸른 천이 발치에 뒹굴고 있었다. 다급하게 주우려는데 나보다 상대가 한발 빨랐다.

굳은살이 박인, 하지만 그러면서도 손가락이 길고 곧아 보기 좋은 남자의 손이 먼저 천을 집어 들었다. 그러더니 내가 본래 천을 두르고 있었다고 생각했는지, 차분한 손길로 내 목에 자연스럽게 둘러주었다. 나는 그제야 상대를 제대로 보았다.

새하얀 원단에 소매 및 옷깃에 군데군데 금실로 수놓아진 섬세한 무늬와 그에 못지않게 화려한 장식이 절로 눈길을 사로잡는 옷. 키 차이 탓에 얼굴이 아닌 옷을 먼저 보았을 때, 나는 이 옷을 어디서 봤던가 하는 생각을 했다. 사교계에서 유행하던 옷인가? 아니, 그렇다기엔…….

"어울리는군요."

남자의 목소리를 들으면서 고개를 들었다. 나는 그 순간 옷이 묘하게 익숙했던 이유를 알았다.

'맙소사.'

상대는 익히 아는 얼굴이었다.

'황태자!'

태양빛을 닮은 눈부신 금발. 세상 녹음을 전부 끌어모은 것 같은 푸르른 녹색 눈동자. 이 세계의 남자 주인공이자 책 속 아그리타의 연인, 후일 황위에 오를 현 황태자 이그렛이었다.

'왜 여기에?'

예상치 못한 만남에 얼이 빠졌다. 아니, 생각해 보면 그가 못 있을 장소인 건 아니지만. 조심스럽게 황태자의 동태를 살피려는데 순간 눈이 마주쳤다. 그는 좀처럼 내게서 시선을 거두지 않았다. 당황한 나머지 그 시선을 고스란히 받고 있던 나는 이내 급히 고개를 숙였다.

"위드그린의 소녀가 이 땅의 작은 주인을 뵙니다."

"위드그린이라면…… 아, 그렇군. 일전에 본 기억이 나는군요."

"기억해 주신다니 영광입니다."

나와 황태자는 형식적인 안면만 있는 사이였다. 아마 대다수 귀족이 마찬가지일 것이다. 나는 잠시간 고개를 숙이고 있다가 도로 들었다. 의외의 우연에 놀라기는 했지만 그 감상은 오래가지 않았다. 당황으로 펄떡였던 가슴은 금방 다시 차분해졌다.

'못 만날 사람도 아닌데.'

황태자는 원래 외출을 즐기는 사람이었다. 암행도 종종 나갔고, 가끔은 얼굴을 깐 채로도 잘만 돌아다녔다. 만약 내가 마찬가지로 여기저기 나돌아 다니는 걸 좋아하는 성미였다면 진작 이런 식으로 몇 번 마주쳤을지도 모른다. 아주 신비하다거나 있을 수 없는 만남은 아니지.

"그럼 용무가 있어 이만 가보겠습니다. 짧은 만남이나마 신의 축복이 함께했기를."

"잠깐."

"……?"

그대로 지나치려다 멈췄다. 아니, 바쁜데 왜 잡고 난리야.

황태자는 사람을 불러놓고 그저 날 지그시 쳐다보기만 했다. 집요한 시선에 의아함이 짙어질 찰나, 그의 입이 열렸다.

"장미……."

"……."

"꼭 만개한 장미 같군요. 그대의 머리카락."

'뭐?'

순간 무슨 소리를 하나 했다.

'왜 이래?'

내가 아는 황태자는 대체로 타인에게 무심하고 담백했다. 그러니까 이렇게 우연히 마주친 상황에서 형식적인 안면만 있는 상대에게 대뜸 저런 멘트를 날릴 만한 사람이 아니라는 거다.

'뭐 잘못 먹었나?'

진심으로 의심하다가 돌연 생각이 어딘가에 미쳤다.

아.

'매혹의 천.'

맞다, 얘가 내 목에 둘러줬었지. 너무 자연스러웠던 바람에 잊고 있었다. 나는 목에 두르고 있던 천을 부산한 손길로 얼른 풀어냈다.

'……확실히 보물은 보물이네.'

두르자마자 이런 즉각적인 효과라니. 본의 아니게 황태자를 실험 상대로 쓰게 된 나는 천을 도로 품에 갈무리한 후 어색하게 웃었다.

"감사합니다. 전하의 금발은 마치 눈부신 태양과 같아 보입니다."

"마음에 듭니까?"

"네?"

"내 머리 색이 마음에 듭니까."

"……?"

"나는, 마음에 드는데."

저게 자기 머리 색이 제 마음에 든다는 나르시시스트 발언이면 좋겠다만, 아무래도 그건 아닌 것 같았다. 상대의 시선은 여전히 내 머리카락에 머물고 있었으니까.

'으, 으음.'

매혹의 천…… 이거 좀 위험한 거 아냐?

뭇 영애 사이에서 철벽이라고도 불리는 황태자가 이렇게까지 나올 줄은 몰랐다. 더구나 나는 지금 천을 두르고 있지도 않았다. 매혹의 천의 효력이 천을 둘렀을 때만 일시적으로 발생한다는 걸 감안할 때, 황태자는 고작 조금 전 잠깐의 여파에 취한 것만으로도 이러고 있다는 소리였다.

책으로만 볼 때는 몰랐는데, 와, 이 속물 신전이 진짜 무서운 걸 만들어냈잖아? 나는 동요를 숨기고 다시 고개를 숙였다.

"칭찬으로 듣겠습니다. 과분한 영광입니다. 그럼 바쁜 탓에 먼저 물러가는 것을 용서하시길."

결례를 무릅쓰고 바로 몸을 돌렸다. 상대가 잡을 새도 없이 잰걸음으로 빠르게 모퉁이를 벗어났다. 뒤를 돌아보진 않았지만 다행히 따라오는 것 같지는 않았다.

'후우.'

불편해서 힘들었다. 뜻하지 않게 곤란해질 뻔했어. 나는 황태자가 쫓아오지도 않는데 잡힐세라 걸음을 더 분주히 놀렸다.

"아."

그렇게 입구까지 다시 돌아왔을 무렵 기부금을 여전히 갖고 있다는 사실이 떠올랐지만, 이미 늦은 일이었다.

"여기서 뭘 하십니까?"

이그렛은 저를 부르는 목소리에 고개를 돌렸다. 채도 높은 금발에 선명한 녹안. 신이 빚어놓은 것 같은 매혹적인 미남자를 보며 연로한 신관이 혀를 끌끌 찼다.

"대신관."

"전하, 또 길을 헷갈리셨습니까? 대기도실은 이쪽이 아니라고 지난번에도 말씀드리지 않았습니까. 도중에 나와봤기에 망정이지."

용감무쌍하게 이 나라의 황태자를 타박하는 신관의 태도는 태평스럽고 뻔뻔했다. 이그렛은 익숙한 훈계에 피식 가벼이 웃었다.

"미안하네. 매번 번거롭게 만드는군."

"아시면 됐습니다."

문무나 그 밖의 재능, 모든 면에서 완벽하단 평가를 받는 황태자 이그렛 헤이든은 사실 최악의 길치였다. 정확히는 방향치. 꽤 심각한데도 여태 사람들에게 잘 알려지지 않은 이유는, 그가 아무리 잘못된 길에 들더라도 주변에서 알아서 저리로 가는 뜻이 있겠거니 하고 착각해서 받아들였기 때문이다.

진실을 아는 몇 안 되는 사람 중 한 명인 대신관이 고개를 젓고는 앞장섰다.

"참, 대신관."

"예."

"그대 말대로 정말 이곳이 사랑의 신전이긴 하더군."

"무슨 뚱딴지같은 말씀입니까?"

이그렛은 대답하는 대신 눈앞에 아른거리는 형상을 떠올렸다.

장미 화원에 세워두면 제 자리인 양 어울릴 것 같던 풍성한 붉은 머리카락. 크고 둥글지만 끝이 살짝 올라간 눈. 오똑한 콧대에 가녀린 턱선, 작고 도톰한 입술. 반짝이는 호박색 눈동자.

안 그런 척하면서 제 한마디 한마디에 당황한 속내가 고스란히 드러나던, 고양이 같던 얼굴을 떠올린 그가 실없이 웃음을 흘렸다. 대신관은 의아하게 돌아보았으나 금방 다시 시선을 되돌리곤 묵묵히 걸었다. 이그렛은 문득 생각했다.

'전에도 그런 인상이었던가?'

이그렛은 상대와 초면이 아니었다.

리디아 위드그린 공녀. 제국의 몇 안 되는 공작 여식 중 한 사람인 그녀를 황태자인 그가 당연히 모를 리 없었다. 공식 석상에서 몇 번 마주친 적이 있다. 황실 주최 연회에서도 분명 보았을 거다. 그는 그때의 기억이 잘 떠오르지 않았다. 그만큼 인상이 강렬하지 않았단 소리다.

'뭐, 어쨌거나.'

이그렛은 천천히 눈을 깜박였다. 자연의 녹음보다 아름답다 칭송받는 녹색 눈동자가 찰나 감추어졌다가 드러났다.

'사람이 아름답게 보인다는 건 좋은 일이지.'

근래에는 좀처럼 없던 일이었다. 그 탓에 삶이 다소 심심하고 무료했다. 그는 조금 전 신전에 도착했을 때 어느 사제가 그에게 했던 말을 떠올렸다.

"사랑에 빠지게 되실 거예요."

"내가?"

"네. 올해 안에 운명을 만나게 될 조짐이 보여요."

그 사제는 뒤이어 선배 사제로부터 네가 짐쟁이도 아닌데 뭘 아냐는 타박을 들어야 했다. 이그렛은 그걸 사랑의 신전이니까 할 만한 덕담이나 인사 정도로 받아들였다.

'사랑이라.'

정말 그랬으면 좋겠는데. 그는 빙그레 미소를 걸치며 대신관이 가는 길을 따라 발을 내디뎠다.

"끄으……. 으으으……."

지저분한 침상. 한 남자가 악몽이라도 꾸는 양 몸을 바르작거렸다. 억눌린 신음이 끊길 듯 말 듯 간헐적으로 새어 나왔다.

"으아악!"

그러다 어느 순간 그가 비명과 함께 튕기듯 몸을 일으켰다. 식은땀으로 범벅이 된 남자가 숨을 몰아쉬었다. 그의 시선이 벌벌 떨리는 제 양손으로 향했다. 그런데 특이한 점이 있었다. 붕대로 칭칭 감긴 남자의 손엔 성한 손가락이 몇 개 되지 않았다.

"으으, 으으으……."

이내 남자가 몸을 수그려 전신을 부들거리기 시작했다.

리가아 가미, 아니, 이젠 그냥 리가아가 된 남자의 머릿속에 불과 며칠 전의 일이 떠올랐다.

"약을 탈 때 어느 손가락을 썼지?"

연회에서 위드그린 공녀에게 약을 먹이려다 발각된 일로 가문에서 제명당했다. 재수가 없었다고 생각했다. 솔직히 일이 그렇게 될 줄은 몰랐으니까. 인질극을 벌였던 건 스스로도 이유를 모를 홧김이었지만, 어쨌든 그마저도 실패하고 그의 처지는 진창으로 떨어졌다.

하지만 그때까지만 해도 그는 상황을 그렇게 심각하게 받아들이지 않았다. 이름 뒤에 붙은 귀족의 성은 사라졌지만 그래도 아버지는 아버지다. 문서상 연이 끊겼어도 피가 섞인 아들을 그냥 둘 리가 없다.

가문을 이어받지 못하게 된 건 속이 쓰렸으나, 앞으로의 삶에 물질적 지원이 그리 아쉽지는 않을 것이다. 그러나 그렇게 믿었던 게 착각인 양 저택에서 쫓겨난 뒤 그에겐 아무런 지원도 떨어지지 않았다.

연락을 하려고 해도 닿지 않았다. 직접 찾아가면 아랫것들이 감히 자신을 잡상인 대하듯 입구에서 쫓아냈다. 위드그린 공작이 그의 앞에 나타난 것은 갈 곳을 잃고 방황할 때였다.

사람이 다니지 않는 어두운 새벽의 골목 어귀.

"대답하지 않겠다면 하나씩 전부 끊어낼 수밖에."

그 더러운 바닥에서 상대는 그의 손가락을 짓이겼다. 날카로운 쇠붙이로 자른 것도 아니고, 말 그대로 으깼다.

"으아아악!"

"자. 다음."

"마, 마흔, 말하겠…… 끄아아악!"

온전한 단어로 대답을 간신히 내뱉기까지 잃은 손가락은 오른손 엄지부터 중지, 왼손 엄지와 검지. 남은 건 고작 절반이었다. 그는 다섯 개의 손가락을 처참하게 잃으면서 몇 번이나 눈을 까뒤집었다. 격통에 혼절했다 깨어나기를 반복했다.

위드그린 공작은 8개 살이 비단에 경련하는 그를 두고 몸을 일으켰다. 그러곤 피로 범벅이 된 장갑을 벗어 곁을 지키고 있던 기사에게 넘겼다.

다베리라고 불린 기사가 투덜거렸다.

"전부 직접 하실 거면서 저는 왜 데리고 오신 겁니까? 장갑은 그냥 쓰레기
통에 버리시죠."

"시끄럽군. 뭔가 하고 싶으면 저놈이나 의사에게 데려가서 살려봐."

"저걸요?"

"오래 살아야 지옥도 오래 보겠지."

기사는 여전히 투덜대면서도 순순히 공작의 명을 따랐다.

"하여간 나한텐 이런 것만 시키시지."

리가아는 그렇게 살아남았다. 살았지만, 과연 이걸 온전히 살아남
았다고 해야 하는지는 알 수 없었다.

"크흐, 크흐흐…… 크흐"

몸을 떨던 그가 이내 정신이 나간 사람처럼 웃음을 흘렸다. 스스로
의 상태를 알았다. 그는 폐인이었다. 손가락도 손가락이지만, 제대로
걸을 수조차 없었다. 오른발 아킬레스건이 끊어졌으니까. 이건 기사의
작품이었다.

기사는 명령받은 대로 리가아를 병원에 데려가겠다고 질질 끌고 이
동하던 도중, 품에서 작은 단도를 꺼내 그의 발뒤꿈치를 그었다. 그래
놓고 비명을 지르지 못하게 그의 입을 막으며 자기 입에 손가락을 가
져갔다.

"쉿. 손가락 날리던 거에 비하면 별거 아니죠? 그렇지만 나도 뭐라도 하지
않으면 분이 안 풀려서. 우리 아가씨한테 하려 했던 더러운 짓거리만 생각하
면 당장에라도 죽여 버리고 싶거든. 살려두라니, 아쉽지만 이걸로 참아야지."

남자는 그대로 까무러쳤다. 정신을 차렸을 때는 더럽고 낡은 병원이었다. 의사는 퉁명스럽고 우악스러웠다.

"흐흐…… 흐으."

낡아빠진 침상에서 한참을 웃는지, 흐느끼는지 모를 뭉그러진 소리만 내던 그가 이어 중얼거렸다.

"죽여 버릴 거야……."

비명을 지르느라 혹사당했던 성대가 아직도 회복되지 않았다. 그 탓에 쇳소리가 섞여 갈라졌다.

"날 이렇게 만든 새끼들, 원흉인 그년도 절대 가만히 안 둬."

그는 잔뜩 충혈된 눈을 번뜩이며 연신 읊조렸다. 그러나 남자에겐 남아 있는 것이 없었다. 가문의 원조는 바랄 수 없다. 신분도, 돈도, 사람도 가지고 있던 것은 전부 잃었다. 그나마 남은 신체마저 성하지 않다.

복수를 입에 올리면서도 사실 리가아는 그 방법을 알지 못했다.

기도실에 두고 나오지 못한 기부금은 결국 사제를 통해 전달했다. 본래 이렇게 따로 전달하는 건 통상적인 일이 아닌지 사제는 얼핏 당황한 기색을 보였지만, 나는 거의 떠넘기듯 그녀에게 돈주머니를 안겼다.

그건 내 마지막 양심이었다. 도둑이지만 돈이라도 남기고 떠납니다. 두둑하게 넣었어요.

나는 그렇게 무사히 훔쳐낸 매혹의 천과 함께 신전을 떠났다.

그리고 돌아오는 마차에서 본의 아니게 기억력 테스트를 했다. 오늘 마주친 황태자에 대한 내용을 책에서 읽었던 게 문득 떠올랐기 때문이다.

'맞아, 그랬지.'

황태자가 이맘때 사랑의 신전을 방문하는 건 〈신녀 아그리타의 봄〉에도 기술되어 있는 내용이었다.

'분명히⋯⋯.'

날씨가 변하는 가을의 초입. 근래 들어 이유 모를 허전함을 느낀 황태자는 이 갑작스러운 공허함과 쓸쓸한 감정의 원인을 혹 알 수 있을까 해서—내가 보기에 그냥 가을을 탄 것 같지만—충동적으로 서쪽 사랑의 신전에 방문한다. 그리고 그곳에서 한 초임 사제에게 '올해 안에 운명을 만나게 되실 거다'라는 예언 아닌 예언을 듣게 된다.

이후 계절이 바뀌어 추운 겨울날, 제도의 어느 남루한 골목에서 운명처럼 아그리타와 마주치면서 황태자는 불현듯 과거 신전에서 들었던 말을 떠올리고 마는데, 그 회상 장면이 바로 내가 책에서 읽었던 대목이었다.

'와아.'

나는 살짝 감탄했다.

'내 기억력.'

약간 천재 아닌가?

'어쨌든, 신전에는 그래서 있었구나.'

황태자가 왜 이런 시기에 그 먼 사랑의 신전에 있었는지 이해가 되었다. 그리고 한편으론 연민도 들었다.

'운도 없지⋯⋯.'

황태자와 나의 만남은 퍽 공교로운 우연의 중첩이었다. 하필 그 장소, 하필 그 시각. 하필 매혹의 천.

'쯧쯧.'

황태자는 제정신으로 돌아와 훗날 오늘의 일을 과연 어떻게 회상할까? 내가 대체 왜 그랬지, 미쳤었나, 나가 죽자 하고 잠들기 전 이

불을 넝마로 만들면서 괴로워하는 흑역사로 여기진 않을까? 안타까운 일이었다. 그렇게 왜 그걸 주워서 얌전히 주지 않고 내 목에 둘러 줘서는…….

나는 친절이 불러온 참사에 착잡하게 창밖을 내다보았다. 아니, 가만. 바닥에 떨어줬던 걸 사람 목에 둘러줬던 시점에서 이미 친절이 아닌가?

'음…….'

아무튼 불운은 불운이었다. 나는 다방면으로 뛰어나 기억력 또한 남다르다고 알려진 황태자가 부디 이번만큼은 한시 빨리 망각의 축복을 받을 수 있게 되길 인도적인 관점에서 바라주었다.

그렇게 마차를 타길 한참 후, 나는 체력이 거의 동난 상태로 저택에 도착했다.

"신전 구경은 재미있으셨습니까?"

"혼이 쏙 빠지게요."

도착했을 무렵에는 날이 막 저물고 있었다. 마차만 근 한나절을 탔더니 죽겠다. 으으. 역시 무리야. 물론 나만 무리였는지 에시는 피로감 하나 묻어나지 않은 쌩쌩한 얼굴이었지만, 원래 에시와 내 체력은 근본적으로 비교 대상이 아니었다.

나는 베시가 받아준 목욕물로 여독을 풀고, 간단한 저녁 식사로 체력을 회복했다. 식사를 마쳤을 때쯤 아리가 곁에 붙어 눈을 반짝였다.

"언니, 언니. 어땠어요? 잘됐어요?"

주변에 듣는 귀가 있었기 때문에 아리는 목적어나 자세한 행위를 언급히지는 않았다. 나는 말없이 임시손가락을 세워 보여주었다. 아리가 '오오' 하고 작게 박수를 쳤다.

거실에서 좀 노닥거렸더니 저녁 시간대가 금방 지났다. 나는 곧장 아리를 데리고 방으로 올라왔다.

"짜잔!"

매혹의 천이 활짝 자태를 드러냈다.

"와!"

아리가 우선 감탄했다.

"이게 바로 그 매혹의 천이에요?"

"그럼."

"저 만져봐도 돼요?"

"뭘 허락받아? 그냥 만져봐."

신기해하는 기색을 숨기지 않은 아리가 천을 이리저리 건드렸다. 자못 신중하고 조심스러운 손길이었다. 나는 그 모습을 흐뭇하게 바라보았다. 귀여워.

"어떻게 훔쳤어요?"

"글쎄, 잘 훔쳤지?"

"어렵지는 않았어요?"

"음."

순간 하마터면 훔치던 도중 현행범으로 잡힐 뻔했던 것과 에시의 얼굴이 아니었다면 함의 암호를 떠올리지 못했을지도 모른다는 사실이 나란히 머릿속을 스쳐 지나갔지만, 이미 지난 일. 나는 그만 잊기로 했다.

"별거 아니더라."

"우와. 대단해요, 언니. 언니 꼭 그거 같아요!"

"뭐?"

"전사 소녀……."

"네X?"

"그거랑 괴도……."

"루X?"

"히히."

킥킥거린 아리가 전보다 약간은 과감해진 손길로 천을 들췄다. 그러다가 슬쩍 고개를 기울였다.

"그런데요, 언니. 정말 이걸 두르면 보는 사람이 다 사랑에 빠져요?"

책에 나오는 보물이라니까 신기하긴 신기했지만, 효능에 대해서는 아직 확인한 것이 없으니 의아함이 드는 모양이었다.

사실 매혹의 천은 겉보기엔 평범했다. 모양이나 색은 물론이고 만져서 느껴지는 재질도 어디 특출한 데가 없었다. 신전에서 황태자의 희생(?)이 아니었다면 나도 이 평범한 천에 정말 그런 효과가 있는지 궁금해했겠지. 백문이 불여일견. 말보다 행동이다.

"직접 볼래?"

"네?"

나는 매혹의 천을 들어 내 목에 대강 휘감았다.

'동성에게도 효과를 보인다고 했으니까.'

감정의 종류는 약간 달랐지만, 어쨌든 동경이나 우애 이런 것이 생기거나 깊어진다고 들었다. 아리는 천을 두른 나를 보면서 잠시간 말이 없었다. 잠시 후 이 정도면 됐겠거니 싶어 천을 풀어냈다. 아리가 그제야 퍼뜩, 정신이 든 얼굴로 입을 열었다.

"언니!"

"어땠어?"

"저 언니한테 청혼할 뻔했어요!"

"……응?"

아리는 열렬하게 말했다.

"눈이 부셨어요. 내가 남자였으면 꼭 청혼했을 거예요. 아니, 여기가 네덜란드였으면 여자여도 청혼했을 거예요!"

"그, 그러니?"

과한데? 아리의 격정적인 반응에 살짝 놀랄 정도였다. 아리는 말로는 다 표현이 안 된다는 듯 이어 양손을 마구 파닥거렸다.

"너무 신기해요. 완전 신기해! 언니, 이거 무슨 원리일까요?"

"글쎄…… 말해줘도 우린 모르지 않을까? 마법일 거 아냐."

"아, 그런가?"

매혹의 천을 내려다보는 아리의 눈빛이 바뀌었다. 아리는 초롱초롱하게 천을 응시하더니 곧이어 이번엔 그걸 자기 목에 감았다.

"언니도 봐요."

그러잖아도 덕분에 벌써 보고 있다. 이윽고 나는 화들짝 놀랐다.

"헉! 처, 청혼……."

"그것 봐요! 그렇죠?"

"아니, 솔직히 말하면 청혼은 농담이지만. 그래도 신기하긴 하네."

이걸 어떻게 표현하면 좋을까? 아리가 매혹의 천을 둘렀을 때, 아리에게선 일순 빛이 났다. 그러니까, 후광이 비친다고 해야 하나? 눈을 떼기 힘들 정도로 후광이 나고, 거기다 마음이 멋대로 일렁였다. 친해지고 싶다. 아는 체하고 싶다. 뭐라도 해서 상대에게 내 존재를 알리고 환심을 사고 싶다는 충동에 가슴이 두근거릴 정도였다.

'미쳤구면.'

새삼 심각하게 매혹의 천을 쳐다보았다. 뭐 이런 걸 만들었지? 이걸 신녀한테 선물로 줄 생각이었다고?

'이런 걸 두르고 다녔다간 신녀가 아니라 마녀라고 몰려서 화형당했겠는데…….'

어쩌면 황태사가 매혹의 천을 불태워 없애 버렸던 긴 질투가 아니라 아그리타의 안위를 위해서였을지도.

'미친 신전.'

사랑의 신전이라는 거창한 이름을 달고는 속물일 때부터 알아봤다. 뭐, 어쨌든 내게는 고마운 일이기는 했다. 이런 말도 안 되는 효과의 비과학적인 물건 덕에 내가 희망을 품어볼 수 있는 거니까.

아리는 이제 이 천을 이용해서 에시의 관심을 끌어줄 것이다. 그렇게 에시의 눈과 주의를 묶어줄 거고, 나는 그사이를 노려서 원래 계획했던 대로 도망칠 수 있겠지.

"……."

"언니?"

"아, 응."

"언니, 그럼 이제부터 제가 매혹의 천을 사용해서 악당을 유혹하는 거예요?"

생각이 통하기라도 했을까. 마침 아리가 나와 같은 주제를 꺼냈다. 나는 이상하게 혀끝에 씁쓸한 맛이 도는 것 같은 기분을 무시하며 고개를 끄덕였다. 피곤해서 그런가.

"그렇지."

"으아, 긴장돼요. 잘될까요?"

"잘되지 않을까? 천의 효과는 너도 방금 봤잖아."

"그건 그렇지만요."

'그래도 악당이잖아요. 이렇게 예쁘고 착하고 완벽한 언니를 죽이는!' 하고 덧붙이며 아리가 오들오들 떠는 시늉을 했다. 예쁘고 착한 뒤에 완벽은 또 언제 붙었대. 도둑질을 잘해서 그런가.

나는 과장해서 달달 떠는 아리를 가만 보다 피식 웃었다.

"에시가 무서워?"

"당연하죠. 악당이잖아요."

책의 내용을 아는 아리에게 에시는 악당으로 호칭이 완전히 굳은 것 같았다. 나는 침대에서 한쪽 다리를 끌어당겨 세운 뒤 턱을 괴며 물었다.

"설레거나 하진 않아?"

"네에?"

"잘생겼잖아, 에시."

나는 어쩌면 에시가 악당이라는 걸 아리보다 훨씬 잘 알고 있는 사람이지만, 그래도 가끔 에시가 가까이서 눈매를 접어 웃거나 할 땐 눈을 떼기 어려웠다. 그러고 보면 아리는 연회장에 처음 나타났을 때부터 의외로 에시에겐 별 관심을 안 주었던 것 같다. 그땐 여주인공이니까 당연히 그러려니 했지만.

"잘생겼다고요?"

아리는 제자리에서 펄쩍 뛸 기세로 반문했다가 이어 고개를 내저었다.

"아, 그건 그렇긴 하네요. 맞아요. 엄청 잘생겼죠. 그렇게 생긴 사람 태어나서 처음 봐요."

"그런데?"

"그럼 뭐 해요. 머리랑 눈이 검은색이 아니잖아요."

"응?"

예상치 못했던 이유가 튀어나왔다. 아리가 진지하게 말했다.

"전 뼛속까지 한국 사람인가 봐요. 아니, 아시아 사람? 어쨌든 머리 색이랑 눈이 검정이나 어두운 갈색이 아니라 컬러풀하면, 생김새가 어떻든 사람으로 잘 안 느껴져요. 그냥 잘생긴 그림이나 조각을 보는 느낌?"

"아하……."

이건 또 의외의 말이었다. 과연, 그럴 수도 있구나. 나는 전생에도 금발에 벽안인 서양 배우들을 좋아해서 그런지 아리의 취향을 짐작하지 못했다.

"그럼 다베리 경도 별로 사람으로 안 보이겠네?"

"기사님이요? 그렇죠, 뭐."

"알렉스는? 고동색 머리에 거의 검은 눈이잖아. 그, 전에 네 방 액자 옮겨줬던."

"아, 그 사람이요? 사람으로 보이긴 보이는데 사람으로만 보여요."

"아하."

한차례 실없이 떠든 후 주제가 다시 이전으로 돌아왔다. 천을 재차 들어 올린 아리가 화두를 던졌다.

"그럼 이 천 말이에요, 언제 어디서 쓸까요? 아무 때나 막 두르고 돌아다니면 안 될 것 같은데요."

"그건 그래. 장물이니까. 막 쓰다가 소문이라도 새어 나갔다간 난 신정 재판장에 끌려갈 거고."

매혹의 천은 쓸 때 쓰더라도 남의 눈을 피해 조용히 사용해야 했다. 그 말인즉, 아리가 에시와 둘만 있을 기회를 만들어야 한다는 거다. 그 말을 꺼냈더니 아리의 눈이 불안하게 흔들렸다.

"악당이 과연 저와 둘만 있어줄까요……?"

"내가 도와야지."

그때부터 이런저런 논의가 오갔다. 대체 어떤 수로 아리와 에시, 둘 만의 자리를 만들 것인가. 각종 의견이 오가고 그럴듯한 계획이 윤곽 을 잡아갈 즈음, 아리가 문득 물었다.

"내일 하는 건 어때요?"

"내일?"

"네, 내일 당장이요! 쇠뿔도 단김에 빼라잖아요."

계획 실행일을 이야기하는 아리의 말에는 일리가 있었다. 하지만 나는 고민하다 고개를 저었다.

"아니."

"왜요?"

"내일은…… 다른 걸 먼저 하자."

이건 조금 전에 떠오른 것이긴 하다. 그렇지만 어차피 꼭 해야 하고 필요한 일이었다.

"네 호위를 구하러 갈 거야. 내일."

"호위요?"

아리가 얼굴에 의문 부호를 띄웠다. 나는 천천히 고개를 끄덕였다.

아리에게는 개인 호위가 필요하다. 이건 전부터 했던 생각이었다. 다베리 경에게만 천년만년 아리의 안전을 맡겨둘 수는 없었으니까.

다베리 경은 훌륭하고 어쩌면 완벽하다는 말이 어울릴 수도 있는 호위였지만, 그건 어디까지나 나에게만 해당되는 말이었다. 아리를 지켜주기에는 여러모로 제약이 따랐다.

가까운 예로 연회장에서 있었던 인질 사태를 보자. 다베리 경은 그곳에서 나를 지키느라 아리를 등한시했고, 그 결과 무방비해진 아리는 인질로 잡히고 말았다. 에시가 없었으면 그때 한 번 죽어서 구슬을 소모했을지도 모르는 일이다.

그런 일이 앞으로 또 있지 않으리라는 법이 없다. 그리고 또 그것 가지고 다베리 경을 나무랄 수도 없었다. 그는 당연한 본분을 지킨 거였으니까.

그리고 제약은 또 있다. 다베리는 경은 내 호위라 항상 내 곁에만 있기 때문에, 아리가 다베리 경의 도움을 받으려면 자연히 나와 한 공간에 있어야 했다.

여기서 문제는 그게 이른 아침일 경우다. 아침 시간대에도 부지런하게 찾아오는 위기를 피하려면 아리는 어쩔 수 없이 일찍 일어나서 내가 있는 거실이나 응접실로 나와야 했는데, 하루 이틀이면 몰라도 그게 반복되니 아리가 은근 피로감을 호소하는 게 느껴졌다.

'아침잠이 많은 것 같던데.'

만약 아침에 자는 동안에도 곁을 지켜줄 수 있는 호위가 있다면, 아리는 마음 놓고 늦게까지 푹 잘 수 있을 거다.

참고로 이런 문제점들을 진작 인식하고 있었으면서 이제야 해결하겠다고 나선 이유는 간단하다. 이전까진 달리 방법이 없었으니까. 다베리 경에 준하는, 혹은 그보다는 조금 못하더라도 어쨌든 뛰어난 실력자를 아리의 호위로 붙일 길이 딱히 없어서 그랬다.

그래서 이 문제를 처음 인식했을 때는 훗날 에시에게 맡겨두자는 생각으로 어물쩍 넘어가기도 했었지만, 역시 그건 근본적인 해결책이 아니다. 내가 영영 떠난 이후에도 아리가 쭉 무사하려면, 역시 그녀에겐 실력 좋은 호위가 필요했다.

자, 그럼 그 여태까지 '없던' 방법이 이젠 생겼느냐고? 당연하지.

'바로 매혹의 천!'

현재 나는 그것만 믿고 아리와 함께 마차에 몸을 싣고 있었다. 아침이라기엔 늦은 이른 오전. 아리가 위험할 시간은 아니었다.

"언니, 정말 호위를 구할 수 있을까요?"

다각거리는 규칙적인 말발굽 소리 중간에 아리가 물었다. 나는 호언장담했다.

"나만 믿어."

내가 노리고 있는 아리의 호위 적임자는 단순했다.

'검술 대회 우승자.'

제도 광장에서는 일 년에 최소 두 번의 검술 대회가 열렸다.

봄에는 건국제, 가을에는 수확제. 그리고 그 외에 갖은 행사나 국경일에 이벤트식으로 열리는 대회까지 포함하면, 한 해에만 꽤 여러 명의 검술 대회 우승자가 배출되는 셈이었다. 나는 그중 한 명을 아리의 개인 호위로 점찍어놓고 있었다.

'어디 보자.'

품 안에 넣어둔 종이를 다시 꺼내 펼쳤다. 재질이 썩 좋지 않은 종이가 부스럭 소리를 냈다.

아침 일찍 길드로 사람을 보내 필요한 정보를 사 왔다. 근 오 년간 있었던 모든 공식 검술 대회의 우승자, 그중 아직 어디에 소속되지 않고 자유 기사로 남아 있는 이들의 신상 명세 및 소재.

보통 검술 대회에서 우승했다는 건 뛰어난 실력을 지녔다는 것을 입증한다. 인재가 필요한 가문에선 당연히 검술 대회 우승자들을 서로 영입하려고 들었다. 그런데 여태까지 어떤 가문에도 들어가지 않았다는 건, 한 가지를 의미했다.

'눈이 엄청 높다는 거지.'

대체로 그랬다. 어마어마한 계약금을 요구하거나, 혹은 대단한 고위 귀족이 아니면 안 된다고 버티거나. 그런 경우가 보편적이었다.

그 눈 높은 기사는 총 넷. 그중 여성 검사가 한 명 있었다.

기사 네 명의 초상화를 관상이라도 살피듯 뚫어지게 보고 있으려니, 맞은편에 앉아 있던 다베리 경이 문득 말했다.

"쉽지 않으실 텐데요."

"초 치는 거예요?"

"그저 일반적인 상황을 말씀드리는 겁니다."

검술 대회에서 우승했으면서도 어디에 속하지 않고 남아 있는 기사는 대개 바라는 게 많다. 아리는 돈이든 신분이든 그들의 요구를 맞춰줄 수가 없었다. 매혹의 천을 모르는 다베리 경에게는 당연히 그 같은 객관적인 사실만 보일 것이다. 나는 어깨를 으쓱했다.

"괜찮아요. 일반적이지 않은 상황을 보여줄 테니까."

일단 호위 계약서에 도장만 찍게 하면 된다. 고지식하고 긍지 따지는 기사가 어떤 이유든 자기가 직접 서명한 계약을 위반한다는 건 있을 수 없는 일이었다. 매혹의 천으로 살살 녹여서 이성적인 판단을 뺏은 뒤, 계약서에 지장을 찍게 해 아리의 호위로 만들어 버린다.

'약간 악당 같지만……'

엄밀히 따져 좀 그런(?) 짓에 가까운 것 같다는 자각은 들었지만, 그래도 난 이게 상대에게도 나쁘지 않은 일이라고 보았다. 아리는 좋은 사람이고 좋은 귀족이니, 자연히 좋은 고용주가 되어줄 것이다.

괴팍한 귀족 중에서는 자기 호위 기사를 마치 몸종이라도 되듯 험하고 자질구레한 일에 굴리는 사람도 많다고 들었다. 그런 놈들에 비하면 아리는 얼마나 천사인가. 더구나 예쁘지, 착하지.

'조금만 호위로 지내다 보면 곧 아리를 좋아하게 될걸.'

인간적으로 마음이 가는 대상을 모셔야 모시는 사람도 보람차지 않을까. 나는 그렇게 생각하며 계획을 합리화했다.

"흠, 그럼 바로 린다 에이플 경에게 가볼까요?"

마차가 멈춰 섰다. 도착한 곳은 제도의 어느 번화한 주택가였다.

린다 에이플은 종이에 적혀 있던 우승자 중 유일한 여성 기사였다. 아리의 곁에 되도록 상시 붙어 있어줄 호위가 필요하니, 나는 기왕이면 여자인 편이 좋겠다고 생각했다.

"가요!"

린다 에이플, 당신이 뭘 원하든 매혹의 천으로 전부 무시하고 녹여주겠어! 그리고…….

"보시다시피."

"……."

"다쳤어요."

린다 에이플이 무표정한 낯으로 자기 왼손을 들어 보였다.

"전 왼손잡이거든요. 영입하려고 오신 거면 그 정도는 알아보고 오셨겠죠?"

"어……."

"부상이 꽤 커요. 검을 이전처럼 휘두를 수 있게 되려면 시간이 제법 걸릴 거래요. 정 내가 필요하면 올해 지나서나 다시 오세요."

린다는 이내 부목을 댄 손을 감추고 우릴 쫓아냈다. 나는 멍하니 거리에 섰다. 시작부터 아주 좋지 않았다. 미처 예상치 못했던 상황에 말을 잇지 못하고 있으려니, 다베리 경이 곁에서 중얼거렸다.

"정말 일반적이지 않군요."

마차에서 내가 '일반적이지 않은 상황을 보여주겠다'고 했던 것에 대한 딴죽이었다. 노려봤더니 위로랍시고 다음 말이 나왔다.

"아가씨, 첫술에 배부를 순 없는 법입니다. 그리고 말 꺼내고 거절 당하느니 말도 꺼내지 못하는 편이 낫지 않을까요?"

"입 다물어요."

아리가 옆에서 순수하게 '언니, 파이팅'을 외쳤다. 힘이 좀 났다.

"어쩔 수 없죠. 그럼 다음은 브랜드 빌런 경이에요!"

지나간 일에 미련을 가지지 말자. 나는 재빠르게 기운을 차렸다.

브랜드 빌런은 지난 검술 대회에서 2회 연속으로 우승한 상당한 실력자였다. 남자라서 2순위였을 뿐이지, 그가 아리의 호위가 되어준다면 아주 든든하고 마음이 놓일 것이다. 나는 씩씩하게 이 시간이면 브랜드 빌런 경이 들른다는 카페로 향했다. 그리고…….

"만 골드."

브랜드 빌런이 짤막하게 말했다. 뒤에서 얼핏 기침 소리가 들렸다. 다베리 경이겠지. 만 골드는 진생에 살았던 한국 화폐로 환산했을 때 대략 오억에서 칠억 정도 된다. 아무리 귀족이라도 쉽게 생각할 돈이 아니었다. 그러나 브랜드는 낯빛 하나 변하지 않고 말을 이었다.

"그것도 매해 주셔야 합니다."

"그래요. 경의 의견은 알겠어요. 그럼 우리 자리를 옮겨 더 이야기해 볼까요?"

물론 나도 마찬가지로 눈 하나 깜짝하지 않았다. 만 골드를 요구하든 그보다 더 요구하든 무슨 상관이랴. 매혹의 천이 다 해결해 줄 텐데.

나는 만능 매혹의 천 선생님을 믿고 사람이 없는 조용한 장소로 이동하려고 했다. 그때였다.

"그 미만은 절대 안 됩니다. 동생 치료비가 그쯤 나가니까요."

"······네?"

"제가 벌어다 주는 돈으로 치료를 계속하지 않으면 난치병에 걸린 동생은 더 살 수 없습니다."

아니, 잠깐 기다려 봐. 갑자기 그런 드라마 같은 사연 나오기 있어······?

"동생분······ 꼭 쾌차하길 바랄게요."

결국 나는 영입 제의를 번복한 뒤 터덜터덜 카페를 걸어 나왔다. 시작에 이어 두 번째까지 상황이 좋지 않았다. 심상치 않은 흐름이었다. 다베리 경이 이번에는 진짜 위로를 했다.

"아직 절반이나 남지 않았습니까. 더 좋은 사람을 만나려고 이러나 봅니다."

그럴듯한 위로였다. 그런데 그때 하늘에서 우르릉 소리가 들렸다. 올려다보니 먹구름이 끼고 있었다.

"······."

아니, 아니야. 저 먹구름은 그냥 먹구름일 뿐일 거야. 오늘의 일진과 상관없는 단순한 기상 현상일 뿐이라고. 나는 어쩐지 밀려드는 불안감을 떨쳐내기 위해 노력했다.

망할. 다베리 경도 지금은 위로도 놀림도 불필요한 때라고 생각했

는지 아무 말이 없었다. 먹구름은 예언이었다. 나는 결국 무쓸모가 된 종이를 형편없이 구겨서 바닥에 던져 버렸다.

'왜!'

바삐 찾아간 남은 두 명도 상황이 별반 다르지 않았다. 누구는 어렸을 때 헤어진 가족을 만나러 이민을 떠날 예정이라 안 되고, 누군 미래를 약속한 약혼자가 고향에서 죽어간단 소식에 방금 급히 내려가서 자리에 없었다.

'이러기야?'

왜 갑자기 사연이 넘치는데? 뭐 하자는 거야? 매혹의 천은 꺼내볼 새도 없었다. 난 피도 눈물도 없는 사이코패스나 후안무치한 냉혈한이 아니었다. 저런 사정을 무시하고 냅다 매혹의 천을 사용해서 계약서에 도장을 찍게 할 만큼 인간성이 심해에 처박히지는 않았다.

"식사나…… 하러 가요."

나는 힘없이 발을 돌렸다. 주변에서 가장 크고 화려하고, 사람이 많을 것 같은 식당으로 향했다. 순전히 배가 고파서는 아니고, 종이에 적힌 사람들을 찾아다니는 사이 어느새 열두 시가 되어버렸기 때문이다. 아리가 위험해질 시간이 됐다. 바깥에 있는 것보다 어디 큰 건물에라도 들어가 있는 게 그나마 안전할 것은 당연한 일이었다.

딸랑.

"어서 오십시오."

직원이 경치 좋은 창가로 안내해 주겠다는 걸 마다하고 안쪽으로 들어갔다. 혹시 창문을 깨고 뭔가가 뛰어 들어올지도 모른다는 걸 감안했을 때 창가 자리는 피하는 편이 좋았다. 아니나 다를까.

와장창!

"꺄악!"

식당에 들어오고 삼십 분 정도 지났을까? 난데없이 창문 유리를 깨며 한 사람이 식당에 난입했다.

"크윽."

나름 착지하려고 했던 것 같은데 실패해서 바닥에 뒹구는 바람에 남자가 쓰고 있던 검은 마스크가 툭 벗겨졌다. 이 대낮에 얼굴을 가리는 검은 마스크? 아주 수상한데?

범죄자의 느낌이 몹시 강하게 풍기는 남자는 이내 몸을 일으켜 주변을 다급하게 둘러보더니, 곧 나와 아리가 있는 쪽으로 달려왔다. 저럴 줄 알았지. 남자의 목적이 인질극이든 뭐든, 그가 아리를 노릴 것은 뭐 정해진 수순이었다. 다베리 경이 검 손잡이를 잡았다. 그때였다.

"컥!"

남자가 외마디 비명과 함께 바닥으로 나동그라졌다. 다베리 경은 자리에서 미동도 하지 않았다. 나는 혹시나 해서 물었다.

"눈에 보이지 않는, 광속의 쾌검술?"

"그럴 리가요."

다베리 경이 부인하는 동시에 어떤 여성이 이리로 다가왔다. 호리호리한 체격의 여성은 키가 어지간한 남자보다 컸다. 나는 그녀가 허리춤에 차고 있는 것을 먼저 보았다.

'검?'

이어 넘어진 남자 앞에 선 그녀가 차갑게 말했다.

"덜떨어진 새끼. 겁도 없이 대낮부터 누구 집을 털어?"

빈집도 제대로 못 고르는 모자란 놈이. 그렇게 덧붙인 여성이 다음 순간 남자의 발목을 걷어찼다.

우드득.

"우아악!"

아무래도 부러진 것 같았다. 그렇지? 분명 아작 나는 소리였는데.

눈이 아니라 귀로 판단한 건 그녀가 발길질하기 무섭게 다베리 경이 나와 아리의 눈을 가렸기 때문이다.

다베리 경이 말했다.

"저 사람은……."

"아는 사람이에요? 바닥에 엎어진 남자랑 그 남자를 쥐어 패고 있는 여자 중에 어느 쪽?"

"후잡니다."

이어 다베리 경이 그녀의 이름을 입에 올렸다.

"딜런. 유명한 사람이죠."

"어떻게 유명한데요?"

이렇게 계속 관심이 가는 까닭은 좀 전에 그녀의 허리춤에 있던 검을 봤기 때문일까? 경이 설명해 주었다.

"'히든'의 5회 연속 우승잡니다."

"히든이라면……."

익숙한 이름에 얼른 기억 회로를 돌렸다. 곧 아는 체를 할 수 있었다.

"도박…… 검술 대회잖아요?"

히든. 원래 그건 제도 외곽으로 한참 빠지면 나오는 작은 마을의 이름이었다. 작정하지 않으면 찾기 힘들 정도로 구석진 곳에 숨겨져 있다고 해서 히든이라는 이름이 붙었다. 이처럼 히든은 본래 마을 이름이었지만, 약 십 년 전부터 다른 걸 가리키는 데 사용되고 있었다.

그 마을의 후미진 시합장에서 열리는, 검술 대회의 탈을 쓴 은밀한 도박판. 그곳에는 돈깨나 있는 사람들만 관객으로 앉을 수 있었고, 관객은 저마다 매 시합의 승패나 우승자를 가늠해 돈을 걸었다.

엄밀히 말하자면 그렇게 한데 모여 사람을 두고 도박하는 건 현 제국법상 불법이었지만, 떠도는 소문으로는 어느 고위 귀족이 뒤를 봐줘 여태 계속 운영되고 있는 거라고 한다.

"5회 연속 우승이요?"

난 놀람을 감추지 못했다. 그도 그럴 게 히든은 어중이떠중이는 시합 참가자로 받지 않았다. 돈을 걸고 내기를 하는 게 전부가 아니라, 볼거리도 필요했으니까. 출신은 미천하더라도 실력이 빼어난 이들만 선별했고, 그렇게 선별된 자들이 배당금을 보고 히든의 룰 없는—살인도 허용되었다—살벌한 시합장에 올랐다.

그런 데서 5회나 우승했다니, 그건 더 들을 것도 없이 그녀의 실력이 대단하다는 말이었다.

"……소속은요?"

"네?"

"따로 소속되어 있는 가문이 있나요? 없겠죠? 히든에 계속 나갔을 정도라면 말이에요."

"제가 알기로는 없긴 하지만……."

벌떡 몸을 일으켰다. 순간 뭔가를 눈치챈 다베리 경이 안색을 바꿨지만 이미 늦었다.

"아가씨, 설마……."

"딜런!"

딜런은 이때 전투 불능이 된 남자를 무자비하게 지근지근 밟고 있었다. 이름을 불린 그녀가 돌아보았다. 나는 다베리 경이 잡을 새도 없이 그녀에게 다가갔다.

"반가워요. 난 위드그린 가문의 리디아 위드그린이에요."

"……."

"잠시 이야기를 하고 싶은데, 괜찮을까요?"

난 그러면서 바닥을 흘긋 보았다. 남자의 머리 근처에 웬 짱돌이 굴러다니고 있었다.

'저걸 던져서 맞췄구나.'

정확성, 파워. 음, 아주 마음에 든다. 딜런의 겨울 바다를 담아놓은 것 같은 짙은 파란색 눈동자가 나를 향했다. 나는 호감을 줄 수 있도록 빙긋 웃어 보였다.

"아뇨."

그러나 흘러나온 딜런의 목소리는 딱딱했다.

"괜찮지 않습니다."

"……응?"

"미안한 말씀입니다만, 전 귀족 나리와 말을 섞지 않습니다."

그게 다였다. 딜런은 다시 야무지게 남자를 밟기 시작했다. 나는 어안이 벙벙해졌다.

'아, 그러고 보니.'

깜박했다. 히든의 참가자는 대개 귀족을 좋게 생각하지 않았다. 어떻게 보면 당연한 일이었다. 그들의 눈에 귀족이란 그저 자기 유흥을 위해 그들을 규칙 없고 불법적인 시합장에 세우는, 돈 많은 도박쟁이에 지나지 않을 테니까.

돈 때문에 어쩔 수 없이 히든에 참가하긴 했지만, 그들은 자기네를 장기 말이나 투견 취급하는 귀족(관객)에게 그다지 호의적이지 않은 경우가 많았다.

'어쩌지?'

당황스러웠다.

'놓치기 싫은데.'

나는 딜런이 마음에 들었다. 그녀는 내가 원하는 모든 조건을 갖추고 있었다. 뛰어난 실력, 여성이라는 성별. 그리고 도둑의 머리에 짱돌을 던져 맞추는 과감한 손속 또한 매력적이다. 아리의 위기도 저런 식으로 화끈하게 처치해 줄 것만 같다.

'방법이……'

주변을 둘러보았다. 매혹의 천의 힘을 빌리기엔 주변에 사람이 너무 많았다. 어떻게든 장소를 옮겨야 하는데. 무슨 수로? 딜런은 나를 대할 때 혐오감이나 적의까지는 내비치지 않았지만, 따로 대화를 나누지는 않겠다는 의지를 확고하게 보였다. 나는 입술 안쪽의 살을 살짝 깨물었다.

그 순간 조금 떨어진 곳에서 직원이 치안대를 불렀으니 금방 올 거라고 손님을 안심시키는 말소리가 들렸다. 치안대.

'그거다!'

바로 딜런에게 말을 붙였다.

"치안대가 올 거예요."

'그래서?' 하는 무심한 표정에 대고 말을 이었다.

"상황을 보니 이 남자가 도둑이라 쫓아와서 잡은 듯한데, 맞나요?"

"상관이 있는 이야깁니까?"

"나와는 없지만, 당신에겐 상관이 많을걸요. 혹시 이 남자가 당신집에 든 도둑이란 걸 증명할 증거가 있나요?"

딜런이 남자를 패던―무려 지금까지 패고 있었다―동작을 멈췄다. 그녀의 눈가가 설핏 일그러졌다.

"무슨 뜻이죠?"

"당신은 지금 여럿이 보는 앞에서 공개적으로 저자를 떡이 되게 두들겨 놨는데, 저자가 치안대 앞에서 자긴 절대 도둑질을 하지 않았으며 이유 없이 억울하게 폭행당한 거라고 주장할 때 그걸 반박할 만한 물증이 있냐는 말이에요."

슬쩍 관찰한 남자는 빈손이었다. 보아하니 제대로 뭘 훔치지도 못하고 들켜서 여기까지 도망쳐 온 것 같았다. 남자의 허접한 솜씨가 내겐 도움이 되었다.

"이 남자가 당신에게 두들겨 맞았다는 걸 증언해 줄 사람은 많지만,

도둑이라는 걸 증명할 만한 수단은 당신의 주장 외엔 달리 없는 것 같아서요."

"하고 싶으신 말씀이 뭡니까?"

가슴에 척 손을 얹었다.

"내가 증언할게요."

"……."

"이 남자가 나를 해칠 셈으로 작정하고 달려들었다. 당신은 그걸 저지하고 응징한 것뿐이다. 그럼 도둑인 걸 증명하지 못해도 당신의 행위는 정당해지겠죠?"

도둑이 나나 아리를 노렸다는 증거는 없다. 이쪽의 옷깃도 스치기 전에 바닥에 자빠졌으니까. 그러나 치안대가 나와 남자의 말 중 어느 쪽을 우선시할지, 그런 건 생각해 보지 않아도 알 수 있는 일이었다. 당연히 딜런이라고 모를 리 없었다.

"어때요?"

"……."

"내가 바라는 건 아주 단순해요. 그저 인적이 없는 곳에서 당신과 잠깐 이야기만 하면 돼요."

귀족도 아닌 딜런이 폭행죄로 치안대에게 찍히면 꽤 골치 아파질 것이다. 이건 어떻게 봐도 그녀에게 넘치는 장사였다.

"단 오 분이라도 좋아요."

이어 딜런의 고개가 위아래로 짧게 움직이는 것을 보며 나는 미소를 지었다.

출동한 치안대에게 남자를 넘기고, 증언하고, 이래저래 시간을 보

내고 나니 점심때가 지나 있었다. 딜런과 이야기할 조용한 장소는 그녀의 집으로 정해졌다.

나는 이동하면서 그녀에 대해 몰랐던 사실을 한 가지 더 알게 되었는데, 그건 가는 길에 그녀가…….

"나리의 제안을 수락한 건 그게 제게 도움이 되어서도 있지만, 한편으론 나리가 예쁘셨기 때문입니다."

"네?"

"전 아름다운 사람을 좋아하니까요."

……하고 대뜸 알려주었기 때문이다. 당황스러웠지만 일단 고맙다고 했다.

나는 딜런의 집에 도착해 그녀와 아리가 방에서 단둘이 대화를 나누도록 두고는 다베리 경과 함께 거실에서 기다렸다. 어떻게 영입해야 하는지는 진작 아리에게 설명해 주었고, 매혹의 천도 몰래 넘겨준 뒤였다. 다베리 경은 내가 득의양양해 있는 것을 보더니 말을 걸었다.

"기뻐 보이십니다."

"뭐어."

"잘될 거라고 보십니까?"

경은 내가 직접 나서서 상황을 여기까지 끌어와 놓고는, 정작 가장 중요한 과정은 아리에게만 맡겨두고 여유롭게 거실 한구석에서 기다리고 있는 게 의아한 눈치였다.

"그래요, 무조건."

"확신하시는 이유가 궁금합니다만."

"경은 잘 안 될 것 같아요?"

잠시 말을 고르는 것 같더니 다베리 경의 입이 열렸다. 그건 대답이 아니라 다른 물음의 형태를 띠고 있었다.

"딜런, 그녀가 왜 유명한지 아십니까?"

"말해줬잖아요. 히든에서 5회나 우승했다고."

"그뿐만이 아닙니다."

이어서 충격적인 말을 했다.

"자길 조롱하던 어떤 귀족 자제의 손목을 꺾어놨거든요."

"헉."

뭐라고?

"대단히 유명한 일화가 됐죠. 몇 년이 지난 지금까지도 그녀만 보면 그 이야기부터 나올 정도로요."

"……어떻게 무사한 거예요?"

제국법은 신분제를 철저하게 옹호한다. 딜런은 평민인 것 같은데, 평민이 귀족의 손목을 부러뜨리는 짓을 저지르고도 멀쩡하다는 건 이해하기 힘들었다.

"운이 좋았습니다. 마침 그 귀족 자제에게 앙금이 있던 다른 귀족이 증인을 섰거든요."

딜런이 부러뜨린 게 아니라, 저 혼자 분에 못 이겨 날뛰다가 넘어져서 저리되었다. 오랜 앙숙이었다던 그 귀족은 그렇게 증언했다. 다른 목격자는 없었다.

"그렇지만, 그런 상황에선 즉결 처분권도 있지 않나요?"

귀족은 자기에게 상해를 입힌 평민을 그 자리에서 재판 없이 사살할 수 있다. 그게 법이었다.

"시도했지만, 실패했죠."

"아하."

공적으로 단죄하는 건 증인 때문에 못 하고, 사적으로 보복하는 건 무력에서 밀렸다. 감탄이 나왔다.

"딜런이 정말 강하긴 한가 보네요."

역시 마음에 든다.

"……감상은 그게 끝입니까?"

"그럼요?"

"귀족의 손목을 꺾어놨다니까요. 반대쪽으로 확."

"그 귀족 자제란 놈이 그럴 만한 짓을 했잖아요? 딜런을 조롱했다면서요. 아리는 그런 짓 안 할 테니까 괜찮아요."

의연하게 말했다. 꺾일 만해서 꺾인 건데 뭐?

다베리 경은 내 답을 듣고는 잠시간 말이 없더니 이내 들릴 듯 말 듯 하게 픽 웃었다.

"하여간 남다르기는 남매가 나란히……."

"네?"

"아닙니다."

나는 제대로 듣지 못한 말을 구태여 캐묻는 대신 생각했던 말을 꺼냈다.

"그리고 경이야말로 그런 얘길 해주는 것치고 별로 걱정하고 있진 않잖아요? 아무리 내가 그러라고 부탁했다지만 별말 없이 아리가 딜런과 단둘이 있게 둔 걸 보면, 딜런이 아리에게 해코지할 우려는 없다고 판단한 것 같은데. 아니에요?"

다베리 경은 대답하지 않았지만 묵비권은 원래 정곡을 찔려서 할 말이 없을 때 쓰는 거다. 하여튼.

"그냥 겁주려고 꺼낸 이야기죠? 이 인간이."

뭐라고 욕을 해주면 찰질까 고민히는 그때, 닫혀 있던 안쪽 방문이 열렸다. 그러곤 아리가 밝은 얼굴로 튀어나왔다.

"언니! 나 성공했어요!"

쪼르르 달려온 아리가 칭찬을 바라는 양 내게 해맑게 보고했다. 나는 그런 아리의 머리를 바라는 대로 대견하게 쓰다듬어 주었다. 그 뒤로 딜런이 천천히 걸어 나오면서 중얼거리는 게 들렸다.

"뭐에 홀린 기분이야……."

'홀린 거 맞을 거예요.'

진실을 삼키고 물었다.

"어떻게 하기로 했어?"

"우선은 구두계약만 했고요. 추후 저희 가문에서 정식으로 계약서를 쓰기로 했어요. 호위는 오늘부터 바로 맡아줄 거고요."

"구두만으로 괜찮겠어?"

"약속한 건 지킵니다."

딜런이 나서서 대답했다.

"계약한 이상, 이분의 안전은 앞으로 전적으로 제 책임입니다. 제대로 지키지 못하면 목을 날리셔도 좋습니다."

아니, 뭘 그렇게까지……. 기대 이상으로 믿음직했다. 딜런은 그러더니 갑자기 다베리 경에게 시선을 주었다. 그녀가 흘리듯 웃었다.

"오랜만입니다."

응?

"운 좋은 다베리. 아니, 이젠 다베리 삭인가요?"

뭐야, 서로 아는 사이였어? 내심 다베리 경이 딜런에 대해 너무 소상히 알고 있다 싶기는 했지만, 딜런이 경에게 알은체하지 않아서 나는 당연히 경 혼자서만 그녀를 아는 줄 알았다.

'운 좋은 다베리?'

별명인가 의아해하는데 다베리 경이 약간 곤란한 듯 웃으며 받아쳤다.

"오랜만이군요."

"잘 지내고 있단 말은 들었는데, 과연 신수가 훤하네요."

"딜런이야말로 얼굴이 나쁘지 않은데요."

대화를 가만 듣다가 끼어들었다.

"둘이 아는 사이였어요?"

"안면이 있는 정돕니다."

"실례가 아니라면, 딜런은 왜 이제야 아는 체를 했는지 물어도 될까요?"

답은 금방 나왔다.

"귀족의 아래로 들어간 변절자에게 말을 걸고 싶진 않았으니까요. 하지만 이젠 저도 똑같은 처지가 됐으니."

이내 딜런이 다베리 경에게 손을 내밀었다.

"잘 부탁합니다, 다베리 삭."

"……뭐, 저도."

어딘지 묘한 기류가 흘렀다. 나는 두 사람을 응시하다 아리를 돌아보았다. 동시에 고개가 기울었다.

"네? 라이벌이었다고요?"

목적을 성공적으로 달성하고, 나는 가벼운 걸음으로 마차를 잡아 탔다. 그리고 돌아오는 길에 딜런으로부터 이런저런 이야기를 들을 수 있었다.

"예. 떼려야 뗄 수 없는 숙명의 관계였습니다."

딜런의 나이는 스물여섯. 다베리 경보다 두 살 연상이었다.

"그때는 제가 더 키가 컸는데 말이에요."

딜런은 자기 키—181센티미터—에 대해서도 언급했다. 무려 열여섯 때부터 그 키였다고.

"못 본 새 참 재수 없고 징그럽게 커졌군요."

"딜런, 듣는 귀가 있는데 말을 좀 가려보는 건 어떻습니까?"

"보는 사람의 정신적 안녕과 시력에 별로 긍정적인 영향을 끼치지 못할 정도로 신수가 훤해지셨습니다, 다베리 삭 경."

다베리 경은 더 대꾸하는 대신 그냥 마차 창밖으로 고개를 돌렸다.

'오호.'

이거 흥미진진했다. 본인들 말로는 숙적이었다고 하지만, 이렇게 놔두고 보니 은근 장단이 잘 맞는 것이 이 두 사람은 아마 친구 비슷한 관계가 아니었을까 싶었다.

'잘됐네.'

딜런은 한동안 아리의 호위 자격으로 저택에서 함께 머무르기로 했다. 손님방 하나쯤 내주는 것이야 내 권한으로 어렵지 않은 일이었다.

아리는 딜런에게 말을 놓기로 했다. 딜런이 그러는 것이 편하다고 했기 때문이다. 나는 그녀와 아무 관계가 아니었으니 그냥 하던 대로 말을 높이기로 했다. 출신을 떠나 그녀의 실력을 존중한다는 뜻이기도 했고, 어차피 딜런이라면 후일 경력을 쌓고 자작가에서 정식으로 후원해 주면 얼마든지 기사 작위를 얻을 수 있을 테니까.

'그때까지 내가 딜런을 볼 수 있을지는 모르겠지만…….'

딜런이 딜런 경이 된 언젠가를 상상해 보며 나도 다베리 경처럼 창밖으로 시선을 주었다. 바깥에는 좀 전부터 비가 추적추적 내리고 있었다. 미간에 주름이 잡혔다. 아니, 그 먹구름이 기어이.

"비가 오네요."

"빗발이 굵지는 않은 듯합니다."

"그렇긴 한데, 더 내릴 것 같아서요."

창 너머로 슬쩍 손을 내밀어보았다. 기분 탓인지 조금 전보다 빗줄기가 굵어진 것 같았다.

'이런 건 꼭 기분 탓이 아니던데.'

……역시.

"도착했습니다."

마차가 빗속에서 미끄러지듯 멈췄다. 세찬 빗소리가 귀를 어지럽혔다. 마차 문을 열었더니 바닥을 때리는 빗소리가 더욱 시끄러워졌다. 탄식을 뱉었다.

"이럴 줄 알았지."

"으아. 언니, 엄청 쏟아지네요."

오늘 진짜 나한테 이러기야? 뭐, 됐어. 어쨌든 결과적으로 좋은 날이 됐으니. 다베리 경이 먼저 내려서 외투를 벗어 그걸로 비를 막아주었다. 아리도 그런 식으로 딜런의 도움을 받아 빗속으로 내려섰다.

마차가 떠나는 걸 보고 몸을 돌리는데, 빗줄기 너머로 전혀 예상하지 못했던 얼굴이 보였다.

"에시?"

깜짝 놀랐다. 순간 잘못 본 줄 알았다. 그러나 잘못 볼 수 없는 얼굴이었다. 저택 안쪽 문에서 나와 대문 가까이 서 있는 에시는 굵은 빗발 틈으로도 차마 사람을 착각할 수 없을 정도로 눈에 띄었다. 에시가 뚜벅뚜벅 내게 가까워졌다.

"에시, 비……."

나는 에시가 우산도 없이 맨몸으로 비를 맞고 있다는 걸 인지하곤 급히 입을 열었다. 그러나 자세히 보니 뭔가 달랐다. 에시는 세찬 빗줄기 사이에서도 조금도 젖지 않았다. 가만 보니 투명한 막 같은 것이 에시의 주위에 쳐져 빗방울을 전부 튕겨내고 있었다.

'마법?'

잘은 모르겠지만, 아마 그런 게 아닐까. 마법사가 아니라노 마법 물품이 있으면 저런 장막 같은 것을 만들어낼 수 있다고 들은 기억이 얼핏 났다. 나는 에시가 완전히 가까워진 후에야 퍼뜩 정신을 차렸다.

"그, 왜 나와 있어?"

"비가 갑자기 쏟아져서. 우산을 안 가지고 나갔을 것 같았어."

"……."

"역시 그렇네, 누님."

에시와 가까이 서자 장막이 내게 닿는 비도 투둑투둑 튕겨냈다. 나는 에시가 수건을 들고 있었다는 것도 뒤늦게야 알았다. 부드러운 천이 젖은 내 어깨와 머리끝을 훔쳤다. 차분하고 섬세한 손길에 가만히 몸을 내맡기고 있다가 문득 또 놓치고 말았던 넋을 챙기고 입을 열었다.

"그렇지만, 내가 올 걸 어떻게 알고……."

"멀리서부터도 마차가 보이면 이르라고 해뒀으니까. 들어갈까?"

"아, 그게."

비는 여전히 쏟아지고 있었다. 에시 덕분에 나만 젖지 않고 있을 뿐이었다. 다른 사람이 마음에 걸려 머뭇거렸더니 에시가 이내 눈치챈 듯 뭔가를 조작했다. 그러자 투명한 막이 반경을 넓혔다. 다베리 경도, 아리와 딜런도 더는 비를 맞지 않게 되었다.

다베리 경이 내 머리에 씌웠던 외투를 회수해 탈탈 털었다.

"이제 들어가자."

나는 에시가 내민 팔에 천천히 손을 얹었다. 장막의 도움으로 이후로는 비를 한 방울도 맞지 않으며 실내까지 이동할 수 있었다. 투명한 막은 소리까지 차단하지는 않았다. 빗소리가 요란했다.

덕분에 나는 연유 모를 심장 소리를 무시한 채 소란스러운 빗소리에만 귀를 기울이며 걸을 수 있었다.

대차게 쏟아지는가 싶던 비는 얼마 안 가 빗발이 가늘어지더니 금세 그쳤다. 잠깐 내리고 마는 소나기였던 것 같았다. 지나가는 비에 겔만 가볍게 젖었던 땅이 언제 축축했냐는 듯 다시 말끔히 마르는 데는 하룻밤이면 충분했다.

나는 내 방 발코니 난간에 팔을 걸치고 화창한 밖을 내다보았다.

"이쪽은 딜런이야. 앞으로 아리의 호위를 맡아줄 거고…… 한동안 함께 지내기로 했어."

예상은 했지만, 에시는 내가 갑자기 데려온 딜런에 대해 별말 하지 않았다. 하도 관심도 눈길도 안 줘서 처음에는 혹시 있는 걸 모르는 게 아닌가 했을 정도였다. 그럴 리 없겠지만. 나중에 내가 나서서 딜런을 소개했을 때도 에시는 그저 고개만 끄덕이곤 말았다. 딜런을 가장 반긴 것은 의외로 알렉스였다.

"우와! 여검사!"

몰랐는데 개인적으로 여성 검사에 대한 어떤 로망이라도 있었던 것 같았다. 그리고 그 로망은 애석하게도 빠른 종말을 맞이했다.

"컥."
"다시 말해보지."

여검사라는 말에 반응한 딜런이 즉각 검집째로 알렉스의 목젖을 꾹 누르며 위협했기 때문이다.

"여검사? 그럼 넌 검을 휘두르는 남자를 보면 남검사라고 하나? 응?"

그녀가 거친 세계에서 여자의 몸으로 검을 잡으면서 어떤 차별을 겪었을지 나로서는 알 수 없는 일이다. 그래서 새파랗게 질려 바들바들 떠는 알렉스가 불쌍하다고 생각하면서도 차마 구해주지 못했다.

그래, 알렉스…… . 아무리 단순한 게 장점이라지만, 이 험한 세상을 살아가려면 눈치도 좀 필요하긴 하지…… . 이 기회에 기르려무나…… . 그래도 간신히 죽다 살아난 알렉스를 이후에 슬쩍 위로해 주기는 했다.

딜런이 머무를 곳은 아리의 바로 옆방으로 내주었다. 딜런은 저택에 금방 적응했다. 그리고 아리의 위기에도 빠르게 적응했다.

여기서 대해서는 좀 새롭고 의외인 사실이 있었는데, 딜런은 보기보다 꽤 무디거나 둔한 성격인 것 같았다.

"내가 좀 운이 나빠!"

어제 저녁에 한 번, 오늘 아침에 한 번, 그리고 정오에 한 번 더. 어제부터 오늘 정오에 이르기까지 아리를 무려 세 번이나 죽을 위험에서 구해준 시점에 아리의 저 해맑은 한마디만으로 '그렇구나' 하고 순순히 수긍했으니 말이다.

아무리 생각해도 사람이 하루에도 몇 번씩 주기적으로 죽을 위기에 처하는 건 그저 운이 나쁘다는 말로는 설명이 되지 않는 일이 아닌가 싶었지만, 뭐 딜런 본인이 납득했다니 됐다. 어차피 넓게 보면 운이 나빠서 일어나는 일이 맞기도 했고 말이다.

'어쨌든.'

나는 발코니 난간에 체중을 좀 더 실었다. 간지러운 바람이 불어와 얼굴 근처 머리카락을 장난치듯 흐트러뜨렸다.

딜런은 기대한 것 이상으로 자기 몫을 톡톡히 잘 해주고 있었다. 이제 고작 하루를 지켜봤을 뿐이지만, 그것만으로도 딜런이 있는 한 아리는 앞으로 계속 무사할 거라는 어떤 확신에 가까운 기대감이 들 정도로 믿음직했다.

'호위 점수 십 점 만점에, 음, 십오 점 드립니다.'

그리고 내 안목 점수에 십육 점쯤 바친다.

"훗."

덕분에 나는 아리의 안전에 대해서 전보다 훨씬 마음을 놓을 수 있었다. 나나 다베리 경이 없어도 아리는 앞으로 지금처럼 무사히 지낼 수 있을 것이다. 따지고 보면 근본적인 문제 자체가 해결된 건 아니었지만, 그건 작금 상황에서 어떻게 해볼 수 있는 게 아니었으니까. 할 수 있는 건 다 했다.

'자, 그럼 이제.'

코를 살짝 찡긋거렸다.

'내 문제에 대해서도 생각해 볼까?'

사실 오늘은 내게 있어 굉장히 중요한—정확히는 그렇게 될—날이었다. 왜냐?

'아리가 오늘 밤 에시에게 매혹의 천을 사용할 테니까.'

그렇지. 계획은 전부 짜두었다. 장소는 저택의 정원 분수 앞, 시간은 밤 열 시. 아리가 먼저 시간 맞춰 분수대 앞에 나가 매혹의 천을 두르고 있으면, 내가 뒤이어 에시를 그리로 데리고 나가 우연인 척 아리와 만나게 한다는, 그런 그림이었다.

'계획이라기엔 너무 간단한가.'

아무튼. 왜 하필 장소를 정원으로 선정했냐고 묻는다면 이유는 단순하다. 낭만적이니까. 시간대가 밤인 이유도 같은 맥락이다. 어두워서 불빛이 은은하면 더 낭만적이니까.

기왕 매혹의 천을 사용하는 것, 그에 어울리게 운명적이고 운치 있는 분위기를 연출하는 건 어떠냐는 의견이 나와 그 의견을 수렴한 결과물이었다.

'확실히…… 달밤에 정원이 운치가 뛰어나기는 하지.'

거기에 분수가 있으면 효과가 한층 깊어질 테고 말이다. 괜히 숱한 로맨스 소설에서 남자 주인공과 여자 주인공이 보름달 뜬 밤에 정원에서 마주치고 그러는 게 아니다. 어제 비가 금방 그쳐준 것이 정말 다행이었다. 계속 쏟아져서 정원 땅이 완전히 무르기라도 했다면 운치고 뭐고 남의 이야기가 되어버렸을 테니까.

"……."

몸을 기댄 난간을 손가락으로 툭툭 두드렸다. 손마디 끝에 차갑고 단단한 석조의 느낌이 걸렸다.

'이게 무슨 기분이지?'

바깥을 내다보고 있었지만 풍경이 눈에 들어오지는 않았다. 뭐라고 할까. 좀 전부터 가슴 한구석에서 어떤 작은 일렁임이 느껴졌다. 정확히는 아리와 말을 맞춰 오늘 매혹의 천을 사용하기로 결정을 내렸을 때부터 말이다.

'기대감? 설렘?'

아니야, 그런 거 아닌데. 그렇게 밝고 들뜨는 느낌이 아니었다. 나는 오히려 좀 가라앉고 있었다. 뭘까, 이건.

'불안한가?'

이것도 이상하다. 불안하다니, 솔직히 그럴 이유가 없었다. 잘될 수밖에 없는 계획이었다. 워낙 단순 명료해서 계획이라고 하기도 민망한 수준이긴 했지만, 어차피 매혹의 천 하나만 보고 가는 거다. 매혹의 천의 효과는 이미 검증됐다. 산증인이 황태자에 이어 딜런까지 두 명이나 있었다. 그런 사기적인 만능 아이템이 있는데 뭐가 불안해?

'이것도 아닌가…… 아니, 잠깐. 설마.'

찰나 스치는 가정에 미간을 슬며시 좁혔다.

'아침부터 집사에게 지옥의 잔소리를 들은 후유증인가?'

아, 이거 가능성 있어. 일리 있다. 있다 못해 좀 넘치는데?

집사는 오늘 아침 일찍 나를 찾았다. 그러더니 어제 딜런을 어디서 어떻게 만났고 어떤 상황이었는지 다 들었다면서, 어찌 그런 위험한 행동을 하실 수 있냐고, 만에 하나 다치기라도 했으면 어쩌실 뻔했냐고 눈에 쌍심지를 켠 채 나를 달달 볶았다.

나는 그렇게 아침부터 악마의 설교에 털리면서 한 가지 생각만 했다. 누가 불었지?

'이건 필시 다베리 경이다.'

복수하리라고 생각했다. 반드시. 그렇지만 좀처럼 그럴듯한 기회를 잡지 못해 근 한나절을 소득 없이 날려먹고 있던 참이었다.

"맞아, 이거야."

알 수 없던 일렁임의 원인을 찾았다. 후유증이었던 거다. 분명 잠에서 깨자마자 극악한 정신 공격에 무방비하게 노출되었던 후폭풍이야.

"다베리 경……"

이거 정말 복수하긴 해야 하는데. 뭘 어떻게 하지? 주제를 옮겨 고민하는 그때, 누가 문을 두드렸다.

"언니, 저 아리예요!"

"들어와. 열려 있어."

이내 문이 벌컥 열리고 아리가 쪼르르 내게 달려들었다. 치맛단이 아무렇게나 펄럭였다. 그러고 보면 아리는 저러고도 용케 집사의 눈을 잘 피해 다니고 있었다. 흠, 그런 면에선 운이 좋은걸?

"어쩐 일이야?"

아리는 딜런 덕분에 이제 의무적으로 내게 붙어 있을 필요가 없었다. 허전하면서도 편안한, 시원섭섭한 일이었다.

"재미있는 거 보러 가요."

"재미있는 거?"

"불구경 다음으로 재미있는 거요."

뭐? 그것은.

"……싸움 구경?"

"가요!"

아리가 앞장서서 나를 이끌었다. 나는 그렇게 방을 나서서 곧장 계단까지 내려갔다. 그리고 이어서 나를 반긴 것은, 싸움 구경은 아니었지만 어쨌든 흥미로운 광경이기는 했다.

"딜런 승!"

"오오!"

함성 속에서 딜런이 차분히 검을 내렸다. 저택의 수습 기사 마틴이 딜런에게 꾸벅 묵례하고 물러나는 것이 보였다.

"이건…… 대련이잖아?"

"헤헤."

"아니, 그런데 왜 딜런이 지금 저기서 저러고 있는 거야?"

아리의 말마따나 재미있는 구경인 것은 차치하고, 왜 갑자기 저택 연무장에서 이런 풍경이 펼쳐지고 있는지 알 길이 없었다.

"누가 봤답니다."

거실에서부터 덩달아 나와 함께 끌려온 다베리 경이 대신 대답했다.

"어제저녁 딜런이 그레이스 영애를 위험에서 구해주는 걸 기사 중 누군가 목격했었다고 들었습니다. 인상 깊은 장면이었을 테니 아마 딜런의 실력에 대해 이래저래 말이 좀 돌았을 거고……."

아리는 어제저녁 대뜸 떨어지는 액자에 머리를 맞을 뻔했다. 그러나 그 전에 딜런이 공중에서 액자를 검으로 후려쳐서 멀리 날려 버렸다. 내 눈에도 그때 딜런의 움직임은 민첩했고, 부서지면서 날아가 벽에 처박힌 액자는 처참했다. 확실히 인상적이기는 했다.

"실력을 확인해 보는 방법으로는 대련만 한 게 없죠."

"정말이야, 아리?"

"맞아요."

아리가 고개를 끄덕거렸다. 다베리 경의 추측성 설명이 전부 사실이라는 소리였다.

채앵!

"아!"

그때 누군가가 짧게 탄성을 뱉었다. 검이 하늘로 날았다. 무기를 놓친 것은 바로 딜런의 두 번째 상대였다.

"……졌습니다."

"딜런, 승!"

"상대가 안 되네."

잠깐이나마 대련을 구경한 내 감상이었다. 그러자 아리가 곁에서 '에헴' 소리를 냈다. 자기 호위라고 그새 좀 정이 들었는지 꽤 뿌듯해 보이는 얼굴이었다.

"이것 봐. 아리 너, 자랑하고 싶어서 구경하러 오자고 한 거지?"

"티 나요?"

"지금 내고 있잖아."

"흠흠."

"실력이 녹슬지는 않은 듯합니다."

다베리 경은 그렇게 말하고는 어깨를 으쓱했다.

"애초 지금 저곳에는 그녀를 못 이길 사람만 몰려 있기도 하고요."

"아, 무슨 말인지 알겠네요."

저택에서 실력 있다는 평을 듣는 수준 이상의 기사들은 다들 각자 맡은 일로 바쁜 상태일 것이다. 저렇게 즉흥적이고 목적도 대단치 않은 대련에 일부러 어울려 줄 만큼 한가하지는 않을 테지. 한 사람을 제외한다면 말이다.

"경은 이길 자신이 있고요?"

"예?"

"여기 세 번째 대련 참가자 신청해요!"

나는 손을 번쩍 들었다. 시선이 쏠리자마자 다베리 경의 등을 퍽 밀었다. 얼떨결에 앞으로 몇 걸음 걸어 나간 그가 당황해서 나를 돌아보았다.

"아가씨?"

"오, 다베리 삭!"

"다베리 경이 나서주시는 겁니까?"

"그렇담 볼만한 대련이 되겠는걸……."

군중이 웅성거렸다. 무엇보다 딜런이 의욕적으로 눈을 빛냈다.

"다베리. 이거 꽤 오랜만에 검을 맞대보겠군요."

"아니……."

다베리 경의 곤란한 눈이 즉시 나를 찾았다.

"아가씨, 왜 이러시는 겁니까?"

"딜런, 파이팅!"

못 들은 체하고 딜런에게 응원을 날렸다.

'복수다.'

이것밖에 못 해서 아쉽기는 하지만 이거라도 해야지. 내가 다베리 경이 아니라 딜런을 응원하자 주변에서 몇몇이 '다베리 경이 아가씨께 뭔가를 잘못했나 봐' 하고 수군거리는 것이 들렸다. 수군거림에 다베리 경도 본인의 죄를 깨달은 모양이다. 뜨끔한 얼굴을 한 그가 체념한 듯 순순히 무대로 향했다.

두 사람이 마주 섰다. 아리에게 속닥거렸다.

"딜런이 이길까?"

"언니는 딜런이 이겼으면 좋겠어요?"

"사실 승패는 별로 상관없는데, 어쨌든 다베리 경이 좀 두들겨 맞긴 했으면 좋겠어."

그렇게 본심을 토해내기 무섭게 검을 세운 두 사람이 격돌했다. 결과는…….

"다베리 승!"

"와아!"

"……."

나는 환호 속에서 홀로 불만에 차 떨떠름한 표정을 했다.

"쳇."

"아가씨, 너무 노골적이신 거 아닙니까?"

"흥."

다베리 경이 시종에게 건네받은 수건으로 땀을 닦는 시늉을 하며 다가왔다. 왜 시늉이냐면 별로 땀이 났을 것 같지 않거든. 그만큼 승패는 빠르게 갈렸다. 사실 냉담하게 반응하고는 있어도 내심 감탄하는 중이었다.

다베리 경과 딜런은 인상 깊은 경합을 보여줬다. 먼저 달려들어 공격한 것은 딜런이었는데, 다베리 경은 시종일과 매섭고 빠른 딜런의 공격을 정면에서 막거나 흘리거나 하며 방어적인 태도를 유지했다. 그러다 어느 순간 피하는 척하면서 딜런의 검 옆면을 후려쳤고, 찰나 딜런의 자세가 흐트러졌다.

그러나 그 상황에서도 딜런은 무너지는 대신 바로 몸을 회전해 그대로 공격을 이어가려고 했다. 하지만 '찰나'를 놓치지 않은 다베리 경이 간발의 차로 그녀에게 파고들었다. 날카로운 검끝이 딜런의 목울대 앞에서 멈췄다. 대련은 그렇게 끝났다.

'대단했지.'

둘 다 놀라웠다. 솔직한 감상으로는 조금 신기하기도 했다. 눈으로 좇아가기도 어려웠는걸. 그렇지만 감탄을 순순히 드러내진 않았다. 그건 그거고, 다베리 경이 두들겨 맞지 않아서 아쉬운 것도 아쉬운 거니까. 조금쯤은 얻어터지길 바랐거늘. 아, 미련.

이제 대련은 완전히 끝난 건지 딜런이 가까이 다가와 말했다.

"실력이 꽤 늘었더군요."

"그대로인 편이 이상한 거겠죠."

"재수 없는 건 그대로인데."

하여간 사이가 좋아. 그때 딜런이 뭔가 생각났다는 듯 픽 웃었다.

"그래서, 이젠 실력이 늘었으니 공자의 옷깃 정도는 스치는가요?"

"딜런……!"

"공자?"

"아, 이젠 각하인가?"

딜런이 무슨 말을 하는지 바로 알아들을 순 없었지만, 한 가지는 분명했다. 다베리 경이 눈에 띄게 당황하는 걸 보니 이건 필시 아주 재미있는 이야기로구나.

"딜런, 그게 무슨 말이에요?"

"모르시나요, 공녀님? 다베리가 어떤 과정으로 이 저택에 오게 되었는지 말입니다. 그때 참 볼만했는……."

"딜런, 우리 아직 못다 한 이야기가 많은 것 같은데요."

다베리 경이 급히 딜런을 막아섰다. 대체 언제 다시 뽑아 들었는지 그는 검까지 들이밀고 있었다.

"오래간만에 검을 나눴는데 고작 한 번으로 충분하겠습니까? 뭐, 딜런이 이대로 패배한 개처럼 쉽게 꼬리를 내리겠다면 그것도 좋습니다만."

아니, 대체 뭐야? 느닷없이 딜런을 도발하기까지 하는 필사적인 모습을 보니, 뭔진 몰라도 다베리 경에겐 어지간히 숨겨야 하는 이야기인 것 같았다.

"뭐? 패배한 개, 꼬리?"

딜런이 훌륭하게 도발에 넘어가 준 덕에 나는 아쉽게도 뒷이야기를 더 들을 수 없었다. 나는 다베리 경을 죽일 기세를 하고 멀어지는—속으로 은근 응원했다—딜런을 보며 듣다 만 말을 떠올렸다.

'각하라면, 역시 에시를 말하는 건가?'

다베리 경이 처음 저택에 왔던 오 년 전에는 작위를 잇지 않았으니 공자라는 표현도 맞아떨어졌다.

'그때…… 집안 어른을 따라 외출했다가 대뜸 다베리 경을 주워 왔었지.'

참고로 주워 왔다는 건 에시의 표현을 인용한 거다. 내 인성이 터져 버린 게 아니야.

'아무튼, 그때 무슨 일이라도 있었나?'

나는 다베리 경 습득(?) 비결에 대해서는 아는 게 없었다. 굳이 내가 알아야 할 게 아니라고 생각해서 묻지 않았기 때문이다. 그런데 인제 보니 그렇게 넘겼던 과정에 어떤 흥미로운 사연이라도 숨겨져 있는 모양이었다.

'흠.'

떨어진 곳에서 다시 검을 맞대기 시작한 두 사람을 바라보았다. 어째 이전보다 과격해진 검 놀림에 해산하던 구경꾼이 도로 동그랗게 몰려들어 있었다.

'정 궁금하면 기회 봐서 직접 물어보지, 뭐.'

찰나 아리를 통해 딜런의 말을 전해 들을까 했으나 그만두었다. 다베리 경의 이야기니 들어도 경에게 듣는 것이 맞을 테고.

'못 듣게 되면…… 그것도 그런 거고.'

모른다고 큰일이 나는 것도 아니니까.

그때 섣부른 도발의 대가인지 다베리 경이 기어코 딜런의 검에 한 대 얻어맞는 것이 보였다. 아싸. 나는 속으로 환호를 삼켰다.

창 너머로 하늘을 올려다보았다. 날은 순식간에 저물었다. 여름보다 확연히 짧아진 가을 해는 낮을 오래 유지하지 못하고 금방 서산을 넘었고, 어두워진 하늘에는 곧 달이 떴다. 보름달이었다.

귓가에 아리의 목소리가 울렸다.

"잘되겠죠? 으아, 떨려. 언니, 파이팅!"

아리는 조금 전, 남들이 듣기에는 의미를 알 수 없는 응원의 말을 남긴 뒤 혼자 정원으로 나갔다. 잠깐 홀로 조용히 산책하고 싶다고 했더니 딜런은 따라붙지 않았다.

밤 열 시. 때가 됐다. 준비했던 계획을 실행에 옮길 시간이었다. 말을 맞춘 대로 아리가 먼저 나갔으니, 나는 이제 에시를 정해진 장소로 데리고 나가기만 하면 된다.

'후우.'

심호흡을 하고 멈췄던 걸음을 다시 옮겼다. 나는 이만 자러 들어가겠다는 거짓말로 다베리 경을 떼어낸 뒤 에시의 방으로 향하는 중이었다. 에시는 집무실을 나와 방에 들어간 지 얼마 되지 않았다. 아직 자고 있지는 않을 거다. 그러기엔 이른 시간이었으니까.

곧 에시의 방 앞에 도착해 문을 두드렸다. 노크하면서 나인 걸 알리자 금세 문이 달칵 열렸다.

"누님."

나타난 에시는 약간이지만 의아한 얼굴이었다. 자기엔 이르지만 이렇게 불쑥 찾아오기엔 다소 늦은 시간이기 때문이다. 나는 뻔뻔함으로 무장하곤 입을 열었다.

"산책할래?"

"산책?"

"밖이 선선해서."

누군가가 사라진 맥락을 찾아 어딘가로 떠나줘야 할 것만 같은 말이었다. 그렇지만 다른 핑계가 생각나지 않는걸……

"그래."

갑작스러운 제안에도 에시는 가볍게 수락했다. 당황하는 기색도 비치지 않았다. 덕분에 지나가듯 엉뚱한 생각이 들었다.

'에시도 막 눈에 띄게 당황할 때가 있긴 할까?'

있긴 하겠지. 다만 내가 그걸 볼 수 있을지는 모르겠지만 말이다. 나는 내심 놀라거나 당황해서 허둥대는 에시를 상상해 보려 해봤지만, 그런 엄청난(?) 일을 해내기에는 내 상상력이 너무 빈약하다는 것만 확인했을 뿐이었다.

"갈까?"

산책이라지만 저택 부지에 딸린 정원을 걷는 것뿐이다. 에시는 평상복 차림이었다. 달리 채비를 할 것 없이 바로 문을 등졌다. 밤이라 그런지 조용한 복도를 지나 나란히 계단을 내려갔다.

'뭐지?'

나는 잠깐 당황했다. 낮에 묘하게 얼렁였던 가슴 한구석이 그 순간 다시 말썽이었기 때문이다.

'잔소리 후유증이 아직도 있다고?'

너무 끈질긴 거 아냐? 나도 모르게 계단을 내려가다 난간을 잡고 멈춰 섰다. 에시가 나를 살피더니 내 다른 쪽 손을 잡아주었다.

"……."

넘어질까 봐 그런 건 아니었는데. 그렇지만 단단한 손을 굳이 뿌리칠 구실도 달리 생각나지 않아 그냥 잡은 채 마저 내려갔다.

밖은 정말로 선선했다. 나오자마자 시원한 공기가 머리를 깨웠다. 밤이 내려앉은 바깥은 어두웠지만, 사위를 분간하지 못할 정도는 아니었다. 달빛은 강했고, 저택에서 새어 나오는 은근한 빛도 있었다. 익숙한 길을 찾아 걷는 것은 어려운 일이 아니었다.

정원은 가까웠다. 오른쪽으로 돌아 조금만 걸었는데도 금세 풀 내음이 끼쳤다. 나는 문득 걸음이 조금씩 느려지는 걸 깨달았다.

'왜지?'

알 수 없는 노릇이었다.

'어두워서 그래.'

맞아, 아주 캄캄하진 않아도 어쨌든 밤이니까. 괜히 빨리 걷다가 어디 걸려서 넘어지면 어쩌려고. 그런 거겠지.

"……."

이 시각에 굳이 산책을 나오는 사람은 나처럼 목적이 있는 경우를 제외하곤 찾아보기 힘들었다. 인적이 없으니 자연히 주변이 고요했다. 찌르르 풀벌레 소리가 적막한 와중 귀를 간지럽혔다. 발에 밟히는 여린 잔디가 바스락 꺾였다. 그때 문득 에시의 웃음소리가 들렸다.

"……왜?"

잘못 들은 건 아니었는지 바로 딥이 돌이 왔다.

"어릴 때 생각이 나서."

"어릴 때?"

"정원에서 술래잡기했었잖아. 내가 아주 어릴 때."

"……그게 기억나?"

저건 옛날이라는 표현이 모자랄 정도로 오랜 옛날이었다. 술래잡기라면 에시가 네 살 때인가, 그쯤이었으니까.

"기억나. 내가 술래잡기 도중 나무에 올라가 숨었던 것도."

"……."

"그런 나를 잡으려고 누님이 따라 나무에 오르다가 미끄러져 떨어졌던 것도."

"그건."

순간 당황해서 '야' 소리가 나갈 뻔했다. 저건 내 흑역사였다. 이런 순간에 갑자기 마주하게 될 줄은 몰랐지만. 에시가 네 살이면 나는 여덟 살일 때였다. 에시는 아주 어렸고, 나는 어렸다. 어렸지만, 문제는 나는 몸만 어렸다. 전생을 기억했으니 몸은 여덟 살이어도 정신은 이십 대였다고 봐야 할 거다.

그리고 그 이십 대는 대체 무슨 생각이었는지 술래잡기 도중 나무 위로 숨어버린 네 살짜리 동생을 잡겠답시고 똑같이 나무를 탔다.

'쟤도 올라갔는데 나라고 못 올라갈 리 없지!'

……하는 자신감이 그 나이에 네 살을 보면서 들기라도 했던 걸까.

결과적으로 그건 대단히 잘못된 자신감이었다. 에시는 보통 네 살이 아니었고, 나무쯤은 새처럼 가볍게 도약해서 올라갈 수 있었으며, 나는 새는커녕 원숭이의 피조차 이어받지 못한 매우 보통의 여덟 살이었다.

마음은 다람쥐처럼 날래게 나무를 타고 올랐지만, 몸은 달랐다. 중반쯤 기어올랐을 때 뭔가 아니라는 걸 느꼈지만 이미 늦었고, 다음 순간 발을 헛디뎌 그대로 미끄러져 떨어졌다. 머리를 쿵 찧어서 혹이 났었지, 아마.

다행히 흉터가 남을 정도로 크게 다치지는 않았다. 솔직히 그때는 내가 떨어져서 얼마나 다쳤느냐가 관심사가 아니었다. 그보다는 쪽팔렸다. 무지. 요란한 소리를 내며 자빠지고 나서야 대체 내가 무슨 짓을 하려고 했던 건지 자각이 밀려들었던 거다. 자괴감도 들었다. 이 나이에.

그래서 그때 드러눕고선 한동안 움직이질 않았다. 정말 순전히 쪽팔려서 그랬다. 현실을 외면하고 싶은 마음에 눈도 뜨지 않았던 것 같다. 그렇게 미동도 하지 않고 가만히 누워 있었는데…….

"어."

기억을 더듬다가 멈칫했다. 나는 에시를 올려다보았다.

그날 나는 울지 않았다. 당연한 일이었다. 그러잖아도 이미 넘치게 민망하고 부끄럽고 괴로운데, 울기까지 해서 돌이킬 수 없는 강을 건너고 싶지는 않았으니까. 그렇지만 그날 그 자리엔 울음을 터뜨린 사람이 있었다.

에시였다.

"누님."

에시는 단숨에 나무에서 뛰어내렸다. 그런 소리가 났다. 그러더니 이어서 작은 손이 나를 흔들었다.

"죽은 거야?"

나는 그때까지 쪽팔림을 삭이느라 여전히 바닥에 드러누워 눈을 꾹 감고 시체 행세를 하고 있었다. 그러다 화들짝 놀라 몸을 일으킨 건 울음소리를 듣고 나서였다. 급하게 눈을 뜨고 본 네 살짜리 에시의 얼굴은 눈물로 완전히 엉망이었다.

나는 그때 에시가 우는 걸 봤다. 처음으로.

"맞아. 누님이 죽은 줄 알고 내가 서럽게 울었던 것도."

"……."

"전부 기억나."

그렇게 말한 에시가 스치듯 웃었다. 달이 밝았다. 산책로 중간중간
에는 등이 걸려 있었다. 이 정도 거리에선 표정이 선명하게 보였다. 에
시의 웃는 얼굴을 보는 순간, 가슴이 덜컥 내려앉았다.

손으로는 짚을 수 없는 어디쯤이 아주 강하게 일렁였다. 후유증이
니 어쩌니 하는 말로는 설명할 수 없을 정도로.

"누님?"

에시가 의아하단 듯 나를 불렀다. 나는 그제야 내 행동을 자각했
다. 난 자리에 멈춰 서 있었다. 그것도 에시의 옷자락을 잡은 채로. 자
각하는 순간 놀라 옷자락을 놓았다. 당황스러웠다. 뭐가 당황스럽냐
면, 그러니까.

"난…… 저기, 저택에 먼저 돌아갈게."

여기서 조금만 더 가면 곧 분수가 나온다. 그런데 이대로 그곳까지
에시와 함께 걸어갈 자신이 없었다. 이 기분이 도대체 뭔지 나는 알
수가 없었다.

"그럼 같이……."

"에시 너는, 그러니까, 분수에 좀 다녀와 줄래?"

말을 급히 꺼내면서 시선을 비스듬히 내렸다. 이상하게 시선을 마
주치기가 힘들었다.

"낮에 거기 뭘 두고 온 것 같아서 그래. 그게…… 중요한 거거든. 있
으면 눈에 띌 거야"

"……."

"부탁할게."

"알겠으니 조심히 들어가. 어두우니 넘어지지 않게."

이번 부탁마저 순순히 수락한 에시가 분수가 있는 쪽으로 멀어지는 것을 발걸음 소리와 바닥의 그림자를 통해 알 수 있었다. 나는 그림자가 완전히 사라졌을 즈음에야 고개를 들었다. 에시의 모습이 더는 보이지 않게 되었다. 몸을 돌렸다. 그리고 저택을 향해 무작정 뛰었다.

"아가씨, 지금……!"

달음박질로 뛰어 들어간 나를 이 시간에 왜 나와 있는지 모를 집사가 발견하곤 경악했지만, 그러거나 말거나 무시하고 계단을 마저 단숨에 뛰어올라 방으로 들어왔다.

한달음에 뛰어왔더니 심장이 터질 것 같았다. 문에 등을 기대고 턱까지 차오른 숨을 몰아쉬었다. 쫓기지도 않으면서 그렇게 도망치듯 방에 들어오고 나서야 나는 어떤 사실을 알아차렸다. 손등으로 뺨을 훔쳤다.

나는 울고 있었다.

Chapter 4
레이딕 영지

날이 밝았다. 아침이 어떻게 왔는지도 모르겠다. 나는 뻑뻑한 눈을 힘겹게 깜박였다. 어젯밤 방에 들어와 불을 끄고 무턱대고 침대에 누워 이불을 덮어썼다. 그 후에도 눈물은 멈추지 않았다. 눈을 깜박일 때마다 투명한 물줄기가 눈꺼풀 밖으로 쉴 새 없이 밀려 나왔다. 이상한 노릇이었다. 나는 그렇게 울면서도 내가 왜 우는지를 몰랐다.

'몸이 허한가?'

하다 하다 그런 생각까지 했을 정도였다.

'세상에 몸이 허해서 우는 사람도 있나.'

그게 바로 나……?

"……머리 아파."

침대에서 상체만 일으켜 앉은 채로 중얼기렀다. 머리는 아프고 눈에선 열이 오르는 것 같았다. 밤새 눈물을 쏟아내면서 한참을 뒤척이다 잠들었다. 도중에 베시가 무슨 용건인지 방문을 두드렸지만, 이유도 말할 수 없는데 우는 걸 들키기도 곤란한 노릇이라 가만히 자는 척을 했다. 베시는 잠시 서성이는 것 같더니 돌아갔다.

"후우."

거울을 봐야 하는데, 어째 보지 않아도 어떤 몰골이 비칠지 알 것 같다는 강렬한 예감이 들었다. 아니나 다를까.

"어머, 아가씨!"

내 기상을 확인하고 방을 정리하러 온 베시가 화들짝 놀라 문간에 멈춰 섰다.

"세상에, 눈이 왜 그러세요?"

"……많이 심해?"

"기다리세요. 당장 얼음 가져올게요."

심하구나. 눈두덩이를 만져보았다. 열이 느껴지기도 하고 약간 따가웠다. 팅팅 부었군. 하긴, 어제 그렇게 울다 잤는데 안 부었으면 그게 더 이상하지.

금방 돌아온 베시가 내게 차가운 천 주머니를 안겨주었다. 나는 그걸 얌전히 눈두덩이에 얹었다.

"어쩌다 눈이 그렇게 부으셨어요. ……무슨 일 있으셨어요?"

"그냥 좀, 슬픈 꿈을 꿨어."

떠오르는 대로 둘러댔더니 베시가 혀를 찼다.

"오늘은 잠드시기 전에 향초를 좀 피워 드릴게요. 꿈자리에도 도움이 된다고 들었어요."

"고마워."

"참, 그리고."

베시가 품에서 뭔가를 꺼냈다. 나는 그제야 그녀가 얼음주머니 말고도 무언갈 가지고 들어왔다는 걸 알아차렸다.

"이거요. 공작님께서 아가씨 갖다 드리라고 하셨던 거예요."

"콜록!"

"아가씨?"

"아, 아니. 먼지가."

손등으로 입을 가렸다. 찰나 당혹스러운 빛을 숨기기 어려웠다. 뭐야?

'왜 이게 여기서 나와?'

베시가 내미는 연푸른색 천을 보는 순간 하마터면 놀라 사레가 들릴 뻔했다. 잘못 보았나 했지만 다시 살펴도 모양과 빛깔이 그대로였다. 나는 최선을 다해 침착한 척 매혹의 천을 받아 들었다.

"매혹, 아니, 아무튼 이걸…… 에시가 나한테 가져다주라고 했다고?"

"어젯밤에요. 어디 두고 가셨던 거라면서요?"

베시가 실은 어젯밤에 바로 드리러 왔었는데 잠들어 계셔서 못 드리고 그냥 돌아갔었다고 덧붙였다. 당황스러운 눈으로 천을 내려다보았다.

'두고 갔던 거라고?'

어디, 설마 분수에? 아니, 그야 어젯밤 에시를 분수 앞으로 보내면서 거기 뭘 두고 왔으니 가져다 달라는 핑계를 대긴 했었다. 그렇지만 그때 매혹의 천은 분명 아리가 두르고 있었을 텐데.

'왜 이게 유실물이 돼서 나타나?'

이럴 게 아니라 아리에게 물어봐야겠다는 생각이 퍼뜩 들었다. 어제 무슨 일이 있었는지 들어야겠다. 어련히 계획한 대로 잘되겠거니 생각했었는데, 난데없이 튀어나온 매혹의 천이 사람을 당혹스럽게 했다.

나는 재빨리 씻고 옷을 갈아입은 후 복도로 나왔다. 나왔는데…….

"아, 아가씨. 마침 나오셨군요."

"……집사?"

"드릴 말씀이 있었는데 마침 잘됐습니다."

왜 이 타이밍에 집사가……?

"저기, 뭔진 모르겠지만 안 하면 안 될까?"

"안 됩니다."

집사의 표정은 단호했다. 순간, 전날 내가 우당탕 소리를 내며 저택에 뛰어 들어와 집사의 눈앞에서 그대로 계단까지 뛰어올랐던 일이 파노라마처럼 눈앞에 펼쳐졌다. 아.

"이 늙은이가 어젯밤 노안이 왔었던 것일까요?"

"그럴…… 나이가 됐지?"

"아가씨!"

결국 내가 아리의 방에 찾아간 건 시간이 꽤 흐른 뒤였다. 나는 생명력을 다한 파김치가 되어 비척비척 노크하고 문을 열었다. 잔소리도 재능의 영역이라면 그건 분명 악마의 재능일 거야.

"언니?"

아리는 침대에서 눈을 비비면서 나를 맞이했다. 내가 집사에게 붙잡혀 끝나지 않을 것 같은 설교를 듣는 사이 기상한 것 같았다. 자는 아리를 굳이 깨울 필요가 없게 된 건 그나마 다행이었다. 나는 아침 때가 지난 걸 확인하곤 딜런에게 부탁했다.

"딜런, 부탁이니 잠시만 자리를 피해줄래요?"

"그렇게 해줘."

딜런이 방을 나가 아리와 둘만 남았다. 아리에게 가까이 가는 길에 발견한 바닥의 형광 거미 시체—두 동강이 나 있었다—에 눈길을 주지 않으려 노력하며 입을 여는데, 아리가 막 손뼉을 치며 선수를 빼앗았다.

"맞아, 언니! 매혹의 천 고장 난 것 같아요!"

"어제…… 응?"

"안 그래도 일어나자마자 말해야지 했는데. 효과가 사라졌더라고요."

"뭐?"

아리가 들려준 이야기는 이랬다.

어젯밤, 계획했던 대로 아리는 매혹의 천을 두르고 분수 앞에서 얌전히 기다리고 있었다. 마침내 기다리던 악당(에시)이 나타났고, 같이 올 줄 알았던 내가 없어 의아했지만 어쨌든 준비했던 '우연히 만난' 연기를 하려고 정신을 바짝 차렸다. 그런데 나타나자마자 아리에게 스치듯 시선을 준 에시가 말하길.

"그거, 내 누이의 것 아닌가?"

"제가 두르고 있는 매혹의 천을 보면서 그렇게 말하더라고요. 갑작스럽기도 하고, 뭐라고 해야 할지 몰라서 얼결에 잠깐 맡아두고 있는 거라고 했거든요? 그랬더니 그럼 내놓으라고……."

그래서 줬다. 아리는 악당에게 저항할 수 없었고, 에시는 그렇게 매혹의 천만 회수한 뒤 남은 볼일은 없다는 듯 바로 돌아갔다.

나는 당황해서 눈을 깜박였다.

"그게 무슨……."

"아니, 그런데 있잖아요. 들어봐요, 언니. 분명 나랑 대화를 나누고 있는데, 상대가 나한테 아주 최소한의 인간적인 관심조차 없는 느낌? 내가 사람이 아니라 매혹의 천을 두른 마네킹이 된 기분? 혹은 정원의 풀이나, 나무나, 바위나, 흙이나, 배경이나, 어쨌든……."

열띤 열거 끝에 결론이 나왔다.

"아무 효과가 없었어요, 매혹의 천. 악당이 저한테 아무 관심도 안 주던걸요?"

말도 안 되는 일이었다. 그런 리가. 아리는 매혹의 천 고장설에 완전히 무게를 싣고 있었다.

"대체 왜 고장이 난 걸까요? 분수에 가까이 가긴 했지만 그렇다고 천을 물에 빠뜨리진 않았거든요? 바닥에 흘려서 밟거나 하지도 않았는…… 언니?!"

아리가 말하다 말고 화들짝 기겁했다. 내가 가까이 있던 응접 테이블에 이마를 쾅 박았기 때문이다.

"어, 언니…… 괜찮아요?"

"괜찮아. 별거 아냐."

아리가 안절부절못하며 내 눈치를 보았다. 아리는 내가 냅다 자해를 저지른 게 매혹의 천 고장에 충격을 받아서라고 생각하는 것 같지만, 그게 아니었다. 그런 이유가 아니라.

'안도? 무슨 미친놈의 안도?'

아리의 말을 들으면서 조금 전, 아주 찰나지만 안도하듯 한숨이 새어 나왔기 때문이다. 인지하자마자 경악했다.

'안도가 아니라 절망감, 낭패감에 내쉰 한숨이겠지.'

그래, 그런 거다. 아무래도 머리가 맛이 가서 순간 잘못 인식했던 것 같다. 예로부터 고장 난 기계는 패는 게 답이라고 했다. 한 대 패줬으니 이제 괜찮아졌겠지. 나는 얼얼한 이마를 문지르며 아리를 보았다.

"천이 고장인 것 같다고? 잠깐만."

품에서 매혹의 천을 꺼냈다. 베시에게 받아서 바로 가지고 나온 터였다. 천을 목에 칭칭 두르자, 잠시 후 아리가 얼빠진 얼굴로 눈을 깜박거렸다.

"……어라? 고장이 아니네요?"

매혹의 천의 효과는 멀쩡했다. 아리는 혼란스러운 기색이었다. 물론 그건 나도 마찬가지였다. 뭘 어떻게 해야 할지 모르겠는 어색한 침묵이 지나고 아리가 문득 입을 열었다.

"다시 해볼까요?"

"다시?"

"잘은 모르겠지만, 어젠 왠지 효과가 없었던 것 같으니까요. 다시 해 보면 다르지 않을까요?"

그렇게 말한 아리가 어수선한 분위기를 좀 바꿔보려는지 과장되게 주먹을 불끈 쥐었다.

"한국인은 삼세번! 그리고 이번엔 매혹의 천을 안 뺏기게 언니한테 받았다고 해야겠어요. 솔직히 천 내놓으라고 할 때 저 엄청 쫄았었거든요. 아니다, 그냥 위장 전술을 쓸까요? 천 위에 다른 천이나 숄을 덮는다거나?"

아리가 열심히 조잘거렸다. 나는 여전히 혼란스러운 심정으로 그 모습을 보다가 이내 후자가 낫겠다고 한 표 던졌다.

하루가 지나도록 곰곰이 생각해 봤다.

'왜 그랬지?'

난 그때 정원에서 왜 그렇게 도망치듯 나왔을까? 그리고 대체 왜 울었을까? 머리가 더 이상은 생각하길 거부할 정도로 생각에 생각을 거듭한 결과, 마침내 나름 그럴듯한 결론을 낼 수 있었다. 우선 정원 에서 도망쳤던 건.

'그러니까…… 그런 거지.'

질투. 이상한 의미가 아니니까 더 들어주길 바란다. 왜, 그러니까 그런 거 있잖은가. 친한 친구나 가족이 갑자기 나 아닌 다른 사람에 게 관심을 보이면 순간적으로 괜히 심통이 나고 마는, 그런 거.

'그랬던 거지. 그래서 에시가 아리에게 시선을 뺏기는 순간을 볼 자 신이 없었던 거야!'

황당한 일이지만 내 안에 나도 몰랐던, 상황 파악 못 하는 어린애가 숨어 있었던 모양이다. 그래, 그거였어. 원인을 알았으니 그 어린애는 이만 축출했다. 잘 가라.

'그리고 울었던 건…….'

그건…… 서러워서. 그렇지. 서러워서 그랬던 거다. 뭐가 서럽냐고? 다! 내 처지를 봐라. 솔직히 어딜 봐도 객관적으로 서러울 부분이 많았다. 봐! 전생에 스토커 때문에 고작 스물하나에 죽었어. 근데 이번엔 스물둘에 죽게 생겼지. 심지어 이번 생에 날 죽일 사람은 사이코패스고, 그 사이코패스가 내 동생이야. 이런데 안 울고 배겨? 어떻게 안 울어? 누구라도 울 수밖에 없지 않을까?

'자연스러운 눈물이었던 거지.'

그랬다. 끝. 결론은 났다. 정원에서 갑자기 도망치듯 돌아왔던 이유도, 눈이 팅팅 붓도록 눈물이 났던 이유도 모두 설명이 됐다. 문제는 해결됐고, 그 문제에서 오던 혼란도 사라졌다. 사라졌는데…….

"……언니."

다만 훨씬 큰 혼란이 그대로였다.

"어쩌죠?"

아리가 어두운 얼굴로 말했다.

"아무래도 망한 것 같아요."

한국인은 삼세번이라는 명언과 함께 재도전의 의욕을 불태웠던 그때 이후, 뱉은 말을 실천하듯 아리는 다양한 핑계를 대고 에시에게 부지런히 접촉했다.

긴히 할 말이 있다고 집무실에 찾아가기, 내 이름을 팔아 따로 식사 자리 만들기, 에시가 서재나 창고를 찾을 때 이때다 싶어 우연인 척 따라붙기. 매 순간 아리는 매혹의 천을 두른 채 에시의 눈앞에서 열심히 알짱거렸고, 결과는…….

"……다시 얼쩡거리면 말도 못 하고 움직이지도 못하게 만들어주겠대요."

"……."

"언니, 저 죽어요……?"

"아냐……."

'살긴 해도 좋은 꼴도 아니겠지만.'

노력의 결과 호감은커녕 비호감을 샀다. 무시보다는 그나마 비호감이 낫지 않냐 하기엔, 이 상황은 여주인공과 남주인공이 서로 아옹다옹하다 정들어 사귀는 청춘 소설의 한 페이지가 아니었다. 사이코패스의 비호감을 사서 남는 건 인형이나 죽음뿐이다.

아리가 이틀에 걸쳐 에시에게 다섯 번쯤 무시당하는 것도 모자라 급기야 살벌한 협박까지 받자, 결국 나는 현실을 직시하지 않을 수 없었다.

매혹의 천은 에시한테 통하지 않는다.

'왜?'

이유고 뭐고 없다. 그냥 안 통해. 천의 효력 자체에 문제가 생긴 것은 다시 확인해 봐도 아니었다. 혹시나 해서 추가로 희생양을 몇 명 만들었다. 나는 그때 양심을 버렸다. 확인 결과 효력은 여전했다. 그런데 대체 왜 에시는?

"미안해요, 언니."

"어?"

"언니는 날 살려줬는데, 난 언니한테 도움이 안 되네요."

안색이 어둡던 아리가 숫제 울먹이려고 했다. 나는 깜짝 놀라 일단 아리를 끌어안았다.

"아냐, 괜찮아. 그런 생각 하지 마."

끌어안고 아리의 등을 토닥토닥 두드려 주었다. 그러나 의연한 척하는 말씨와는 달리 손은 미세하게 떨리고 있었다.

'이젠 어쩌지?'

상상도 못 해본 상황이 닥쳤다. 매혹의 천을 훔칠 계획을 세울 때도, 실제 훔쳐낼 때도 이런 사태는 전혀 예상해 보지 않았다. 그렇잖아. 다른 사람에겐 다 통하는데 에시에게만 효과가 없다니, 그게 말이 돼? 이게 뭐야? 아니, 애초에 매혹의 천을 왜 훔친 건데.

'신이시여.'

신을 찾았다. 이 순간 문득 신이 간절히 보고 싶었다. 부탁이니 잠깐만 눈앞에 나타나 줬으면 좋겠다는 생각이 들었다. 멱살 좀 잡게. 제발.

그렇게 혼란하고 절망스럽던 무렵…….

"아가씨, 아가씨 앞으로 웬 카드가 왔는데요? 어머나, 황궁이네?"

초대장이 왔다.

제국 귀족이라면 누구나 아는 황가의 직인이 선명히 찍힌 고급스러운 카드에는 오늘 몇 시 황궁 어디에서 작은 파티가 있을 예정이니 참석을 바란다는 말이 단정한 필체로 쓰여 있었다.

나는 내용을 확인하자마자 채비를 하곤 마차에 올랐다. 그러잖아도 머리를 비우고 싶었다. 왜 황궁 행사 초대장이 가문이 아니라 내이름으로 왔나 하는 소소한 의문점이 존재했지만, 그런 거 지금은 내알 바 아니었다. 뭐든 좋았다. 빠각 쪼개지기 직전인 이 머리를 좀 식혀줄 필요가 있었다.

'하아.'

파티는 원래 별로 좋아하지 않는 편이었지만, 명상보단 차라리 파티에 참석하는 게 나을 거다. 쓸데없더라도 집중할 것이 있는 편이 외려 생각을 비우는 데 도움이 되니까.

아리는 안전을 이유로 저택에 남기로 했고, 에시는 원래 이런 파티에는 참석하는 일보다 참석하지 않는 일이 많았다. 결국 나 홀로 황궁행 마차에 올랐다.

바쁘게 지나가는 창밖 거리를 내다보았다. 나는 좀 음울한 기분이었다. 그럴 수밖에. 누구라도 그럴 거다. 기대했던 일이 원인도 모르게 무산되고, 내 생고생이 전혀 의미 없는 짓이었다는 걸 시인해야 하는 현실에 놓이게 되면.

'아니, 뭐, 결과적으로는 딜런을 얻었으니 매혹의 천을 훔친 보람이 아예 없는 건 아니지만……'

후우. 애써 긍정 회로를 돌리는 사이 마차가 황궁에 도착했다. 성문을 통과하고 나서야 조금 일찍 나온 게 아닌가 하는 생각이 들었다.

'이르게 도착했네.'

초대장에 적힌 시간은 지금보다 약간 늦었다.

일단 파티가 열리는 별궁으로 들어가려는 그때, 황궁의 사람이 다베리 경을 막아섰다.

"실례지만, 검을 소지하신 호위분께선 파티장 안으로는 입장하실 수 없음을 미리 말씀드립니다."

"아."

"따로 안내를 받으시겠습니까?"

그러고 보니 그랬지, 참. 황궁 파티장 안까지 들어갈 수 있는 건 근위대뿐이다.

"어쩔까요, 디베리 경? 검을 빼서 잠시 맡겨두고 내 동행인으로 입장하는 방법도 있긴 할 텐데."

"흠…… 평소 주변에 원한을 많이 사셨습니까?"

"그럴 리가요?"

날 뭐로 보고? 그런 적 없다. ……아마도.

"그럼 됐습니다. 설마 파티장 안에서 무슨 일이 있겠습니까? 끝날 때까지 따로 기다리죠."

이내 다베리 경이 시종의 안내를 받아 다른 길로 사라졌다. 나처럼 호위를 대동한 사람들을 위해 호위들이 머물 곳을 별도로 마련해 둔 것 같았다. 안내인이 내게 몸을 돌렸다.

"그럼 파티장으로 안내해 드리겠습니다."

"저, 파티가 시작하려면 아직 시간이 좀 남았죠?"

"예? 아, 예. 그렇긴 합니다만."

잠시 고민하다 물었다.

"정원이 어딘가요?"

머리를 비우고 싶어서 파티에 참석하겠다고 와놓곤 오자마자 딴 길로 새는 게 좀 우습기는 했지만, 어쨌든 사람이 바글거릴 혼잡한 곳에 미리부터 들어가고 싶지는 않았다. 바람이나 잠깐 쐬다가 시간에 딱 맞춰 입장해야겠다.

그리고 정원을 걷는 것도 머리를 비우는 데 썩 나쁘지만은 않은 방법이었다. 일단 전에 와본 적이 없는 정원이라는 점이 한몫했다. 새로운 장소를 걸으니 기분도 새로워지는 듯한 착각이 들었다.

'정원이 넓네.'

별궁에 딸린 거라지만 역시 황궁인가. 정원은 꽤 컸다. 잘 정돈된 정원수가 빼곡히 길을 만들고 있는 것이 한눈에도 산책용이라는 느낌이었다. 중간중간 앉아서 쉴 수 있는 벤치도 있었지만 나는 일부러 몸을 움직였다. 그렇게 안으로 얼마나 들어갔을까.

"응?"

나도 모르게 얼빠진 소리를 내고 말았다. 그도 그럴 게 생각지도 못

했던 뒤통수가 눈에 보였으니까. 내가 낸 소리에 상대도 나를 인식한 것 같았다.

"그대는……."

"제국의 작은 주인을 뵈어 인사 올립니다."

선명한 녹안이 내게 닿는 순간 얼른 예를 올렸다.

'황태자가 왜 여기에?'

물론 황궁에 황태자가 있는 게 이상한 일은 아니다. 아니, 근데 그래도 그렇지, 황궁이 얼마나 넓은데. 황태자는 연미복인지 신전에서 봤을 때보다 좀 더 화려한 옷을 차려입고 있었다. 순간 말문이 막혔다.

'이 사람, 왜 이렇게 운이 없지?'

저절로 그런 생각이 들었다. 별궁 파티에 참석하려던 것 같은데, 그럼 마주치더라도 차라리 파티장에서 마주치는 게 훨씬 나았을 거다. 거긴 복잡하고 사람이 많으니, 서로 알아보더라도 가볍게 묵례만 하고 말거나 혹은 자연스럽게 모른 체해도 되었을 테니까.

그런데 이렇게 한적하고 다른 사람이 없는 장소라니, 이런 데서 마주쳐 버린 이상 황태자는 나를 무시할 수도 없었다. 그러니까, 만든 지 얼마 되지도 않은 신선한 흑역사를 우연히 다시 만났는데, 그 흑역사와 인사하고 아는 체도 해야 한다는 소리였다.

'어쩜……'

이렇게 불운해도 되는 건가……?

"공녀를 이런 데서 다 만나는군요."

연민을 금할 길이 없다. 역시라고 할지, 나를 대면한 황태자에게선 일견 당황한 기색이 보였다. 아무리 침착한 척해도 눈동자가 흔들리는 거 다 봤다.

나는 예의상 모른 척해주기로 했다. 그리고 황태자에겐 고통만 안겨줄 이 대화도 빨리 끝내주자고 마음먹었다.

"예, 전하."

"파티에 참석하러 온 길입니까?"

"그렇습니다, 전하."

"파티가 시작하기 전에 잠깐 산책이라도 나온 모양이군요."

"예, 전하."

"어떻습니까, 정원은 산책하기에 괜찮았습니까?"

"예, 전하."

"어디가 특히 마음에 들었습니까?"

'……?'

뭐지?

'왜 대화를 안 끝내?'

나는 그저 대답만 하는데 말이 자꾸 이어지고 있었다. 심지어 이번 엔 '예, 전하'로는 대답할 수 없는 구체적인 질문까지 나왔다. 기껏 배려해 주고 있는데 이 사람이 지금 뭐 하는 거지?

"……적당히 넓고 길이 깨끗하여 산보하기 편하고, 정원수가 잘 손질되어 있어 보기에도 좋았습니다. 솜씨 좋은 정원사를 고용하신 모양입니다."

뭐 하자는 건지는 모르겠지만 일단 바란 대로 길게 대답해 줬다. 그러자 황태자가 자기 안목을 칭찬해 주는 거냐며 부드럽게 웃었다. 고개가 내심 모로 기울었다.

'굳이 대화를 끝낼 생각이 없나?'

당연히 인사고 뭐고 한시라도 빨리 대화를 끝내고 얼른 나와 헤어지고 싶어 할 줄 알았더니, 태도로 봐선 꼭 그런 것도 아닌 모양이었다.

'모를 일이네.'

나를 흑역사로 생각하는 게 아닌가? 그렇지만 눈동자가 흔들리는 건 똑똑히 봤는데.

'잘은 몰라도 안 끊겠다면 내가 끊지, 뭐.'

어차피 슬슬 파티장에 들어가야 할 때였다. 나는 공손하게 다시 상체를 숙였다.

"짧게나마 전하의 배려에 즐거운 시간을 보냈습니다. 아쉽게도 이만 파티가 시작될 시간이니, 파티장에서 다시 뵙겠습니다."

"아, 그래요. 시간이 그렇게 되었군요."

그럼 파티장에서 보자고 순순히 말한 황태자가 먼저 몸을 돌렸다. 그러더니 입구와 정 반대편으로 걸어갔다.

"······?"

정원에서 나가는 게 아닌가?

'파티장에서 보자면서.'

그냥 하는 인사말이었나? 뭐, 그야 산책을 좀 더 하다가 파티에 참석하려는 것일 수도 있다. 그렇지만 어쩌째 묘한 낌새가 느껴졌다. 더군다나 나는 뭔가 아는 게 있었다. 짧게 고민하다 황태자가 더 멀어지기 전에 입을 열었다.

"전하, 혹 파티장으로 가시나요?"

"그래야죠."

"그쪽이 아닌 것 같은데······."

황태자의 반듯한 어깨가 순간 멈칫하는 것이 보였다. 그는 몹시 자연스럽게 걷던 방향을 틀었다.

"그쪽도 아닌데."

"······."

"그쪽도······."

이쯤 되니 나는 의심하고 있던 것을 입 밖으로 꺼내지 않을 수가 없었다.

"실례지만 전하, 길을 잃으신 건가요?"

황태자가 길치라는 건 알고 있었다. 왜냐면 책에서 봤으니까. 짧은 서술이었지만 그는 분명 다방면에 뛰어나나 길만큼은 더럽게 못 찾는다고 되어 있었다. 그렇지만 황태자가 황궁 정원에서 길을 잃었다고? 심하잖아……?

황태자가 가만히 나를 돌아보았다.

'아.'

나는 흔들리는 그의 녹색 눈동자를 보며, 아까 그가 왜 날 보고 당황하는 낌새를 내비쳤던 건지 깨달았다.

'그때부터 이미 길을 잃은 상태였구나.'

나는 대체 황태자가 이 정원에 얼마나 있었는지 궁금해졌지만, 눈치껏 묻지는 않았다.

"전하."

대신 안심하라는 듯 말했다.

"염려 마세요. 이 사실은 결단코 발설하지 않겠습니다. 설령 목에 칼이 들어와도요."

황태자는 나의 이 믿음직스러운 말에 어딘지 체념한 것 같은 미소를 지어 보였다.

"……목에 칼이 들어오면 그냥 발설하세요."

으음. 본의 아니게 황태자를 고난에서 구했다. 그렇지만 사실 가만 놔뒀더라도 오늘 파티에 참석하기로 한 황태자가 보이지 않는 것을 의아하게 여긴 사용인이 알아서 정원으로 나와 그를 구출해 갔을 것이다. 그러면서 '전하, 또 산책 삼매경에 빠져 계셨습니까?' 하는 말로 길을 잃었다는 사실을 훌륭하게 은폐해 줬겠지.

'모른 척 그냥 놔둘 걸 그랬나.'

에이, 몹쓸 입. 나는 짧게 후회하며 방향을 잡았다. 황태자 역시 자연스럽게 내 옆에 서 날 따라 걸음을 내디뎠다. 정원을 벗어나는 길이 묘하게 적막했다.

산책로를 막 빠져나올 때쯤, 문득 황태자가 침묵을 깼다.

"내가 길치라는 걸 한 번에 알아본 건 공녀가 처음입니다."

음……. 뭐라고 하면 좋지. 길치라고 직접 말하진 않았으니 거기까진 미처 몰랐다고 할까? 그렇지만 황태자가 황궁 정원에서 길을 잃은 걸 목격한 시점에서 그런 말은 외려 조롱일지 모른다. 나는 그냥 재차 안심시키는 걸 택했다.

"정말 심려치 않으셔도 됩니다. 전하의 개인적인 이야기를 함부로 옮기고 다닐 만큼 예의와 명예를 모르지는 않습니다."

"그런 걸 걱정하는 건 아닙니다."

아니야? 슬쩍 올려다본 황태자는 부드러운 표정이었다. 확실히 불안해하는 얼굴은 아니긴 하다. 그게 나를 믿는다는 건지, 혹은 말이 퍼져도 상관없다는 뜻인지는 알 수 없었다.

"다만 조금 민망하긴 합니다. 하필 공녀에게 부족한 모습을 보인 것이."

"아뇨, 전하. 제겐 외려 영광이었는걸요. 전하께 도움을 드릴 수 있었으니까요."

"그런가요?"

"네. 그리고 사실, 사람이 너무 완벽하기만 하면 인간미가 없고 벽이 느껴지게 마련입니다. 전하께선 남들보다 길에 아주 약간 어두운 면모가 있으심으로써 오히려 더 완벽해지신 거죠."

지금 내가 제대로 된 말을 한 게 맞나? 일단 나오는 대로 꺼내고 봤더니 미처 점검을 못 했다. 다행히 선의는 제대로 전해졌는지 황태자가 가볍게 웃는 소리가 들렸다.

"그렇군요. 더 완벽해졌군요."

"네, 그러시죠."

마음에 드니? 뭐, 사실 황태자가 길치라는 언급은 봤어도 그걸 콤

플렉스로 여긴다거나 하는 내용은 따로 읽은 기억이 없다.

황태자는 생각보다 침착하고 의연했다. 조금 전엔 본의 아니게 내게 길을 잃은 걸 들키는 바람에 잠깐 당황하긴 했지만, 어쩌면 의외로 지금 이 일을 별것 아니라고 여기고 있을지도 모르겠다.

'아니, 아무리 그래도 황궁 정원은……'

몰라. 아니면 말고. 어쨌든 어디 가서 발설하지 않겠단 말은 진심이니까. 말해서 뭐 하겠어? 더구나 말해도 믿어주지도 않을 거다. 나야 책으로 읽어서 황태자가 길치란 사실을 아는 거지, 제국민에게 보통 황태자 이그렛은 그저 완벽하고 빈틈없는 우상적 존재였으니 말이다. 그 환상, 구태여 욕먹어가며 깨줄 의사 없음이다.

그런 생각을 하는 사이 어느새 파티장 입구가 코앞이었다. 오는 길에 안내인을 만난 덕에 길을 돌지 않고 야외와 통한 입구로 바로 올 수 있었다. 황태자가 문 앞에서 걸음을 멈췄다. 문틈으로 파티장 안의 불빛이 미약하게 새어 나왔다.

황태자의 뚜렷한 이목구비에 묘한 음영이 졌다. 반듯하고 수려한 이목구비였다. 뺨을 때리면서 흠을 찾으라고 해도 과연 찾을 수 있을까 자신이 들지 않을 만큼.

"어떤 사람일까 궁금했는데…… 재미있는 사람이군요, 공녀는."

"네?"

정신이 딴 데 팔려 있느라 못 들었다. 마침 시종이 문을 열었다. 환한 불빛과 음악 소리, 그 외 번잡한 소음이 한꺼번에 밀려들어 주의를 잇아 갔다. 그때 황태자가 나를 향해 몸을 숙였다. 그와의 간격이 줄어들었다. 시끄러운 와중에도 작은 말소리가 분명하게 들릴 만큼.

"부디 오늘 파티가 즐겁기를 바랍니다. 정원에서 받은 도움은 잊지 않겠습니다."

이내 황태자가 저를 찾는 목소리에 파티장 안쪽으로 멀어졌다. 나는 그를 보내고 입구 근처에서 눈을 깜박였다.

'방금……'

굳이 그 말을 그렇게 가까이서 할 필요가 있었나? 귓가를 문질렀다. 숨결이 닿거나 한 건 아니었지만 자칫 그럴 만한 거리였다. 나는 지금 저 행동에 어떤 의미를 부여하는 게 자의식 과잉일까 아닐까 제법 진지하게 고민했다.

"어머, 리디아 공녀님."

그러고 있는데 누가 말을 걸었다. 시선이 강제로 옮겨 갔다.

"아, 백작 부인."

이름까지는 떠오르지 않지만 작년 모 귀족의 결혼식에 참석했던 것이 얼추 기억나는 금발의 여성이었다.

"여기서 이렇게 뵙네요. 오랜만이에요. 그간 잘 지내셨죠?"

"그럼요. 부인은요? 백작님은 잘 계신가요?"

"그이야 뭐……."

부인이 부채를 펼쳐 들고 조잘거렸다. 처음으로 말을 걸어온 사람이 하필 그녀인 것이 다행인지 불행인지 모를 일이었다. 백작 부인은 말이 많았다. 덕분에 나는 그녀의 수다에 어울려 주는 것만으로 금세 다른 생각을 할 겨를이 없게 되었다.

"안녕하세요, 공녀님."

"여전히 아름다우세요. 남색 드레스가 어울리시는걸요. 어느 살롱에서 맞추셨나요?"

"와인은 드셔보셨습니까? 시종에게 들었는데, 오늘 와인이 황궁에서 특별히……."

백작 부인을 시작으로 여럿이 말을 걸어왔다. 사람이 다양하니 주제도 다양했다. 대화를 받아주느라 입과 표정은 바빴지만, 바라던 대로 머리는 어째 점점 단순해지는 기분이었다.

'많이도 왔네.'

후. 중간에 한숨 돌릴 겸 대화를 잠시 끊고 파티장 내부를 둘러보았다. 오늘 파티는 이곳 별궁이 신축 몇 주년을 맞이한 것을 기념해 열린 일종의 축하 파티였다.

물론 별것 아닌 이유에서 감이 오듯 축하 파티는 그저 명목일 뿐이고, 실상은 그냥 시간 되고 신분 되는 사람끼리 모여 친분이나 쌓으라고 나라에서 (세금으로) 열어준 간단한 모임의 장이라고 보아야 했다.

'다른 때 같았으면 이런 파티에 굳이 올 일은 없었을 텐데.'

내가 직접 낸 것은 아니라지만 세금 낭비를 이렇게 눈앞에서 구경하고 있으려니 은근 기분이 묘했다.

"공녀님, 이것이 말씀드렸던 와인인데……."

"아, 고마워요."

나는 어느 자작인지 하는 남자가 내미는 와인 잔을 받아 들었다. 입을 쉬는 김에 잠깐 목이나 축일까 싶었다. 그때였다.

"실례."

툭! 누가 지나가며 내 팔꿈치를 쳤다. 퍽 공교로운 타이밍이었다. 막 마시려고 입가 가까이 가져간 와인이 잔에서 출렁 넘쳐 내 드레스를 더럽혔다.

"어쩜, 죄송해요."

검은 머리를 길게 늘어뜨린 십 대 후반쯤 되어 보이는 영애가 곤란한 듯 내게 사과를 건넸다.

"어머, 공녀님! 드레스기!"

"괜찮으세요?"

여기서 잠깐 언급하고 넘어가고 싶은 것이 있다. 나는 사실 남의 눈치 볼 일 없는 다이아 수저로 자란 것치고는 내게 유감이 있는 상대를 구별하는 데 예민한 편이었다.

그건 전생의 영향일 수도 있고, 혹은 내가 입양아라는 사실을 알고 나서 누가 뭐라 하지도 않는데 혼자 알아서 눈칫밥을 지어 먹어서일 수도 있다. 어쨌든 중요한 건 내가 그런 쪽에 제법 도가 텄다는 거다.

말로는 죄송하다 하지만 그다지 죄송해 보이지 않는 상대의 낌새를 보며 순간 다베리 경의 목소리를 스치듯 떠올렸다.

"평소에 주변에 원한을 많이 사셨습니까?"

……이상하다…… 아닌데? ……아닐걸? 아무튼 당한 이상 가만히 있을 수야 없지. 나는 이런 이유 모를 테러를 당하고도 하하 호호 넘어갈 대인배가 못 된단 말이야.

"괜찮아요. 별일 아닌걸요."

정작 옷을 버린 나보다 더 호들갑을 떠는 주변을 진정시킨 후 상대를 보았다.

"영애, 이름이 뭐죠?"

"아이작 백작가의…… 에이린입니다. 정말 죄송해요, 공녀님."

"실수였는데 사과할 것 없어요. 드레스야 갈아입으면 그만인걸요. 얼굴을 안 것도 인연인데, 영애도 와인 한잔 들지 않겠어요?"

"네?"

"사양하지 말아요. 내게 더 미안해하지 말라고 주는 거니까. 누가 그러는데, 오늘 와인 맛이 그렇게 좋다더라고요."

나는 부드럽게 웃으며 반쯤 내용물이 날아간 기존 와인 잔 대신 새 잔을 두 개 집어 들었다.

"자, 여기 한 잔씩…… 앗!"

그러곤 상대에게 내밀다 일부러 드레스 자락을 밟고 휘청거리며 둘 다 싹 부어버렸다.

"꺄악!"

명중 좋고. 잔 두 개에 담겨 있던 와인이 남김없이 쏟아져 상대의 드레스를 적셨는데, 그 꼴이 그야말로 볼만했다. 자길 에이린이라고 소개한 영애가 사색이 되어 버럭 외쳤다.

"이, 이게 무슨 짓이에요!"

"미안해요, 영애. 맙소사, 내가 하필 바보처럼 드레스 자락을 밟는 바람에……. 이를 대체 어쩌면 좋아. 괜찮아요?"

나는 어쩔 줄 몰라 하며 그녀에게 적극적으로 사과했다. 정말 예기치 못하게 실수를 저질러 쩔쩔매듯.

"사과할게요. 괜찮다면 드레스도 보상하고요."

"……됐어요."

입매를 파들거리던 에이린이 이내 몸을 휙 돌렸다. 그래, 실수했다는데 거기다 더 따져서 뭐 하겠어. 따져봐야 자기 얼굴에 침 뱉는 꼴 이상은 안 될 테고 말이다. 제아무리 되로 주고 말로 받았다지만 먼저 피해를 끼친 것은 그쪽이다. 에이린이 퇴장하자 주변이 들으라는 듯 수군거렸다.

"공녀님께선 제 실수를 너그럽게 넘겨주셨는데, 염치도 없지."

"자긴 실수를 해도 되지만 남이 해서는 안 되는가 봐요."

"어쩜 저럴까."

"그러지 말아요. 서로 실수한 것뿐인데."

나는 지나가는 말로 그들을 말린 후 에이린을 뒤따라서 파티장을 벗어났다. 더러워신 드레스를 갈아입겠다는 핑계를 댔지만, 사실 진짜 목적은 따로 있었다.

'저기 있네.'

복도로 통하는 입구로 나왔더니 막 모퉁이를 도는 검은색 머리카락이 보였다. 파티장 내부에 인파가 몰렸는지 마침 운 좋게 한산한 주변을 살핀 후, 나는 한달음에 달려가 그녀를 붙잡고 벽으로 밀어붙였다.

"꺅! 누, 누구……."

"야."

에이린이 토끼 눈을 하고 나를 응시했다. 나는 나보다 반 뼘쯤 작은 상대를 팔 안에 가두고 내려다보았다.

"너 방금 나한테 왜 그랬어?"

억울해서라도 이유는 알아야겠다. 대체 내가 평상시에 뭘 어쨌다고 얼굴도 모르던 애가 나한테 그런 어처구니없는 심술을 부려? 보는 사람도 없겠다, 이유 모르게 시비 걸렸던 입장에서 말이 곱게 나가지 않았다.

"무, 무슨…… 이게 뭐 하는 거예요!"

"바른대로 말해. 왜 일부러 내 팔 쳐서 와인을 흘리게 하는 그런 유치한 짓을 했냐니까?"

"그건 실수……."

"에이린 아이작 영애."

영애의 눈을 똑바로 보면서 목소리를 깔았다.

"내가 바보나 멍청이로 보여요?"

상대의 어깨가 움찔하는 것을 보며 다시 말했다.

"왜 그랬어?"

에이린은 작은 입을 꾹 다물고 묵비권을 지켰다. 그러나 결국 오래 침묵하지 못하고 말문을 열었다.

"……때문이잖아."

"뭐?"

"다, 당신 때문에 각하께서 내 편지를 전부 무시하잖아!"

순간 무슨 말을 들었나 싶었다. 각하? 각하라면…… 에시? 에이린이 갸름한 얼굴을 새빨갛게 물들이고선 외쳤다.

"전부 당신 때문이야. 내, 내가 편지를 얼마나 정성 들여 썼는지 알아? 자수도 일주일이 걸려 완성했던 거란 말이야. 얼마나, 얼마나 떨리는 마음으로 보냈는데……."

"잠깐, 기다려 봐."

여러모로 바로 이해하기 힘든 발언이었다. 나는 일단 가장 중요한 의문을 던졌다.

"에시가 네 편지든 자수든 무시한 게 왜 나 때문인데?"

"당신이 결혼을 안 하니까!"

"……뭐라고?"

"당신이 결혼 적령기인데도 혼인이나 약혼은커녕 연애조차 안 하니까…… 그런 누이를 걱정하느라 각하께서 정작 자기 혼사나 만남은 도외시하는 거잖아!"

응……? 나는 간만에 기가 막혀서 말문이 막히는 경험을 했다. 일순 말하는 법을 까먹은 기분이었다. 머리가 사고하길 거부해서 멍하니 눈만 깜박였다. 에이린이 바들바들 떨리는 목소리로 이어 말했다.

"나만 그렇게 생각하는 줄 알아? 다 그래. 각하께 연서를 한 번이라도 보내본 사람들이라면 다 안다고! 당신이 각하의 앞길을 막고 있는 거야, 이 민폐야!"

그러더니 에이린은 작고 가는 체구로 용케 나를 밀치고는 복도 너머로 후다닥 사라졌다. 나는 그녀를 잡지 못했다. 그럴 정신이 없었다. 잠시 후에야 내 입에서 허탈한 외마디가 흘러나왔다.

"허?"

내가…… 방금 뭘 들은 거야?

'민폐?'

에시의 앞길을 막아? 면전에 대고 바라바락 욕을 먹은 셈이었는데도 오히려 화는 나지 않았다. 그보다 진심으로 어처구니가 없었다.

"허어?"

나는 너무나 기가 막힌 나머지 선 자리에서 비틀거렸다.

바깥바람이 선선했다. 난 황궁의 도움을 받아 옷을 갈아입은 뒤 테라스에 얼굴을 내놓고 있었다. 팔을 교차해서 난간에 얹어놓고 밖을 내다보았다. 헛웃음이 흘러나왔다.

'뭐가 어째? 민폐라고?'

생각할수록 황당했다.

'내가 에시의 앞길을 막아? 나 때문에 에시가 본인 혼사를 도외시해?'

상상도 못 했다. 살다 살다, 설마.

'그런 말이 돌고 있었다니.'

에이린은 자기만 이렇게 생각하는 게 아니라고 외쳤다. 다 그렇다고, 에시에게 연서를 보내본 사람이라면 다 안다고. 에시에게 날아드는 혼담이나 연애편지는 하루에도 셀 수 없을 정도였다.

머리가 찔했다. 나는 눈을 꾹 감았다 떴다. 그러곤 난간을 후려쳤다.

'억울해.'

내 손만 아팠지만 그래도 다시 후려쳤다.

'억울해 죽겠네!'

울분이 차올랐다. 다른 억울함이 아니었다. 현실과 소문이 달라도 너무 다르잖아. 현실의 나는 어떻게든 에시 손에 안 죽고 살아보겠다고 아등바등 노력 중인데, 바깥에선 내가 에시의 혼삿길이나 막는 팔자 좋은 민폐 누니로 여겨지고 있었다는 게 황당하고 억울해서 기기 찼다.

"내가 죽고 없어져도 어차피 연서는 다른 사람이 대신 태울 거야. 알아?"

나 때문에 너희가 답장을 못 받는 게 아니라고. 에시가 남한테 관심이 없어도 너무 없어서 사람을 사람 취급 안 하는 게 왜 내 탓이야?

들리지 않을 말을 어두워진 바깥에다 대고 뱉어냈다. 억울함이 치솟으면서 동시에 왜 내가 그런 오해를 사야 하나 화도 났지만, 그것도 결국 잠시였다. 나는 침울해졌다. 기분이 호수에 던져 넣은 돌처럼 침잠했다.

'그래, 그렇겠지.'

사실 가만히 생각해 보면 그들의 사고를 전혀 이해 못 할 바는 아니었다. 내가 지금 결혼할 시기임에도 달리 사람을 만나지 않고 있는 것도 사실이고, 남의 눈에 에시와 내가 각별한 남매인 것도 사실이고. 그러니 사고가 흐르고 흘러서 그런 식으로 내가 에시의 발목을 잡고 있다는 결론에 종착했을 수도 있겠지. 진실을 아는 입장에서는 기가 막히고 코가 막히는 일이었지만, 그걸 떠나서 이해는 할 수 있었다.

그래서 우울했다. 그런 말도 안 되는 오해마저 생겨날 정도로 에시는 내게 잘한다. 우리는 좋은 남매다. 어차피 깨어질 허상을 이런 식으로 확인당하는 건 정말이지 유쾌하지 못한 일이었다.

"……."

고개를 치켜들었다. 눈물샘이 요새 왜 이러지? 원래 이렇게 연약하지 않았던 거 같은데? 내가 말이야, 낡은 도서관에서 〈신녀 아그리타의 봄〉을 발견하고 내 비참한 운명을 처음 알게 됐을 때도 안 울었던 사람이거든. 어? 실감이 안 났던 것뿐이었는지 다음 날 울었지만.

어쨌든 내 눈물샘을 헤프게 만들지 마라. 걔는 아무 때나 짜지 않는다고. 불과 엊그제 울어놓고 또 울 순 없다. 아, 머리 비우려고 참석한 파티에서 이게 뭐람.

나는 고개를 들어 올리고 눈에 힘을 주었다. 그러다 문득 미간을 좁혔다.

'아니, 그런데 생각하니까 어이없네.'

에이린 아이작 말이다. 가만 생각하니 얘 바보 아냐? 아무리 나 때문에 에시한테 무시당했다고 생각해서 원망을 품었대도 그렇지, 보통 그걸 그렇게 노골적으로 드러내서 시비를 거나? 내가 자기 연적이면 모를까, 일단은 에시의 누나이고 가족인데. 잘 보이려고 노력해도 모자랄 판에 생각이 없어도 너무 없는 거 아냐, 지금?

'어려서 그랬나. 하긴, 어려 보이긴 했지. 많아야 열일곱쯤?'

이래서 철부지 어린애란. 그런 생각을 하며 상대를 흉봤더니 어째 눈물이 조금 들어가는 것 같기도 했다.

그러고 있을 때 테라스의 유리문이 열리는 소리가 났다. 안에 사람이 있는 걸 알리는 뜻으로 커튼을 쳐두었는데. 의아해서 돌아보았더니 익숙한 얼굴이 보였다. 정확히는 근래 익숙해진 얼굴이었다.

"전하?"

"공녀."

낌새를 보니 모르고 실수로 들어온 건 아닌 것 같았다. 황태자는 어딘지 모르게 말을 고르는 기색이더니 이내 가까이 다가와 말했다.

"소란이 있었다는 이야기는 들었습니다. 그때 자리를 비우는 바람에…… 괜찮습니까?"

"괜찮아요. 정말 별일 아니었는데요."

나는 파티장에서 드레스에 와인을 좀 흘린 게 황태자를 소환할 정도의 일인지 잠시 고민했다.

"신경 써주셔서 감사합니다."

뭐, 황궁 파티에서 일어난 것인 만큼 작은 일에도 책임감을 느끼는 걸지도 모르지. 궁에서 제공해 준 옷으로 갈아입은 탓에 난 이제 남색이 아니라 연한 하늘색 드레스를 입고 있었다.

황태자가 잠깐 망설이는 것 같더니 입을 열었다.

"잘 어울립니다. 드레스."

"감사해요."

테라스 불빛이 어두워서 드레스 색감이나 제대로 보일런지 모르겠지만, 어쨌든 칭찬이니 고맙게 받았다. 오는 게 있으면 가는 게 있어야 하는 법. 나는 그의 연미복으로 시선을 주었다.

"전하께서도 오늘 누구보다 근사한 차림이십니다."

그냥 근사하다 해줄 걸 그랬나. 옷이 어떻든 황태자 자체가 빛나는 건 일단 사실이었으니 말이다. 그렇게 생각하기 무섭게 황태자의 장난기 섞인 음성이 들렸다.

"차림만 그렇습니까?"

응?

"어, 음…… 물론 전하께선 차림새를 내려놓고 보아도 몹시 근사하시지만, 그건 너무 당연한 사실이라 생략을……."

"농담입니다. 그래도 영광이군요."

황태자가 하하 웃었다. 그가 난간을 앞에 두고 나와 나란히 선 덕에 나는 그의 옆모습을 볼 수 있었다. 어두운 조명도 황태자의 잘생김을 가리진 못했다. 새삼스럽지만 정말이지 빚은 듯한 얼굴이었다. 조각상을 보는 기분으로 감상하고 있자니 곧 모양 좋은 입술이 달싹였다.

"공녀."

"네, 전하."

"정원에서 받은 도움을 잊지 않겠다고 했던 것, 기억합니까?"

"네…… 그러셨죠."

아무렴 들은 지 얼마나 됐다고 그걸 잊을까. 기억력 테스트를 하려던 건 아니었던 모양인지 그가 빙그레 웃으며 말을 이었다.

"신기하죠. 공녀는 볼 때마다 새로운 사람입니다."

"……?"

"신전에서 봤을 때가 다르고, 오늘 보니 또 다르고."

앗, 신전에선 그게…… 달랐던 이유가 있긴 한데……. 나는 차마 양심 고백을 하지 못하고 가만히 성실한 청자의 태도를 유지했다.

"다음에 볼 때는 어떻게 다를지 벌써 기대가 됩니다."

'다음?'

그냥 하는 말인 것 같으면서도 듣기에 따라 어딘가 묘한 구석이 있다고 느낄 무렵, 황태자가 내게 고개를 돌렸다. 눈이 마주쳤다. 고요한 와중, 얼핏 바람에 나뭇잎이 스치는 소리가 들린 것 같았다.

"오늘 받은 도움을 갚을 기회가 있기를 바랍니다. 언제든 좋으니 내가 필요한 일이 생기면 이야기하세요. 무엇이든."

"……"

"공녀가 날 필요로 해준다면, 그건 내게 꽤 큰 기쁨이 될 것 같으니 말입니다."

바람 소리를 들었던 건 착각이 아니었다. 바람은 나뭇잎에 이어 나와 황태자의 머리카락을 흐트러뜨렸다. 유리문을 통해 테라스로 넘어오는 파티장의 불빛이 은은했다. 나는 눈을 깜박거렸다.

"아가씨. 드레스가 바뀐 것 같다면 제 눈에 이상이 온 겁니까?"

파티가 끝나기 전에 별궁을 나왔을 땐, 야심하다기엔 조금 이른 밤이었다. 어차피 그냥 두면 밤새 계속될 파티였다. 그렇게나 어울려 줄 체력은 없었다.

나는 마차에 오르며 다베리 경에게 대답했다.

"아뇨, 제대로 본 거예요. 드레스에 뭘 흘려서 갈아입었거든요."

"저런."

과장되게 탄식한 다베리 경이 말을 이어 붙였다.

"평소 원한을 많이 사셨냐는 말에는 아니라고 하시더니."

"그런 거 아니거든요? 그냥 실수로 흘린 거예요."

장난치는 것을 알지만 뜨끔했다. 나는 아닌 척 자연스럽게 화살을 돌렸다.

"그러는 경은 얼굴이 왜 그래요?"

"제 얼굴이요?"

"손수건으로 닦으면 피곤이 묻어날 것 같은데요."

"아, 이건…… 별건 아니고, 팔씨름을 좀 해서 그런가."

"팔씨름?"

"누가 제안하는 바람에 말입니다. 가진 거라곤 체력뿐인 심심한 인간들을 한데 모아두니 하는 짓이라는 게 참. 거기다 승부욕은 또 왜 그렇게 강한지……."

질린 표정으로 다베리 경이 오른쪽 어깨를 가볍게 돌려 풀었다. 잘은 몰라도 고된 시간을 보낸 것 같았다.

"좋게 생각하면 지루하진 않았겠네요."

"뭐, 그렇죠. 파티는 어떠셨습니까?"

성문을 통과한 마차가 밤길을 매끄럽게 달렸다. 나는 흔들림에 몸을 맡기고 입을 열었다.

"평범했어요."

"별일은 없으셨습니까?"

"딱히……."

사실 있었다면 있었다고도 할 수 있겠지만, 이거나 저거나 뭐라고 말해주기에는 곤란한 이야기였다. 대충 얼버무리며 마차 창밖으로 시선을 주었다. 문득 한숨 비슷한 것이 올라와 삼켰다.

'놀랐네.'

아깐 정말 놀랐다. 테라스에서 말이다.

때마침 불어온 바람, 은은한 조도, 어쩐지 의미심장한 황태자의 대사. 묘한 분위기가 생성되어 공간을 채웠다. 그때 내심 얼마나 당황했었는지 모른다. 거울을 보진 못했지만 아마 눈동자가 꽤 볼만하게 흔들렸을걸.

'하마터면 착각할 뻔했잖아.'

다시 생각해도 섬뜩했다. 묘한 기류에 현혹되어 사고가 잠깐 마비되기라도 했던 걸까. 그 바람에 생각이 찰나 엄한 데로 흘렀다.

'황태자가 나한테 마음이 있나 의심할 뻔하다니.'

다행스럽게도 그 직후 어떤 커플이 정말 실수로 테라스에 난입했고, 오묘하던 분위기는 그대로 흩어졌다. 나는 덕분에 정신을 차렸다. 그리고 정신을 차리니 이성적인 사고가 가능했다. 구사일생이었다. 의미심장하다고 느꼈던 황태자의 대사는 냉정히 따지고 드니 꼭 그렇지도 않았다.

봐라. 자길 필요로 해주면 기쁠 것 같다? 도움을 갚겠다는 의사를 예의 바르게 표현한 거다. 다음에는 어떻게 다를지 기대가 된다? '다음에 또 봐'와 비슷한 수준의 인사말이다.

그리고 정말 기대가 된다고 해도 이상할 것도 없었다. 그야 신전에서 보고 며칠이나 지났다고 그새 사람 인상이 확 달라졌는데, 나 같아도 매혹의 천을 몰랐으면 순수하게 호기심이 들었겠다.

'즉, 전부 아무 의미 없는 말이었다는 거지.'

테라스를 잠식한 괜한 분위기에 휩쓸려 뭐라도 있는 것처럼 잠시 착각했을 뿐, 재차 지심 어린 안도감이 밀려들었다. 때맞춰 커플이 난입해 줘서 정말로 다행이었다. 안 그랬어 봐. 계속 정신 못 차리고 착각하고 있다가 거기서 내가 '전하, 죄송합니다' 뭐 이러기라도 했으면…….

"……."

오싹했다. 과장 않고 진짜 소름 돋았다. 나도 모르게 팔을 문질렀더니 다베리 경이 춥냐고 물었다. 나는 고개를 젓다가 말이 나온 김에 물었다.

"경, 경은 혹시 그런 적 없어요?"

"그런 적이라면?"

"상대는 아닌데 혼자 착각한 적이요. 그러니까, 상대방은 내게 그럴 마음이 없는데 나만 혼자서 오해하고 헛물켜고 그랬던 경험 말이에요."

다베리 경은 잘생겼다. 전에도 언급한 적이 있는 것 같지만, 지나가다 화들짝 눈이 돌아갈 정도는 아니라도 키도 크고 생김새도 멀끔하니 번듯한 미남이었다. 아무렴 알게 모르게 인기가 많지 않았을까. 그리고 그런 인기란 간혹 본의 아니게 자의식 과잉이라는 민망한 부작용을 불러오기도 하는 법이고 말이다.

반쯤은 놀릴 의도를 깔고 질문한 거였는데, 다베리 경은 그에 고민하는 기미조차 없이 바로 답했다.

"그런 착각을 왜 합니까?"

"어? 확신이 빠른데요?"

"사실이니까요. 그런 쪽에서 오해해 본 적은 한 번도 없습니다. 애초에 척 보면 보이는 걸 굳이?"

다베리 경은 도리어 이해가 안 간다는 듯 굴었다. 뭐라고 할까, 어딘지 여유롭고 경험 많은 연애 고수 같은 답변이었다.

"경, 왠지 눈꼴시네요."

"예? 이게 왜…… 아무튼 정말입니다. 그냥 가만 보면 훤히 보이는데요. 뭐, 남들은 그렇지 않다면 이건 제가 유달리 이런 방면에 눈치가 좋아서 그런 거라고도 할 수 있겠죠."

그러더니 다베리 경이 나를 빤히 보았다. 할 말 있냐는 표정으로 응수했더니 말이 이어졌다.

"그러니 혹 마음이 가는 이성이 생기거든 제게 상담하셔도 좋습니다. 누구보다 정확하게 상대의 마음을 읽어드릴 테니까요."

"재능 기부 의사는 고맙지만, 그럴 일은 없을 테니 됐어요."

"사람 일은 모르는 겁니다."

"정말 없어요."

픽 웃음이 났다. 연애 상담은 무슨, 그렇게 팔자 좋은 걸 할 틈이 어디 있다고.

'그래, 내 상황에 무슨. 누굴 좋아하니 연애니, 당장 미래에 안 죽고 살아남는 게 급한 마당에 그런 것까지 챙길 여유가 없지.'

그래서다. 이런 나이가 되어서도 남들처럼 결혼이니 약혼이니 하지 않는 건. 사람을 안 만나는 건 다 그런 피치 못할 이유가 있어서라고. 누구 망상처럼 에시 발목이나 잡는 게 취미라서가 아니란 말이야. 어?

'그렇긴 하지만……'

마차가 작게 덜컹거렸다. 다시 창밖으로 시선을 주었다가 문득 생각했다.

'……따지고 들면 또 원체 관심이 없기도 했어.'

내가 처음 내 비참한 미래에 대해 알게 된 것은 열일곱 살 때. 그 이후로는 어찌 됐든 생존이 먼저라 생각해서 연애에 눈길이 안 갔다 손 치더라도, 사실 돌이켜 보면 그 전부터 나는 이성에 별반 흥미가 없었다.

모임이나 연회에서 상대가 먼저 관심을 표해도 늘 시큰둥했다. 그 상대가 나 아닌 다른 이성에게 얼마나 인기가 있는 인물이었든 간에. 전생을 기억하는 내 눈에는 십 대 중후반의 또래가 어려 보여서 그랬을까? 하지만 그렇다기엔 서너 살 연상한테도 관심이 가지 않는데.

'전생에는 안 그랬었는데 말이지.'

그때는 평범하게 남자 친구도 사귀었다. 연애 경험이 남들에 비해 적지는 않은 편이었다. 대개 중학생, 고등학생 때였지만. 대학에 올라와서는 연애고 뭐고 시작해 보기도 전에 스토커한테 잘못 걸렸고……

'가만. 그래서인가?'

미간을 슬며시 모았다. 그 탓인가? 전생에 스토커에게 시달리다 죽는 바람에 남자를 향한 관심 자체가 사라진 걸까?

'그럴듯하네.'

신빙성 있었다. 하긴, 뭐든 간에 그처럼 이유가 있겠지. 아까 테라스에서 그 잘생기고 완벽한—길치이긴 하지만 그마저도 어떻게 잘 해석하면 매력으로 승화가 가능할 것 같은—만인의 연인 황태자가 내게 마음이 있나 착각했을 때도 설렘은커녕 난감한 기분밖에 들지 않았으니 말이다.

그만한 철벽에는 아무렴 사유랄 게 있지 않을까? 나도 미남이 눈과 정신에 이롭다는 불변의 진리 정도는 아는 사람인데.

'하여튼 그 스토커 범죄자 새끼는 다음 생까지도 도움이 안 되네.'

아니지, 그럴 여유 없는데 쓸데없는 데 한눈 안 팔게 해줘서 외려 도움이 된 거라고 봐야 하나?

'뭐, 그건 그렇다 치고. 어쨌든 스토커 죽었으면.'

바퀴벌레와 함께 화형으로 다스려라. 그런 생각을 하는 사이 마차가 저택에 도착했다. 나는 다소 피로한 상태였다. 파티 때문에 몸이 축난 것은 두말할 것도 없고, 겪은 일이 일이라 그런지 정신은 어째 그보다 더 피곤한 것 같았다.

베시의 도움을 받아 옷을 갈아입고 씻은 후 쓰러지듯 침대에 누웠다. 베개에 얼굴을 묻고 복잡한 숨을 흘려보냈다.

'오늘은 일단 이렇게 보냈지만……'

도피는 하루면 충분했다. 오늘 하루야 이런 식으로 정신없이 넘겼다지만, 내일부터는 다시 답이 나오지 않는 현실과 마주 봐야만 했다.

눈을 깜박였다. 베개 시트가 눈을 가려 앞이 보이지 않는 시야가 마치 내 앞날 같았다. 죄 없는 베개를 쥐어뜯다 이내 축 늘어졌다. 지쳐서 그런가, 지금은 애먼 데 화풀이할 기운도 없었다.

'망할 매혹의 천.'

망할 출생의 비밀.

'망할 사이코패스.'

망할 세상.

"전부 망할……."

나는 그렇게 욕할 수 있는 건 모조리 욕하다가 어느 순간 수마에 져서 까무룩 잠에 빠졌다.

꿈을 꿨다. 내용은 기억에 남아 있지 않지만, 왠지 모르게 가슴 한 구석이 먹먹하고 아린 꿈이었던 것 같았다. 하품 때문인 척하며 결국 눈물 한 방울을 눈꼬리에 맺어 흘려보냈을 정도로.

전부 망했으면 좋겠다고 근본 없이 저주를 퍼붓고 잠들었지만, 눈 떠보니 역시나 나만 망했다. 가혹한 현실이었다.

'왜 세상이 멸망하지 않을까…….'

일어나자마자 생각을 그만두고 싶다는 생각을 했다. 다시금 천천히 짚어본 상황은 그야말로 절망적이기 짝이 없었다.

'기껏 훔쳐 온 매혹의 천은 무용지물이고, 에시는 아리한테 호감이 없다 못해 이제 삐끗하면 죽여 버릴지도 모르겠고, 내 출생의 비밀은 여전하고, 도망칠 길은 당연하지만 요원하고.'

이 세상이 진짜 나한테 왜 이러지?

기상해서부터 그런 암울한 생각이나 하며 아침을 맞이해서 그런가, 오늘따라 유독 움직이고 싶지 않았다. 아침이니 식사를 하긴 해야 하는데. 짧은 고민 끝에 나는 오래간만에 식당에 내려가지 않고 방에서 조식을 먹는 호사를 누리기로 했다. 노골적으로 표현하면 일어나서 꼼짝도 하지 않고 게으름을 피웠다.

이것도 굳이 언급하자면 다 딜런이 저택에 있어준 덕분에 다시 누릴 수 있게 된 게으름이었다. 딜런이 아침 일찍부터 아리를 지켜주는 덕에 아리가 꼭 이 시각에 나를 만나러 오지 않아도 괜찮게 되었다. 그 말은 나도 반드시 방을 나갈 필요가 없어졌다는 뜻이었다.

주방장이 준비해 준 아침 메뉴는 새송이 크림수프와 새우 새싹 샐러드였다. 음, 새싹이 싱싱한걸. 새싹이라 그런가. 간단하지만 아침 식사로는 부족하지 않은 요리로 배를 채우고 있는데, 어쩐 일인지 방을 나가지 않고 내가 먹는 걸 지켜보고 있던 베시가 입을 열었다.

"아가씨."

"응?"

"제가 어제 아가씨 방에서 짐 가방을 발견했는데요."

'짐 가방?'

"옷장 안에 숨겨두셨던 것 말이에요."

"콜록!"

"외출하신 김에 방 정리를 해야겠다 생각해서…… 어머, 아가씨, 괜찮으세요?"

"콜록콜록!"

나는 고개를 들지도 못하고 기침했다. 막 넘기던 수프가 어디로 잘못 들어갔는지 기침이 멈추질 않았다.

"미지근한 물이라도 떠 올게요. 찬물 드시지 말고 잠시만 계세요."

베시가 얼른 방을 나갔다가 다시 돌아오는 동안에도 기침은 그칠 생각이 없었다. 나는 베시가 가져다준 미지근한 물을 단번에 들이켰다. 목울대와 손이 함께 떨렸다.

'짐 가방, 맙소사, 그걸 안 치웠구나!'

일이 이렇게 될 줄 몰랐을 때, 그러니까 아그리타가 아리라는 사실을 알지 못했을 때. 계획했던 대로 순탄하게 도망칠 수 있을 줄만 알고 필요한 짐을 미리 꾸려 옷장에 숨겨뒀었다. 그러고서 잊었다.

'아니, 분명 중간에 치워야겠다고 생각은 했는데······.'

이런 정신 나간, 생각만 했다. 정작 중요한 실천은 건너뛰고 이날 이때까지 까맣게 잊어버리고 있었다.

'어떻게 그랬지?'

내 바보짓에 말문이 막혔다. 기침은 멎었지만 가슴은 더 세차게 두근거렸다. 베시가 걱정스럽게 내 기색을 살폈다.

"이제 괜찮으세요? 물 더 떠드려요?"

"아, 아니. 괜찮아. 기침도 더 안 나고."

"다행이네요, 놀라라."

한숨을 내쉬더니 베시가 말을 이었다.

"그나저나 아무튼, 그 짐 가방 말이에요. 대체 언제 그렇게 꾸려서 챙겨두셨던 거예요?"

머리가 핑핑 돌았다. 옷장에 숨겨둔 짐 가방은 부피는 크지 않았지만, 누가 봐도 멀리 떠날 목적이 투명하게 보이도록 내용물을 꾸려두었었다.

'잡아떼? 잡아떼야겠지? 그렇지만 뭐라고 잡아떼지?'

표정을 감추려고 물컵을 보는 척 내리깐 시선이 불안히게 흔들렸다. 그런데 그때 어딘지 흐뭇한 기색을 띤 베시의 음성이 이어졌다.

"아가씨도 참, 그냥 말씀하시지."

"······말을 하다니?"

"영지에 가고 싶으셨던 거잖아요. 어릴 때 그러셨던 것처럼."

'영지? 어릴 때?'

순간 영문을 몰라 눈을 깜박이다 짤막하게 탄성을 터뜨렸다. 아.

"그때도 지금처럼 미리 짐을 싸서 숨겨두셨잖아요? 아가씨께서 그러셨던 걸 알고 다들 얼마나 귀엽다고 난리였는지……."

베시가 추억에 젖은 눈으로 호호 웃었다. 맞다. 그랬다. 그러니까 정말로 어릴 때, 대략 여섯 살 때였나?

나는 그때 베시의 말처럼 가족과 함께 영지에 내려가기 전날 미리 짐을 챙겨서 방에 숨겨두었다가 이번처럼 고용인에게 들켰었다. 하지만 그때 그건 영지에 가는 걸 기대해서 그랬던 게 아니라…….

'그때도 도망치려던 거였는데.'

정확히는 쫓겨날 걸 미리 대비해서 그랬었다. 건강하게 자란 에시가 막 뛰어다니기 시작했을 무렵이었다. 그걸 보며 가짜인 난 이제 정말로 이 집에서 쫓겨날 때가 되었겠구나 싶어 마음의 준비 겸 차곡차곡 챙겨놓았던 거다. 그런데 예상과 달리 내가 쫓겨나는 일은 없었고, 때마침 아버지가 나와 에시를 데리고 영지에 다녀오려던 일정이 맞물리는 바람에 몰래 싸둔 내 짐의 의도가 그런 식으로 둔갑하고 말았던 거였다.

나는 옛 추억에 애틋해진 베시의 의심이라곤 일절 없는 순수한 얼굴을 보았다. 침이 넘어갔다.

'살았다.'

베시는 아주 어릴 때부터 나를 봐왔다. 이전에도 말했듯 어린 나를 종종 유모 대신 돌봐주기도 했고. 그래서인지 내가 이렇게나 자랐어도 베시의 눈엔 여전히 마냥 어린애처럼 보이는 모양이었다. 그러니 나이 스물두 살에 야반도주에나 어울릴 법한 수상한 짐 가방을 싸두었다가 들켜도 저렇게 옛날 일을 끌어와 순진무구하게 해석해 주는 거겠지.

'……하긴, 그밖에 다른 발상을 하기도 어려울 테고.'

일반적으로 내가 이곳에서 도망치려 한다는 건 도무지 상상하기도, 이해하기도 어려운 일일 테니까. 그 사실에 생각이 미치니 문득 입맛이 씁쓸해지긴 했지만, 어쨌든 지금은 다행이라는 감상이 컸다. 베시가 오해해 준 덕분에 위기를 모면했다. 나는 그녀의 착각에 얼른 맞장구쳤다.

"그래, 맞아. 나도 참, 그냥 말을 하면 될걸. 예전에도 그렇고 어쩌면 이러는 게 내 버릇인가 봐."

그러고는 서둘러서 둘러댔다. 정말 영지에 내려갈 것은 아니었으니까.

"그렇지만 영지에 반드시 가고 싶다거나 그런 건 아냐. 꼭 다녀오지 않아도 돼. 나 혼자만 갈 수도 없는데, 에시는 바쁘니까……."

"공작님께는 이미 말씀드렸는데요?"

"뭐?"

찰나 동작이 멈췄다. 베시가 한결 진하게 웃었다.

"제가 아가씨 마음을 모를까 봐서요? 공작님 바쁘신데 방해될까 봐 일부러 말을 안 꺼내셨다는 건 짐 가방을 발견하면서 진작 눈치챘어요."

"……!"

아, 아냐!

"이참에 그냥 다녀오세요. 어차피 영지는 공작님께서도 한 번씩은 들르셔야 하는 곳인걸요. 그러잖아도 두 분이 오붓하게 여행 느낌 좀 내셨으면 했고. 방해가 아니라 한숨 돌리시게 돕는 거라고 생각하면 어떨까요?"

베시가 터무니없는 오해를 하고 있었다. 나는 입을 빼끔거렸다. 그게 아니야. 그건 정말 아냐! 그러나 이제 와 정정한들 돌이킬 수 없는 일이었다.

"후후, 고맙다는 말씀은 됐어요."

나는 포크를 놓치듯 놓았다. 예기치 못했던 사태에 놓였기 때문일까. 싱싱하던 새싹이 마치 다 죽은 시금치처럼 느껴졌다.

이른 오전. 분주한 마당 한편의 풍경을 보며 대체 어쩌다 일이 이렇게 됐나 생각했다.

"내일 출발하자."

어제 오후 무렵, 베시의 말처럼 이미 전부 들은 얼굴로 나를 찾은 에시는 내 얼굴을 보자마자 그렇게 말했다. 덕분에 나는 내가 '당장 영지에 가지 않으면 죽을병'에 걸린 사람의 낯짝을 하고 있었나 진심으로 고민해야 했다.

'허허.'

뭐람, 이게. 찰나 에시에게 꼭 그렇게 영지에 가고 싶은 건 아니라고 해명할까 했지만, 곧 그만두었다. 어차피 몰래 숨겨두었던 짐 가방을 들킨 마당에 뭐든 변명이 필요한 참이었다. 이걸로 그럭저럭 상황을 넘길 수 있다면 차라리 잘된 일일지 모른다.

'그래도 너무 갑작스럽잖아.'

쇠뿔도 이렇게 빼다간 부러지지 않을까. 내리쬐는 오전 햇살을 보며 황당함과 복잡한 심경을 감추지 못하고 있는 그때, 아리가 마당에서 내 손을 잡았다.

"언니."

손을 단단히 붙잡은 채로 아리가 말을 이었다.

"잘 다녀와요."

"……그래, 아리 너도."

아리와 눈을 마주쳤다.

"잘 가고."

아리가 나를 배웅해 주는 김에 작별 인사를 나눴다. 이대로 영지에 내려가면 거기서 못해도 며칠은 지내게 될 거다. 그럼 그동안은 필연적으로 저택을 비울 수밖에 없으니, 내 객으로 머물던 아리는 이만 자기 가문으로 돌아가기로 했다.

"가서도 무사히 지내."

사실 꼭 이 상황 때문이 아니라도 슬슬 아리가 돌아갈 때가 되었기는 했다. 매혹의 천을 이용해서 에시를 유혹해 보겠단 계획이 산산이 박살 났으니까. 한때 다베리 경이 책임져 주었던 아리의 안전도 이제 명실상부 딜런의 몫이 됐다. 여러 가지로 봤을 때 아리가 저택에 더 머무를 이유가 사라진 시점이었다.

나는 설명하기 힘든 기분으로 아리의 손을 붙잡고 있다가 놓았다. 유일한 희망이던 상대를 보낸다는 것에서 오는 허무한 절망감도 절망감이었지만, 그걸 떠나서 아리와 헤어진다는 사실만으로도 어딘지 마음 한구석이 씁쓰레해졌다.

"너무 방심하지는 말고. 물론 딜런이 잘해주겠지만."

"그럴게요. 언니는 영지에서 돌아오면 꼭 다시 연락해요. 필요하면 주저하지 말고 부르고요."

아리의 갈색 눈동자가 물기로 그렁그렁했다. 나는 일부러 아리를 끌어안지 않았다. 그러면 왠지 마지막 인사 같잖아. 그건 좀 그래.

"……매혹의 천은 기회 봐서 그냥 태워."

이 말은 어디에 안 들리게 작게 속닥였다. 아리가 고개를 끄덕거렸다. 그리고 너무나 당연한 이야기지만, 아리가 가문으로 돌아간다는 건 딜런도 함께 이 저택을 떠난다는 소리였다.

"오랜만에 다시 만났는데 이렇게 금방 헤어지려니 아쉬움을 금할 길이 없군요."

다베리 경이 전혀 아쉽지 않은 얼굴로 그렇게 말했다. 아주 속이 시원해 보이는데. 반면 딜런은 정말로 아쉬운 것 같았다.

"역시 운이 좋네요. 다베리 삭 경."

나는 미묘한 분위기의 두 사람을 보다가 슬쩍 끼어들었다.

"정 아쉬우면 경은 영지에 따라오지 말고 그동안 자작저에서 딜런과 함께 지내다 와도 돼요."

물론 놀리려고 한 말이다. 애초에 다베리 경의 고용주는 에시였으니 내가 멋대로 어디 보내고 말고 할 권한은 없었다. 알면서도 다베리 경이 장단을 맞췄다.

"아가씨, 뭔지는 몰라도 제가 잘못했습니다."

"정말 뭔지 몰라요?"

"그냥 다 잘못했습니다."

"앞으로 잘해요."

실없는 농담을 주고받고 나니 그새 출발할 준비가 끝났다. 나는 곧이어 팔이 빠져라 열심히 손을 흔드는 아리—이때는 웬일인지 집사도 뭐라고 하지 않았다—와 다른 저택 식구들의 배웅을 받으며 마차에 올랐다.

마차가 출발했다. 영지로 가는 마차는 총 두 대였다. 하나는 나와 에시만 탄 마차, 다른 하나는 다베리 경을 비롯해 다른 고용인들이 짐과 함께 탄 마차. 참고로 나는 출발 전 다른 마차에는 짐만 싣고 이 마차에 전부 함께 타자고 했다가 단번에 거절당했다. 거절의 주범은 베시였다.

"두 분이! 오붓하게! 무조건! 이견 있는 사람은 지금 내 앞으로 나와요."

그리고 형형한 기세를 뿜는 그녀 앞에 아무도 나서지 않았다. 결국 마차 인원은 그렇게 나뉘었다.

'베시도 참……'

변함이 없다. 베시는 늘 한결같았다. 그 한결같은 마음씨를 매번 겪으면서도 그때마다 심란해지는 나도 참 면역이 부족하다 싶었다.

덜컹덜컹. 마차는 금세 중심지를 벗어나 교외를 달렸다. 길가 풍경이 삽시간에 온통 초록빛으로 물들었다. 나는 경치 감상에 목적이 있지도 않으면서 습관적으로 창밖에 눈을 두었다. 마음이 복잡하고 어수선한 와중에 한편으론 얼떨떨하기도 했다.

'……영지라.'

그리고 보면 확실히 오랜만에 내려가 보는 것이긴 하다.

'삼 년? 사 년쯤 됐나?'

햇수를 꼽아보았다. 마지막으로 다녀온 게 부모님이 살아 계셨을 때였으니 최소한으로 쳐도 삼 년은 더 지난 일이다.

'시간 빠르구나.'

언제 그렇게 됐을까. 내게 영지는 굳이 비유하자면 아주 가끔 얼굴을 비치는 어디 휴양지 별장 같은 느낌이었다. 휴양지라기엔 제도와 다를 바 없이 사람도 많고 복잡했지만, 아무튼 딱 그 정도의 소유 의식과 거리감이 함께 있었다.

만약 지금 내 머릿속이 꽃밭이었다면 아마 베시의 말마따나 이참에 한숨 돌릴 겸 멀리 놀러 간다고 속 편하게 좋아했을지도 모르겠다.

'흐우.'

머리에 꽃 좀 꽂을까. 현실적으로 도움은 안 되겠지만.

마차는 서남쪽으로 한참을 달렸다. 가문이 소유하고 있는 영지는 주변 영지와 비교해서 가깝다면 가까운 위치였지만, 그래도 제도에서 벗어나 있는 만큼 거의 종일 마차를 타야 했다. 초목이 끝없이 이어지는 바깥 풍경은 처음에나 상쾌하고 싱그러웠지 점차 단조롭고 지겨워졌다.

나는 문득 에시를 돌아보았다. 에시는 마차에 앉아서도 서류를 들여다보고 있었다. 새삼스러운 광경은 아니었다. 에시는 언젠가부터 내 기억 속에서 항상 저런 식으로 바빴다. 가문을 이어받은 데다 그와 함께 떠안은 사업도 많고, 거기에 이건 나만 아는 것이긴 하지만 암흑가 조직도 다스리고 있을 테니 저렇게 바쁜 것도 이해는 되었다.

가만히 에시를 응시했다. 지금 이건 베시의 터무니없는 오해의 결과물이긴 했지만, 분명 그랬지만, 정말 만에 하나, 만약 내가 순수하게 가족으로서 에시를 염려할 수 있는 상황에서 단순히 영지에 가고 싶어졌던 거라면.

'······안 했겠지, 말.'

베시가 한 이야기가 맞다. 영지에 가고 싶은 마음이 얼마나 굴뚝 같았든 먼저 다녀오자고 입 밖으로 꺼내진 않았을 거다. 이렇게, 마차에서까지 서류를 봐야 할 정도로 바쁜 에시에게 일말이라도 부담이 되고 싶지 않았을 테니까.

"누님."

그때 돌연 눈이 마주쳤다. 나는 흠칫 놀라놓고는 내가 왜 놀랐는지 몰라서 놀랐다.

"어?"

"지루해?"

에시의 말에 잠시 눈을 깜박였다. ······내가 그렇다고 소리 내서 말했나? 그야 조금 전에 창밖을 보다 말고 작게 하품을 하긴 했지만. 서류만 보고 있는 줄 알았는데 언제 봤는지 모르겠다. 약간 머쓱하게 입을 열었다.

"그냥, 조금?"

"좀 잘래?"

나는 고개를 끄덕이려고 했다. 그러잖아도 지금처럼 마차로 먼 길을 갈 때 자는 것만큼 시간 보내기 좋은 것도 없었다. 그런데 그때 갑자기 에시가 맞은편에서 내 옆으로 자리를 옮겨 앉았다. 그러더니 뭐라고 하기도 전에 나를 자기 어깨에 기대게 했다.

"마차가 쉴 때 깨워줄게."

"……."

에시는 나를 그렇게 제게 기대게 해놓고 나머지 자유로운 손으로 서류를 들고 마저 읽었다. 침묵이 감돌았다.

나는 순간 약간 이상한 체험을 했다. 정자세로 반듯하게 앉아서 자느니 누구에게라도 기대는 것이 조금이나마 편한 건 당연한 일일 텐데. 더구나 그 상대가 나보다 훌쩍 크고 어깨도 넓어 기댔을 때 안정감이 있다면 더더욱.

그런데 도통 잠이 오지 않았다. 알 수 없는 노릇이었다. 외려 밀려오던 졸음이 도로 달아나는 느낌마저 들었다. 말발굽 소리와 달리는 마차가 내는 덜컹거리는 바퀴 소리 따위가 평상시보다 뚜렷하게 귓가를 울렸다.

나는 맨정신으로 눈만 감은 채 잠든 척을 하기 위해 노력해야 했다.

제도 중심부에서 벗어나 서남쪽으로 통한 길을 한참 달리다 보면 나오는 레이딕 영지는 번화한 곳이다.

본래도 토지가 비옥하고 입지가 적당해 터를 잡고 살던 사람이 많은 곳이었는데, 초대 위드그린 공작이 작위와 함께 봉토로 하사받아 다스리면서부터 본격적으로 발전하기 시작했다.

초대 공작은 수완이 좋은 사람이었다. 생산성과 입지가 장점인 영지를 효율적으로 경영할 줄 알았고, 영지는 산업뿐 아니라 상업과 교역 또한 빠르게 발달했다. 영토는 넓고 인구는 많고, 물자가 풍부한 데다 주변 영토와 교류도 활발하다. 지금에 이르러 레이딕은 금 광산만 터지지 않았다뿐이지 누구나 인정하는 살기 좋고–영지민 입장에서–, 돈 되는–영주 입장에서–톡톡한 황금 영지로 여겨지고 있었다.

그리고 그런 영지 안쪽. 시끄럽고 활기찬 중심 번화가와는 다소 떨어진 한적한 위치. 그곳에 거의 성에 가까운 외관의 저택이 자리하고 있었다.

"공자님, 아니, 각하! 공녀님! 그리고 다들 대체 이게 얼마 만입니까?"

중년 남성이 저택에서 버선발로 뛰쳐나와 우리를 맞이했다.

"오랜만이에요, 자작님."

나는 그를 향해 살가우면서도 다소 지친 미소를 건넸다. 영지 경영 대리를 맡고 있는 루카스 비프렌은 어머니 쪽 먼 친척이었다. 그렇지만 사실 말이 친척이지 실제 촌수를 따지면 사돈의 팔촌의 어쩌고쯤 되는 그냥 남이나 다름없는 인물이었는데, 관계를 떠나 실력이 좋아 올해로 벌써 십오 년째 영지 살림을 책임져 오고 있었다.

위드그린 가문이 영지 경영에 대리인을 세우기 시작한 건 조부 때부터다. 그때부터 수도 사업에 발을 들이면서 거주지를 수도로 옮기느라 그렇게 되었다는데, 어쨌든 그건 지금도 마찬가지라 에시는 루카스에게 영지의 전반적인 일을 맡겨놓고 정기적으로 보고만 받고 있었다.

오랜만에 봐도 여전히 길고 두툼한 회색 콧수염을 실룩거리며 루카스가 사람 좋게 웃었다.

"일찍 기별을 주셨으면 준비할 시간이 더 있었을 텐데요."

"좀 갑작스럽기는 했죠."

"어쨌든 그래도 잘 오셨습니다. 주인이 방문한 것이니 모두 기뻐할 겁니다. 우선은 식당에서 만찬을 드시고, 그런 후에 환영 파티를……."

"아뇨, 됐어요!"

화들짝 놀라 그를 말렸다. 여기까지 오느라 마차만 한나절을 탔다. 도중에 마차를 세우고 잠깐 쉬기는 했지만 고된 여정이었다. 더구나 나는 마차를 타는 동안 한숨도 자지 못했다.

'몸이 부서질 것 같아.'

잠만 못 잤으면 다행인데, 왠지 모르게 중간에는 긴장까지 했던 탓에 내 몸이 내 것이 아닌 것 같은 상태였다. 환영 파티? 그런 걸 했다간 이대로 죽을지도.

"만찬도 미뤘으면 해요. 오늘 저녁은 간단하게 먹었으면 하는데요."

지친 상태에서 굳이 위장을 혹사하고 싶지도 않았다. 말한 뒤 혹시나 해서 에시를 흘긋 올려다보았다. 에시가 내 의견에 동의한다는 듯 짧게 고개를 끄덕였다. 휴우.

루카스는 아쉬운 기색을 숨기지 않았다.

"하지만 이렇게 오래간만에 오셨는데요. 이곳 고용인들에게 솜씨를 뽐낼 기회를 주시는 게 어떻습니까?"

"나중에요."

어쨌든 지금은 말고.

"약속하신 겁니다."

루카스가 고용인을 불러 나와 에시를 비롯한 사람들이 각지 미물 방으로 안내해 주었다. 에시의 거처는 진작 정해져 있었다. 전에는 아버지가 쓰곤 하셨던 영주 전용 공간이 이제는 에시가 머물 곳이었다.

짐을 풀고 간편한 차림으로 갈아입은 후에는 저녁 식사를 위해 식당으로 갔다.

"주방장이 바뀌었습니다. 특별히 실력이 좋은 사람을 들였으니 요리가 전보다 입에 맞으실 겁니다. 또 거래상을 이번에 새로 선정하면서 재료도 한층 싱싱한 것으로 들여왔고요."

의외로 그냥 하는 말이 아니었던 모양이다. 들으면서 한 귀로 대충 흘렸던 게 미안해졌을 만큼 식사는 맛있었다.

'뭐지? 혹시 요리사를 황궁에서 납치해 왔나?'

실력 좋다는 주방장의 출신에 은근한 의심이 밀려왔을 정도였다.

식사가 끝난 후에는 다시 방으로 돌아왔다. 베시에게 여기까지 와서 내 시중을 들 생각은 말고 그냥 푹 쉬라고 말하며 억지로 등 떠밀어 거처로 보냈다. 다베리 경에게도 여긴 안전할 테니 난 놔두고 알아서 휴식하라고 하며 마찬가지로 처소로 밀어 넣었다. 그러고 나서 한숨 돌리니 부탁하지도 않았는데 어떤 하녀가 알아서 여독을 풀 목욕물을 준비해 두고 있었다.

"아, 아가씨."

다갈색 머리에 콧잔등에 주근깨가 진 작은 하녀가 내게 꾸벅 허리를 숙였다.

"목욕물을 받아두었어요. 입욕제는 어떤 것이 좋으세요?"

"음…… 아무거나?"

"그러시다면 장미 입욕제로 풀어드릴게요. 아가씨와 어울리니까요."

으흠?

'어려 보이네.'

많아야 열다섯, 혹은 열여섯을 넘지 않았을 것처럼 앳된 외모의 하녀는 처음 보는 얼굴이었다. 새삼스럽지는 않았다. 내가 영지에 온다고 해봐야 어쩌다 몇 년에 한 번 방문하는 수준인데, 아는 얼굴보다 모르는 얼굴이 많은 것은 당연한 일일 테니까. 달리 닮은 점은 없었지만 어려 보이는 탓인지 아리가 생각났다. 욕조에 들어갈 준비를 하다 넌지시 물었다.

"이름이 뭐야?"

"네? 저 말씀이세요?"

"응."

"안젤라…… 안젤라예요."

처음부터 크진 않았던 목소리가 끝에 이르자 더욱 기어들어 갔다. 혹시 괜히 긴장하게 했나 싶어 일부러 말씨를 한결 부드럽게 다듬었다.

"그렇구나. 목욕물 고마워, 안젤라. 여기서 지내는 동안 잘 부탁해."

"네, 네. 아가씨."

수줍은 얼굴로 고개를 주억거린 안젤라가 이내 욕실 문 근처 선반을 뒤적거렸다.

"저, 그리고 이건 향료인데요. 목욕을 끝내고 나오시면……."

그때 안젤라의 손에 들려 있던 작은 갈색 병이 미끄러졌다. 다행히 푹신한 카펫 위로 떨어져 깨지진 않았다.

"죄, 죄송해요. 그만 손이 미끄러져서."

"아냐."

뚜껑을 반쯤 열다 만 병에서 향료가 흘러나와 카펫에 얼룩을 만들었다. 나는 눈에 약간 이채를 띠고 안젤라를 바라보았다. 그녀가 단순히 실수를 저질렀기 때문은 아니었다.

'방금, 손을 떨지 않았나?'

선반을 더듬어 향료 병을 골라 집을 때, 안젤라의 손이 떨리는 것을 분명 봤다. 무심코 넘기기엔 그 정도가 신가했다. 그것만 봤으면 나는 안젤라가 수전증 말기라고 생각했을지도 모르겠다.

'지금은 안 떠는데.'

허둥지둥 향료 병을 치우고 더러워진 카펫을 거둬내는 안젤라의 손은 떠는 기미라고는 없이 잠잠했다.

'뭐였지?'

착각이나 잘못 봤다기엔 너무 똑똑히 목격했다.

'내가 괜히 이름을 물어봐서 긴장했던 걸까?'

만약 그렇다고 하면 나는 죄책감을 피할 도리가 없어지게 된다. 이럼 내 탓이잖아……? 쓸데없이 이름은 왜 물어봐서는…….

'아니, 며칠 보고 말 사이라지만 그동안 하녀야, 라고 부를 수는 없으니까.'

어차피 이름을 알았어야 해. 나는 들리지 않을 변명으로 마음의 가책을 달래며 준비된 목욕물에 몸을 담갔다. 그리고 나는 안젤라가 이런저런 것을 다 떠나서 유능한 하녀라는 사실을 알아차렸다. 물 온도가 딱 맞게 따뜻했다. 완벽하다는 말을 붙여도 좋을 정도였다. 장미 입욕제도 향이 묵직하고 깊어 탁월한 선택이었다. 나중에 어디서 나온 제품인지 알려달라고 할까.

"하아."

노곤한 숨이 흘러나왔다. 나는 욕조에 담근 손을 찰박거리다 고개를 젖혔다. 뿌연 김에 가려진 욕실 천장이 눈에 들어왔다. 몸은 편안하고 나른했지만, 마음 한구석에선 과연 내가 지금 이러고 있어도 되나 하는 불편한 가시 같은 생각도 언뜻 스쳤다. 이미 이러고 있는 마당에 의미 없는 생각이기는 했지만 말이다.

몸이 적당히 풀렸을 때쯤 욕조를 벗어났다. 그렇게 목욕을 마치고 나왔을 때는, 안젤라가 아닌 다른 하녀가 나를 기다리고 있었다.

"비프렌 자작님께서 찾으십니다."

거실 한쪽을 장식한 서재의 풍경은 내가 기억하는 것과 조금도 달라진 구석이 없었다. 하기야 고작 삼사 년 만에 바꾸기에는 지금 봐도 여전히 고풍스럽고 멋들어진 인테리어였다.

"한잔 드시겠습니다?"

루카스가 진보라색 주류가 담긴 투명한 글라스를 내밀었다. 고개를 젓고 맞은편에 앉았다.

"에시는요?"

"바쁘신데 방해가 될 수 있나요."

나만 불렀어? 그럼 나는 한가해 보였다는 건가? 좋아, 틀린 말은 아니니 넘어갔다. 요새 머릿속이 무슨 일로 얼마나 어떻게 복잡하든 일단 겉으로 보기엔 내게 주어진 일과가 없는 게 사실이었으니까.

술은 별로 생각이 없었지만, 나온 김에 루카스의 회포 풀기에 적당히 어울려 주기로 했다.

"몇 년 만에 뵈니 감회가 새롭습니다. 각하께선 못 뵌 새 부쩍 훤칠해지셨더군요."

"그렇죠."

"당연한 말씀이지만 공녀님께선 그새 더욱 아름다워지셨고요."

"자작님의 수염도 전보다 한층 근사해졌는걸요."

"하하, 감사합니다. 자나 깨나 늘 공을 들이고 있긴 합니다만."

솔직히 왜 공을 들이는지 볼 때마다 의문이었지만 필요 없는 진심은 삼키기로 했다. 이어서 루카스가 무엇을 떠올렸는지 감상에 젖은 얼굴을 했다. 가늘어진 눈 주위로 주름이 졌다.

"세월이 참 빠릅니다."

"……."

"전 공작님과 부인께서 각하와 공녀님 같으셨던 때가 바로 엇그제 같은데."

그러더니 그는 나를 돌아보곤 아차 하는 표정을 지었다.

"눈치 없이 실언했습니다."

"괜찮아요."

부모님이 돌아가신 지도 어느새 삼 년이 흘렀다. 부모님 이야기가 나온다고 눈시울부터 붉히고 볼 시기는 지났다. 괜찮다고 했지만 지레 불편한지 루카스가 화제를 돌렸다.

"그나저나 공녀님께선 참 든든하시겠습니다. 각하께서 저리 늠름해지셨으니 말입니다."

"……그러게요."

"요즘도 변함없이 사이가 좋으시지요? 이렇게 영지에 함께 오신 걸 보니 그리 보이긴 합니다만."

말없이 고개만 끄덕거렸다. 루카스가 들고 있던 글라스를 탁자에 내려놓았다.

"하여튼 두 분이 각별하신 걸 보면 주책맞게 제가 다 뿌듯해지곤 합니다. 참, 웨드너 부인께서도 보셨다면 못지않게 기뻐하셨을 텐데."

"웨드너 부인이요?"

"공녀님께는 외조모시죠."

아아. 이름은 몇 번 들어보았지만 성씨로 언급되기는 처음이다. 어머니의 어머니인 그녀는 내가 아주 어릴 때 사고로 세상을 등졌다고 알고 있었다. 어머니께서 가끔 침대맡에서 그리운 눈으로 웬 중년 여인의 초상화를 꺼내 보곤 하셨던 기억이 있다.

"외조모님과 친하셨나 봐요."

"그건 아닙니다만, 공녀님을 보면 그분이 떠오르긴 합니다."

"저를요?"

"공녀님께선 돌아가신 웨드너 부인을 많이 닮으셨으니까요."

그러고 보면 나는 우연히도 어머니 쪽 집안사람을 닮았다. 전에도 들은 적이 있는 이야기였다. 특히 특징적인 머리 색을 빼닮았다. 만개한 장미에 곧잘 비유되곤 하는 내 순수한 적발은 한때 외가 쪽 혈통을 증명하는 색이었다고 한다. 지금에 이르러선 많이 옅어지긴 했지만. 어머니의 머리 색은 주황색에 가까웠다.

어쨌든 그 덕분에 나는 부모님이나 에시를 그다지 닮지 않은 생김새에도 어딜 가서 출신에 대한 의혹은 받아본 적이 없었다. 묘한 일이었다. 하긴, 애초에 그처럼 어디라도 닮은 구석이 있었으니 나를 입양하셨던 거겠지.

"웨드너 부인께서도 젊은 시절엔 꼭 공녀님처럼 아름다우셨습니다."

"그러셨군요."

"구혼도 숱하게 받으셨죠. 공녀님께선 어떠십니까? 구혼자들이 저택 바깥쪽 길까지 줄을 설 것 같은데요."

"아무렴요. 한때는 그 길로 마차가 다니지도 못했어요."

루카스와는 그 뒤로 시시콜콜한 이야기를 몇 마디 더 나눴다. 거의 그가 혼자 떠든 것에 가깝기는 했지만 말이다. 나는 루카스가 외롭지 않게 장단이나 맞춰주었다. 그러다 보니 슬슬 밤이 깊었다. 늦었으니 이만 자리를 물리자는 말이 나와도 될 시점이었다.

"……아."

루카스의 시선이 어딘가에서 부자연스럽게 멈췄다. 나는 의아하게 그의 눈길을 따라갔다.

"액자를 바꾼다는 것이."

책장 바로 옆 벽에 그림을 넣어둔 액자가 걸려 있었다. 루카스가 난감한 기색으로 말을 흐렸다. 가족 초상화였다. 언제 그렸던 것인지는 정확히 기억나지 않지만 꽤 예전인 것만은 확실했다.

그림 속에는 비교적 젊은 외양의 어머니와 아버지, 그리고 어린 내가 그보다 더 어린 에시의 손을 잡고 해맑게 웃고 있었다. 액자에 눈을 고정했다. 루카스가 내 눈치를 살피는 것이 옆얼굴로 느껴졌다. 하지만 나는 그가 하고 있을 짐작과는 달리 초상화 속 부모님을 보고 있지 않았다.

그림 속 나는 활짝 미소 짓고 있었다. 일곱 살, 혹은 여덟 살이나 되었을까? 저 시기라면 부모님이 내 출생의 비밀을 쭉 비밀에 부칠 것이고, 내가 저택에서 쫓겨나지 않으리라는 걸 알게 되었을 때다. 그리고 동시에, 지금 같은 미래는 까맣게 몰랐을 때이고.

"……이만 들어갈게요. 피곤해서요."

"아, 공녀님."

몸을 일으키는 나를 루카스가 잡았다. 의문스럽게 보았더니 아까 내밀었던 글라스를 내게 다시 건넸다.

"이야기를 나눴으니 목이 마르지 않으실까 해서요. 도수가 거의 없는 겁니다. 보기와는 다르게요."

나는 그걸 물끄러미 보다가 이내 받아서 한 번에 들이켰다. 안 마시려고 했는데, 왠지 속이 답답해지면서 목이 탔다. 초상화를 봐서 그랬을까. 도수가 거의 없다는 말을 뒷받침하듯 음료는 보기보다 부드럽게 넘어갔다.

"그럼 푹 쉬십시오."

인사를 건네는 루카스를 뒤로하고 몸을 돌렸다. 걸음이 무거웠다. 기분 탓인지 몸이 피로해서인지 분간이 되지 않았다.

복도를 걷는데, 초상화 속 에시의 작은 손을 놓치지 않겠다는 양 단단히 쥐고서 해사하게 웃고 있던 내가 걸음마다 눈에 밟혔다. 잠자리가 바뀌어서일까. 나는 이날 한참이나 뒤척인 후에야 잠들 수 있었다.

눈이 떠졌다.

'아침……?'

아니, 어두운데. 커튼이 쳐져 있다는 것을 감안해도 방 안은 어두 컴컴했다. 눈꺼풀을 잘게 달싹이다 이내 완전히 들어 올렸다. 애매한 시간에 깨버린 걸까. 자다 깨서 그런지 갈증을 느껴 테이블을 더듬었 다. 그러다 순간 화들짝 놀랐다.

"……!"

눈을 깜박거렸다.

"엄…… 마, 아빠?"

있어선 안 되는 사람들이 보였다. 그것도 침대맡에. 정말 자다 깬 것 인지 내 목소리는 잠겨서 흘러나왔다. 아니, 하지만 말이 안 되잖아.

나는 가만히 나를 응시하며 앉아 있는 두 사람을 보다 다음 순간 뭔가를 깨달았다.

'너무 잘 보여.'

사방이 캄캄했다. 그러나 짙은 어둠으로 물든 와중에도 두 사람의 모습은 지나치게 선명하고 또렷하게 보였다.

'꿈이구나.'

그렇게 생각하기 무섭게 어머니가 움직였다. 부드러운 손이 내 뺨 을 만졌다. 꼭 실제 같았다.

'생생한 꿈이야.'

꿈이라고 느끼고 있는데도 이렇다니. 이어서 내 뺨을 어루만지는 손길처럼 상냥한 목소리가 들렸다.

"리디아. 우리 딸."

"……."

"우리가 미안해."

"엄마."

나는 정말 오랜만에 그 울림을 입에 올렸다. 애초 이렇게 부모님 꿈 을 꾸는 것 자체가 오래간만이었으니까.

'아까 액자를 봐서 그런 걸까.'

매정한 딸이라고 해도 어쩔 수 없다. 나는 부모님이 돌아가신 지 일 년 만에 더는 두 분의 꿈을 꾸지 않게 되었다. 그 전까지는 정말, 숱하게 꿨었지만.

이것도 그때와 같은 꿈일까. 그렇게 생각하는 순간 묵묵히 계시던 아빠의 입이 열렸다.

"너를 입양하지 말 걸 그랬다."

"……아빠?"

"이렇게 될 줄 알았으면, 그때 널 들이지 말 것을 그랬어."

"아빠."

왜 갑자기 그런 말을 해요? 그 물음이 목 아래까지 들어찼지만, 이걸 내뱉는 게 얼마나 의미 없는 일인지 곧 스스로 알 수 있었다. 이건 내 꿈이다. 내 무의식이 만들어낸 두 사람을 만나는 거다. 그러니 결국 저건 내가 평상시 하던 생각이라는 말이었다. 차라리 입양되지 말걸, 하는.

"……아니에요."

그렇지만 고개를 저었다. 결국엔 나와 하는 대화라는 걸 알면서도 부정했다.

"아니에요. 안 그래요."

울컥했다. 입술을 깨물었다. 미래를 읽고 세상이 무너지는 것 같았지만, 아니다. 그래, 아니었다. 아무리 내 죽음이 예정되어 있다 해도 내가 이 집에 들어온 것 자체를 후회했던 적은 없었다. 송두리째 없던 일로 되돌리고 싶지는 않았다.

부모님을 만난 것도, 그 밖에 저택의 다른 사람들과 함께 지내고 알게 된 것도, 그리고…….

"정말 아니에요. 마음에도 없는 소리로 철없이 원망한 거예요. 그것뿐이니까, 그러니까, 그런 말은 마세요."

눈물이 날 것 같았다. 끌어안은 부모님이 마치 사실처럼 따뜻해서 더 그랬다. 뭐가 이렇게 생생한 꿈이람. 슬프게.

그렇게 얼마나 안겨 있었을까, 돌연 부모님이 사라졌다. 나는 안개처럼 흩어진 두 사람의 형상에 허공을 껴안은 채 그저 멍하니 눈만 깜박였다. 꿈이고, 전부 허상이라는 걸 알지만 그럼에도 치미는 상실감에 차마 어떤 행동을 잇기도 쉽지 않았다. 그때였다.

"⋯⋯에시?"

사라진 부모님을 대신해 다른 얼굴이 나타났다. 나는 조금 전보다 훨씬 흠칫했다. 가족 초상화를 봤고, 그러고 나서 꿈에 부모님이 나왔으니 이 다음엔 에시가 등장하지 않을까 얼핏 생각하기는 했다. 하지만 나타나더라도 그림에서 봤던 것처럼 어린 시절의 에시가 나올 줄 알았다.

이렇게 바로 어제 본 것 같은, 다 자라서 어른이 되어버린 지금의 에시가 아니라.

"누님."

에시가 나를 불렀다. 낮고 차분한, 고요한 목소리였다. 나는 꼼짝도 할 수 없었다. 어쩐지 그랬다. 마치 나를 속박하는 어떤 주술에라도 걸린 것처럼.

이내 나는 날 아무것도 하지 못하게 묶어버린 것의 정체를 알아차릴 수 있었다.

에시의 눈. 에시는 감정이라곤 조금도 담기지 않은 황금색 눈동자로 나를 서늘하게 응시하고 있었다. 마치 타인을 보듯. 에시가 손을 뻗었다. 마디가 곧고 크며 단단한 손은 어머니의 손길이 그랬듯 내 뺨을 언뜻 스쳤다가, 다음 순간 목을 감쌌다.

"⋯⋯!"

에시의 손에 천천히 힘이 들어갔다. 꿈이라는 사실이 무색하게도 압박감과 고통이 느껴졌지만, 이 순간 나는 그보다 다른 곳에서 통증을 느꼈다.

"왜."

에시의 얼굴이 가까워졌다. 숨이 스칠 만한 거리에서 에시가 내 귓가에 나직하게 속삭였다.

"나를 속였어?"

차가운 음성이었다.

"……헉!"

소스라치며 잠에서 깨어났다. 튕기듯 침대에 일어나 앉아 나도 모르게 곧장 목을 더듬었다. 커튼 사이로 빛이 새어 들어왔다. 사위는 어둡지 않고 밝았다.

주위를 멍하니 바라보다 협탁을 더듬어 손거울을 찾았다. 그러곤 그것으로 목을 비춰 보았다. 당연하다면 당연하게도, 손자국은 없었다.

"……하아."

억눌렸던 호흡처럼 한숨이 터졌다. 거울을 내려놓았다. 손마디가 잘게 떨렸다. 악몽을 꿨다. 그것도 지나치게 생생한 악몽을.

"왜 나를 속였어?"

차갑게 귓가에 번지던 목소리가 떠올랐다. 찰나 어깨가 절로 움츠러들었다. 아니라고 하고 싶었다. 아니라고, 그렇지 않다고. 일부러 너를 속이려던 건 아니었다고 대답하려고 했다.

그렇지만 목이 졸려 말이 나오지 않았다. 목소리를 내고 싶었지만, 의도를 달성하지 못하고 그저 고통 속에서 소득 없이 입만 벙긋거렸다. 그러다가 어느 순간 물밑으로 잠기듯 의식이 아득해졌고, 그렇게 꿈에서 깼다.

나는 침대에 뿌리라도 내린 듯 움직이지 않고 오도카니 앉아 있다가 얼굴을 감쌌다.

'이게 뭐야? 뭔 꿈이 이렇게…….'

기막혔다. 꿈은 꼭 그래야만 했을까 싶을 만큼 생생했다. 부모님도 부모님이었지만, 그 뒤에 꾼 에시의 꿈은 정말 소름이 돋을 정도로 현실 같았다.

낮게 내리깔린 목소리, 목을 조르던 감촉, 온기 없이 서늘하게 나를 직시하던 시선까지. 전부 사실 같았다. 아직도 전부 내게 달라붙어 남아 있는 기분이었다. 나는 움츠린 채로 뺨과 귓가를 문지르다 침대 기둥 근처 설렁줄을 당겼다.

"기침하셨습니까? 세숫물을 올리겠습니다."

방에 들어온 건 안젤라가 아닌 처음 보는 얼굴의 하녀였다. 중요한 일은 아니다. 나는 세숫물을 뜨러 나가는 하녀에게 말을 덧붙였다.

"찬물로 부탁해."

부족할까 봐 추가했다.

"엄청나게 차가운 물로."

잠시 후 하녀가 부탁한 대로 얼음장처럼 차가운 물을 가지고 나타났다. 나는 대야에 손을 살짝 담가보았다가 잠시 침묵했다. 내가 부탁하기는 했지만……. 냉랭한 온도에 피부가 아렸다. 본능적으로 망설이다가 이내 눈을 질끈 감았다. 나는 그 물로 세수하기 시작했다.

'으으.'

얼굴에 물을 끼얹을 때마다 나도 모르게 앓는 소리가 튀어나오려 했다. 그렇지만 소스라치면서도 연거푸 가혹한 찬물 세례를 했다. 그러면서 생각했다.

'꿈이다.'

그건 꿈일 뿐이야.

'얼마나 생생했든 단지 꿈이다. 잊어! 떠올리지 마!'

마지막으로 충격 요법으로 아예 대야에 얼굴을 담갔다가—이때 방 한쪽에서 대기하고 있던 하녀의 작은 비명을 들은 것도 같았다—식겁 하며 잽싸게 도로 머리를 건졌다.

"푸하."

아, 이건 미친 짓이었어. 어쨌든 효과는 있었다. 덕분에 꿈의 잔재가 남긴 심란한 감정이 다소 가라앉았다. 비록 세수 한 번에 몸이 덜덜 떨리게 됐지만 말이다.

부드러운 수건으로 물기를 닦은 뒤 침대를 벗어났다. 아침부터 이게 대체 무슨 고역인지 모르겠다. 이어서 하녀의 도움을 받아 침의를 벗고 실내용 드레스로 갈아입은 후 방을 나섰다. 목적지는 없었지만 일단 방은 벗어나고 싶었다. 그렇게 복도로 나왔더니 마침 나처럼 막 나온 듯한 베시가 보였다.

"아가씨! 잘 주무셨어요?"

"으응."

나는 얼버무리듯 대답했다. 차마 저기에 대고 활기차게 긍정은 못 하겠고, 그렇다고 '아니, 못 잤어. 끔찍한 악몽을 꿨거든. 정말 무시무시한 악몽이었어. 엄청나. 들어볼래?'라고 할 수도 없었으니까.

"가만, 눈 밑에 거뭇한 기미가 보이는 것 같은데요? 혹시 잘 못 주무셨어요?"

"뭐? 아냐."

"실은 그냥 해본 말이에요. 갑자기 잠자리가 바뀌었으니 혹시나 해서요. 아니라고 하시니 다행이네요."

날카로운 베시……. 내심 뜨끔하고 있는데 타이밍 좋게 다베리 경도 방에서 나왔다.

"좋은 아침입니다. 어? 아가씨, 어쩐지 잠을 설치신 얼굴인데요?"

"늦었어요. 그거 이미 베시가 했거든요?"

"저런."

아쉽다는 듯―아니, 왜―혀를 차는 다베리 경의 뒤로 이어서 알렉스도 모습을 드러냈다. 참고로 알렉스는 짐꾼으로 영지행에 함께 올랐다. 우리는 다 같이 식당으로 이동했다. 솔직히 입맛은 없었지만, 아침을 거르겠다고 하면 잠자리가 안 좋았다고 광고하는 꼴 같아서 묵묵히 따라갔다.

"오래간만에 봐도 여긴 별로 달라진 게 없네요."

베시가 운을 뗐다. 다베리 경이 말을 받았다.

"뭐, 그렇죠."

"그러고 보니 다베리 경은 얼마 전까지 영지에 있었죠?"

"최근에 복귀하기는 했지요."

"그때 뭘 하셨어요?"

"별건 아니었습니다. 인근 지역에 있던 도적들이 경계 근처에 유입되었다고 해서 정리 좀 하고……."

"어머, 도적들?"

"어중이떠중이였습니다. 베시도 잡을 수 있었을걸요. 메이스만 쥔다면."

"강하게 봐줘서 고맙네요."

이런저런 잡담을 나누며 걸었다. 나는 끼지 않고 창밖 풍경이나 말없이 응시했다. 그때였다.

"각하."

순간 걸음이 멈췄다.

"밤새 강녕하셨습니까?"

심장이 두근거렸다. 저 앞쪽에서 들려온 목소리는 루카스의 것이었지만, 중요한 것은 목소리의 주인이 누구냐 따위가 아니었다. 창가만 보며 걷던 중이라 아직 그쪽을 쳐다보지는 않았다. 그럼에도 나는 못 박힌 듯 자리에 설 수밖에 없었다. 두근거림이 심해졌다. 결국 충동적으로 몸을 돌렸다.

"아가씨?"

"어디 가세요?"

"그게…… 산책. 그렇지! 아침 산책 다녀올게!"

뜬금없이 부지런한 핑계를 댄 나는 다급히 자리를 벗어났다. 등 뒤로 베시와 다베리 경이 당황스럽게 나를 불렀지만 무시하고 걸음을 재촉했다. 나는 무작정 복도를 벗어나 계단을 내려갔다. 다행히 저택을 벗어나는 동안 꼴사납게 길을 잃거나 하는 일은 없었다.

바깥으로 나오자 넓은 부지 한쪽으로 잘 조성된 정원이 보였다. 곧장 그리로 걸음을 옮겼다. 산책하겠다는 구실을 댔으니까.

정원 안쪽으로 들어가다가, 도중에 나타난 벤치에 기다렸다는 듯 털썩 걸터앉았다. 앉자마자 허탈한 숨이 흘러나왔다.

'뭐 하는 거야?'

방금 내가 무슨 짓을 했는지 자각하고 있었다. 이건 도망이었다. 부정할 수도 없는 도망. 차마 에시의 얼굴을 볼 엄두가 나지 않았다. 악몽 탓일까. 아무렇지 않은 듯 평소처럼 마주칠 자신이 없었다.

'아아…….'

고개를 숙이고 얼굴을 가렸다. 내 얼음물 세수. 그 가혹한 방법이 이렇게나 효과가 없었다니.

'이게 다 루카스 때문이야.'

나는 갑자기 이 자리에 없는 루카스를 욕했다.

'왜 어제 하필 나를 거기로 불러냈던 거야? 왜? 그러지만 않았어도 거기서 그 액자를 볼 일도 없었고……'

그럼 악몽을 꾸지도 않았을 텐데.

'심심하면 혼자 술 마시면서 벽 보고 혼잣말이나 할 것이지. 망할 루카스. 고약한 루카스. 꼴 보기 싫은 루카스. 그놈의 보기 흉한 콧수염은 도대체 왜 기르는지 모르겠는 루카스.'

나는 내친김에 루카스의 심미안까지 헐뜯다가 곧 허무해져서 그만두었다. 그래, 무슨 의미가 있겠어. 여기서 이러는 게. 어깨에서 힘을 뺐다. 맥없이 몸을 벤치에 기댔다.

사실, 이럴 줄 몰랐다. 그런 꿈을 꿀 줄 몰랐다는 말은 아니다. 나는 내 죽음을 알고 있었다. 책을 통해 단편적이고 피상적으로 엿본 것뿐이긴 하지만, 어쨌든 그게 언젠가 실현될 미래라는 점에서 내 운명을 미리 알고 있다고 봐도 좋을 것이다. 그러니 꼭 꾸지 못할 악몽은 아니었다. 어쩌면 자연스러운 흐름이라고도 할 수 있을지 모른다, 이 시점에 그 같은 꿈을 꾼다는 건.

즉 예상할 수 있었던 꿈이라는 말이다. 그렇지만…….

가슴을 짚었다. 불안정한 울림이 손바닥을 통해 전해졌다. 정말 이럴 줄은 몰랐다. 이 정도일 줄은. 상상했던 것보다, 추정했던 것보다 훨씬…… 훨씬 아팠다.

꿈에서 목이 졸릴 때, 꿈이라는 걸 인지했으면서도 통증에 정신을 차릴 수가 없었다. 목이 아니라, 심장이 아파서.

무감하고 서늘한 황금색 눈동자와 마주하던 순간 심장이 철렁 내려앉았다. 그런 다음에는 고통이 뒤따라 밀려들었다. 가슴 안쪽이 갈라지고, 무너지고, 형체도 남기지 않고 서서히 부서지는 것만 같았다.

그러한 고통이 너무 커 견디기가 힘들었다.

목이 졸려 숨이 막히고 소름 끼치는 죽음의 감각이 온몸을 덮쳐왔을 때조차도, 정작 내 신경은 그늘진 에시의 금안에만 쏠려 있었다.

"……."

꿈속의 아픔을 상기하자 가슴 언저리를 짚은 손에 힘이 들어갔다. 장식이라곤 없는 단조로운 드레스 상의에 주름이 졌다. 이내 헛웃음 같은 숨을 뱉어냈다. 짐작하고는 있었다. 어느 정도는.

나는 무서웠다. 전생에 이어 이번 생도 반백 년의 채 절반도 살아보지 못하고 죽는 것이. 그리고 더 견딜 수 없는 건 에시의 손에 죽게 된다는 것이다. 그러나 그 무엇보다도 두려운 건 바로…… 에시에게 타인이 된다는 것. 나를 그 손으로 주저 없이 죽일 정도로, 그에게 내가 더는 특별하지도 유일하지도 않은 존재가 된다는 것. 그것이 미래를 알고부터 내 가장 큰 공포였다.

그래서 도망치고 싶었다. 도망 이후의 삶이 어떨지 장담할 수 없대도 무조건 달아나기를 원했다. 그 이후가 어떻든 에시에게 '아무것도' 아니게 된 나를 두 눈으로 직접 확인하는 것보단 나을 테니까.

'바보 아냐.'

결국 나는 에시를 싫어할 수 없었다. 손을 잡으면 다른 사람처럼 따뜻하게 전해지는 그 온기를 진심으로 미워하고 증오할 수가 없었다.

'멍청이 호구.'

나를 죽일 걸 알면서도.

"미련둥이……."

벤치에 멍하니 앉아 있다가 고개를 젖혔다. 구름을 보려고 했다. 정처 없이 그저 흘러가기만 하는 꼴을 보려고 했더니만, 햇빛이 시야를 침범했다. 찰나 눈이 부셔 눈가를 찡그렸다. 그때 부스럭 소리가 들렸다.

'……다베리 경?'

혹은 베시나 알렉스? 나를 찾으러 왔나? 에시는 아니겠지, 설마. 두근거리는 마음으로 고개를 돌렸다.

그리고 난 이내 당황해서 바짝 굳었다.

쉬익, 쉭.

'……뱀?'

뭐, 뭐야? 노란 바탕에 얼룩덜룩한 무늬가 있는 기다란 뱀이 풀숲 사이에서 나를 향해 혀를 날름거렸다. 나는 그걸 보며 꼼짝도 하지 못했다. 일단 충격이라서.

'왜 정원에 뱀이?'

원래 정원에 뱀 하나쯤은 있는 건가? 아니, 그럴 리가 없잖아? 식은땀이 났다. 천천히 벤치에서 몸을 일으켰다. 뱀이 내 움직임을 따라 대가리를 돌렸다.

'그러지 마.'

쳐다보지 마라. 내게 관심을 두지 말아주렴, 뱀아.

그러나 안타깝게도 염원은 전해지지 않은 것 같았다. 뱀은 내게서 눈을 떼지 않았다. 세로로 긴 동공이 나를 똑바로 직시했다. 쉭쉭. 기분 탓인지 혀를 한층 위협적으로 날름거렸다.

'이거…… 위험한 거지?'

그런 상황이지? 몸이 뻣뻣하게 굳었다. 솔직히 뭘 어떻게 해야 할지 모르겠다. 뒤돌아 도망쳐야 하나? 그러다가 쫓아오면? 뒤에서 갑자기 물면 피할 수 있을까?

갖은 생각이 들었다. 머릿속이 복잡해졌다. 이런 식으로 뱀과 일대일로 마주칠 거라곤 상상도 해본 적이 없었다. 그래도 이 와중에 뱀의 머리통이 동그랗다는 것을 확인하곤 다소나마 안도했다.

'독은 없겠네.'

주워들은 지식으로 독이 있는 뱀은 머리 모양이 세모꼴이라고 했다. 저놈은 어딜 봐도 둥그니까 그건 안심이다. 그래, 독사가 어디 흔한 것도 아니고. 만약 여기 아리가 있었다면 흔해졌겠지만 다행인지 불행인지 지금 이곳엔 나뿐이었다. 좋게 해석하면 위기이긴 해도 죽을 위기는 아니라는 거지.

나는 침을 삼켰다. 물려도 아프기만 할 뿐—물론 아픈 것도 싫었지만—죽지는 않는다고 생각하니 아주 약간 용기가 났다. 뱀에게서 시선을 떼지 않으며 천천히 발을 움직였다. 정말 천천히. 뱀은 그런 나를 구경하듯 쳐다만 볼 뿐 제자리에서 움직이지 않았다.

옳지, 잘한다. 계속 그렇게 가만히 있어. 내가 여기서 완전히 튈 때까지…… 앗!

"……!"

'머피의 법칙!'

왜 그 순간 망할 법칙이 떠올랐을까. 그래, 그건 내가 하필 이럴 때 평소에는 잘 하지도 않던 평지에서 발을 접질리는 실수를 저질렀기 때문이겠지.

나는 크게 휘청거리며 넘어졌다. 그리고 그게 운 나쁘게 뱀을 자극한 것 같았다. 아, 제발 어딜 물리든 되도록 덜 아프길. 난 내게 달려드는 뱀의 형상을 보곤 눈을 질끈 감았다.

"……."

그렇지만 아무리 기다려도 통증은 없었다. 나는 뱀에게 물리는 고통 대신 시야가 어두워졌다는 것을 느끼곤 슬그머니 눈을 떴다. 이내 입이 벌어졌다.

"에, 에시?"

"괜찮아?"

눈앞에 에시의 얼굴이 보였다. 나를 감싸듯 상체를 낮춘 에시가 바닥에 넘어진 나를 바로 내려다보고 있었다. 나는 생각지도 못했던 얼굴을 멍하니 응시했다. 그러다가 다음 순간 비명을 지르듯 외쳤다.

"에시!"

뱀은 에시의 팔을 물고 있었다. 뱀의 송곳니가 박힌 에시의 왼팔에서 가는 핏줄기가 흐르는 것이 보였다. 미간을 살짝 좁힌 에시가 신음 한마디 없이 다른 손으로 뱀의 머리뼈를 으스러뜨려 죽여 떼어냈다.

나는 선혈이 배어나는 선명한 잇자국을 보며 입을 다물지 못했다. 그러나 에시는 자기 상처를 그다지 신경 쓰는 기색이 아니었다. 그보다는 나를 살피면서 다시 물었다.

"괜찮은 거야, 누님?"

"지금……."

내가 문제야? 나는 괜찮다. 당연히 괜찮다. 괜찮지 않은 건 에시였다. 사색이 되어 몸을 일으켰다. 상처 부위를 피해 에시의 팔을 붙잡는 손끝이 미약하게 떨렸다.

"너, 팔은? 어떡해, 안 아파? 지혈은? 지혈해야 하는 거 아냐?"

"신경 쓰지 마."

"어떻게 이걸 신경을 안 써! 피가 이렇게 나는데……."

"누님."

"……."

"……설마 울어?"

내 눈가를 살피듯 에시의 얼굴이 가까워졌다. 나는 그 말을 듣고서야 내 눈에 눈물이 맺혀 있다는 걸 알았다. 눈을 깜박였다. 눈물방울이 중력을 이기지 못하고 후두둑 떨어졌다.

"누님?"

에시가 곧장 당황한 목소리를 냈다. 뱀에게 팔을 물려 피를 봐놓고도 아무렇지 않은 얼굴이더니, 고작 내가 우는 걸 확인하자마자 선명한 동요를 내보였다.

"왜 그래. 아파? 다쳤어?"

여전히 자기 상처를 도외시한 에시가 나를 붙들고 이리저리 관찰하듯 살폈다. 정말 어디 다치기라도 했나 확인하는 눈길에서 걱정과 초조함이 읽혔다.

눈물이 더 치밀었다. 이러니까. 네가, 이러니까.

"나 좀 봐. 누님. 왜 울어?"

네가 이러니까 내가 널 싫어할 수가 없잖아. 이러는데 내가 너를 어떻게 싫어해?

"누님."

"으…… 흐윽…… 어허엉."

왜 그래? 나한테 왜 그렇게 잘해줘? 왜 날 신경 써? 왜 이처럼 소중히 대해? 내가 누나라서? 누나라서, 하나뿐인 가족이라서, 그래서 그래? 그게 그렇게 중요해?

"어허어엉."

나는 목 놓아 울었다. 피가 흐르든가 말든가 제 팔의 상처 따위는 내팽개쳐 둔 에시가 내 앞에서 안절부절못하는 것이 보였다. 그럴수록 울음이 꾸역꾸역 밀려 올라왔다.

에시가 원망스러웠다. 그리고 그 이상으로 내가 원망스러웠다. 결국에는 타인이 되어야 하는 내가. 그럴 수밖에 없는 나 자신이, 그래서 지금 이 모든 걸 송두리째 잃어야만 하는 스스로가.

그게 지독히도 절망스럽고 원망스러워서, 나는 에시가 당혹스러워하다 결국 나를 달래듯 제 품에 껴안았을 때도 도무지 울음을 멈출 수가 없었다.

"아, 아니, 대체 이게 무슨 일이에요?"

베시는 경악한 얼굴로 입을 다물지 못했다. 이해한다. 나 같아도 그럴 테니까. 나와 에시는 나란히 어디 한 군데씩 퉁퉁 부어서 저택으로 귀환했다. 나는 양쪽 눈이, 에시는 왼팔이. 물론 나는 울어서 그런 거고, 에시는 다쳐서 그런 거였으니 환자는 한 명뿐이었다.

아침 산책을 하겠다고 나가서는 대뜸 이런 꼴이 돼서 돌아왔으니 황당해도 여간 황당한 게 아닐 테지. 내 심정도 그렇다. 나는 뒤로 넘어가기 직전인 베시를 향해 입을 열었다.

"정원에서 뱀한테 물렸어. 어서 의사 좀 불러줘. 상처를 보여야 해."

"세상에나, 알렉스! 알렉스으!!"

잠시 후 부리나케 불려온 주치의가 가까운 응접실에서 에시의 팔을 진찰하고 처치했다. 나는 조금 떨어진 곳에 앉아서 의사가 환부를 소독하는 것을 묵묵히 지켜보았다. 다베리 경이 함께 자리를 지키다 말을 걸었다.

"아가씨께선 괜찮으십니까?"

"괜찮아요. 척 보기에도 그렇잖아요."

"아뇨, 눈이 별로 괜찮지 않으신데요. 어디 쏘이신 듯한데. 정원에 혹시 뱀 말고 벌도 있었습니까?"

"……."

이 인간이. 누가 봐도 울어서 이런 눈인데 사람 놀리나?

과연 표정을 보니 놀린 게 맞는 모양이었다. 나는 눈썹을 슬쩍 들어 올렸다가 일부러 과장된 어조로 쏘아붙였다.

"경, 사람이 다친 상황에 농담할 기분이 나요? 즐거운가 보죠? 평소에 에시한테 불만이 많았나 봐요?"

"예? 아니, 아닙니다! 절대 그렇지 않습니다."

다베리 경이 소스라쳐 적극적으로 부인했다.

내가 정원에서 아이처럼 펑펑 울었던 건 뱀을 봐서 놀라 그랬던 것으로 대강 얼버무려졌다. 핑계를 대면서도 그게 통할까 했는데 통했다. 덕택에 이렇게 놀림이나 받는 처지가 되기는 했지만 말이다. 그러고 보면 일전에도 시계탑을 보고 감격해서 울었던 걸로 둘러대고 넘어갔던 적이 있는 것 같은데.

내 눈물샘 이미지, 과연 이대로 괜찮은가 싶었지만 어차피 왜 울었는지 곧이곧대로 말할 수도 없었으니 그에 대해선 그냥 단념하기로 했다.

그때 치료가 끝났는지 주치의가 의료 기구를 정리했다.

"처치는 이걸로 됐습니다. 상처가 깊지 않아서 다행입니다. 당분간 물에 닿는 것만 조심해 주시면 덧나는 일 없이 아물 겁니다."

에시의 왼팔에는 손목부터 팔목 중간쯤까지 새하얀 붕대가 돌돌 감겨 있었다. 에시가 팔을 들어 가볍게 움직였다. 주치의의 목소리가 따라붙었다.

"한동안은 팔을 쓰시기 다소 불편하실 수도 있습니다. 마비 독이 있는 종이라."

"독이요?"

독이라는 말에 나도 모르게 반응했다. 내 표정이 어땠는지 주치의가 달래듯 이야기했다.

"말 그대로 '마비' 독일 뿐입니다. 움직임을 좀 제한하는 것 외에 다른 작용은 없으니 걱정하지 않으셔도 됩니다."

"얼마나 제한하는데요? 많이 불편할까요?"

"음……."

베시의 물음에 주치의가 잠시 고민하는 듯 시간을 끌더니 에시를 돌아보았다.

"각하, 어떠십니까?"

"못 쓸 정도까진 아니군."

그렇게 답하는 순간 에시와 내 눈이 마주쳤다. 갑자기 말이 달라졌다.

"멀쩡해."

"방금은 못 쓸 정도까진 아니라고……."

"엄살이야."

엄살이라곤 내가 기억하는 한 생전 피워본 적도 없으면서 에시가 뻔뻔하게 말했다. 대꾸하지 않았더니 에시의 말이 이어졌다.

"정말이야. 엄청 쓸모없는 독인 것 같은데, 마비 독이라는 거."

왜 이 상황에서 에시가 나를 안심시키고 달래주고 있는지 모를 일이다. 다친 건 에시인데. 나는 좀 침울해졌다. 당연하지만 에시가 나 때문에 다쳤다는 자각이 있었다.

"그냥 내가 물리게 두지."

괜히 그렇게 들릴 듯 말 듯 작게 중얼거렸더니 용케 똑똑히 들은 에시가 나와 눈을 맞추고는 대답했다.

"그랬으면 이 저택 관리인과 고용인 씨가 말랐을 텐데."

"……"

"그쪽이 마음에 들어?"

그 순간 과거 에시의 '나머지' 발언이 떠올랐다. 나 빼고 다 나머지. 내가 다치면 나머지가 죽는다고. 아, 안 돼.

고개를 붕붕 저었다. 그러고 보니 나, 불특정 다수의 안녕을 위해서라도 최대한 몸을 사려야 하는 처지였잖아?

'으음…….'

혼자 다니면 안 되겠다……. 새삼 깨달은 사실을 곱씹고 있을 때 베시의 목소리가 끼어들어 주제를 휜기했다.

"어쨌든 상처 자체가 깊지는 않다니 다행이에요. 그런데 애초에 정원에 뱀은 왜 있었던 거래요? 무슨 나비나 개구리도 아니고."

맞아, 그건 나도 의문이다. 바깥에서 들어온 걸까? 그 가능성이 유일하기는 했다. 설마 그걸 누가 키우던 것은 아닐 테니까. ……아니겠지?

머릿속을 스치는 옛 플로라의 기억에 주춤하는데, 그 순간 응접실 문이 벌컥 열렸다.

"아이고! 각하!"

루카스였다.

"말씀은 들었습니다. 뱀에게 물리셨다고요? 맙소사, 다 제 불찰입니다. 설마 정원에 그런 것이 있었을 줄은……. 제대로 관리하지 못한 제 잘못입니다. 정말이지 죄송합니다."

등장부터 거의 곡을 하며 나타난 루카스는 들어오자마자 에시를 향해 땅에 닿을 듯 넙죽 허리를 숙였다. 나는 허리가 아플 것 같은 루카스를 일부러 못 본 체 무시했다. 정원의 뱀 한 마리까지 전부 루카스의 책임으로 몰기에는 그도 억울한 감이 있겠지만, 지금은 어쩐지 루카스를 변호해 주고 싶지가 않았다. 에시의 팔에 감긴 붕대가 자꾸 눈에 들어와서 그럴까.

에시는 제게 연신 사과하는 루카스를 향해 덤덤히 입을 열었다.

"운이 좋군. 자작."

"예?"

"내가 아니라 누이가 물렸다면 지금 거기서 그러고 있지도 못했을 텐데."

루카스가 눈을 굴렸다. 들은 말이 무슨 뜻인가 가늠하는 눈치였다.

"공녀님께도 정말 죄송합니다."

이내 그가 방향을 틀어 내게도 사과했다. 여전히 못 들은 척하고 있었더니 이어서 에시가 가볍게 손짓했다. 파리 쫓듯.

"이만 가 봐."

"하지만……."

"나를 성가시게 하는 게 상처가 빨리 낫는 비법이라고 생각하는 게 아니라면 나가."

결국 루카스가 우물쭈물 물러났다. 이른 퇴장이었다. 루카스가 사라지고 난 뒤, 분위기를 전환하듯 다베리 경이 말을 꺼냈다.

"뭐, 기왕 이렇게 된 거 오늘은 쉬시죠, 각하. 평소 업무가 과중하셨잖습니까."

"그래요, 그래."

베시가 마침 잘 말했다는 듯 맞장구쳤다. 나도 내심 동의했다. 말로 꺼내진 않았지만 좀 전부터 에시가 오늘 하루쯤은 푹 쉬었으면 좋겠다고 생각하던 차였다. 그러나 그런 두 사람의 말을 들은 체도 하지 않은 에시가 대신 나를 보았다.

"누님."

"응?"

"오후에 영지 둘러보러 나갈까?"

그리고 나보다 먼저 펄쩍 뛴 건 베시였다.

"그게 무슨 말씀이세요! 나가시긴 어딜 나가요? 꼼짝 않고 휴식하셔도 모자라실 판에!"

"그럴 정도의 상처 아니야."

"아니긴요! 생채기라도 되듯 말씀하시네요!"

"주치의가 생채기나 다름없다고 하는 거 못 들었나?"

언제……?

"아휴, 아가씨. 아가씨께서 뭐라고 좀 해주세요."

본인 말은 안 통할 걸 알았는지 베시가 내게 발언권을 넘겼다. 불시에 배턴을 쥐게 된 나는 우물쭈물하다 그냥 솔직하게 이야기했다.

"같이 나가도 어차피 난 네 상처만 보느라 다른 건 아무것도 못 볼걸."

어째 뱉고 나니 민망하긴 한데 사실이었다. 지금도 이렇게 붕대에 자꾸만 눈이 가는데 나가봐야 바깥 구경에 제대로 집중하지 못할 것이 뻔했다. 베시가 흡족한 얼굴로 눈에 도로 쌍심지를 켰다.

"들으셨죠? 아가씨께서도 이처럼 말씀하시잖아요. 오늘은 무조건 안정이에요. 절, 대, 안, 정!"

에시와 눈이 마주쳤다. 나는 괜스레 겸연쩍어 헛기침했다.

"누님이 그렇다면."

"정말, 진작 그러실 것이지."

"하지만 어쨌든 기분 전환이 필요하긴 할 텐데."

"기분 전환? 나?"

에시의 시선이 여전히 나를 향한 상태라 혹시 하고 날 가리켰더니 에시가 고갯짓으로 긍정했다.

"기분 전환이라니……"

뜬금없이 내게 그런 것이 필요한 이유를 찾지 못하다가 이내 짤막하게 탄성을 삼켰다.

'아.'

설마…… 운 것 때문인가? 정원에서 엉엉 운 것 때문에? 말문이 막혔다. 뱀에게 막 물리고 난 때에도, 그리고 지금도 에시는 정말이지 일관되게 내 생각만 하고 있었다.

가슴이 일렁이듯 두근거렸다. 기분이 제멋대로 뒤섞였다. 나를 향한 애정 자체에서 오는 단순한 기쁨. 하지만 곧바로 그걸 덮어버리는, 어차피 머잖아 잃을 것이라는 자각에서 오는 절망적인 슬픔.

후자가 너무 커서 나는 목이 막혔다. 에시가 내게 보이는 애정이 기꺼우면 기꺼울수록, 그걸 잃을 미래를 상상하는 건 내게 버겁고도 괴로운 일이었다. 그 때문에 차마 할 말을 고르지 못하고 있는데, 불쑥 다베리 경의 목소리가 들렸다.

"제게 맡겨주시죠."

"경?"

베시와 내 고개가 나란히 돌아갔다. 다베리 경은 제자리에서 거수하듯 오른손을 들고선 말을 이었다.

"요컨대 믿음직한 수행원이 있으면 되는 문제 아닙니까? 제가 아가씨를 모시겠습니다. 무사 보장, 안전 보장, 재미 보장."

"마지막은 어떻게요?"

"크흠. 비록 임무 때문이긴 해도 제가 얼마 전까지 영지에 있었다는 사실을 잊으시면 곤란합니다."

나들이 명소 정도야 최신 버전으로 훤히 꿰고 있다고 그가 덧붙였다. 당당한 태도였다.

"뭐."

이윽고 에시의 짧은 허락이 떨어졌다.

"다른 놈보다는 낫지."

"아가씨, 저만 믿으십시오."

다베리 경이 호언장담하며 시원하게 웃었다. 나는 그의 자신만만한 청량한 미소를 보다 한발 늦게 깨달았다. 내 외출이 결정되었다는 걸.

'으응?'

별것 아니지만 누구도 몰랐던 사실이 있다. 진작 나간 줄 알았던 주치의는 알고 보니 왠지 모르게 존재감이 지워졌을 뿐 여전히 응접실에 남아 있었다는 것이다.

"각하의 상처를 생채기나 다름없다고 진단한 적 없습니다."

꽤 뒤늦게야 본인이 아직 자리에 있음을 알리며 에시의 발언을 정정한 그는 이어서 에시에게 '오늘 하루 절대 안정' 처방을 내렸다.

일도 외출도 오늘은 절대 무리하지 말고 그저 푹 휴식할 것. 베시를 비롯한 그 자리의 모두가 바라 마지않던 처방이었다. 다만 에시가 그 처방을 곧이곧대로 따라주느냐는 문제로 남아 있었지만 말이다. 어쨌든 에시에겐 그렇게 휴식 처분이 내려졌고, 반면—

"들어드릴까요?"

나는 외출했다. 가을에 접어들었다지만 한낮의 해는 아직 뜨거웠다.

"괜찮아요."

나는 다베리 경의 말을 가볍게 사양하고 베시가 챙겨준 양산을 꺼내 펴 들었다. 사람들이 바삐 지나다니는 활기차고도 시끄러운 거리가 눈에 들어왔다. 잠깐 생각했다.

'어쩌다 이렇게······.'

에시가 응접실에서 기분 전환 이야기를 꺼냈을 때 경황이 없어 바로 괜찮다는 말을 꺼내놓지 못했던 게 원인이었다. 다소 뒤늦게 기분 전환 같은 거 굳이 하지 않아도 된다고 마다할 정신이 들었을 때는 이미 다베리 경이 수행원으로 낙점된 뒤였고, 어느새 베시 또한 야무진 손길로 착착 외출 채비를 진행하고 있었다. 안 나간다고 하기엔 너무 늦었다.

그래서 결국 여차여차 준비하고 이래저래 해서 지금 이곳이었다. 오전은 공기가 차니 돌아다니기에는 오후가 좋겠다는 의견에 따라 나와 다베리 경은 점심이 갓 지나서 저택을 나오게 되었다.

나는 시끌시끌한 엉지 중심 번화가 한복판을 응시하다 다베리 경을 돌아보았다.

"이제 뭘 하나요?"

"혹시 허기지십니까?"

"구체적인 답이 필요할까요?"

"그래주시면 좋습니다."

"누가 뭘 주면 사양하지 않고 먹을 수는 있지만 그렇다고 구태여 먼저 내놓으라고 하고 싶지는 않은 그런 정도예요."

"흠, 그렇다면 맛집은 조금 뒤로 미루고. 근처에 새로 생긴 노점 거리가 있는데 둘러보시겠습니까?"

"좋아요."

다베리 경은 그새 의욕적인 가이드로 변모해 있었다. 나는 그런 그를 바라보다 내심 미약한 한숨을 삼켰다. 그래, 기왕 나온 거. 전문(?) 가이드도 생긴 마당에 열심히 구경할까.

'어차피 이런 식으로 한 번은 관광 삼아 외출할 필요가 있었으니까.'

그러려고 내려온 영지였으니 말이다. 일단 명목상으로는.

나는 다베리 경이 앞장서 안내해 주는 거리를 따라 걷다가 문득 에시의 목소리를 떠올렸다.

"잘 다녀와."

에시는 저택에 남아 밖으로 나서는 나를 배웅해 주었다. 그리고 나는 그때에도 나를 향한 에시의 눈길에서 여전한 걱정을 읽었다. 정원에서 울었던 걸 아직 신경 쓰는 걸까. 가만히 나를 가둔 황금색 눈동자에선 부정하기 힘든 온기가 보였다. 선명하고도 분명하게.

덕분에 나는 그 순간 가슴이 덜컹했다. 감정은 또 혹사당했다. 마음 써주는 것이 기껍고, 내게 보여주는 특별함이 애틋하고 뿌듯하고, 또 그런 한편 모순적이게도 서글프고 괴롭고 우울하고. 이거야말로 온탕, 냉탕, 무자비한 롤러코스터가 따로 없었다.

'나 이러다 과연 제명에 죽을 수 있을…… 아, 명 자체가 짧지, 참.'

그런 생각을 하느라 미처 앞을 제대로 보지 못했던 걸까. 맞은편에서 오던 누군가와 부딪히고 말았다.

"아, 미안……."

─합니다, 라는 말은 내 입에서 마저 나오지 못했다. 그건 나와 부딪힌 상대가 내 가슴팍에나 겨우 올 만큼 작은 꼬마라서 그렇다기보다는…….

"헤헷."

그 꼬마의 손에 내 돈주머니가 들려 있었기 때문이다. 나는 저게 왜 저 아이의 손에 들려 있을까 고민했다. 물론 아주 짧은 사고면 충분했다.

"고마워, 잘 쓸게!"

주머니를 얄밉게 흔들어 보인 아이가 이내 몸을 돌려 부리나케 골목 쪽으로 도망쳤다. 잽싼 꼬마였다. 워낙 별안간에 벌어진 일이라 다베리 경도 황당한 표정을 감추지 못하다가 말했다.

"죄송합니다. 쫓을까요?"

"괜찮아요."

나는 고개를 저었다. 다른 이유는 아니었다.

"저 돈주머니 굳이 안 찾아도 돼요."

"무거워 보였는데요."

"그거 다 돌이에요."

"예?"

어깨를 으쓱했다.

'실망 좀 해보라지.'

사실 일전에 광장에서 소매치기를 당했을 때부터 쭉 그 일을 마음에 품고 있었다. 비록 하루를 되돌려 없던 일이 되기는 했지만, 그래도 그때를 생각하면 절로 이가 갈렸다.

내가 그놈의 소매치기 때문에, 어? 구슬 날리고, 어? 마음고생 그렇게 하고, 어?

'복수다.'

"돈주머니 대신 돌 주머니 들고 실컷 도망치라고 해요."

전부터 내심 벼르고 있었는데, 그 설욕의 때가 설마하니 지금일 줄이야.

'동일범은 아니라지만 동종 업계 종사자니까.'

만족스러웠다. 특별히 신경 써서 얼핏 금처럼 보이는 노란 돌멩이로 넉넉히 채워놨다. 어디 마음껏 기뻐하다가 뒤통수 맞는 반전의 맛이나 봐라. 알싸할걸.

'어린애인 게 좀 마음에 걸리긴 하지만⋯⋯.'

나는 잠시 생각하다 이내 껄끄러움을 털어냈다. 아이를 쫓지 말아야 하는 다른 이유도 있었으니까. 나는 한 손으로 외투를 툭툭 털어 매무새를 정리한 후 상쾌하게 덧붙였다.

"그럼 갈까요? 노점 거리."

그러자 다베리 경의 입매가 순간 웃음을 참는 양 허물어졌다. 이내 경이 앞장섰다. 어쩐지 소매치기 설욕전에 성공한 나만큼 즐거워 보이는 얼굴이었다.

으슥한 골목 벽 뒤에 선 아이가 볼을 긁적였다.

"어⋯⋯ 이게 아닌데?"

겉으로는 열 살 남짓 보이지만, 실은 그보다 나이가 많고 그만큼 뒷골목에서 오래 구른 소년이 곤란한 얼굴을 했다.

"이런 걸 빼앗겨 놓고 왜 안 쫓아와? 아무리 귀족이라지만, 이거 금⋯⋯."

⋯⋯이 아니었다. 진실을 알아챈 소년의 얼굴에서 핏기가 가셨다.

"미친, 돌?!"

잠시 후 소년이 어딘가로 급히 연락했다. 연락을 받은 무리가 실패한 소년 대신 은밀하게 움직였다.

"지금 나랑 장난하자는 거야!"

탁자를 쾅 소리 나게 내려친 젊은 남자가 버럭 소리쳤다. 맞은편에 선 하수인들이 묵묵히 고개를 떨어뜨렸다. 남자는 경악에 찬 얼굴을 하고 있었다. 믿을 수가 없었다.

'뭐 이럴 수가 있지?'

의뢰를 받았다. 목표를 달성하기 위해 움직였다. 그런데 실패, 실패, 실패, 실패. 모조리 실패였다.

'어떻게 이런……'

그가 맡은 의뢰는 호위 기사 한 명과 영지 나들이를 나온 귀족 여성 한 명을 은밀하게 납치하는 거였다.

어렵지 않은 일이었다. 조금만 수고한다면 말이다. 더구나 보수를 생각한다면 그건 수고도 아니었다. 간만에 별것 아닌 일로 한몫 두둑하게 버는 의뢰를 받았다고 생각했다. 운수 좋은 날이라고 여겼다.

'이 의뢰만 완수하면 한동안은 크게 놀고먹어야지.'

그랬는데, 막상 착수해 보니 뭔가 이상했다. 처음엔 소매치기를 이용했다. 돈주머니를 훔쳐 도망치는 소매치기를 쫓아오게 만들어 호위 기사와 목표를 떨어뜨리려고 했다.

그러나 실패했다. 그리고 그게 시작이었다.

자신할 수 있다. 그들은 정말 최선을 다했다. 싸움을 일으켜 인적이 드문 곳으로 유인하려고도 해봤고―

"헉. 경. 저기서 싸움 났나 봐요."

"가보시겠습니까?"

"아뇨? 굳이 봐서 뭐 해요. 아는 사람이라서 어느 한쪽 응원해 줄 거면 모를까. 영지에 별로 아는 사람 없거든요. 치안대나 불러줘야지. 여기요!"

길거리에서 참가형 행사를 열어 호위 기사를 재차 떼어놓으려고도 해봤고—

"팔씨름 대회? 특이한 대회를 다 하네. 경, 참가해 볼래요?"

"윽…… 됐습니다."

"왜요? 아, 맞다. 그랬지, 참."

"아직도 그때만 생각하면 오른팔과 어깨가 뻐근한 기분이 듭니다."

"저런……. 어라, 검술 대회도 있네."

"참가할까요?"

"됐어요. 딜런과 대련하던 거 본 뒤로 눈만 높아졌거든요. 지루할 거예요."

"그러시다면."

"그날 대련 재미있었는데. 딜런이 다시 저택에 와주면 좋겠다."

"제가 그새 또 뭐 잘못했습니까?"

일부러 드레스를 더럽혀서 옷을 갈아입는 동안 불가항력으로 떨어져 있게 하려고도 해봤고—

"이밋! 괴~송~해…… 요?"

"아가씨, 괜찮으십니까?"

"괜찮아요. 피했으니까."

"순발력이 굉장하십니다."

"얼마 전에 비슷한 일로 드레스를 버린 적이 있었거든요. 같은 일을 두 번 겪을 수야 있나요. 흠, 몸이 기억하는 학습력이라고 할까?"

"멋지시군요."

하다하다 급기야는 거리의 유명 카사노바를 섭외해 대상을 유혹하는 수까지 써봤지만—

"아름다운 레이디."

"와, 이 머리핀 세공 솜씨가 좋네. 나비가 생동감이 있는데요?"

"아름다운 레이디?"

"이쪽은 큐빅 상태는 좀 엉성하지만 대신 색 조합이 도드라지고."

"아름다운……."

"장미 모양을 고르는 건 너무 고루한가?"

"아가씨, 계속 저렇게 무시하고 놔두셔도 괜찮겠습니까? 떼어낼까요?"

"괜찮아요. 눈치가 있으면 경한테 얻어맞고 장사 수단인 얼굴 터져서 길바닥에 구르기 전에 알아서 퇴장하겠죠."

전부 실패. 뭘 하든 하는 족족 실패!

'있을 수 없는 일이야.'

젊은 남자는 기가 막혔다. 목표라고 해봐야 기껏 기사 한 명 대동한 귀족 영애였다. 유인하고 납치하는 것 따위 분명 어렵지 않을 거라고 여겼다. 그런데 이게 뭔가?

"이래서야 의뢰인에게 대체 뭐라고……."

이미 착수금으로 상당한 금액을 챙겼다. 잔금은 포기한다 쳐도 이대로 패배한 개처럼 곧이곧대로 의뢰에 실패했다 연락하는 건 면이 서지 않는 일이었다.

'그렇다고 보는 눈도 많은데 호위도 떼놓지 못한 상태로 무작정 덮칠 수도 없고.'

아니, 차라리 한번 해봐?

'은밀함은 상대적으로 떨어지겠지만, 강도처럼 꾸며서……'

호위 기사가 붙어 있다곤 해도 고작 한 명뿐이니 머릿수로 밀어붙인다면……

'근처 치안대에는 돈을 좀 쥐어 줘서 뒤탈을 막고.'

젊은 남자의 머리가 그렇게 팽팽 돌아갈 때였다. 결심한 그가 막 부하들에게 명령하려 할 때, 갑자기 아지트의 문이 벌컥 열렸다.

"……뭐야?"

"도, 도망치십시오!"

"뭐?"

"어서 도망…… 컥!"

다급하게 외치던 수하 하나가 그대로 고꾸라졌다.

"……?!"

남자가 벌떡 몸을 일으켰다. 쓰러진 수하를 중심으로 바닥이 선혈로 물들었다. 수하의 뒤쪽에 서 있던 장신의 청년이 여유롭게 검을 털었다. 핏방울이 튀겼다.

"예상은 했지만 움직이는 게 빠르군."

"누, 누구—"

"아침 일 때문인가?"

중얼거린 청년이 이내 안으로 시선을 주었다. 젊은 남자와 상대의 눈이 마주쳤다. 남자는 움찔 굳었다.

'……어디서 봤지?'

낯이 익었다. 아니, 본 적이 있다기보다는 인상착의를 알고 있다는 느낌이었다. 기억이 날 듯 말 듯했다.

"이런 일은 다베리에게 시키려고 했더니. 쯧."

상대의 말을 이해할 수는 없었다. 다만 남자는 한 가지를 확신했다. 위험하다. 위험하다는 건 그의 본능이 보내는 신호였다. 상대의 정체는 모르겠지만, 결코 섣불리 움직여서는 안 된다.

마른침을 넘겼다. 이미 이쪽 인원 하나가 당했지만, 그래도 남자는 일단 신중하게 대화를 시도하려고 했다. 그러나 본능이 발달한 건 남자 혼자뿐이었던 모양이다.

"네놈은 누구냐?"

"어떻게 여기까지 들어왔지?"

"부상자다! 덮쳐!"

"자, 잠깐……!"

아무것도 모르는 남자의 수하들이 난입한 청년을 향해 달려들었다. 문가에서 동료가 맥없이 쓰러지는 것을 보았지만, 상대의 왼팔에 감긴 붕대를 보곤 방심하는 것 같았다. 우두머리인 남자가 미처 말릴 새도 없었다. 결과는 처참했다.

"아악!"

"끄아악!"

아주 찰나. 기껏해야 눈 몇 번 깜박일 정도의 시간이면 충분했다. 남자의 눈앞에서 일방적인 학살이 이루어지는 데는.

마치 벌레를 베듯 무감한 얼굴로 십여 명에 가까운 인원을 베어 쓰러뜨린 청년이 감흥 없는 표정 그대로 남자를 보았다.

우당탕. 겁에 질려 뒤로 물러나려던 남자가 의자에 걸려 볼품없이 고꾸라졌다. 그는 순간 상대의 정체를 떠올릴 수 있었다.

백발. 황금색 눈. 사람을 베는 솜씨.

'위드그린 공작!'

왜 이제야 생각이 났을까. 공작은 남자처럼 도시의 어두운 거리 밑

바닥에서 구르는 이들 사이에서도 유명 인사였다. 단지 고위 귀족이라서가 아니라, 눈 깜짝할 사이에 사람을 베는 솜씨와 그 잔혹한 손속이 그들에게는 마치 사신과 같다 해서 '사신'.

'말도 안 돼.'

다리에 힘이 들어가지 않아 남자는 필사적으로 기었다.

'왜, 어떻게 여기에?'

그러나 지금은 사신이 찾아온 이유가 중요한 게 아니다. 중요한 건 자신이 사는 거였다. 살고 싶다. 남자는 제게 가까워지는 상대를 보며 그 일념 하나로 외쳤다.

"바, 바라시는 게 뭡니까? 의뢰인? 의뢰인의 정보? 다 말씀드리겠습니다! 전부 말씀드릴 테니⋯⋯."

"정말 모르는군."

"목숨만은⋯⋯ 예?"

"하긴, 내가 누군지 모르니 의뢰를 받았답시고 내 누이를 건드릴 생각을 했지. 이래서 어중이떠중이가 용감하다던가."

청년이 픽 웃었다. 지나치게 수려한 외모라 분명 감탄이 나올 만큼 근사한 미소였으나, 남자는 마치 귀신의 미소를 본 듯 전신의 모골이 송연해졌을 뿐이었다.

"아, 아니, 압니다. 공작 각⋯⋯."

"거봐. 역시 몰라야 대범하지."

그렇게 말한 청년이 이내 검을 내리그었다. 남자는 말도 끝맺지 못하고 절명했다. 들어왔을 때처럼 검을 가벼이 털어 핏물을 걷어낸 청년이 처참한 풍경을 무심하게 응시했다.

낡은 건물 지하에 있는 어둑하고 퀴퀴한 어느 아지트.

그곳은 이제 열 구가 넘는 시체가 싸늘하게 식어 나뒹구는 음습한 무덤이 되었다. 그런 광경을 만들어내고서도 청년은 별반 동요가 없었다. 그는 피가 튀지 않도록 내내 주의한 왼팔의 붕대를 내려다보았다. 머릿속으로 문득 한 사람의 목소리가 떠올랐다.

"주치의 처방 들었지? 무리하지 마. 나랑 약속해."

이 장소나 풍경과는 조금도 어울리지 않는, 부드러운 울림을 지닌 맑은 목소리였다. 청년의 입가에 미소가 어렸다. 남자를 죽이기 전에 지었던 것과는 사뭇 달랐다. 어쩌면 본인도 자각하지 못할, 무심코 스민 듯 은은한 미소였다.

"무리한 건 아니니까."

청년, 위드그린 공작. 그리고 죽은 남자는 몰랐으나 제국 암흑가 최대 조직의 수장.

에시가 몸을 돌려 천천히 장소를 벗어났다. 바람도 들지 않는 지하 무덤에는 그저 피비린내만이 퀴퀴한 냄새를 잡아먹으며 감돌았다.

"뭐?"

보고를 받은 중년 남성의 눈이 찢어질 듯 커졌다.

"전부…… 죽었어?"

소식을 가져온 심복이 잠자코 고개를 숙였다.

"예."

"이렇게 갑자기? 그놈들이 싹 죽었다고? 한 놈도 안 남고?"

"흔적을 확인한 결과 한 사람의 소행이었습니다. 아무래도 공작이 직접 나선 듯싶습니다."

팔걸이에 얹어둔 중년 남성의 손이 움찔 떨렸다.

"이런……."

황당함, 당혹, 기막힘, 불신, 허탈감. 그런 것들이 잡다하게 섞인 중년 남자의 목소리가 낮아졌다. 심복이 생각했다.

'시작하겠군.'

아니나 다를까.

"이런, 제길! 제기랄! 젠장! 빌어먹을!"

와장창! 온갖 것이 박살 나고 깨지는 소리를 들으며 심복이 아래로 깐 시선을 유지했다.

'저놈의 개 같은 성질머리는 시간이 지나도 변함이 없군.'

아니, 개가 더 나을지도. 그렇게 생각하기 무섭게 마침 벽에 부딪혀 깨진 글라스 파편이 심복의 뺨을 스쳤다. 핏줄기가 뺨을 타고 가늘게 흐르는 게 느껴졌다.

심복은 피를 닦지도 않고 내색도 하지 않은 채 내버려 두었다. 몇 년이나 지랄 맞은 상대의 뒤를 닦아주며 일했다. 이 정도쯤은 이미 일상이었다.

한차례 길길이 날뛴 중년 남성이 이내 탈진한 듯 소파에 늘어졌다. 그가 입을 열었다.

"……공작이 의뢰자가 나인 걸 알았을 가능성은?"

"없습니다."

"왜?"

"처음에 말씀하셨던 대로 중간 대리인을 통해 의뢰를 전달했습니다. 죽은 놈들이 붙었다고 헤벌쭉 중긴 대리인의 이름일 것이고, 내비인에겐 우리 쪽 신분을 일절 노출하지 않았습니다."

"그래……."

그랬지. 그렇게 했지. 그러나 그건 일이 틀어질 걸 대비했던 거라기보단 습관에 가까웠다. 그러니까 지금 이 사태는 정말이지 예상외라는 말이었다.

"하…… 공작이 대체 어떻게 알았지?"

"어설픈 놈들이었습니다. 자체적으로 흔적을 흘렸을 겁니다."

"버러지 같은 것들."

돈은 그렇게 처먹어놓고선. 중년 남성이 주먹을 힘주어 움켜쥐었다. 손등에 푸르게 힘줄이 돋았다.

"……다시 시도할 수 있나?"

"힘들 겁니다. 이미 한 차례 실패한 시점에서 상대측에도 경계심이 생겼을 테니까요. 같은 시도는 여러모로 어렵습니다."

중년 남성이 헛웃음을 흘렸다. 골치 아프게 된 상황이었다. 최악까진 아니지만, 최선을 놓쳤다.

"재수 없게 됐군. 공녀를 납치하지 않으면 일의 성공을 장담하기 힘든데."

'다른 것들을 납치해도 쓸모가 없을 테고.'

중년 남성은 인질이 필요했다. 여차할 때 원하는 만큼 목표를 흔들고 발을 묶어줄. 그가 생각하기엔 그 인질로서 가장, 아니, 유일하게 유용한 것이 바로 리디아 위드그린 공녀였다. 그래서 꽤 거금이 나가는 것도 각오하고 그런 조직을 수소문해 일을 맡긴 거였는데.

'설마 그 결과가 이따위일 줄은.'

"어쩌시겠습니까?"

심복은 말이 없는 주인을 잠시간 기다리다가 물었다. 중년 남성은 소파에 깊게 몸을 묻었다. 그러고서 손가락으로 팔걸이를 툭툭 두드렸다. 곧이어 말문이 열렸다.

"바깥에서 공녀를 납치하는 일은 이제 요원하다. 맞나?"

"그렇습니다."

"좋아. 어쨌든 내겐 공녀가 필요하니까. 그럼 저택 안에서 납치하지."

심복이 미간을 슬쩍 찌푸렸다가 남자에게 들키지 않도록 바로 폈다.

"저택 내에서 공녀가 사라지면 바로 의심받게 되실 거라고–"

"그렇겠지. 그걸 잊은 건 아니야."

중년 남성이 손을 까딱거렸다. 그러자 근처에 있던 시종이 망가지고 깨진 글라스 대신 새 잔을 대령했다. 그 안에 든 액체를 단숨에 비운 중년 남성이 말을 이었다.

"그러니 납치한 뒤 곧바로 거사를 시행한다. 일시는 오늘 밤."

"예? 그렇게 이르게……."

"고작 며칠 당겨진 것뿐이야."

대수롭지 않게 대꾸한 그가 빈 글라스를 시종에게 넘겼다. 액체의 성분이 몸 안에 퍼지며 노여움을 가라앉혔다. 전신에서 서서히 힘이 빠졌다. 물에 잠기듯 가라앉은 상태로 중년 남성이 못을 박듯 조금 전 말을 반복했다.

"기억해라. 오늘 밤, 공녀를 납치하면서 동시에 일을 진행한다. 실패하면 이번에야말로 다음은 없다. 그렇게 알고 준비해."

"……알겠습니다."

"나가봐."

이어 심복과 시종을 내보내고 혼자만 남은 그가 소파에 몸을 묻은 채 지그시 눈을 감았다. 그는 전날을 떠올렸다.

"누가 온다고?"

돌연 새 공작이 공녀를 비롯한 가문 일원과 함께 영지로 내려오고 있다는 소식을 받았다. 갑작스러운 일이었다. 이런 시기에, 이렇게 대뜸? 더구나 당일에나 소식이 전해지다니. 사전 기별조차 제대로 되지 않았다.

'냄새를 맡았나?'

뭔가 눈치를 챈 건가. 속이 서늘했다. 그렇다면 가만히 있어서는 안되는 일이었다. 오자마자 저를 문초하지 않은 것을 보아 아직 구체적인 정황이나 증거를 잡아낸 것은 아닌 것 같았다.

그러나 그렇다고 마음 놓고 안이하게 시간을 죽이고 있을 수만은 없다. 그러다 만에 하나 들키기라도 하면, 그땐 정말 끝장이었다.

'그래도 며칠 정도는 여지를 두고 지켜볼 생각이었지.'

오늘 아침에 그런 식으로 뱀을 들키지만 않았어도 말이다. 아침에 있었던 일을 회상한 중년 남성의 미간에 주름이 졌다.

'멍청한 아랫것 때문에.'

고작 뱀 하나 제대로 관리하지 못해서 일을 이 지경으로 만들다니.

'정원에서 공작이 뱀에게 물렸다는 전갈을 듣고 얼마나 철렁했었는지.'

다행히 상대는 뭔가를 의심하는 기색은 아니었다. 하긴, 기껏 뱀 한 마리 보았다고 당장 어떤 것을 알 수는 없을 테지. 하지만 그렇다 해도 불안했다. 혹시 모르는 일이니까. 그래서 지켜보기로 한 것을 철회하고 거사를 앞당기기로 계획을 바꿨다.

'어차피 언젠가는 했어야만 하는 일이니.'

그래, 꼭 지금이 아니라도. 혹은 며칠 뒤가 아니었더라도 말이다. 혹여 공작이 이번처럼 영지에 내려오지 않았다고 한들, 이건 결국 정해진 일이었다. 이내 중년 남성이 습관처럼 중얼거렸다.

"영지는…… 내 것이야."

제가 가꿨고, 제가 키웠다.

'그걸 고작 가문을 이어받았다는 이유로 아무것도 모르는 빳빳하고 새파란 애송이에게 넘겨줄 수는 없지.'

그건 이치에 맞지 않는 일이다. 때가 된 거다. 제 것을 마땅히 넘겨

받을 때가.

시선을 허공에 비딱하게 고정한 중년 남성의 어깨가 미세하게 들썩였다. 팔걸이에 얹어둔 왼손이 경련하듯 떨렸다.

"흐, 흐흐."

낮게 흘러나오는 간헐적인 웃음에 맞춰 기름을 발라 반질거리는 그의 콧수염이 실룩였다. 아무것도 없는 허공을 응시하는 루카스 비프렌의 눈이 몽롱하게 흐려졌다.

경력 대신 열정이 있는 새내기 가이드 다베리 경과 함께하는 영지 나들이는 평화로웠다. 좀 더 정확하게 말하면 평화로워'졌다'. 나는 어느 시점부터 아무런 일도 일어나지 않는 주변을 인식하곤 문득 중얼거렸다.

"포기했나?"

"예?"

막 과일 사탕 두 개 값을 치른 다베리 경이 하나를 내게 내밀었다. 동전만 한 크기의 과일 열매를 여러 개 막대에 꽂아 설탕 옷을 입혀 굳혀 놓은 것―탕후루는 이 세계에도 있었다―을 건네받으며 입을 열었다.

"아까부터 주위가 잠잠하잖아요. 그렇게 끈질기게 따라다니면서 수상한 행각을 반복하더니, 이제 포기한 건가 싶어서요."

무심하게 말했는데 다베리 경의 반응이 의외였다.

"……알고 계셨습니까?"

덕분에 나는 약간 어이없어졌다.

"그럼 몰라요?"

그걸 누가 몰라?

'아니, 모를 수도 있나.'

다시 생각해 보니 모를 수도 있겠다. 세상의 어두운 면 같은 건 모르고 곱게 자라온 맑고 천진한 일반적인 금수저 귀족 영애라면 말이다. 하지만 안타깝게도 난 세상이 더럽다는 걸 안다. 금수저도 아닌 다이아 수저로 성장한 것치고는 영 찌든 면이 있었다.

'이것도 다 전생 때문이지.'

지하철에서 도촬범이랑 싸우다 역무원 소환하고, 편의점 야간 근무하다 취객한테 욕먹고 머리채 잡히고, 중고X라 사기꾼한테 내 돈 내놓으라고 했다가 생전 엄마, 아빠한테도 안 들어본 쌍욕도 들어보고……

평범한 서민답게 쓴맛, 떫은맛 골고루 맛보면서 살았다. 그러니 새로 태어난 세상이 아무리 있는 집 영애인 나한테 겉으로 친절한 척 군다고 한들, 내가 세상을 맑고 아름답게만 볼 수 있었을까?

'세상은 원래 시궁창이야.'

내 생각에는 근본적으로 그렇다. 사람 사는 곳이 다 똑같지. 그리고 이런 비관적인 사고가 깔려 있어서인지, 나는 외출을 나온 후 수상한 기미를 꽤 빠르게 감지했다.

처음은 소매치기였다. 아주 수상했지. 걔는 정말 아니었다. 뭐가 아니었냐고?

'어떤 소매치기가 기껏 훔친 돈주머니를 주인 눈앞에서 흔들면서 자랑해?'

기왕 잘 훔쳤으면 들키기 전에 얼른 달아날 생각이나 해야지, 뭐해? 쫓아와 달리는 의도가 너무 투명해서 살짝 당황스러웠을 정도였다. 웬 갑작스러운 한 편의 나 잡아봐라? 여기가 백사장이야?

뭐, 소매치기가 어린아이였으니 나이 때문에 치기를 이기지 못해 그처럼 행동했다고 생각할 수도 있다. 그렇지만 그리 보기에는 돈주머니를 훔치던 아이의 솜씨는 진짜였다. 아무리 어리대도 그 정도 솜씨를 익힐 만큼 업계(?)에서 잔뼈가 굵었을 아이가 생업(?)에 도움 안 되는 어설픈 치기를 간직하고 있을 거라 생각할 수 없었다.

'결국 수상한 소매치기였다는 결론이 났고.'

그리고 그 후부터 내 경계심은 자연히 증폭되었다. 외출하자마자 노골적으로 수상쩍은 일을 겪었으니 누구나 그럴 수밖에. 그래서 의심 필터를 켰다. 그랬더니 가는 곳마다 보이는 것들이 가관이었다.

일부러 들려주려는 듯 으슥한 골목에서 소리치며 싸우는 것은 일단 생각할 것도 없이 패스했고—

'이런 데서 갑자기 팔씨름 대회? 주변 행인 반응을 봐도 금시초문인 모양인데? 주최자는 불명이고, 거기다 저 사회자와 관객의 어색한 호응은 뭐지?'

검술 대회는 한술 더 떴다.

'다치면 어떡하려고 이런 거리 행사에서 진짜 칼을 써? 보호구도 없네? 심판은 또 뭐가 저렇게 어설퍼? 어어, 저 참가자 시합 도중에 눈 돌아가네. 어딜 봐?'

그래서 일부러 모르는 척 연막 삼아 다베리 경과 말장난이나 주고받으며 전부 피해 갔다.

"그럼 그걸 다 아시고서……."

"당연하죠."

다베리 경도 당연히 내가 눈치챈 걸 알고서 장단을 맞춰준 줄 알았더니. 아니었단 말이야?

"나 참, 그럼 내가 진짜 몰라서 저 팔씨름 대회 꼭 참가해라, 검술 대회 나가라 졸랐으면 어쩌려고 했어요?"

"그때는…… 갑자기 오른팔이라도 싸잡고 아픈 척을 했겠지요."

얼씨구.

"그렇게까지 하느니 차라리 수상하다고 솔직하게 말해주는 편이 낫지 않아요?"

"그랬다간 아가씨께서 괜히—"

"겁먹을까 봐?"

"……"

"괜찮아요. 하긴, 정말 몰랐으면 듣고 좀 놀랐을 수도 있겠네."

하지만 알았다. 모를 수가 없었지. 지금에서 말하는 거지만 정체 모를 그들의 수작은 시종일관 어설펐다. 다 떠나서 석연치 못한 티가 너무 났다. 심지어 갈수록 가관이었다. 애가 닳았을까?

낌새가 구린 팔씨름 대회와 검술 대회를 나란히 무시하고 났더니, 다음으로 날 찾아온 건 웬 닭꼬치 공격이었다. 그걸 떠올리니 다시 기가 막혔다. 나는 불평하듯 말했다.

"아니, 아무리 그래도 그렇지. 닭꼬치 공격을 겪고도 내가 수상한 걸 눈치채지 못했을 거라고 생각한 건 너무한 거 아니에요?"

"그건……"

다베리 경이 그에 대해선 자기도 할 말 없다는 듯 말끝을 흐렸다.

닭꼬치 공격. 그게 무엇이냐 하면, 길을 걷는데 맞은편에서 오던 행인이 갑자기 내 가슴팍을 노리고 손에 든 양념 범벅 닭꼬치를 던졌던 일을 일컫는다. 그땐 진짜 어이가 없었다.

애네 뭐 해?

'안 들키겠다는 의지가 있기는 한가?'

수상함을 조금이나마 감춰보겠다는 성의 같은 건 없는 거야? 말로는 실수라고 했지만 누가 봐도 실수가 아니었다. 어떤 인간이 실수로 닭꼬치를 던져.

"그때 그걸 피하신 건 정말 대단했습니다."

경이 은근슬쩍 말을 돌렸다. 그렇지만 맞는 말이니 호응해 줬다.

"내가 생각해도 그래요."

절반 정도는 운이긴 했지만, 어쨌든 나는 그 닭꼬치를 피했다. 사실 피하고서도 내심 놀라긴 했다. 피할 줄 몰랐거든. 어쩌다 정신 차리고 보니 이미 피한 뒤였지. 나도 몰랐다. 내 몸이 그토록 민첩한 줄.

내가 그렇게 회심의 닭꼬치 공격을 피해 버리자 순간 어안이 벙벙한 표정을 짓던 행인이 떠오른다.

'훗.'

새삼 다시 뿌듯해지는걸? 그리고 그 닭꼬치 테러범에 이어 마지막으로 등장했던 웬 놈팡이에 대해서는 그냥 말을 아끼도록 하겠다. 시작부터 느끼하게 눈을 찡긋거리며 나타났던 그 인간은 너무 대놓고 수상해서 수상했다고 언급하는 것 자체가 시간 낭비인 느낌이라…….

나는 짧은 회상을 마치고 손에 든 과일 사탕을 와작 깨물었다. 딱딱한 설탕 옷이 부서지면서 잘 익은 과육의 맛이 머리를 환기하듯 상큼하게 입안에 퍼졌다. 뾰족 드러난 막대 끝을 보며 입을 열었다.

"그나저나 그 사람들, 대체 목적이 뭐였던 걸까요?"

납치 감금? 협박? 재산 갈취?

'내가 그렇게 척 보기에도 돈깨나 있어 보였나.'

전생에 살던 한국, 아니, 지구에서도 범죄 집단이 몸값을 노리고 부잣집 자식을 납치하는 건 그렇게 드문 이야기가 아니었다. 이곳보다 치안과 수사 방식이 훨씬 발달한 사회에서도 그랬는데, 이곳에서 비슷한 일이 일어나는 건 사실 그다지 놀랍지도 않았다.

내가 놀랐다면…… 그건…….

'너무 어설퍼서…….'

아, 그래도 썩 유쾌한 기분인 것은 아니다. 결과적으로 아무 일도 없기는 했다지만, 어쨌든 그런 음습한 의도의 목표물이었다는 것 자체가 그리 즐거운 일은 아니었으니까.

'이럴 줄 알았으면 마지막 그놈은 얌전히 쫓아낼 게 아니라 다베리 경이 한 대 패주도록 그냥 둘 걸 그랬나?'

뒤늦은 후회 아닌 후회를 하는 그때, 다베리 경의 대답이 들렸다.

"글쎄요."

"응? 그거 설마 방금 내 의문에 대한 대답이에요? 그 성의 없는 한마디가?"

"저로서는 역시 아가씨의 원한 관계를 알지 못하니 아무래도 추리에 한계가……."

"이게 왜 내 원한 관계 때문이에요!"

매를 버네. 어이가 없어서 과일 사탕을 무기 대신 마구 휘둘렀더니 다베리 경이 그걸 쏙쏙 얄밉게 피했다. 아.

'딜런 보고 싶다.'

딜런, 잘 있어요? 거긴 지내기 좋은가요? 한 번이긴 해도 다베리 경을 정확하게 두들겨 주었던 그녀를 향한 애타는 그리움에 눈물이 나려는데, 그런 내 마음을 읽기라도 했는지 다베리 경의 입이 열렸다.

"아가씨."

"왜요?"

"그놈들 말입니다. 조금 전까지 아가씨 근처에서 수상한 수작을 벌였던 것들, 그놈들 지금쯤이면 아마……."

아마? 삼사고 이어질 말을 기다렸지만, 다베리 경은 내 기대를 배반하고는 뒷말을 삼켜 버렸다.

"……아닙니다."

"뭐가 아니에요? 말을 했으면 끝을 봐야지, 사람 허무해지게. 왜 하다 말아요?"

"죄송합니다."

아니, 그렇다고 사과하면 또 할 말이 없어지는데.

"됐어요. 안 들어도 알 것 같으니까. 나쁜 놈들이니 천벌받아서 단체로 접시 물에 코 박고 이승과 작별했을 거라고 말하려던 거죠?"

"과연 아가씨, 제 마음을 읽으시는군요. 방금 약간 소름 돋았습니다."

"흥."

정말 그랬으면 참 좋겠네. 그런데 그때였다. 시시콜콜한 소리를 주고받는 나와 다베리 경 옆으로 웬 마차가 미끄러지듯 멈춰 섰다. 의아하게 쳐다보았더니 문이 벌컥 열리며 낯익은 얼굴이 나타났다.

"여기 계셨군요, 공녀님."

"자작님?"

이목구비보다 더 익숙한 콧수염이 어딘지 리듬감 있게 실룩거렸다.

"용무가 있어 나왔다 들어가는 차에 공녀님께서 보여 마차를 세웠습니다. 외출은 즐거우십니까?"

"아, 네. 뭐."

"다행이군요. 시간이 늦었습니다. 이리된 김에 제가 저택까지 모셔다 드려도 괜찮겠습니까?"

그 말에 언뜻 하늘을 올려다보았다. 시간이 늦었다더니, 어느새 하늘에 막 불그스름한 석양이 깔리고 있었다. 아니, 진짜 언제 이렇게 됐지? 시간 은근 빠르네. 중간에 연극을 봐서 그런가.

"그럼 신세 좀 질게요."

"신세라뇨, 천만의 말씀을."

루카스의 제안을 사양하지 않고 다베리 경과 함께 마차에 올랐다. 마차는 푹신했다. 착석감이 좋아서 그런지, 몸을 싣자마자 오래 돌아다닌 몸이 귀신같이 피로를 호소했다. 나는 창밖을 내다보며 나오려는 하품을 참았다.

"아침에 있었던 사고는 다시 사과드립니다. 많이 놀라셨다고 들었습니다."

"아니에요……."

"앞으로는 결코 그런 일이 없도록 단단히 주의하겠습니다."

"네……."

아, 졸려. 마차가 천천히 가서 더 그런가. 졸음을 몰아내는 데 집중하느라 루카스가 하는 말이 제대로 귀에 들어오지 않았다. 한 귀로 듣고 한 귀로 흘리며 기계처럼 대꾸하다가 문득 떠오른 것을 입 밖에 냈다.

"참, 자작님. 오늘 외출 도중에 이상한 일을 몇 번 겪었거든요."

"예?"

"아마도 영지에 질 나쁜 단체가 있는 것 같아요. 인신매매 조직이나 뭐 그런 거요."

어쨌든 현재 영지 관리는 루카스가 맡고 있다. 이것도 그가 알고 처리해야 할 일에 속하겠지? 루카스는 내 말에 찰나 당혹스러운 빛을 숨기지 못하더니 이내 대답했다.

"아, 예. 치안대를 강화해 반드시 싹 다 잡아들이겠습니다. 심려하게 해드려 죄송합니다."

"부탁해요."

정말로 접시 물에 코 박고 죽는 건 무리일 테니, 대신 감옥에라도 가라. 나쁜 놈들의 종착지는 저세상 다음으론 역시 감옥이지.

잠시 후 마차가 멈췄다. 먼 길이 아니다 보니 도착이 금방이었다.

"……저승에 치안대를 보내야겠군."

"네?"

마차에서 내리는데 문득 루카스의 목소리가 들린 것 같았다. 돌아보았더니 그가 고개를 저었다.

"아닙니다."

잘못 들었나? 나는 곧 미련을 버리고 저택으로 발을 들였다.

"아가씨! 오셨어요? 영지 구경은 어떠셨나요?"

베시는 손에 식칼을 들고서 나를 맞이해 주었다. 아니, 웬 식칼?

"어…… 재미있었어."

"그래요? 얼마나요?"

대답 여하에 따라 다베리 경의 앞날이 결정될 것 같은 건 내 착각
인가. 식칼은 잘 갈아 손질한 듯 날카로웠다. 미운 정도 정이라고, 나
는 고민하다 선심 써줬다.

"십 점 만점에– 구 점?"

"어머나, 정말 즐거우셨나 보네."

베시가 식칼을 내렸다. 휴우. 곧 그녀는 자기 손에 들린 식칼을 보
곤 깜짝 놀랐다.

"어머! 이게 왜 여기."

"……일부러 들고 나온 게 아니었어?"

"이걸 왜요? 어쩜, 음식 준비를 돕다가 급히 마중 나온 거라 정신이
없었네."

"음식 준비?"

아, 그러고 보니 해가 질 무렵에 맞춰 들어왔으니 곧 저녁 먹을 때
가 되기는 했다. 베시가 날이 퍼러 식칼을 안 보이게 숨기곤 다른 손
으로 입을 가리며 멋쩍게 웃었다.

"네. 어제는 간단하게 드셨지만, 오늘 저녁 식사는 성대하게 차린다
고 해서요."

"정말? 준비가 바쁘겠네."

"그래서 일손을 좀 거들었죠. 어차피 할 일도 없었고."

그때 안쪽에서 알렉스의 것으로 추정되는 목소리가 들렸다. 아마 베시를 찾는 것 같았다.

"저 칠칠치 못한 게 또 뭘 흘렸네. 밀 포대만 잘 나르면 다인지, 원. 아가씨, 돌아오셨으니 실내복으로 갈아입으셔야죠."

"응, 그러잖아도 편하게 갈아입으려고."

"제가 도와드려야 하는데, 막 주방 있다가 나와서……."

"괜찮아. 여기서는 내 시중들 생각 말고 쉬라니까."

"아휴, 원래 아가씨 시중은 제 몫인데. 그러면 나중에 식당에서 뵈어요! 만찬 기대하시고요."

베시는 그러고서 주방이 있는 방향으로 총총 사라졌다. 가는 도중 대체 뭘 실수했는지 그녀를 찾는 알렉스의 애탄 목소리가 재차 메아리처럼 들렸다. 나는 실없이 픽 웃고는 이내 계단을 올랐다.

옷을 갈아입으러 방으로 향하는 길에 문득 에시 생각이 났다.

'에시는 주치의가 처방한 대로 푹 쉬었을까.'

그랬으면 좋을 텐데. 쉬겠다고 나랑 약속은 했지만, 솔직히 평소 일하던 걸 생각하면 크게 믿음은 안 가는 게 사실이었다. 이따가 식당에서 만나면 구석구석 살펴볼까. 과연 푹 쉰 사람의 얼굴인지 아닌지.

'그런다고 알 수 있을지는 미지수긴 하지만.'

어떻게 사람이 무리해도 얼굴에 티가 안 나. 피곤한 건 그나마 목소리를 들어서 분간이 된다지만. 그런 생각을 하며 방에 도착해 줄을 당겼다.

"부르셨습니까, 아가씨."

곧 나타난 하녀는 아는 얼굴이었다. 그래 봐야 오늘 아침에 보고 두 번째 보는 거였지만 말이다. 나는 그나마 친숙한 그녀의 얼굴에 잠시 시선을 주었다가 요청했다.

"안젤라를 불러줄 수 있을까?"

안젤라. 어제저녁, 이 방에서 여독을 풀 목욕물을 받아주었던 어린 하녀. 수줍음은 많지만 대신 완벽한 온도의 목욕물을 받는 유능한 솜씨를 보여주었던 안젤라는 어제 이후부터 통 다시 볼 수가 없었다. 일부러 찾아다닌 건 아니라지만, 그래도 같은 저택 안을 오가며 한 번쯤은 마주칠 수도 있었을 텐데 말이다.

손안에 든 머리핀을 가만 만지작거렸다. 이쯤에서 밝히는 거지만, 사실 나는 안젤라를 신경 쓰고 있었다. 아무래도 나이 때문일까. 앳된 외모에서 잠깐이나마 아리를 떠올렸던 탓인지, 괜히 계속 마음이 쓰였다.

"장미 입욕제로 풀어드릴게요. 아가씨와 어울리니까요."

오늘 외출 도중에는 문득 안젤라가 했던 말이 떠오르기도 했다. 그래서 구경하던 가판대에서 장미 모양 머리핀을 골라 구매했다. 충동적이었지만, 사고 나니 잘했다는 생각이 들었다.

'안젤라한테 줘야지.'

안젤라의 말이 떠올라서 산 거니까. 그리고 이걸 주면서 행여나 어제 했던 실수는 마음에 담아두지 말라고도 해줄 셈이었다. 어린 성격 같았는데, 공연히 자책했을라.

'목욕물이 얼마나 완벽했는지도 말해줄 거고.'

그래, 이것도. 사실 어제 바로 전해주고 싶었는데 못 해서 아쉬웠으니까. 머리핀이 마음에 들면 좋을 텐데. 그런 생각을 하고 있는데, 예상치 못한 답변이 돌아왔다.

"죄송하지만 안젤라는 지금 불러 드릴 수 없습니다."

"응?"

설마 안 된다는 말이 나올 줄은 몰라서 눈을 깜박이다 물었다.

"음…… 혹시 지금 다른 일을 하느라 바쁜가?"

"그 아이는 지금 근신 중이라서요."

'근신?'

"근신이라니? 왜?"

"잘못을 했으니 마땅히 벌을 받아야겠지요."

"무슨 잘못을 했기에……."

"불민하여 감히 아가씨 앞에서 실수를 저지르지 않았습니까."

잠깐 잘못 들었나 했다. 안젤라가 내 앞에서 저질렀다고 할 만한 실수라고 해봐야 하나뿐이었으니까.

"─설마 어제 여기서 향료 병을 떨어뜨렸던 걸 말하는 거야? 그것 때문에 지금 근신 중인 거라고?"

"그렇습니다."

황당했다.

'무슨 그런 일로 근신?'

이해가 되지 않아 절로 눈썹이 찡그려졌다. 수도 저택에서도 고용인의 상벌을 담당하는 건 내가 아니었지만, 그래도 안젤라의 실수가 근신 처벌을 받을 정도의 잘못이 아니라는 건 상식적으로 알 수 있는 일이었다.

고용인에게 엄격하기로 소문난 다른 가문에서도 고작 그런 사소한 일로 하녀나 하인을 치죄했다는 말은 들은 적이 없다. 나도 모르게 따지는 듯한 목소리가 나갔다.

"지나친 벌이야."

"그 아이도 납득한 처분입니다."

"그럼 위에서 내리는 처벌에 수긍하지 않고 뭐라고 하겠어?"

나는 뭐라 더 말하려다 말고 입을 다물었다. 어차피 상대도 안젤라와 같은 고용인일 뿐이다. 그녀에게 이러는 것이 무슨 의미가 있나 싶었다.

"⋯⋯누가 결정한 처분이야? 하녀장? 집사?"

"⋯⋯."

"누구냐니까."

"자작님의 뜻입니다."

루카스? 사람 좋게 허허 웃던 주름진 얼굴이 떠올랐다. 찰나 배신감과 비슷한 감정을 느꼈다. 일견 우스꽝스럽지만, 또 어떻게 보면 아이들의 친구 같은 친숙한 콧수염을 하고서 뒤로는 어린 하녀를 그렇게 모질게 벌했다니.

'프링X스한테 사과해.'

그 콧수염은 내 학창 시절을 책임져 준 청소년의 친구였는데. 나는 꺼내지 못할 불만을 속으로 삼키곤 입을 열었다.

"근신 처분을 풀고 안젤라를 불러줘. 자작님에게는 내가 풀어주라고 했다고 해."

"그럴 수 없습니다."

"내 앞에서 저지른 실수 때문에 근신 중일 거라며. 내가 괜찮다는데 안 된다고?"

"죄송합니다."

하녀의 태도는 꼿꼿했다. 말문이 막혔다. 나는 바늘 하나 들어가지 않을 것 같은 그녀의 단호한 응대에 다른 것보다 순간 의문이 먼저 들었다.

'이렇게까지 거절할 일인가?'

얼핏 이해가 되지 않았다. 아무리 그녀의 직접 고용주가 내가 아닌 루카스라지만, 여긴 엄밀히 공작 가문 소유의 영지 저택이고 나는 그

가문의 아가씨였다. 내가 무리한 요구를 했다면 또 모를까. 고작 하녀의 근신을 풀어달라는 말이 그렇게나 받아들이기 어려운 일일까 싶었다.

"……."

나는 상대의 얼굴을 가만 살폈다. 방에 들어온 이후 시종일관 무표정한 그녀의 낯에서는 어떤 감정적인 동요 같은 것을 찾아보기 힘들었다.

'내가 예민한가?'

단지 고용주의 명에 대한 신의를 지키는 것뿐인데, 내가 바깥에서 그런 일을 겪고 막 들어온 참이라 아직 의심 필터가 해제 안 됐을까?

허리를 반듯하게 펴고 두 손은 앞으로 모은 채 공손하게 선 하녀의 표정 없는 낯을 좀 더 뜯어보다가 그만두었다. 나는 작게 한숨을 쉬었다.

"좋아. 정 그렇다면 안젤라는 다음에 부르기로 하고. 드레스 벗게 도와줄래?"

"알겠습니다."

나는 불편한 외출용 드레스를 벗고 움직이기 편한 간소한 실내복으로 갈아입었다. 이런 일에는 고분고분한 하녀의 도움을 받아 옷을 벗으면서 생각했다.

'루카스한테 직접 따져야지.'

그래, 여기서 더 실랑이를 벌여봐야 뭐 하겠어. 이런 건 당사자한테 직접 항의하는 거지.

'식당에 내려가면 보이겠지.'

과연 무슨 말을 하는지나 들어보자. 전부터 줄곧 하녀를 그렇게 다뤘을까? 정말이지 콧수염이 아깝다.

그런 생각을 하는 사이 하녀가 옷시중을 마쳤다. 유능하기는 그녀 또한 안젤라 못지않은 모양인지, 손길이 제법 꼼꼼하고 야무졌다.

'손…….'

나는 무심코 하녀의 손에 시선을 주었다.

'그러고 보니 안젤라가 손을 떨었었지.'

언뜻 인상에 남을 정도로. 하녀의 손을 관찰하듯 잠자코 응시했다. 시중을 마치고 도로 단정히 포갠 그녀의 손은 떨림은커녕 미동조차 없이 잠잠했다.

나는 시선을 회수하며 피식 웃었다. 방금 머릿속에 스치듯 떠올랐다가 사라진 가정이 스스로 생각해도 황당하기 그지없었다.

'손 떨리는 걸 보여서 근신이라니, 그게 말이나 되나.'

무슨 상상을 한 거람.

나는 방을 벗어나 식당으로 향했다. 만찬이라더니, 대체 음식을 얼마나 차린 건지 계단을 내려가는 길에서부터 고소한 냄새가 코를 자극했다.

'베시가 고생했겠는걸.'

알렉스도. 아니, 알렉스는 어쩐지 도우러 가서 역으로 일을 만든 모양이지만.

'만찬이라……. 기껏 차린 거니까 오늘은 좀 든든히 먹을까.'

어제는 소화할 체력조차 없어 거절했지만, 오늘이라면 성대한 저녁 식사도 나쁘지 않을 것 같았다. 주방장의 솜씨도 검증이 되었으니.

'좋아, 잘 먹자. 잘 먹고 에너지를 얻는 거야.'

먹고 죽은 귀신이 때깔도 곱다고 했다. 물론 지금 당장 죽을 계획이 있는 건 결코 아니었지만.

그러나 이런 내 다짐이 무색하게도, 나는 식당에서 호화롭고 정성들인 만찬을 즐길 수 없었다. 나 없는 동안 잘 쉬었나 에시를 차근차근 뜯어보지도, 루카스에게 안젤라의 처분을 따져 묻지도 못했다.

음식에 몰래 뭔가를 타고 그걸 강한 향신료로 가리려고 했던 주방장의 행각이 드러나는 바람에.

"꺄악!"

베시가 비명을 질렀다. 그녀가 얼른 내 눈을 가려주었지만, 이미 주방장이 피거품을 물며 넘어가는 것을 전부 본 뒤였다. 나는 에시에게 손목을 붙들린 채 꼼짝없이 굳었다.

'이게 뭐지?'

무슨 일인가 싶었다. 식당에 도착하니 음식 냄새가 더 강해졌고, 갑자기 허기가 밀려와 일단 가까이 있던 수프를 한 입 맛보려던 차였다.

"몇몇 요리만 이전보다 유독 향이 강하군."

불현듯 에시가 내 손목을 감싸 동작을 막았다. 그러고선 요리를 내오던 주방장을 똑바로 보며 물었다.

"뭘 섞었지?"

이후로는 아수라장이 따로 없었다. 주방장이 들고 있던 요리를 와장창 떨어뜨렸고, 즉시 자리에서 벌떡 일어난 루카스가 그를 제압해 으름장을 놓았다.

"네 이놈! 당장 똑바로 고하지 못할까! 누구의 사주를 받고 이런 짓을 저지른 것이냐? 히멉스 후작? 안그레서 백작?"

그러나 주방장의 목적이나 배후가 밝혀지는 일은 없었다. 그러기 전에 그가 입안에 숨겨두었던 독을 깨물고 자결했으니까. 당연하지만 분위기는 순식간에 가라앉았다.

"정말 죄송합니다. 설마 주방장이……. 입이 열 개라도 드릴 말씀이 없습니다.”

저녁 식사를 파하고 자리를 옮긴 곳에서 루카스는 고개를 들지 못했다. 내 상태로 말할 것 같으면 머리가 좀 멍해진 상태였다.

'오늘 무슨 날인가?'

저절로 그런 생각이 들었다. 되짚어보면 오늘 하루는 통째로 영 순탄치 않았다. 악몽을 꾸고 기상해서는 정원에 나가 대뜸 뱀을 만나질 않나, 외출했더니 거기선 웬 수상한 집단이 꼬이질 않나. 그걸로도 모자라 식당에서는 이런 일까지.

'오늘 무슨 요일이지?'

13일의 금요일 아냐?

“당장 저택의 고용인을 전부 심문하여 혹시 모를 간자를 추가로 색출하겠습니다.”

“……”

“그리고 오늘 밤은 안전을 위해 각하와 공녀님의 처소에 각기 호위를 세우고자 하니 모쪼록 양해 부탁드립니다.”

심장이 평상시보다 빠르게 뛰었다. 갑자기 사람이 죽는 것을 봐서 그럴까. 반복됐던 아리의 사고사 때문에 타인의 죽음을 보는 데는 제법 무감각해졌다고 생각했는데, 꼭 그런 것만도 아니었던 모양이다.

“안 좋은 일이 있었습니다. 잠에 깊게 들기 곤란하실 겁니다.”

잠자리에 들 시간이 되어서도 심장박동은 완전히 평온해지지 않았다. 그런 내 상태를 알았는지 하녀가 부탁하기도 전에 차를 가져다주었다.

“숙면에 효과적인 차입니다. 뜨겁기 않으니 가볍게 드시고 푹 주무시길.”

고맙다는 뜻으로 눈인사를 건네곤 찻잔을 받았다. 잔을 입으로 가져가는 걸 자리에서 잠시 지켜보는가 싶던 하녀가 곧 방을 나갔다. 정신없고, 또 살벌한 하루였다.

나는 눈을 감았다. 이어 깊은 밤이 찾아들었다.

여자는 시간을 확인했다.

'새벽.'

저택은 적막했다. 칠흑 같은 어둠에 휩싸인 복도는 사람은커녕 쥐 새끼 그림자 하나 비치지 않았다. 여자는 고요한 복도에 잠시간 가만 서 있었다. 훈련을 받은 여자도 어둠에 눈을 완전히 적응시키기까진 다소 시간이 필요했다.

잠시 후, 여자가 움직였다. 극히 조심스러운 걸음걸이였다. 다른 소음이라곤 일절 존재하지 않는 침묵 속에서도 그녀의 발소리는 거의 들리지 않았다.

이내 어떤 방 앞에서 여자의 걸음이 멈췄다. 빈틈없이 걸친 갑옷에 검을 차고 문을 지키고 있던 무장 호위와 여자의 눈이 마주쳤다.

"……."

짧게 시선을 교환한 후 호위가 문을 열어주었다. 여자의 목표는 단순했다. 지금 이 방, 안쪽 침대에서 그녀가 준 차를 마시고 세상모르게 잠들어 있을 여성.

"명심해라. 공녀는 인질이다. 시체를 인질로 삼는 건 의미가 없지. 반드시 살려서 데려와."

명령을 재차 상기한 여자가 차분히 발을 디뎠다. 독한 차를 주었으니 그럴 리 없겠지만, 만에 하나 상대가 도중에 깨어나 반항할 경우를 대비해 마취제를 묻힌 손수건도 준비했다.

여자는 은밀하게 침대로 접근했다. 이어서 신중하게 손을 뻗었다. 여자는 서두르지 않았다. 천천히, 침착하게. 다른 손에 손수건을 들고 목표물이 머리끝까지 뒤집어쓴 이불을 걷어냈다.

"……?"

'없어?'

침대는 비어 있었다. 예상치 못했던 상황에 여자가 당황하는 그때, 방 전체가 확 밝아졌다. 어둠에 적응시켜 둔 시야를 환한 빛이 단숨에 침범했다. 여자가 눈을 찡그렸다. 다음 순간 그녀의 목덜미에 차가운 쇠붙이의 감촉이 닿았다.

"움직이지 마세요."

"……."

"반항은 헛수고라는 걸 미리 알려 드립니다. 아, 그리고 또 뭐라고 하려고 했더라."

"……."

"그렇지. 서프라이즈!"

날에 베이지 않도록 가까스로 고개를 돌렸다. 여자의 눈이 부릅떠졌다.

이걸 뭐라고 하는 게 좋을까. 꼼짝없이 발각된 범행의 현장? 몰래카메라? 현장 검거 24시?

'마지막이 낫겠어.'

나는 쓸데없는 네이밍 고민을 마치고 숨어 있던 장식당 뒤에서 빠져나왔다. 내가 알려준 '서프라이즈' 대사를 충실히 읊은 다베리 경이 상대의 목덜미에 검을 들이대고 있는 것이 보였다.

나는 움직임을 제한당한 상대의 얼굴을 확인했다. 탄식이 흘렀다.

"어쩐지 수상하더라!"

오늘 내 옷시중을 들어주었던 바로 그 하녀였다. 그래, 안 그래도 의심스러웠어. 느낌이 싸하더라니. 내가 예민해서 그랬던 게 아니었던 거다. 의심 필터가 과하게 작용됐던 것도 아니었고.

직감이 맞아 소름이 끼쳤다는 듯 팔을 문지르고 있으려니, 다베리 경이 검을 들지 않은 다른 손으로 얼굴을 가리고 있던 투구를 벗었다.

"후, 팔자에도 없이 이런 걸 뒤집어쓰고 있었네."

"아니, 경, 기사가 왜 갑옷이 팔자에 없어요?"

"제가 평소에 이렇게 얼굴 다 가리는 투구 쓰는 것 보셨습니까?"

"……본 적 없네?"

"원래 이런 모양은 잘 안 씁니다. 화살 비 쏟아지는 전장에라도 나갈 거면 모를까."

"아하. 그런데 왜 안 써요? 갑갑해서?"

"생긴 게 제 취향이 아니라서요."

"뭐야?"

시답잖은 대화를 주고받는 나와 다베리 경을 멍하게 응시하던 하녀가 이내 입을 열었다.

"어떻게……."

내 기억 속에서 내내 무표정했던 그녀의 얼굴에 처음으로 당혹이라는 감정이 신명하게 떠올랐다. 벽을 두른 듯 무기질적인 낯만 보다가 저렇게 노골적으로 속내를 드러낸 표정을 보고 있으니 어째 신기하기도 했다.

나는 이 상황에 대해 뭐부터 짚어줘야 하나 신중하게 고민하다 말문을 열었다.

"일단 이것부터 말해줄게. 나 그쪽이 준 차 안 마셨어. 한 방울도."

"하지만 분명 마시는 걸 보고……."

"마시는 척만 한 거지."

잔을 입에 대고 실제로 마시지 않으면서 목울대만 움직이는 건 쉬운 연기였다. 전생에 신입생 술자리에서 자주 했었지. 덕분에 '줄어들지 않는 잔'으로 유명했다. 여담이지만.

"그리고 문을 지키는 호위는 보다시피 도중에 바꿔치기했고. 진짜는 지금쯤 곤히 잠자고 있을걸?"

차를 나 대신 마셨으니 말이다. 다베리 경이 쥐어 패서 제압하고 내가 친히 입에 들이부어 줬다. 얼마나 성분이 강한 차인지 마시자마자 잘 자더라. 고개가 바로 툭 떨어지길래 처음엔 죽은 줄 알았다.

"……말도 안 돼."

"잘만 되는걸."

하녀는 흔들리는 눈빛을 감추지 못했다. 나는 그녀의 눈을 보며 몇 시간 전을 떠올렸다.

"이번에는 미리 말씀드리겠습니다."

식당에서 그런 일이 있고 나서 방으로 돌아가던 길이었다. 나를 데려다주던 다베리 경이 도중에 문득 그렇게 운을 뗐다. 나는 그때만 해도 여전히 약간 멍한 상태라 별생각이 없었다. 오늘이 정말 13일의 금요일이 맞는지 방에 가서 달력을 확인해야겠다는 생각뿐이었다. 그러다가 이어진 말에 하마터면 그 자리에서 사례가 들릴 뻔했다.

"밤중에 아가씨를 납치하려는 시도가 있을 겁니다."

"콜록, 뭐라고요?"

장난이라기에는 진지한 어투였다. 더구나 조금 전 사람이 죽었다. 여러모로 농담이 나올 만한 시점이 아니었다. 나는 주변에 사람이 없는 것을 얼른 확인하고는 목소리를 낮춰 물었다.

"……오늘 밤에요?"

"예."

"대체 누가요? 범인을 알아요?"

"루카스 비프렌 자작입니다."

약간 망설이는 듯한 기미는 있었지만 대답 자체는 매끄럽게 흘러나왔다. 망설인 것도 확신이 덜 서서 그랬다기보단 내가 놀랄까 봐 우려해서 그런 것 같았다. 나는 정말로 놀랐다. 누구?

'루카스가 나를 납치하려고 든다고?'

조금 전에 식당 일에 대해서 거듭 사과하며 오늘 밤은 위험하니 처소에 호위를 세우겠다던 그 루카스?

'그럼 그건 혼신의 연기?'

황당할 정도로 당황스러운 이야기였지만, 별개로 다베리 경이 한 말에 대해 의심이 들거나 하지는 않았다. 내가 아는 다베리 경은 섣부르거나 경솔한 인물이 아니었다. 저건 단지 추측만으로 꺼낸 소리가 아닐 것이다. 내게 말할 정도라면, 이미 그에 상응하는 정황이나 증거를 잡았다는 뜻이겠지.

나는 놀라긴 했지만 루카스가 개새끼라는 새로운 사실을 금방 받아들였다. 그러자 번개처럼 짚이는 게 있었다.

"잠깐만, 그 말은 설마, 오늘 바깥에서 겪었던 일도 루카스의 짓이라는 말이에요? 루카스가 집단에 의뢰를 넣은 거라든가?"

"……그렇습니다."

기가 막혔다. 정말이지 뻔뻔한 낯짝이 아닐 수 없었다. 그럼 그래놓고 마차에서는 그 의뭉을 떨었던 말이야? 뭐, 치안대를 강화해서 싹 잡아들여?

'얼굴 두께가……'

혀를 내두르다가 문득 의문에 휩싸였다.

'그런데 왜 나를 납치하려는 거지?'

루카스 말이다. 나를 납치해서 얻는 이득이 대체 뭐라고? 더군다나 내가 저택에서 사라지면 자연히 의심이나 책임을 피할 수 없을 텐데.

나는 거기까지 생각했다가 문득 걸음을 멈췄다. 납치당한 내 쓸모에 사고가 닿는 순간, 여태 수많은 이야기에서 쓰여온 몹시 보편적인 어떤 그림이 떠올랐다. 어쩌면 진부하기까지 한.

"에시가…… 목적이군요. 나는 인질이고."

"걱정하지 않으셔도 됩니다. 염려하시는 일이 뭐든 일어나지 않을 겁니다."

망부석처럼 복도에 멈춰 선 나를 안심시키듯 다베리 경이 말을 건넸다. 그러나 나는 걱정 대신 루카스의 정신 상태를 의심하고 있었다.

'정말 미쳤나?'

제정신인가, 루카스 비프렌?

'누굴 노려?'

삶이 지겨워서 이만 남의 손을 빌려 쉽고 빠르게 끝내고 싶어지기라도 했나. 아무리 생각해도 에시를 상대로 무슨 짓을 하겠다는 건, 자살 목적이 아니고선 도저히 멀쩡한 머리로 내릴 수 있는 결단으로 보이지 않았다.

어제도, 불과 조금 전에도 겉으로는 제정신인 척 나와 대화를 나눴던 사람이 알고 보니 미친 사람이었다는 사실에 나는 밀려드는 공포를 막을 길이 없었다.

"머리가 없는 게 아닐까……. 실상은 콧수염이 본체라거나."

"예?"

"아니에요."

고개를 젓고 앞을 보았다. 대화를 나누면서 언제 여기까지 걸어왔는지 내 방이 코앞이었다. 나는 다베리 경을 향해 물었다.

"그래서, 이제 내가 뭘 하면 될까요?"

큭, 하녀의 낮은 신음이 나를 상념에서 깨웠다. 아슬아슬하게 피부에 닿아 있던 다베리 경의 검이 그녀의 살갗을 한결 깊게 파고들고 있었다.

"한 가지 이해가 안 되는 게 있습니다."

경이 차분하게 운을 뗐다.

"비프렌 자작이 환각제를 팔아 몰래 부를 축적하고 있었다는 건 진작 알고 있었습니다. 그게 환각제라는 건 정확히 오늘 알았지만, 뭐 어쨌든."

'뭐? 환각제?'

그건 처음 듣는 이야기였다. 놀라 쳐다보았더니 말이 이어졌다.

"한데 고작 그걸 숨기려고 각하를 노렸다는 건 단순하게 생각해도 썩 저울이 안 맞는 일이죠."

그건 그렇다. 환각제라니, 즉 마약이라는 건데. 당황스럽긴 하지만 그런 걸 융통하는 건 엄밀히 말해 위법이긴 해도 대단한 중범죄는 아니었다. 적어도 죽을죄는 아니다. 하지만 에시를 노리다 실패하면 무조건 죽는다. 무게가 안 맞잖아?

'반드시 성공할 거라고 생각했을까?'

아냐, 아무리 그렇다고 해도.

"진짜 목적이 뭡니까? 이렇게까지 해서 실제로 감추려던 게."

"……"

"뭐, 대답하지 않아도 좋습니다."

"뭐라고? 잠깐만요."

기다려 봐. 나는 별로 좋지 않다. 대답을 들어야겠단 말이야. 방금 막 엄청 궁금해졌는데. 다베리 경이 항의의 뜻이 가득한 날 돌아보더니 대신 답해주듯 입을 열었다.

"어차피 얼추 짐작하고 있었습니다."

"뭔데요?"

"이런 짓을 벌일 정도라면, 감추려는 것 또한 마찬가지로 들키는 순간 반드시 죽을 거라고 확신할 만한 일이고–"

"……."

"그런 일이라면 반역밖에 더 있겠습니까?"

맙소사, 반역?

생각 이상으로 무거운 단어에 눈을 동그랗게 떴다. 동요한 것은 나뿐만이 아니었다. 나는 하녀의 암갈색 눈동자가 전보다 거세게 흔들리는 걸 똑똑히 봤다.

"그림도 대략 그려지는군요. 자작 본인이 직접 모반을 계획할 만한 배짱을 지닌 것으로는 보이지 않았으니, 환각제 판매를 통해 마련한 자금으로 반역 집단을 돕거나 했을 거고."

"헛소리."

하녀가 뒤늦게 다베리 경의 말을 부인했다. 그러나 내 귀에는 어쩐지 사실이라고 시인하는 것처럼 들렸다. 나 혼자 그렇게 들은 것은 아닌 모양인지 다베리 경이 명쾌하게 고개를 끄덕거렸다.

"확인 고맙습니다."

"헛소리! 억측으로 잘도 사람을 모함하는구나."

"억측이든 아니든 기실 이 상황에 그게 무슨 상관입니까? 어차피 이렇게 된 이상 자작이나 그쪽이나 다 죽게 생겼는데."

이렇게 죽나 저렇게 죽나. 다베리 경이 심드렁하게 사실을 말했다. 음, 틀린 말은 아니긴 하지. 하녀도 그걸 알았는지 다른 말 없이 그저 입술만 깨물었다.

'그러고 보니 하녀가 아니겠지.'

나는 지금을 포함해서 세 번째 얼굴을 보는 상대를 물끄러미 쳐다보았다. 나를 납치하는, 어떻게 봐도 일의 성사를 결정짓는 중요한 임무를 맡은 데다 아는 것도 많았다. 반역이라는 말에 반응한 게 특히 결정적이었다. 단순히 생각해도 그런 걸 아무나 알고 있을 것 같지는 않았다.

'하녀 신분은 가장이고. 실은 반역…… 그쪽 사람일까?'

루카스가 돈으로 그런 집단을 지원했을 가능성이 있다고 하니 그럴 수도 있겠다. 나는 그런 생각을 하다 문득 입을 열었다. 대단히 중요한 건 아니지만 내심 궁금했던 건데.

"저기, 물어볼 게 있는데. 죽은 주방장 말이야, 그 사람도 한패였던 거야?"

"……"

"나를 납치하기 전에 에시한테 독이든 뭐든 먹여서 쉽고 빠르게 가보려다 실패해서 입막음한 거고?"

"……"

"그렇구나. 잔인해라."

대답 없는 상대와 혼자 대화하면서 생각했다. 이건 어쩌면 또 다른 답정너의 한 장면일지도. 답은 정해져 있으니 너는 침묵만 해. 그렇게 혼자 고개를 끄덕이고 있을 때였다. 바깥에서 소란이 들렸다. 위층에서 생긴 소음인 것 같았다.

'에시!'

바로 위층에는 에시의 침실이 있었다. 내가 문 쪽으로 시선을 돌리기 무섭게 하녀에게서 짤막한 비명이 흘러나왔다.

"지금은 일단 푹 자고 계시길."

다베리 경이 상대를 기절시킨 것 같았다. 중요한 일은 아니었다. 나는 그보다 그를 재촉했다.

"경, 어서 도우러 가봐야 하는 거 아니에요?"

"누구를요?"

"에시 말이에요."

다베리 경은 내 말에 잠시 침묵하는가 싶더니 똑같이 되물었다.

"누구를요?"

"아, 다쳤잖아요!"

정신이 나갔다고 생각했던 루카스가 실은 정신이 나간 것뿐 아니라 치졸하기까지 하다는 것을 깨달은 것은, 아까 복도에서 다베리 경에게 상황 설명을 듣고 얼마 안 지나서였다.

가만 생각해 보니 에시는 부상을 입은 상태였다. 평소와 완전히 같은 몸 상태가 아니었다.

멀쩡하면 도무지 못 당할 것 같으니까 다친 틈을 노리다니, 이 치사하고 옹졸하고 더러운 콧수염.

"음, 각하께 그 정도로는······."

"내가 가요?"

성질 급하게 문으로 움직였더니 그제야 다베리 경이 어쩔 수 없다는 듯 따라붙어 앞장섰다.

"우선 같이 나가시죠."

"아가씨!"

그리고 문을 열자마자 복도에서 반가운 목소리가 나를 불렀다.

"베시, 알렉스!"

"아가씨, 괜찮으세요?"

"나는 괜찮아. 두 사람은? 괜찮은 거지?"

"아무렴요. 혹시 몰라 숨어 있긴 했는데 역시 저희한텐 아무 관심 없더라고요."

복도가 환했다. 베시와 알렉스가 불을 밝힌 것 같았다. 나는 일단 무사한 두 사람을 끌어안았다. 한창 두 사람의 무탈함에 안도하던 때였다. 복도 중간 계단에서 발소리가 들렸다. 긴장해서 돌아보았다가 즉시 탄성을 터뜨렸다.

"에시!"

계단 쪽은 불빛이 어두워 얼굴이 자세히 보이지는 않았지만, 눈에 들어오는 실루엣만 보더라도 틀림없이 에시였다. 그쪽으로 곧장 발을 떼려는데, 이내 밝은 곳까지 나온 에시가 손을 뻗어 내가 가까이 오지 못하게 막았다.

"……에시?"

"피 냄새가 심할 거야."

듣고 나서 다시 보니 에시는 온통 피투성이였다. 입고 있는 옷이 피에 물들지 않은 부분이 없었다. 마치 핏물을 뒤집어쓴 것처럼. 놀라 손끝부터 굳기 무섭게 에시의 말이 이어졌다.

"되도록 안 묻히려고는 했는데, 생각보다 수가 많아서. 미안해, 누님."

……사과할 일이야? 가만 보니 에시가 오른손에 들고 늘어뜨린 검 끝에서 핏방울이 뚝뚝 떨어졌다. 안도의 한숨이 흘러나왔다.

'다 남의 피라는 거네.'

피 칠갑을 한 에시의 모습은 얼핏 섬뜩했지만, 그래도 저게 모조리 타인의 피라는 건 비록 당사자에겐 유감이나 내겐 다행스러운 일이었다.

"안 다친 거지?"

"물론."

"그것 보십시오, 아가씨."

다베리 경이 기다렸다는 듯 끼어들었다.

"도우러 갈 틈도 없지 않았습니까."

"……음, 그러게요."

그렇긴 하네. 그의 말에 고개를 끄덕여 줄 때였다. 순간 다른 쪽에서 경악에 찬 목소리가 울렸다.

"이, 이런……!"

어쩐지 안 봐도 누군지 알 것 같은 언성이었다.

"말도 안 되는!"

루카스로군. 역시나 루카스가 맞았다. 그는 납치당하기는커녕 운신이 매우 자연스러운 나와 남의 피는 묻혔지만 마찬가지로 멀쩡한 에시를 번갈아 보았다. 어찌나 놀랐는지 복도 반대편에서 움직일 생각도 하지 않고 침음과 함께 입술을 깨물었다.

낭패라는 듯한 그의 표정이 뭔가 새삼스러웠다. 루카스가 이 소동의 배후고, 나쁜 놈이라는 걸 미리 들어서 알고 있었지만 그걸 실제로 눈으로 확인하는 건 또 다른 기분이었다.

상황이 이렇게 돼서인가. 자라나는 성장기 아이들의 친구 프링X스를 닮았다고 생각했던 콧수염이 인제 보니 마치 야비한 악당의 상징 같았다.

"안타깝게 됐군, 자작. 기대가 컸을 텐데."

"……다 알고 있었나?"

"모를 거라고 생각했다는 게 더 신기한걸."

"어떻게! 어떻게 알았지?"

에시는 대꾸하지 않았다. 대신 걸음을 옮겼다. 그보다는 내게 더 가까워진 걸음이었는데도 루카스가 반사적으로 움찔 물러났다. 딱히 친절하게 상대의 의문을 해소해 줄 의사가 없는 듯한 에시를 대신해 다베리 경이 입을 열었다.

"저승길 선물로 제가 알려 드리도록 하죠."

그러나 해주지 않느니만 못한 대답이었다.

"너무 어설프고 허술해서 다 티가 났습니다. 끝."

"이익!"

으음…….

'저쯤 되면 약간 불쌍한 것 같기도.'

명실공히 악역인 루카스에게 동정심까지 들 찰나, 그가 돌연 태도를 바꿔 중얼거렸다.

"하, 그래. 어떻게 알았든 그런 게 이제 와 무슨 소용일까. 어차피 이렇게 되어버렸는데."

"체념이 빠르군요. 재미없게."

"흥, 체념?"

루카스가 코웃음을 쳤다. 어딜 봐도 망한 게 분명한 이 상황에서 저 당당한 코웃음은 대체 뭔가 싶었는데, 이내 루카스가 내 궁금증을 해결해 주었다.

"설마 지금 이게 내가 준비한 전부라고 생각하는 건 아니겠지?"

'뭐?'

"기왕이면 피를 적게 보는 형태로 조용히 해결하고 싶었지만, 이제 어쩔 수 없지."

무언가 대단한 것이라도 숨겨둔 듯한 말이었다. 덕분에 나는 약간 긴장했다. 나도 모르게 주춤 에시 가까이 발을 옮겼다. 루카스가 고함을 내질렀다.

"나와라! 인질이고 뭐고 이제 됐다, 나와서 전부 쓸어버려!"

나는 조금 뻣뻣하게 굳은 채 꿀꺽 목울대를 넘겼다. 그러나 기다려도 아무런 일도 일어나지 않았다. 정말 아무런 일도.

"나와!"

"……."

"나오란 말이다! 뭘 하는 거야? 당장 나오라고!"

루카스의 공허한 외침이 결실 없이 반복되었다. 복도에 그의 목소

리가 만들어낸 메아리가 생길 정도였다. 긴장이 가시고 슬슬 그 자리
에 의문이 대신 차오를 무렵, 다른 목소리가 끼어들었다.

"저기, 자작."

돌아보았더니 다베리 경이 웃음을 참지 못하겠다는 얼굴을 하고 있
었다.

"애석하지만 아무리 애타게 불러도, 크흠, 안 옵니다. 아니, 못 와
요. 기다리는 인간들."

"뭐……?"

"저승에서 사람을 불러내는 재주가 있다면 또 모를까."

뜻이 명확한 말이었다. 루카스가 눈을 부릅떴다. 선심을 쓰듯 친절
한 부언이 따라붙었다.

"이쪽도 보이는 이 인원이 전부는 아니라서."

나는 그 말을 듣고 나서야 순간 잊고 있던 당연한 사실 하나를 떠
올렸다. 눈앞에 있는 저 콧수염 악역은 실상 배역으로 치면 한낱 엑
스트라일 뿐. 진짜 악당은 에시였다.

'암흑가.'

제국 전역에 퍼져 있다는 그들이라면 당연히 이곳 영지에도 있을
것이다. 혹은 인근에라도. 그들의 힘을 이용한다면 어떤 단체를 쥐도
새도 모르게 조용히 정리하는 건 쉬운 일이 아니었을까?

그런 사실을 알 길 없는 루카스가 고개까지 저어가며 상황을 부정
했다.

"웃기지 마라, 그럴 리 없다! 그들이 어떤 이들인데! 수도 저택의 병
력이 움직였다 말은 듣지 못했다. 이곳의 사병은 내가 진자……."

"자기가 아는 게 전부라고 믿는 건 어느 때든 위험한 발상이죠."

그렇게 말한 다베리 경이 갈무리했던 검을 허리춤에서 도로 뽑아
들었다.

"이쯤이면 충분히 친절했던 것 같고. 더 자세한 건 저세상에서 본 인들을 만나 직접 들으실까?"

루카스의 안색이 새파랗게 질렸다. 어떻게 들어도 사형 선고였다.

'안녕.'

나는 속으로 루카스에게 미리 작별 인사를 건넸다. 몇 년에 한 번 얼굴을 볼까 말까 한 정도라 사실상 친교라고는 없는 데면데면한 사이였지만, 그래도 마지막 가는 길이니 인사 정도야.

'다음 생엔 악역으로 태어나지 말거나, 태어나더라도 자살 계획을 세우지 않는 제정신인 악역으로 태어나길.'

그러는 사이 주춤주춤 연신 뒤로 물러나던 루카스의 등이 벽에 닿았다.

"이럴, 이럴 리가…… 이럴 리는."

구석에 다다른 그는 마치 막다른 곳에 몰린 쥐 같았다. 그리고 물러설 곳 없어진 악역이 대개 그러듯, 루카스도 갑자기 묻지도 않은 말을 꺼내놓기 시작했다.

"나는…… 난 당연히 해야 할 일을 한 것뿐이다. 마땅히 그래야 하는 일을 했을 뿐이야!"

다베리 경은 걸음을 늦추지 않았다. 악역의 마지막 말 따위 상냥하게 들어줄 의사는 없다는 듯. 루카스의 말이 빨라졌다.

"내가 왜 이런 일을 벌인 줄 아나? 잘못된 걸 바로잡아야 했기 때문이다. 아무도 하지 않으니 내가 한 것이야. 썩어빠진 나라도, 세상을 좀먹는 불합리도……."

"안 궁금합니다, 자작. 아껴뒀다가 그것도 저세상에서 친구 만나 도란도란 얘기하세요."

냉정하기도 하지. 하지만 나도 같은 의견이다.

달리 할 것도 없어 구경하듯 상황을 지켜보던 때였다. 루카스의 표정이 별안간 변하는 것이 보였다.

'응?'

잔뜩 일그러져 있던 낯이 묘하게 환해졌다고 생각했고.

"안젤라! 당장!"

'안젤라?'

익숙한 이름에 나도 모르게 고개가 돌아갔다. 불빛이 어두워 사람의 형상이 흐릿하게 보이는 복도 한쪽으로 작은 체구의 소녀가 우리를 보고 서 있었다.

"죄송해요, 죄송해요."

작게 흐느끼는 소리가 흘러나오고 나서야 나는 그녀의 손에 뭔가가 들려 있다는 것을 알았다.

'활?'

"정말 죄송해요."

언뜻 안젤라가 우는 것 같다는 생각이 들었다. 그러나 자세히 확인할 수는 없었다. 그러기 전에 안젤라가 나를 향해 활시위를 놓았기 때문에. 눈앞의 현실이 대단히 느리게 흘렀다.

에시는 활이 내 쪽을 겨누고 있다는 걸 알아차린 순간 즉시 나를 붙잡아 끌어당기려고 했던 것 같았다. 그런데 나는 에시의 왼쪽에 서 있었다. 찰나 다친 왼팔이 마음대로 움직이지 않았던 것일지도 모른다. 주춤하던 에시가 곧이어 몸 전체를 움직이는 것을 본 듯했다. 시간이 잠깐 멈춘 것 같았다.

"아악!"

에시의 비명이 복도를 울렸다. 나는 그녀의 비명에 정신을 차렸다. 멈췄던 시간이 다시 흐르듯 달라진 장면이 눈에 들어왔다. 피 냄새가 훅 끼쳤다. 에시가 본래 뒤집어쓰고 있던 것에서 난 냄새인지, 다른 것에서 비롯한 냄새인지, 알 수 없었다.

"하, 하하! 잘했다. 잘했다, 안젤라! 공녀를 노리면 공작이 대신 맞을 줄 알았지, 아하하!"

루카스가 희열에 차 웃음을 터뜨렸다.

"각하!"

나는 꼼짝없이 굳어서 나를 감싸듯 선 에시를 응시했다. 에시의 오른쪽 어깨에는 화살이 박혀 있었다. 눈으로 보고 있으면서도 현실이 아닌 것 같았다.

"어떤가, 공작? 그냥 화살이 아니야. 괴물 같은 댁을 위해 특별히 준비한 독인데, 감상을 좀 들려주겠나?"

목 안쪽을 무언가가 틀어막고 있는 느낌이었다. 비명조차 바로 나오지 않았다.

"저 개자식이……!"

"안젤라! 뭣 하느냐? 어서 나머지 놈도 차례로, 커헉!"

"역시 하는 짓마다 멍청하고 허술하기 짝이 없군."

숨소리가 거칠었지만 또렷한 발음이었다. 에시가 던진 검에 정확히 목을 맞은 루카스가 단말마만 남기고 뒤로 넘어갔다. 쓰러지는 그를 향해 에시가 조롱하듯 말했다.

"내가 괴물인 걸 알았으면 더 독한 걸로 준비했어야지."

"각하! 괜찮……."

그러나 그 말을 뱉은 후 에시 또한 자리에서 그대로 허물어졌다. 나는 그제야 비명처럼 외쳤다.

"에시!"

상황이 어떻게 지나갔는지도 모르겠다. 나는 멍하니 앉아서 침대

옆을 지켰다. 의사의 목소리가 들렸다.

"크게 걱정하지 않으셔도 됩니다."

그는 이곳 저택 주치의가 아닌 수도에서 내려온 저명한 의사였다. 환각제의 존재를 안 직후 혹시 일행 중에 있을지도 모를 중독자를 치료하기 위해 불러두었다고 했다. 그는 날이 질 즈음 영지에 도착해 근처에서 머물다가 에시가 다치자마자 급히 저택으로 불려왔다.

"다행히 처치가 빨랐습니다. 출혈도 적은 편이었고요. 지금은 저리 계셔도 기력만 찾으시면 금방 일어나실 겁니다."

에시는 눈을 감고 미동조차 없이 침대에 누워 있었다. 실오라기 하나 걸치지 않은 상반신에는 새하얀 붕대가 오른쪽 어깨를 중심으로 칭칭 감겨 있었다. 나는 간신히 입을 열었다.

"독이……."

"예?"

"독이 있었다고 했어요. 일반적인 독이 아니라고."

"화살에 묻어 있던 것을 말씀하시는 거라면, 괜찮습니다. 의사로서 드리기 조심스러운 말씀이긴 하나 각하께선 체질이 보통 사람과는 상당히 다르신지라."

처치를 마친 환부에 흘긋 시선을 준 의사가 이어 말했다.

"자가 해독이 가능한 수준이니 염려하실 것 없습니다."

뒤이어 그러니 그만 돌아가서 쉬라는 부드러운 말이 따라붙었다. 에시가 괜찮다는 말은 지금 이것까지 세 번째였다. 눈을 감았다 떴다. 일부러 느리게 눈꺼풀을 닫았다가 열었지만, 고작 그사이에 에시가 정신을 차린다거나 하는 일은 일어나지 않았다.

"……감사합니다."

"아닙니다."

이만 일어서도 되는 의사가 계속 자리를 지키며 같은 말을 반복해

주는 게 나 때문임을 모르지 않았다. 배려와 마음씨가 고마웠다.

그러나 그와는 별개로, 나는 아무리 안심하라는 말을 들어도 그의 말처럼 쉽사리 불안감을 내려놓거나 마음을 편히 먹을 수는 없었다. 무릎 위에 올려둔 주먹을 괜히 꼭 쥐었다.

'이런 기분이었을까?'

에시가, 이랬을까? 내가 아리를 구하겠다고 뛰어들었다가 하마터면 연못에 빠져 죽을 뻔했을 때. 지금과는 반대로 의식을 잃고 누운 내 곁을 에시가 밤새 지켰다.

'내가 잘못했네.'

그때 나, 정말 못된 짓 했던 거구나. 잘못했었구나. 정말로.

입을 꾹 다물고 에시의 미동 없이 감긴 눈꺼풀을 응시했다.

"아가씨."

그때 노크 소리가 들렸다. 열린 문을 굳이 똑똑 두드린 다베리 경이 안으로 몸을 들였다.

"황성에 기별을 보냈습니다. 날이 밝기 전에 도착할 테니, 오후면 영지에 사람이 올 겁니다."

나는 고개만 끄덕거렸다. 루카스는 죽었다. 에시가 던진 검을 맞고 그 자리에서 절명했다. 그러나 반역 혐의가 확실해지는 순간 루카스는 죽어서도 감히 자유로울 수 없었다. 황성에서는 시체라도 이송해 가고자 할 것이다.

그리고 추가로 이송할 죄인도 몇 남아 있었다. 루카스가 벌인 일에 기담했지만, 아직 죽지 않고 살아 있는 자들.

'안젤라.'

안젤라는 루카스가 그렇게 되고 나서 즉시 붙잡혔다. 도망칠 의사는 없었던 듯 반항하지 않고 고분고분 신변을 내놨다. 안젤라는 환각제에 심각하게 중독된 상태였다. 의사의 말에 따르면, 루카스가 그간 몰래 팔아치우던 환각제는 마약류 중에서도 유별나게 독한 종류였다.

특히 금단 증세가 극심해서, 깊게 중독된 상태에서 갑자기 섭취를 중단하면 심할 경우 죽음에 이를 수도 있다고. 내가 보았던 안젤라의 손 떨림은 금단 증세 중 초기 증상이었다.

'어쩌면 루카스에게 거역하려고 했던 걸까.'

그래서 환각제를 제때 얻지 못해 그런 증상을 보였던 거라면. 하지만 견디기 힘들었을 거다. 심하면 죽기까지 한다는데, 그 전에 겪을 고통이 과연 어떨지 쉽게 상상조차 되지 않았다.

안젤라는 황궁에 신변을 넘기기로 했다. 그녀의 처지에 연민이 들지 않는 건 아니었지만, 내가 사사로이 용서하기엔 이미 저지른 죄가 너무 컸다. 사실 용서할 자신도 들지 않았고.

머리핀은 버렸다. 씁쓸했지만, 그뿐이었다. 그리고 나를 납치하는 역할을 맡았으나 실패했던, 다베리 경이 기절시켜 두었던 그 하녀. 그녀는 얼핏 짐작했던 대로 정말 반역을 도모한 집단에 속한 사람이었다.

그녀를 심문하는 과정에서 그들이 왜 모반을 꾀할 수밖에 없었는지 꽤 구구절절한 사연도 등장했지만, 별로 알고 싶지 않아서 듣지 않았다. 내가 그걸 구태여 들어서 뭘 하겠나 싶기도 했고. 기억했다가 추후 묘비에 새겨줄 수도 없는데 말이다. 반역자는 무덤을 만들 수 없는 것이 현 국법이었으니까.

'아, 그리고……'

그와는 별개로 알게 된 사실이 조금 있었다.

"비프렌 자작은 꽤 전부터 의심하고 있었습니다."

"어째서요?"

"서류가 너무 깨끗했으니까요."

"서류라면…….."

"영지 재정 서류 말입니다. 돈이 새는 곳이 한 군데도 없더군요."

"좋은 거 아닌가요?"

"안 그러게 생겨서 그러니 문제였습니다."

"……."

"뭐, 생긴 거라고 했지만 더 자세히는 관상이라고 할까요. 어쨌든 돈을 탐하지 않을 리 없는 놈인데 돈에 손을 댄 흔적이 없으니 이상하게 생각했죠. 물론 저 말고 각하께서."

"……."

"그래서 일전에 영지에 내려와 있는 동안 제게 따로 임무가 떨어졌었습니다. 자작이 예산을 건드리는 게 아니라면 분명 다른 루트로 주머니를 채우고 있을 테니 조사해 보라고."

조사해 보니 윤곽을 잡아낼 수 있었다고 한다. 자작이 불법적인 경로로 뭔가를 팔아치우고 있다는 것, 그리고 그렇게 벌어들인 돈의 일정가량이 어딘가로 흘러 들어가고 있다는 것.

"반역 집단을 돕고 있을 거라는 건 당시에는 그저 추측이었지만, 오늘 습격으로 확인했고."

"……."

"그리고 팔아치우던 게 환각제라는 사실은 뱀 덕분에 확신했습니다."

"뱀이요?"

"성원에서 보셨던 뱀 말입니다. 오전에 알아보니 환각제 성분에 완전히 찌들어 있었습니다."

처음에는 뱀이 그런 상태라는 걸 알지 못했다고 했다.

그런데 저택 하인 하나가 사람들의 눈을 피해 뱀 사체를 어떻게든 빼돌리려는 것을 적발했고, 그를 수상하게 여겨 알아보았더니 그 모양이었다고.

"아마 환각제 제조 밭을 날짐승 따위로부터 지키는 용도였던 모양입니다."

정원에 나타났던 뱀에 대한 사소한 의문은 그렇게 풀렸다.

"습격이 있을 거라는 것도 반쯤은 그걸로 예상했죠. 증거가 노출된 셈이니 자작 입장에선 애가 닳았을 테니까요."
"……그랬군요."

저택 부지에 있을 밭을 찾아내 태워 버리는 건 날이 밝으면 사람을 동원해서 하기로 했다. 환각제가 유통된 인근 영지에는 환각제의 존재 및 증상, 그리고 해독 방법에 대해 서신으로 빠짐없이 알렸다.
여기서 한 가지 짚고 넘어갈 만한 건, 루카스가 정작 이곳 레이딕 영지는 쏙 제외하고 주변에만 환각제를 팔았다는 사실이었다. 딴에는 자기 영지민이랍시고 아낀 것인지, 혹은 영지 내에 풀었다간 들킬 위험이 커지리라 판단해서 그랬던 것인지. 알 길은 없었다.
어쨌든 한동안 이 근방 의사들이 정신없이 바빠지게 될 일이었다.
"……."
나는 에시에게 가만 고정하고 있던 눈길을 아주 잠시 뗐다.
"경, 할 말 있어요?"
다베리 경이 황성에서 사람이 온 거란 소식을 전하고서도 방에서 나가지 않고 뭔가 볼일이 남은 사람처럼 계속 서성이고 있었다. 시선을 주었더니 말이 떨어졌다.
"눈을 좀 붙이시는 게 어떻습니까?"

"나한테 하는 말이에요?"

"조금 있으면 날이 밝을 겁니다. 줄곧 깨어 계셨으니 피곤하실 텐데."

"그러는 경도 안 잤잖아요."

어디서 사돈 남 말인지. 더구나 나는 가만히 앉아만 있었고 그는 이래저래 뛰어다녔으니 피곤해도 그가 더 피곤할 텐데.

"경 먼저 가서 자요."

"외람되지만 아가씨, 저와 아가씨의 체력을 동일 선상에 두시면 제가 많이 곤란합니다."

"……."

맞는 말이긴 한데…….

묘하게 얄미워 눈을 가늘게 뜰 때였다. 나와 다베리 경의 대화를 잠자코 듣던 의사가 별안간 운을 뗐다.

"다소 갑작스러운 말씀입니다만, 공녀님."

"네?"

"아직 주무시지 않으셨다고요."

"네, 그런데요."

"그럼 혹시 가장 최근에 잠드셨을 때 악몽을 꾸진 않으셨습니까?"

갑작스러운 말치고는 대뜸 사실을 찍었다. 그렇지만 의도를 알 수 없는 질문이라 나는 긍정하는 대신 되물었다.

"그건 왜요?"

"조심스럽지만, 공녀님께 환각제 초기 중독이 의심됩니다."

"……제가요?"

예상치 못했던 말이었다. 당황해서 손가락을 세워 나를 가리키기까지 했다. 의아해할 만한 이유가 있었다. 나보다 앞서 검사를 마친 베시와 알렉스, 다베리 경에게서 아무런 증상도 발견되지 않았다. 뭘 먹었어도 그들과 함께 먹었고, 마셔도 함께 마셨으니 중독이 되었어도 다 같이 되어야 하는 일이었다.

"그럴 리가요."

그러나 회의적으로 구는 나와는 달리 다베리 경은 뭔가 짚이는 것이 있는 기색이었다.

"경?"

안색을 바꾼 그가 이내 한숨처럼 중얼거렸다.

"이 개자식이 죽어서까지."

"……?"

"아가씨, 영지에 오셨던 첫날을 기억하십니까?"

"물론이죠. 그래 봐야 엊그제인데."

"그날 늦게 자작이 아가씨를 불러냈었지요."

"그랬긴 한데…… 아니, 경이 그걸 어떻게?"

내 미묘한 눈초리에 양손을 든 다베리 경이 이실직고했다.

"영지에 도착한 이후 혹시 모를 일을 대비해 아가씨에게서 한시도 눈을 떼지 않는 것이 제가 맡은 역할이었습니다."

"지금 숨어서 몰래 봤다고 말하는 거예요?"

이 인간이 기사인가 닌자인가. 황당해하고 있으려니 다베리 경의 말이 이어졌다.

"아무튼, 그때 뭘 마시지 않으셨습니까? 자작이 권해서."

"그건……."

마시긴 했다. 웬 술을 한 잔. 사양하려다가 마침 목이 탈 때 거듭 권하기에 그냥.

"그럼 그게?"

"그럴 겁니다. 자작, 그 작자도 평소 환각제를 물처럼 마시던 인간이었다고 하니."

기가 막혔다. 뭐야? 마실 거면 저 혼자 배 터지게 퍼마실 것이지?

인상을 찌푸렸더니 의사의 말이 안심시키듯 뒤따랐다.

"다행히 그때만 한시적으로 드시고 만 모양입니다. 추정되는 중독 정도가 심하지 않습니다. 이 정도면 따로 해독제를 섭취하지 않으셔도 며칠이면 자연히 환각제 성분이 사라질 겁니다."

"아, 그래요?"

그럼 굳이 해독제를 축낼 것까지는…….

"다만 며칠 정도는 비슷한 악몽을 꾸실 수도 있−"

"해독제 주세요."

의사의 말을 자르고 다급하게 요청했다. 뒤늦게 이가 갈렸다.

'그 말은 내가 꿨던 악몽이 전부 환각제 때문이라는 거잖아.'

에시가 내 목을 조르던 그 생생한 꿈이 말이다.

'루카스 이 죽일, 이미 죽었지만 다시 살려서 죽일 놈.'

상상 속에서 상대를 되살려 능지처참하고 있자니 의사가 고개를 끄덕였다.

"알겠습니다. 바로 가져다 드리죠. 아, 그런데 공녀님."

"……?"

"악몽이 어땠을지는 모르지만, 오늘 잠드시면 그와는 상반된 꿈을 꾸실 수도 있을 겁니다."

상반된 꿈? 악몽과 상반된다면 좋은 꿈이라는 말인데. 이해할 수 없어 지그시 쳐다보았더니 설명이 따라붙었다.

"이 환각제 성분에는 독특한 점이 있습니다. 섭취 초기, 복용자가 정반대 성향의 꿈을 번갈아 꾸게 된다는 것이죠."

"정반대라면……."

"하나는 가장 두려운 것, 다른 하나는 가장 바라는 것."

"……."

"사람 내면 깊숙한 곳에 있는 극과 극의 두 가지를 건드린다고 할까요. 그러다 중독이 깊어지면 점점 후자를 보는 빈도가 높아지고, 어느 순간부터는 줄곧 후자만 보게 되지요. 꿈이 아닌 맨정신으로도."

눈을 깜박였다. 의사의 설명은 계속 이어졌다.

"개인적으로 저는 이게 이 환각제의 가장 무서운 점이라고 생각합니다. 영악한 부분이기도 하고요. 이것 때문에 복용자들이 중독 증세가 아니라도 환각제를 좀체 끊지 못하는 모양입니다."

거기까지 말하고 의사는 몸을 일으켰다. 멋쩍은 표정을 보니 굳이 필요하지 않은 소리를 늘어놓았다고 뒤늦게 생각하는 것 같기도 했다.

"해독제는 잠시만 계시면 금방 만들어 오겠습니다. 해독제를 드셔도 오늘까진 꿈을 꾸실 수 있으나, 내일부터는 전혀 걱정하지 않으셔도 됩니다."

곧 의사가 방을 나갔다. 해독제는 따로 조제가 필요한 모양이라 다베리 경도 돕겠다고 의사를 따라 떠났다. 나는 의사가 해독제와 함께 돌아오길 묵묵히 기다리며 그가 남기고 간 말을 곱씹었다.

'가장 바라는 것.'

의사의 사견을 이해할 수 있었다. 그의 말대로라면, 이 환각제는 그야말로 영악하다고밖에 표현할 길이 없었다. 가장 두려워하는 것을 보여준 뒤, 이어서 가장 바라는 것을 보여준다니.

두려움이라는 원초적이고 나약한 감정을 이용해 사람의 정신을 무너뜨리고는, 허물어진 틈을 파고들어 달콤한 미끼로 대상을 유혹한다는 말이 아닌가.

'전략적이기도 하네.'

환각제 주제에, 내 참.

'참 찝찝한 걸 팔아먹었잖아, 루카스.'

팔아도 꼭 그런 걸……. 나는 가까운 탁자에 팔꿈치를 대고 턱을 괴었다. 의식 없이 반듯하게 침대에 누운 에시를 다시 가만 눈에 담았다.

'바라는 거라.'

내 내면 가장 깊숙한 곳이 가장 바라고 있는 것.

'그게 뭘까.'

역시, 살아남는 거겠지? 가장 두려운 것이 에시의 손에 죽는 것이었으니 말이다.

환각제가 작용한 내 꿈이 어떨지 내심 상상해 보았다. 입양 사실을 평생 들키지 않고 잘 먹고 잘사는 미래의 어느 날을 보여줄까? 혹은 애초에 내가 에시의 진짜 누나로 태어난 가상의 평행 세계라거나.

내심 궁금하기도 했지만, 그렇다고 그걸 확인하기 위해 굳이 잠들고 싶은 생각은 없었다. 이번에는 좋은 꿈을 꿀 거라는 게 백 퍼센트 확실한 것도 아니고.

'재수 없어서 또 악몽이라도 꾸게 되면 어떡해?'

안 되지. 절대 안 돼. 무조건 사양이다.

'오늘은 잠들지 말자.'

그냥 이대로 쭉 깨어 있어야겠다. 어차피 에시가 의식을 차리기 전까지는 안 잘 생각이기도 했고. 환각제를 먹고 나서도 계속 안 자고 버티다가 내일 즈음 되어서나 자든가 해야지.

나는 그렇게 생각하며 에시에게서 시선을 떼지 않았다.

움찔, 정신이 들었다.

'에시?'

눈앞에 익숙하고도 몹시 반가운 얼굴이 보였다. 에시가 바로 앞에서 나를 물끄러미 응시하고 있었다. 깨어난 거야? 그렇게 말하려는 순간, 이상한 점을 느꼈다.

에시는 옷을 입고 있었다. 분명 상반신에 아무것도 걸치지 않고 있었는데. 아니, 그건 한발 양보해서 그렇다 치고, 어쩐지 약간 흐트러진 옷 사이로 드러난 왼팔에 붕대가 보이지 않았다. 그걸 인식하자마자 뒤이어 현재 장소에서도 위화감이 몰려왔다.

'여긴⋯⋯.'

영지 저택에 있는 침실이 아니다. 이 배치와 풍경은 분명, 수도 공작저에 있는 에시의 방이었다.

'아니, 왜 여기?'

단박에 상황 파악이 됐다.

'꿈이잖아.'

왜 하필 장소가 이곳인가 하는 의문은 둘째 치고, 여러모로 현실이라기엔 무리가 있는 상황이었으니 지금 이건 꿈이 분명했다.

'안 자려고 했는데⋯⋯.'

나도 모르게 깜박 졸았을까? 하, 이 망할 놈의 환각제. 귀신같기도 하지.

원망해 봐도 이미 늦었다. 꿈이라는 걸 자각해도 아무것도 변하지 않는 것을 보니, 지난번에도 그랬지만 이 꿈은 내 의지로 어쩔 수 있는 게 아닌 모양이었다.

"누님."

그때 에시가 나를 불렀다. 차분하게 깔리는 목소리에 어깨가 흠칫 떨렸다. 악몽일까? 아직 알 수 없었다. 그러나 얼핏 그때와 비슷한 구도, 흐름에 가슴이 손쓸 수 없이 덜컹 내려앉았다.

'제발.'

에시의 그 눈빛을 다시 볼 자신이 없었다. 지난 꿈처럼 에시가 나를 향해 손을 뻗는 것만 곁눈으로 확인하곤 눈을 질끈 감아버렸다. 뺨을 스친 에시의 손길이 천천히 목으로 이동했다.

여전히 실제와 같은 감각이었다. 신체에 새겨진 듯 남은 기억에 몸이 저절로 움츠러들었다. 그러나 그다음은 기억하는 것과 조금 달랐다. 에시의 손은 내 목을 조르는 대신 목덜미를 가볍게 감싸듯 받쳤다. 직감적으로 확신할 수 있었다.

다르다. 이건 아니야. 그때와는 다른 꿈이었다. 에시의 숨결이 스쳤다. 다음 순간, 입술에 몹시 부드러운 감촉이 닿았다.

"……."

나는 엎드려 있던 테이블에서 삐걱거리는 몸을 일으켰다. 날이 밝았다. 커튼 틈으로 아침을 알리는 환한 빛이 스며들고 있었다. 그때 굳게 감겨 있던 에시의 눈이 움찔 달싹였다. 이어서 천천히 눈꺼풀이 말려 올라가자 황금색 눈동자가 온전히 드러났다.

"……누님?"

잠긴 목소리가 공기 중에 번졌다. 방 안을 침범한 햇빛이 에시의 얼굴을 비췄다. 공들인 조각 같은 세밀한 굴곡을 빛이 따라서 조명하듯 수놓았다.

눈이 마주쳤다.

'말도 안 돼.'

심장이 두근거렸다.

'말도 안 돼.'

거짓말. 이건 정말이지 말도 안 되는 감정이었다.

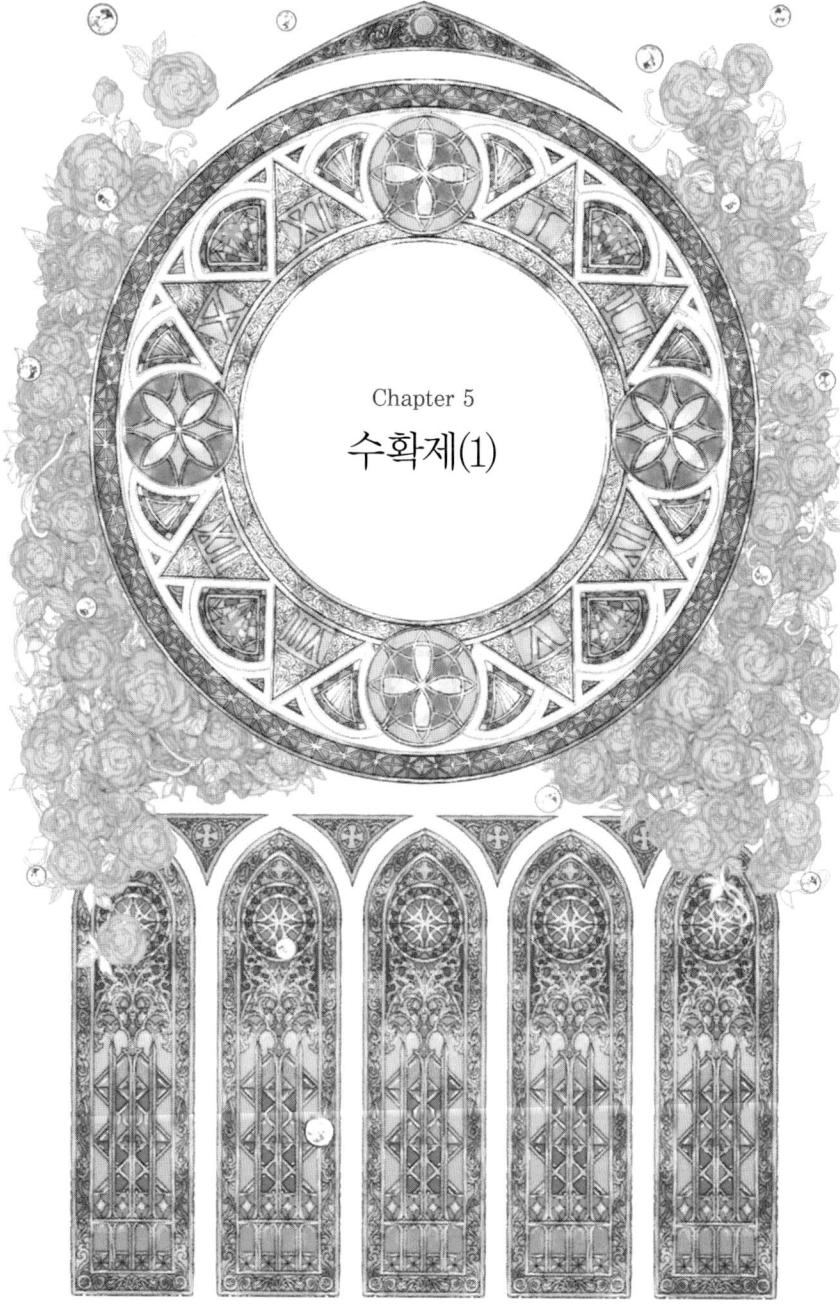

Chapter 5
수확제(1)

　줄을 당겨 에시가 깨어난 사실을 곧바로 사람들에게 알렸다. 그러고 나서 의사를 앞세워 몰려든 사람들로 복잡해진 방을 나왔다. 혼잡하니 잠시 자리를 비우겠다는 이유를 댔지만, 복도로 나오는 모양새가 어딘지 도망치듯 다급했다.

　그렇게 나와 무작정 발이 닿는 대로 걸었더니 일 층 안쪽 응접실이었다. 나는 일단 눈에 보이는 아무 의자에나 걸터앉은 뒤 양손으로 얼굴을 감쌌다.

　'뭐야?'

　머리가 터질 것 같았다. 믿을 수가 없었다. 꿈을 꿨다. 에시가 내게—

　"……미쳤어."

　키스하는 꿈을.

　고개를 숙여 그대로 탁자에 이마를 박았다. 얼굴을 감쌌던 손을 내려 대신 가슴께를 짚었다. 심장이 요란하게 두근거렸다. 꿈을 얼핏 다시 떠올리는 것만으로도 이 난리였다.

"……."

나는 입술을 매만지다가 이내 탁자에 재차 이마를 쿵쿵 찧었다. 입술 사이로 신음이 흘러나왔다.

"진짜 돌았잖아, 리디아……."

왜? 왜 그런 꿈을 꾼 거야? 아니, 사실 묻지 않아도 답을 알고 있었다. 가장 바라는 것.

환각제 성분이 내 내면 깊숙이 숨은 염원을 꺼내서 형상화한 것이 바로 그 꿈이었다. 그것이 무엇을 의미하는지 모르지 않았다. 모를 수가 없었다. 꿈속에서 본 장면을 잠깐 되살린 것만으로도 심장이 이렇게 터질 것 같은데.

"……하."

고개를 들었다. 탁자에 사정없이 받은 이마가 얼얼했지만 돌보지 않았다. 뭐라고 형언할 수가 없는 기분이었다. 마냥 마음이 복잡하고 머리는 멍했다.

'언제부터였지?'

대체 언제부터, 내가 에시를 그런 식으로 보고 있었던 걸까?

'정이 들었다는 건 예전부터 느끼고 있었지만.'

에시를 아꼈다. 다치면 걱정되고, 무리하는 걸 보면 마음이 좋지 않았다. 그게 애정의 일환이라는 걸 알고 있었다. ……그런데 그 애정이 설마 이런 종류였을 줄은.

'미친 거 아냐?'

손등으로 시야를 가렸다. 새삼스럽게 되짚어보는 거지만, 사실 그랬다. 나는 에시를 가족이라고 생각했던 적이 한 번도 없었다. 기억하는 한 어느 한순간도.

서류상 나와 가족 관계이고, 형식상 남매라는 기계적인 인식은 있었어도 정말 내 가족이라고 여겨본 적은 없다. 왜였을까. 에시가 태어나기도 전에 내 출생의 비밀을 알아차리게 돼서 그랬을까?

'어쩌면……'

어쩌면 가문의 진짜 핏줄인 에시가 생겼으니 입양아인 나는 이제 버림받을 거라던 그 비관적인 착각이 가장 큰 이유였을지도 모른다. 그러한 불안감이 바탕이 되어 무심코 계속해서 나와 에시의 출신을 구분 짓고, 겉으로만 가족일 뿐 실제 피가 섞인 사이는 아니라는 사실을 끊임없이 지겹도록 의식하는 과거의 내가 있었으니까. 마치 괜히 기대했다가 나중에 상처받지 않으려는 양.

시간이 흘러 그것이 전부 내 부질없는 착각이었음을 알게 되긴 했지만, 그때는 이미 에시와 내 태생에 선을 긋는 것이 습관이 된 뒤였는지도 모르겠다.

그래서일까. 에시는 언제나 내게 타인이었다. 동생이었던 적이 없다. 늘, 매 순간.

"하아."

가족이라고 인식하지는 않았지만 가족처럼 지냈다. 그러다 보니 어쩔 수 없이 정이 쌓였다. 그 결과가 이거라니. 돌아버리겠다. 그래서 지금 이걸 자각해서 대체 어디에 쓰냐고?

웃음도 나오지 않았다. 나는 에시에게서 필사적으로 도망쳐야 했다. 도망치지 못하면 에시의 손에 죽을 판이다. 그런 와중에 이따위 감정을 깨달은 것을 두고 도대체 어떻게 하면 좋을지 진심으로 알 수가 없었다.

'망했다고 하면 되나.'

그 이상 망할 길이 있었나! 그저 놀라울 따름이다.

그렇게 멍하니 앉아 아무도 없는 응접실에 얼마나 죽치고 있었을까? 갑자기 응접실 문이 벌컥 열리더니 베시가 나타났다. 베시는 나를 발견하자마자 반색했다.

"아가씨, 여기 계셨군요!"

"……나 찾았어?"

"황성에서 사람이 오셔서요."

"뭐?"

벌써? 죄인을 데려가기 위해 황성에서 사람이 올 거라는 사실은 다베리 경에게 들어서 알고 있었다. 하지만 오후나 되어서야 올 거라고 했는데. 아침 일찍 곧바로 출발했다고 쳐도 거리를 생각하면 그쯤은 되어야 시간이 맞는 일이고 말이다.

의문을 드러낸 내 표정에 베시가 설명을 덧붙여 주었다.

"그게, 책임자분만 따로 먼저 오셨더라고요. 마법사가 동행한 것을 보니 공간 이동 마법을 써서 오신 모양이던데."

"그래?"

'공간 이동 마법이라니.'

그런 진짜 마법다운 마법을 쓸 수 있는 마법사는 내가 알기로 제도 전역에서도 몇 보기 힘든 고급 인력이었다. 죽은 죄인이 도주할 위험도 없는데 뭘 그렇게 급하게 왔나 싶었다.

'살아 있는 죄인도 마찬가지고.'

얼마나 꽁꽁 묶어놨는데.

'뭐, 그만큼 긴박한 사안이라는 걸까.'

하기야, 반역이라는 게 역시 규모를 떠나 가볍게 볼 수 있는 일은 아니니까. 나는 정신을 가다듬고 우선 몸을 일으켰다.

"어디로 모셨어?"

베시가 왜 나를 찾았는지 듣지 않고도 알 수 있었다. 이 정도 사안에 배정된 책임자라면 분명 황궁에서도 한가락 하는 신분일 거다. 그런 인물을 맞이하려면 이쪽에서도 그에 걸맞은 사람이 직접 나가는 게 기본적인 예의였다. 다친 에시가 움직일 수도 없으니 자연히 남는 건 나뿐이었다.

"이쪽으로요."

저택은 규모가 상당한 만큼 일 층에도 손님을 접대할 수 있는 공간이 여럿이었다. 베시는 그중 입구에서 가장 가까운 응접실로 나를 데려갔다. 그리고 그렇게 만나게 된 '책임자'는 상당히 예상 밖의 인물이었다.

"전하?"

"공녀, 괜찮은 겁니까?"

나는 예를 취하는 것도 잊고 찰나 당황스럽게 상대를 응시했다. 응접실이라는 한정된 실내 공간에서 황태자가 사방으로 제 존재감을 발산하고 있었다. 워낙 눈에 띄어서 잘못 봤나, 하는 생각도 할 수 없었다.

황태자는 나를 보자마자 자리에서 일어서기까지 했다. 나는 시야에 들어온 현실에 잠시간 당혹스러워하다 곧 정신을 차렸다.

'책임자라는 게 황태자였어?'

적당한 황궁 고위직을 상상했지, 설마하니 황태자가 직접 올 줄은 몰랐다. 나는 뒤늦게 부랴부랴 예를 올렸다.

"존귀하신 제국의 작은 태양을 뵙습니다."

"인사는 됐습니다. 그보다 소식을 들었습니다. 듣고 많이 놀랐는데……."

상체를 숙이는 나를 손을 저어 만류한 황태자가 내 전신을 관찰하듯 살폈다. 이내 안심했다는 듯 한결 풀린 목소리가 흘러나왔다.

"무사한 것 같으니 다행입니다."

"……걱정해 주셔서 감사합니다."

곧이어 나는 응접실 한가운데 황태자와 마주 보고 앉았다. 앉으면서 황태자의 옆으로 흘긋 시선을 주었더니 묵묵히 자리를 지키고 선 사람이 보였다.

'동행했다는 마법사?'

발목까지 내려오는 로브를 입고 있어서 그렇게 추측했다. 주름 없이 단정한 갈색 로브가 꼭 마법사의 상징 같은 느낌이었다. 의외였던 건 그가 젊은 여성이었다는 점이다. 공간 이동 마법을 써서 이곳까지 왔을 거라기에 무심코 나이 지긋한 노마법사를 상상했는데.

'나…… 혹은 에시 또래?'

짐작과는 달리 갓 청년을 넘겼을 것 같은 어린 외모가 이곳에 나타난 황태자만큼이나 뜻밖이었다. 여러모로 예상이란 예상은 다 깨는 그림이다. 나는 맞은편의 황태자에게 시선을 되돌린 뒤 비교적 차분하게 입을 열었다.

"전하께서 이처럼 직접 오실 줄은 몰랐습니다."

"그렇습니까? 나는 내가 움직이지 않으면 안 될 일이라고 생각했는데."

"아, 결코 사안이 가볍다는 게 아니라……."

"나도 그런 뜻이 아닙니다."

'응?'

무슨 말인가 싶어 가만 상대를 보았더니 황태자의 목소리가 이어졌다.

"공녀가 무사하다는 걸 내 눈으로 직접 확인하지 않으면 마음이 놓이지 않을 것 같았습니다."

"……."

"그뿐입니다."

눈을 깜박 감았다가 떴다. 황태자는 나를 직시하고 있었다. 녹음을 옮겨 온 듯 푸른 녹색 눈동자에 내 모습이 투명하게 비쳤다. 다음 순간 이제까지와는 다른 의미의 당황이 밀려들었다.

'어?'

머리가 알아서 착착 움직여 방금 들은 말의 해석본을 내놨다.

'그러니까, 나 때문이라고? 마법사까지 동원해서 이렇게 급하게 직접 영지로 내려온 이유가 단순히 내 안위가 걱정돼서?'

"그……."

순간 뭐라고 답해야 할지 몰라 뻣뻣하게 눈을 깜박이다 말을 내놨다.

"황송합니다……?"

왜인지 끝이 의문형이라도 되듯 올라갔다. 황태자가 픽 웃었다. 왜 웃는지 뜻을 곧바로 알아차리기 힘든 웃음이었다.

"부담을 주려는 의도는 아닙니다. 단지 내가 그랬다고 얘기하고 싶었던 거니까."

"아, 네."

달리 적절한 답변을 찾지 못해 일단 고개를 끄덕였다. 그 직후 어색한 침묵이 깔렸다. 찻잔이 있었다면 그거라도 쥐었을 텐데. 탁자 아래 내려둔 손이 갈 곳을 찾지 못해 미묘하게 오므라들었다.

'뭐지?'

머릿속이 혼란스러웠다.

'이거, 좀, 그렇지?'

착각이 아니겠지?

'좀 그런 거 맞지?'

나를 향한 황태자의 태도에 어딘지 묘한 구석이 있다는 자각이 있었다. 아니지. 이 정도면 '어딘지'가 아니라 그냥 대놓고 아닌가?

'내가 무사한지 확인하고 싶어서 그것 하나 때문에 여기까지 내려왔다는데.'

그래, 이건 대놓고다. 이게 대놓고가 아니면 뭐가 대놓고야. 저런 말을 여태 아무에게나 의미도 의식도 없이 해왔다면, 황태자는 진작 희대의 카사노바로 이름 높았을 거다.

'하지만 그런 소문은 못 들어봤단 말이야.'

상황 파악이 됐다. 아무래도 이건 그런 거다. 그러니까, 음, 그런 거라고.

'왜?'

당황스러움이 두 배로 뛰었다. 왜 그렇게 된 거지? 이건 당연한 의문일 수밖에 없었다. 황태자와 나는 오늘로 딱 세 번 얼굴을 봤다. 공석에서 여러 사람 사이에 섞여 스치듯 보고 말았던 걸 제외하고, 만남다운 만남만 꼽아보자면 그렇다.

'심지어 첫 만남은 매혹의 천에 홀렸을 때고.'

도무지 언제 황태자와 나 사이에 그런 무언가가 싹틀 기회가 있었는지 찾기가 힘들었다.

'설마 매혹의 천 효과가 아직도…… 아니, 그건 정말 아닐 텐데.'

머리가 핑핑 돌았다. 말을 잃은 내 태도를 어떻게 해석했는지 황태자가 약간 곤란한 듯 입을 열었다.

"불편하게 하고 싶지 않았는데. 아무래도 마음이 앞서 괜한 소리를 한 것 같군요. 담아두지 않아도 좋습니다."

"네? 아, 아닙니다."

나는 우선 고개를 흔든 뒤 대책을 고민했다.

'다른 얘기를 하자.'

계속 입을 다물고 있어 봐야 어색함만 깊어질 뿐이었다. 좋아, 일단은 대처하기 힘든 이 분위기에서 좀 벗어나는 거야.

'죄인에 대한 처우로 주제를 옮겨야지.'

"저, 죄인은…… ."

고작 거기까지 운을 뗐을 때였다. 응접실 문이 열렸다. 문은 내 뒤쪽에 있었다. 소리가 나서 열렸다는 것만 알았지 누가 들어왔는지는 돌아보기 전까진 알 수 없었다.

'베시인가?'

차를 내온 건가 싶었다. 그러나 추측하기 무섭게 황태자의 입에서 생각지도 못했던 한마디가 나왔다.

"공작?"

어깨가 굳었다.

"전하."

화답하듯 익숙한 목소리가 귓전을 울렸다. 심장이 철렁 내려앉았다가 뒤이어 빠르게 뛰기 시작했다.

"오셨으면 저를 부르지 그러셨습니까."

갑자기 목에 무슨 문제라도 생긴 것 같았다. 뒤를 돌아볼 수가 없었다. 나는 자리에 앉은 채로 석상처럼 변했다.

'왜, 왜?'

아직 안정을 취해야 할 때가 아닌가? 지금 실토하는 거지만, 사실 나는 아까 에시가 있었던 방에서 도망쳤다. 달아난 거였다. 이유는 단순했다. 당장 에시를 아무렇지 않은 얼굴로 보고 있을 자신이 없었으니까.

악몽을 꿨을 때도 에시의 얼굴을 보기 어려웠지만, 이번엔 그때와는 완전히 반대의 이유로 에시를 태연하게 대하기 힘들었다. 심장이 쿵쿵 뛰었다.

"다쳤다고 들었는데. 이렇게 나와도 괜찮은 겁니까?"

"보시다시피 움직이지 못할 정도는 아니라."

에시의 목소리가 점차 가까워졌다. 그에 맞춰 심장 소리도 요란해졌다. 이 이상 가까워지면 타인에게도 고스란히 들리겠다 싶을 정도로. 생각이 거기까지 미치는 순간 벌떡 몸을 일으켰다.

"공녀?"

"누님."

나도 모르게 그랬다. 다음을 생각하고 움직인 것은 아니었다. 나는 자리에서 일어서서 뒤늦게 구실을 고민했다.

"몸이…… 안 좋아서. 실례지만 먼저 일어나겠습니다."

역시 이럴 때는 이보다 좋은 핑계가 없다. 엄연히 말해 예의에 부합

한다곤 볼 수 없는 행동이었지만, 지금은 그런 걸 일일이 챙길 겨를이 없었다. 나는 그렇게 말한 뒤 어느 쪽도 돌아보지 않고 서둘러 자리를 벗어났다. 행여 잡기라도 할라 뛰듯이 급하게 걸었다.

'미쳤어.'

심장이 터질 것 같았다.

'제발, 리디아.'

꿈의 장면이 다시금 선명히 떠올라 아른거렸다. 겨우 목소리를 듣는 것만으로도 모든 감각이 불시에 되살아났다. 내 의사와는 상관없었다. 손쓸 수도 없었다. 입술이 불에 덴 듯 화끈거렸다.

사건이 있고서 얼마 안 되어 그런가, 복도는 지나다니는 사람이라 곤 없어 조용했다. 나는 달리 보는 사람이 없는데도 얼굴을 손등으로 가린 채 걸음을 재촉했다.

황태자 이그렛 헤이든은 응접실 입구에서 눈을 떼지 않았다. 가느다란 체구가 그야말로 쏜살같이 그의 시야가 닿는 공간에서 빠져나갔다. 붙잡기는커녕 비슷한 시도를 해볼 새도 없었다. 갑작스러운 일에 어딘지 허탈함과 닮은 감정을 느끼고 있는데, 그 틈을 비집고 인간미 없는 목소리가 들렸다.

"무슨 대화를 나누셨습니까?"

"음?"

위드그린 공작이 처음 이곳에 나타났을 때처럼 가만 서서 그를 응시하고 있었다. 그 눈빛을 받으며 이그렛은 무심코 생각했다.

'정말 언제 봐도 사람 같지가 않군.'

인간미가 없다. 그것만큼 상대를 표현하기 적합한 말도 없을 것이

다. 이와 관련해서만은 내기를 해도 좋았다. 단언컨대 그가 아는 사
람 중에, 아니, 모르는 사람을 통틀어도 저보다 인간적인 느낌이 떨
어지는 인물은 없을 거라고.

'알 수 없는 노릇이지.'

어찌 볼 때마다 저처럼 한결같이 변함이 없을까. 이 비인간적인 인
상이 정확히 어디에서 오는 것인지도 궁금했다. 단지 상대의 외모가
현실감 없이 빚어놓은 듯 생겼기 때문만은 아닐 텐데.

'그나마 제 누이와 각별하다는 점에선 좀 사람 같지만.'

가족은 아낀다는 점에서 말이다. 이그렛은 느긋하게 입을 열었다.

"그리 대단한 이야기는 아니었습니다. 구태여 공작이 신경 쓰지 않
아도 될 만큼."

"말씀에 어폐가 있으십니다."

"어폐라니?"

"누님과 관련해서 제가 신경 쓰지 않아도 되는 일 같은 건 없습니다."

"……."

"제아무리 사소한 것이라도."

몹시 일상적인 이야기를 꺼내놓듯 평온한 어투로 그렇게 말한 공작
이 이내 이그렛을 향해 고개를 숙였다. 절도가 배어나는 간단한 동작
이었다. 그러나 그마저 어떤 사람다운 온기는 신기하리만치 묻어나지
않았다.

"부디 다음부터는 이런 일엔 제 시간을 빼앗아주시길."

"……."

"그럼, 죄인은 인솔할 인원이 도착하면 그때 남김없이 내드리겠습니다."

이어서 숙였던 고개를 바로 든 공작이 그때까지 편히 계시라는 말
을 남기곤 먼저 응접실에서 퇴장했다. 이그렛은 덩그러니 자리에 남
아 불과 조금 전까지 상대가 있었던 곳을 쳐다보며 중얼거렸다.

"……방금 경고하고 나간 건가? 저 모르게 쓸데없이 자기 누이 시간 뺏지 말라고?"

"그렇게 들리네요."

품이 넉넉한 로브로 전신을 감싸고 묵묵히 서 있던 여자가 가볍게 동의했다.

"유난이 따로 없군."

헛웃음을 흘린 이그렛이 의자에 등을 기댔다. 보는 사람이 없으니 자세가 평상시보다 느슨하게 흐트러졌다.

"저런 앞뒤 안 가리는 팔불출이나 할 법한 소리가 저 입에서 나올 줄이야. 무슨 불한당이라도 된 기분인걸."

"누이를 아낀다는 건 진작 알고 계시지 않았나요?"

"저 정도일 줄은 몰랐지."

그 말에 여자가 어깨를 으쓱했다. 이그렛의 시야에는 보이지 않았다.

"아름다운 분이던데요."

"어느 쪽을 말하는 건가?"

"저는 인간미가 좀 묻어나는 쪽을 좋아합니다. 눈 하나 깜짝 않고 제 목을 몸에서 분리할 수 있을 것 같은 사람 말고."

누굴 이야기하는지 명백한 말이었다. 이그렛이 잠시 큭큭거리며 잘게 웃었다.

"보는 눈이 있는걸."

그리 칭찬한 이그렛이 이내 자세를 차분하게 고쳐 앉았다. 그의 머릿속에 한 사람이 떠올랐다.

'아름다운 분이라.'

리디아 위드그린. 흥미로운 여자였다. 그에게는 여러 면에서 그랬다.

'틀린 말은 아니지.'

신전에서 우연히 맞닥뜨렸을 때는 단순히 생김새가 예뻐 보였다. 요

모조모 따져보아도 객관적으로 미인이기는 했다. 그러나 본인 얼굴이 원체 잘나서 그런지 이그렛은 본래 사람의 외모에 그처럼 쉽게 감흥을 받는 편이 아니었다. 그래서 그때는 그저 새롭고 신기한 기분이 컸다.

호기심도 들었다. 첫눈에 그런 식으로 예쁘다는 인상을 받기란 그의 인생에 몹시 드물다고 해도 좋은 일이었으니까.

'그런 뒤에 별궁 정원에서 다시 만났지.'

지금 생각하면 두 번째는 의도와 우연이 절반씩 섞인 만남이었다. 우선 이그렛은 별궁 파티에 맞춰 일부러 상대 앞으로 초대장을 보냈다. 여기까지는 의도. 그러나 파티 시작 전 가벼운 마음으로 산책하러 나간 정원에서 대뜸 길을 잃을 줄은 몰랐다. 거기서부터는 우연.

'그 별궁 정원은 평소 잘 찾지 않던 곳이라……'

부끄러운 변명이지만, 본궁에 있는 것과 그렇게나 구조가 다를 줄은 예상 못 했지. 알았다면 수행원도 없이 혼자 정원에 들어서는 용감한 짓은 저지르지 않았을 거다. 덕분에 시기 좋게 마침 정원을 찾은 상대에게 고스란히 치부를 들키고 말았다.

'한눈에 파악했지.'

그렇게 티가 났나? 여태 소수를 빼곤 몰랐는데.

그때만 생각하면 이그렛은 아직도 절로 신음이 나왔다. 하지만 사람 일은 뭐가 어떻게 될지 모른다는 점에서 재미있는 법이다. 결과적으로 그 일이 그에겐 일종의 전환점이 되어주었으니까.

"염려 마세요. 이 이실은 어디 가서 결단코 발설하지 않겠습니다. 설령 목에 칼이 들어와도요."

어디서 호감을 느꼈을까? 제 약점을 알아챈 뒤 당찬 어조로 안심하라고 말하던 모습에서였을까? 혹은 정원을 빠져나오는 길에, 그가 길치라는 사실은 굳이 부정하지 않으면서 대신 그걸 어떻게든 좋게 포장해 주려 아무 말이나 하던 성실한 태도에서?

뭐든 좋았다. 그날은 이그렛에게 제법 강렬한 기억으로 남아 있었다.

그날 보았던 상대는 여러모로 신전에서 만났을 때와는 달랐다. 생김새에서 느껴지는 인상으로만 따지면 마치 다른 사람 같았다.

그렇지만 오히려 그 덕에 사람 자체가 지닌 매력을 볼 수 있었는지도 모른다. 그리고 손을 들어주자면 이그렛은 후자가 훨씬 마음에 들었다. 겉모습을 보고 피상적으로 예쁘다고 생각했던 건 아무래도 좋았다. 단순한 호기심에 가까웠던 감정이 부정할 길 없는 흥미와 관심으로 바뀌던 순간이었다.

'그랬는데 말이지.'

기쁜 변화라고 여겼다. 신전에서 들었던 '올해 안에 사랑에 빠진다'는 예언이 이렇게 이루어지려는가 싶기도 했고.

"그런데 생각보다 더한 강적이 있었군."

이그렛의 혼잣말을 가까이 서 있던 여자가 기민하게 듣고 대꾸했다.

"쉽게 얻으면 쉽게 질리십니다."

"그녀가 물건인가? 얻고 말고 하게."

이드렛이 심드렁하게 받아쳤다. 여자가 기다렸다는 듯 손뼉을 짝, 쳤다.

"바로 그겁니다. 그 마음 잃지 마시면서 계속 밀고 나가세요. 그러다 보면 강적도 결국 물리칠 수 있을 겁니다."

"뭐야?"

기막힌 이그렛이 고개를 들었다. 여자는 담담한 얼굴이었다.

"아껴주시란 말이죠. 상대를 존중하면서 정중하게, 그렇게 다가가시면 아무리 누나를 싸고도는 남동생이라도 언젠가는 인정하고 물러설 거란 뜻이었습니다."

"나 참."

이그렛이 싱겁다는 얼굴로 도로 시선을 내렸다. 굳이 그렇게 말하지 않아도 마음에 드는 상대에게 강압적으로 구는 취미는 없었다. 의사도 뭣도 없는 아름답기만 한 관상화 취급 할 생각도. 그런 건 머저리들이나 하는 짓이었다.

응접실 내부로 내리쬔 빛에 이그렛의 금발이 화려하게 부서졌다. 여자는 화가가 최선을 다해 화폭에 담아낸 그림 같은 찬란한 광경을 보며 속으로 짧은 사족을 덧붙였다.

'단, 정말 남동생이라면 말이지.'

여자는 조금 전까지 응접실에서 황태자 못지않은 존재감을 자랑하다 사라진 상대를 떠올렸다. 여러 의미에서 살아 움직이는 조각 같았던 남자.

'남매라……'

누나를 아끼는 가족애라고. 그게?

해당 가문에 얽힌 출생의 비화 같은 건 아는 바가 없다. 하지만 그런 것이야 작정하고 숨기려 들면 얼마든지 숨길 수 있는 부분이었다.

'뭔가 알아선 안 될 것을 알아버린 기분인데.'

여자는 이그렛의 시야에선 보이지 않는 위치에서 콧잔등을 찡긋거렸다. 이래서 눈치가 너무 좋아도 탈이었다. 그녀는 고개를 살짝 숙여 상관의 동그랗고 화사한 뒤통수를 유심히 응시했다.

"힘내세요."

"뭐?"

"힘내시라고요. 뭐든 시도조차 안 하고 포기하는 것보단, 어쨌든 해보는 것이 낫겠죠."

"그대는 응원을 참 힘 빠지게 하는 재주가 있군."

여자는 또 보이지 않게 어깨를 슬쩍 올렸다 내렸다. 어쨌거나 그녀의 상관이었다. 눈에 보이는 결과나 가망이 어떻든 마땅히 응원해 주는 것이 그녀의 본분에 맞을 것이다. 여자는 본분을 다했다.

"열심히 하세요."

"······고맙네."

거듭된 격려에 황태자가 떨떠름하게 대꾸했다.

"여기 차를— 어머?"

그리고 그때쯤 어느 하녀가 손님에게 줄 차를 내왔지만, 이미 늦어 버린 일이었다.

바깥바람을 쐬면 좀 진정이 될 것 같아서 무턱대고 밖으로 나왔다. 그런데 막상 나오고 나니 생각처럼 갈 곳이 없었다.

'정원은 좀······.'

지금 상황에서 그리로 가는 건 외려 역효과일 것 같았다. 그러잖아도 혼란스러운 와중인데 그곳에서 있었던 지난 일까지 떠올라 쌍으로 날 괴롭힐 게 뻔했으니까.

'안 봐도 훤하지.'

나는 정처 없이 걸었다. 그러다 식료품이 드나드는 식당 쪽문 근처에 웬 나무 한 그루가 있는 것을 발견했다. 밑동이 적당히 두껍고 그늘도 져 있는 것이 기대어 앉기에 적합해 보였다. 나는 오래 고민하지 않고 나무 밑에 자리를 잡았다. 주섬주섬 앉아서 다리를 편하게 쭉 편 뒤, 숨을 길게 내쉬었다.

멍하니 앞을 응시했다. 여기서 이러고 있으니 한발 늦게 머릿속으로 밀려드는 깨달음이 있었다.

'그동안 왜 이성에 그렇게나 관심이 안 갔나 했더니.'

예전부터 남자란 남자는 누가 들이대도 눈에 안 들어왔다. 전생에 겪었던 스토킹을 계기로 남자 자체에 정이 뚝 떨어져서 그랬나 했더니, 그게 아니었다.

마음속에 이미 누군가가 단단히 들어앉아 있으니, 다른 사람이 미처 비집고 들어온 틈이 없었을 뿐. 명실공히 제국 일등 신랑감이자 만인의 연인이라는 황태자의 관심 표현이 설레기는커녕 당황스럽기만 한 것도 그래서일 테고. 기가 막혔다.

'이 파렴치한 여자야.'

내 기억에 의하면 나는 내가 십 대 무렵이었을 때부터도 남자에 전혀 관심이 없었다.

'그때 에시가 몇 살이었는 줄이나 알아? 미쳤어?'

제정신 아니지, 어?

나는 홀로 괴로워하다 이내 나무 기둥에 등을 완전히 기대고 늘어졌다. 안타깝게도, 한 가지를 깨닫고 나니 다른 것들도 고구마 줄기처럼 줄줄이 따라서 올라왔다.

'그때 저택 정원에서 도망쳤던 거.'

매혹의 천을 사용하기로 결정하고 에시를 달밤에 정원 분수로 데려가던 날. 도중에 나 혼자 대뜸 그곳에서 달아났던 일.

'질투해서 그랬던 거잖아…….'

뭐 어린애가 할 법한 투기, 가족을 뺏기는 기분에서 오는 일시적인 심통, 이딴 거 말고. 정말로 질투해서. 지극히 이성적인 관점에서 에시가 아티에게 관심 짓는 길 도무지 직접 볼 사신이 없었닌 서나. 도망치듯 방에 돌아와서는 울었던 것도 같은 맥락이고.

'아아아.'

소리 없는 비명을 삼켰다. 나는 쭉 뻗었던 다리를 도로 끌어당겨 무릎을 세웠다. 그러곤 그 사이로 고개를 묻었다. 가슴이 울렁거리듯 아팠다. 참담할 만큼.

'세상에, 사람이 이 지경으로 미련할 수도 있구나.'

대체 누구한테 무슨 마음을 품은 거야? 묻고 싶다. 뭘 믿고? 이 마당에, 이 처지에 도대체 뭘 믿고? 에시는 내가 누나라서 잘해준 것뿐이다. 가족이라고 생각해서 남과 다르게, 타인과 구별되게 특별히 대하는 거다.

알고 있었다. 그걸 누구보다 잘 알고 있던 게 바로 나였다.

'아니, 그렇다고 믿었는데.'

그런데 어떻게 이럴 수가 있어? 알면서 그래? 자진해서 지옥 불구덩이로 기어 들어가도 정도가 있지, 진짜 뭐 하는 짓이야?

"......"

어이가 없다. 기가 막히고 코가 막히고, 그냥 다 막혀서 이대로 쓰러질 수도 있을 것 같았다.

그렇게 생각하며 무릎 사이에 묻었던 얼굴을 들어 시선을 내리깔았다. 더러워지든 말든 바닥에 아무렇게나 펼쳐놓은 드레스 자락과 그 바깥으로 빼꼼 나온 내 발등이 보였다. 아, 흙물 들겠다. 나중에 베시한테는 뭐라고 말한담.

바로 그때였다. 좁은 시야 안에 무늬 없는 드레스 밑단과 구두코 말고 다른 것이 들어온 것은.

"누님."

......맙소사. 반사작용이라도 되듯 어깨가 뻣뻣하게 굳었다. 고개를 애써 들어 올릴 필요도 없었다. 그러기 전에 에시가 한쪽 무릎을 굽혀, 앉아 있는 나와 눈높이를 맞췄기 때문에.

"여기 봐."

여기선 더 달아날 곳도 없었다. 지척에서 울리는 목소리에 답답할

지경으로 몹시 천천히 고개를 들었다. 에시가 손을 뻗어 내 이마를 짚었다. 순간 심장이 멈추는 것 같았다.

"열은 없는데."

"……."

"괜찮아?"

에시가 저렇게 묻는 이유가 내가 조금 전 응접실에서 몸이 안 좋다는 핑계를 대고 빠져나왔기 때문이라는 걸, 녹슨 경첩처럼 잘 돌지 않는 머리로 겨우 인식했다.

열을 재느라 손바닥 전체가 가볍게 닿았다 떨어졌던 이마가 뒤늦게 화끈거리는 것 같았다. 마른침을 넘겼다.

'안 돼.'

떠오르지 마.

'생각나지 마라.'

부탁이니 제발 떠오르지 말고 얌전히 좀 있어라, 망할 꿈아.

"……괜찮아."

필사적으로 나 자신을 제어하려 노력하는 와중 가까스로 입을 열어 대답했다. 그러나 내 답이 그렇게 신빙성 있게 들리지는 않았는지, 에시는 나를 가만 들여다보는 시선을 거두지 않았다. 집요한 눈길이 마치 나를 꼼짝도 하지 못하게 자리에 묶어두는 것 같았다.

"그, 그러는 에시 넌? 괜찮은 거야?"

무슨 말이라도 해야 할 것 같아 입을 열었다. 실제로도 옷 안에 붕대를 감은 채 막 돌아다니고 있는 에시가 걱정되기도 했고. 침상에서 일어난 지 얼마 되지두 않았으면서.

나는 차마 에시의 눈을 똑바로 보지는 못하고 어중간하게 코언저리를 응시했다. 시선을 정확히 고정하려고 애썼다. 자칫 조금이라도 아래로 내려 입술을 보게 되면, 그건 아무리 생각해도 내 무덤을 파는 짓일 것 같았으니까.

"난 항상 괜찮아."

에시는 그리 대답하더니 이내 내 손을 붙잡고는 날 일으켰다. 찰나 갑작스러운 접촉에 어깨가 흠칫 떨리려는 걸 겨우 내리눌렀다. 부드러우면서도 저항하기 힘든 강한 힘에 나는 선선히 앉은 자리에서 일어섰다.

"들어가자. 이 시간에는 바람이 차니까."

"……"

"들어가면 베시에게 따뜻한 거라도 좀 만들어달라고 해. 꿀물은 지겨울 테니 그것 말고."

손에 심장이 없어서 다행이다. 나는 에시에게 손을 잡혀 이끌리듯 걸음을 옮기면서 그런 생각을 했다. 바보 같은 생각이지만, 이 순간에는 그저 진심이었다. 가슴이 떨렸다.

훤칠하게 큰 키, 훌쩍 넓어진 어깨, 크고 안정감 있게 단단한 손. 편안하게 걸으면 저 먼저 한참 앞서가고 말 테니, 일부러 걸음을 늦춰 내게 맞춰주는 보폭. 눈에 들어오는 모든 것에 심장이 반응해 돌이 던져진 수면처럼 요동쳤다.

'에시.'

에시에게 사람의 마음을 읽는 재주가 없어서 천만다행이었다.

'……좋아해.'

나는 닿지 못할, 그리고 닿아서도 안 될 한마디를 입안에서 조용히 중얼거렸다. 가슴이 터질 듯 설레는 와중에도 동시에 괴로워서 눈물이 날 것 같았다. 걸음이 한없이 느려졌다.

'왜 너를 좋아하게 됐을까.'

미래 같은 거, 이대로 평생 오지 않았으면 좋겠다는 바람이 그 어느 때보다도 간절하고 강하게 들었다.

사건이 있고서 적막했던 저택은 오후쯤 되자 거짓말처럼 시끌벅적해졌다. 루카스가 파견이라는 명목으로 다른 영지로 빼돌려 두었던 저택 사병이 모조리 귀환했기 때문이다. 소식을 받자마자 내내 말을 타고 달려 먼지투성이로 복귀한 그들은 전말을 전해 듣고 저마다 경악을 금치 못했다.

"루카스, 그 정신 나간 자식이……!"

"원래부터 마음에 안 들었어. 쓰레기 콧수염!"

"어디 있어? 죽여 버려야 해!"

"이미 죽었어."

"시체라도 조각내러 가자!"

"손가락은 내 거다!"

그리고 기사단을 이끄는 발라 경은 특히 책임감을 느꼈는지, 내 앞에서 기어코 눈물을 보이기까지 했다.

"죄송합니다, 아가씨. 각하께도 송구하여 차마 뵐 낯이 없습니다. 제가 어리석게 그 자작 놈의 간계에 넘어가 저택을 비우지만 않았어도……."

"아, 아니에요. 괜찮아요. 어쨌든 잘 해결되었는걸요. 그렇죠, 경?"

움직이는 데 무리가 없을 정도로 기력을 회복하자마자 그 즉시 눈코 뜰 새 없이 바빠진 에시는 영지 관련 업무 때문에 지금 이 자리에 없었다. 마음 같아선 적어도 붕대를 풀 때까지는 쉬었으면 했지만, 상황이 상황이니만큼 정비해야 할 것두 처리해야 할 것두 적잖아 어쩔 수 없었다. 다만 이런 사태를 초래한 원흉, 이미 죽은 루카스를 그만큼 더 욕했을 뿐.

나는 이곳에 없는 에시 대신 다베리 경을 돌아보며 도움을 청했다.

그가 고개를 끄덕였다.

"그렇습니다, 발라 단장. 그리고 어차피 울어봐야 달라지는 것도 없는데 다 늦어서 눈물 보이는 거 추합니다."

"뭐야?"

'왜 매를 벌지.'

그렇게 다베리 경이 자초해서 발라 경에게 얻어터지는 사이, 황성에서 올 거라던 사람들이 하나둘씩 도착했다. 덧붙이자면 분노했던 기사들은 그들의 뜻처럼 죽은 루카스의 사지를 조각내지는 못했다. 그건 엄연히 황실의 몫이었기 때문에.

"뵙게 되어 영광입니다, 리디아 위드그린 공녀님."

자기들을 황실 제5기사단이라고 소개한 그들은 시체를 비롯해 이번 일에 연루된 죄인을 남김없이 수거 및 연행했다. 반역 집단에 속해 있으나 이번 습격 사건에 가담하지 않고 도주한 이들은 그들이 얼마간 영지에 머물면서 따로 인원을 나눠 추격하기로 했다.

그리고 그들과 영지 기사단이 협력하자 저택 부지 구석구석 숨겨져 있던 환각제 주재료 밭도 순식간에 찾아내 없애 버릴 수 있었다.

"아니, 무슨 밭 전체가 땅 아래 묻혀 있어?"

"생긴 것과는 달리 뿌리가 주재료인 모양이네요. 신기하군요."

"궁금하면 맛이나 한번 보든가."

"누가 맛이 궁금하답니까? 하여간, 이 기사단은 말이 안 통하는 인간만 득실댄다니까."

"뭐라고?"

도중에 사소한 푸닥거리가 있었다고 듣긴 했지만, 어쨌든 과정 자체는 금방 끝났다. 환각초는 전부 태워 버렸고 밭은 싹 파헤쳐 엎어버렸다.

이후 나와 에시는 바쁜 공무로 마법사와 먼저 영지를 떠나는 황태자를 배웅했다. 그리고 그때야 내가 응접실에서 빠져나온 후 황태자를 까맣게 잊고 있었다는 사실이 떠올랐다.

"……결례가 많았습니다, 전하."

갑자기 에시가 들어오긴 했다지만 대화 도중 멋대로 먼저 자리를 떴던 것도 그렇고. 여러모로 미안한 일이 아닐 수 없었지만, 황태자는 그저 부드럽게 웃어주었다.

"아닙니다. 괜찮으니 마음 쓸 것 없습니다."

지는 해의 붉은빛을 받아 부드럽게 번지는 그의 미소를 보고 있자니, 응접실에서 있었던 일이 다시 이해가 되지 않았다.

'왜 나한테?'

모를 일이었다.

"다음번에는 기쁜 일로 다시 보기를 바랍니다. 아, 그리고 공작도 마찬가지."

"……."

"그때는 다친 채로 무리하지 않아도 되는 상황에서 보죠. 공작이 했던 말은 내 유념할 테니."

"영광입니다."

언뜻 황태자와 에시가 내 머리 위로 뜻 모를 시선을 교환하는 것 같았지만, 말 그대로 뜻 모를 시선이라 의미를 알 수는 없었다. 곧이어 황태자가 빛무리에 휩싸여 사라졌다. 공간 이동 마법을 실제로 보는 것은 처음이었다.

'직접 보니 신기하네.'

나는 불과 방금까지 마법사와 황태자가 서 있었던 자리를 다소 신기하다는 눈으로 응시하다 이내 몸을 돌렸다. 함께 배웅을 나와 있던 다베리 경이 곁에서 마침 죽는소리를 했다.

"아이고, 삭신이야."

"맞은 곳이 아파요?"

"보시지 않았습니까. 야무지게도 때렸습니다."

"저런, 그러게 왜 발라 경을 자극하고 그랬어요?"

"안 그랬으면 그 인간 성격에 안 그치고 날이 새도록 청승맞게 훌쩍였을 테니까요."

"음……."

"아가씨께서도 중년의 눈물을 지켜보는 건 힘겨우셨을 텐데요. 아가씨를 생각해 기꺼이 한 몸 희생한 이 충심을 몰라주셨다니, 아쉽습니다."

하여간 말이나 못하면.

"후우, 그나저나 사람이 힘 하나는 변함이 없어선. 주름은 늘었는데 왜 나이를 안 먹지?"

"다 들었다, 다베리 삭!"

"미쳤군. 귀도 밝아."

발라 경이 기사단 사이에서 붉어진 얼굴로 식식대며 다가왔다. 황태자 배웅 인파 중 한 명인 황실 기사단 단원이 그 모습에 문득 눈을 빛냈다.

"오, 뭐든지 다 베어버린다는 다베리 삭 경과 검이 빠르기로는 따라갈 자가 없다는 발라 소드 경이라. 흥미로운 경합인걸."

"거기 황실 기사님, 구경은 좋은데 돈은 걸지 않는 걸 추천해 드립니다. 어차피 제가 질 테니까요."

"왜지, 다베리 삭 경?"

"전 연장자를 공경하는 줄 아는 사람이라."

"그 연장자한테 어디 먼지 나게 실컷 터져봐라!"

그렇게 여러 구경꾼이 보는 앞에서 다베리 경과 발라 경이 2차전을 벌이는 동안, 나는 얼추 정돈이 끝난 저택으로 도로 걸음을 옮겼다.

저택 고용인은 죽은 주방장이나 하녀처럼 루카스가 진작 회유하거나 제 사람으로 바꿔치기해 뒀던 이가 대다수였다. 그나마 장기 휴가를 내고 일터를 떠났다가 막 복귀한 부집사만이 상황조차 제대로 모르고 있었다. 결국 저택에 새 사람을 고용하는 건 그가 도맡아 하기로 했다.

'휴가에서 돌아오자마자 좀 안타깝게 됐지.'

그래도 부집사에서 집사로 승진한 건 축하할 일일까.

고용인 문제 및 저택 살림은 그렇게 갑자기 승진한 집사가 당분간 한 몸 갈아서 해결한다고 치고. 본래 전반적인 영지 경영을 담당했던 루카스가 죽어버렸으니 그 자리를 대신할 사람도 필요했는데, 이와 관련한 적임자는 뜻밖에 황성에서 직접 중개를 맡아주었다.

'반역 집단을 적발하고 일부 소탕한 공로에 대한 포상이라나.'

무슨 남작이라는 새 영주 대리인은 황성이 보증을 서는 만큼 검소하면서 성실하고, 유능하면서도 청렴한 사람이라고 했다. 능력은 몰라도 성품 면에서는 확실히 루카스와 정반대되는 인물이라고 할 수 있었다.

지난 생에서 정립한 내 편견을 깨고 황실은 일 처리가 빨랐다. 남작은 적어도 모레쯤이면 영지에 도착해서 바로 일선에 나서게 될 것이라고 했다.

루카스가 야망에 눈이 돌아서 벌였던 소동은 이렇게 마무리되었다.

'솔직히 말하면 야망에 눈이 돌았던 건지, 환각제에 머리가 돌았던 건지는 모르겠지만.'

개인적인 감상으로는 아무래도 후자 같기는 한데.

'이래서 마약은 위험한 거야.'

그런 생각을 하며 천천히 발을 내디뎠다. 현관에 들어서기 전 잠시 멈춰 서서 무심코 올려다본 하늘의 색이 붉었다. 노을이 지고 있었다.

"왜?"

에시의 목소리가 들렸다. 나는 그제야 내가 하늘을 본 뒤 이어서 나도 모르게 에시를 가만 쳐다보고 있었다는 걸 알았다.

"……아니야."

다행이라고 해야 할지, 생생하기만 했던 꿈의 장면이 자꾸만 되살아나는 감각도 시간이 지날수록 조금씩 옅어졌다. 오전에 잊지 않고 해독제도 먹었으니 오늘 밤부터는 다시 그런 꿈을 꾸는 일도 없을 거다.

시간이 더 흐르면 분명 훨씬 흐리고 바래지겠지. 언젠가는 없었던 일처럼 될 것이고.

다만 그뿐이었다. 꿈은 옅어져도, 다른 것은 옅어지지 않았다. 방심하면 자칫 이렇게 시선조차 멋대로 제어할 수가 없어질 만큼.

심장이 두근거렸다. 넋 놓고 서서 응시했던 걸 변명하고 싶어서 아무 말이나 꺼내놨다. 이것도 결국 속에서 꺼낸 것이라 진심에 근거한 것이긴 했지만.

"무리하지 마."

"안 그래."

여상히 흘러나오는 에시의 대답을 들으면서─저래놓고 무리할 게 뻔한데 매번 답은 잘한다─뒤를 돌아보았다. 멀리에서도 보이도록 소란을 피우고 있는 발라 경과 다베리 경의 모습을 의식적으로 눈에 담았다. 두 사람이 벌이는 경합의 경과가 궁금했다기보다는, 그렇게라도 해야 다시 에시를 보느라 정신이 팔리지 않을 것 같았으니까.

'……난 이제 어떻게 하면 되지?'

루카스는 죽었다. 저택은 새 고용인으로 채워질 것이고, 새로운 영주 대리가 올 것이며, 영지는 이전과는 약간 달라도 여전하게 돌아갈 것이다. 그리고 한결같이 답이 없는 내 질문에는 전에 없었던 미묘한 무게감이 추가되었다.

석양이 짙었다. 눈에 보이지도 않을 정도로 빠른 발라 경의 검을 용

케 잘 피하는가 싶던 다베리 경이 하필 돌부리에 걸려 넘어지는 것이
보였다. 일견 희극의 한 장면처럼 우스꽝스러운 광경이었지만, 어쩐지
웃음은 나지 않았다.

간혹 시간이 눈 깜짝할 새 흘러갔다고 느껴질 때가 있다. 지금처럼.
일주일이 지났다. 그동안 새 고용인과 영주 대리는 저택과 영지 업
무에 잘 적응했고, 황실 기사단은 반역 집단 잔당을 싹 잡아들였으
며, 승진한 집사는 살이 빠졌다.

에시는 붕대를 풀었다. 이에 대해서는 치료를 담당했던 담당 의사
의 사견을 잠시 첨부하도록 하겠다.

'아무리 신관을 불러 도움을 받았다지만. 음. 역시 사람이 아니신 게 분명
합니다.'

그만큼 빨리 완치되었다는 뜻이다. 나도 설마 어깨에 화살을 맞은
게 고작 전치 일 주짜리 부상일 거라고는 생각하지 못했지만, 어쨌든
보통이 아닌 것을 떠나서 다행스러운 일이었다.

'무리 안 한다고 했잖아.'

붕대를 푼 후 에시는 내게 마치 그것 보라는 듯한 얼굴로 그렇게 말
했다. 그간 다친 몸을 이끌고도 업무에 전념하는 에시를 보며 알게 모
르게 내심 걱정하던 게 티가 나기라도 했을까. 그래도 입 밖으로 내서
뭐라고 타박한 적은 없는데.

나는 무슨 말로 받아쳐야 할지 몰라서 그냥 딴청을 피웠다.

그 후, 영지로 내려왔던 인원은 나를 포함해 전원 수도 공작저로 귀환했다. 참고로 덧붙이자면 새 영주 대리로 내려온 옐로푸 남작은 제법 푸근한 인상이었다.

'뭘 닮았는데.'

뭐더라, 상의만 입고 다니는 노란 곰? 어쨌든 모 캐릭터를 닮은 친근한 생김새에, 비단 외모만 그런 것이 아니라 풍기는 분위기에서도 인정 많고 따뜻한 사람이라는 느낌이 묻어났다. 사실 이런 개인적인 평가를 차치하고라도 그가 인품 좋은 사람은 맞을 것이다. 그러지 않으면 황실의 면이 서지 않을 테니까.

'레이딕도 더 살기 좋아지겠네.'

발전이야 이미 이룰 만큼 이룬 곳이다. 물자는 넘치고, 교역도 안정적이고. 도가 지나치게 무능하지만 않다면 성품 좋은 경영자를 두는 것이 영지민의 삶에는 더 이로운 일일지 모른다.

'어차피 이제 다시 오게 될 일은 없겠지만.'

공작저에 도착하자마자 집사가 버선발로 뛰어나왔다.

"아가씨, 공작님! 다들!"

영지에서 있었던 일에 대해서 진작 소식이 전해진 것 같았다. 과장이나 비유가 아니라 그는 실로 버선발이었다.

"괜찮으신 겁니까? 아이고, 이 늙은이가 소식을 듣자마자 잠을 이루지 못했습니다."

"괜찮아, 집사. 멀쩡해. 이것 봐."

집사는 그날 거의 종일 루카스가 얼마나 천인공노할 나쁜 놈─순화한 표현이고 실은 개새끼라고 했다─인가에 대해 얼굴을 마주칠 때마다 일장연설을 늘어놓았다. 이미 죽은 자를 상대로 언뜻 너무하다 싶을 정도의 험담이었지만, 아무도 말리지는 않았다. 나를 포함해서. 크흠.

그리고 그렇게 영지에서 완전히 돌아온 다음 날. 나는 초대장을 받았다. 응하지 않을 수가 없는 초대였다.

"언니!"

아리는 자작저 현관 앞에서 발을 동동 구르고 있다가 내가 대문을 넘자마자 기다렸다는 듯 달려들었다.

"다 들었어요!"

"뭘?"

"자작 그 쌍놈의 새……."

"알겠어. 거기까지. 그런데 어떻게 들었어?"

"소문이 났는걸요."

"소문?"

아리의 뒤로 따라 나온 딜런이 상세한 설명을 대신 해주었다.

"수도 사교계를 기점으로 소식이 파다하게 퍼졌습니다. 황실 기사단이 움직였으니까요. 소문으로는 황태자가 직접 나섰다고도 하고."

"……아하."

"황성의 일이라면 혹시 딸랑거릴 기회가 있을까 싶어 뭐든 눈에 불을 켜고 지켜보는 동네다 보니."

딜런의 신랄한 말에 어색하게 웃었다. 루카스에게 뷰노하던 아리가 그새 해맑아진 얼굴로 자리에서 방방 뛰었다.

"언니, 그나저나 와줘서 고마워요! 왠지 너무 오랜만에 보는 기분이에요."

"나도 마찬가지야. 잘 지냈어?"

"네! 여진히 죽을 뻔하면서 잘 지냈어요!"

뭔가 미묘한 답변인걸.

"그래, 그럼 나머지 회포는 들어가서 풀까?"

"좋아요."

처음 방문해 보는 그레이스 자작저는 규모는 작아도 그다지 눈에 선 구조가 아니었다. 수도에 지어놓은 저택 구조라는 게 아무래도 거기서 거기일 수밖에 없어서 그런가. 오랜만에 얼굴을 보는 그레이스 자작 부인과 간단하게 인사를 나누고 나자―자작은 업무로 부재중이었다―나는 응접실에 아리와 둘만 남을 수 있었다.

'왜 둘만?'

굳이 딜런까지 내보낸 것에 약간 의아해하고 있을 때 아리의 말문이 열렸다.

"언니."

"응?"

기분 탓인가, 어딘지 비장해 보이는 얼굴이었다.

"있잖아요, 저 실마리를 찾은 것 같아요."

"실마리?"

"집에 돌아갈 실마리요."

기분 탓이 아니었다. 그 말에 나는 마시려고 막 들었던 찻잔을 하마터면 놓칠 뻔했다. 다행히 엎지르지 않고 곱게 내려놨다. 달그락, 소리에 이어 당황스럽게 입을 열었다.

"집이라면, 지구 말하는 거야? 한국, 서울?"

"확실한 건 아니지만요. 실은 며칠 전에 심심해서 여기 서재를 뒤적이다가 이런 내용을 봤거든요."

뭔가를 떠올리듯 아리가 시선과 목소리를 나란히 내리깔았다.

"차원의 신이라고."

"차원의 신?"

"네. 현재는 존재하지 않는 종파지만, 과거엔 그 신을 모시는 사람들이 있었대요. 신전도 여럿 실재했고."

고개를 도로 들어 올린 아리의 갈색 눈은 반짝거리는 기대감으로

차 있었다. 희망, 뭐 그런 단어로 표현해도 좋을.

"자세하게 알아보려고요. 차원의 신이라고 하니까, 혹시 어쩌면 저를 원래 있던 곳으로 돌려보내 줄 수 있을지도 모르잖아요."

'확실히.'

그런 예감을 줄 만한 이름이었다.

차원의 신이라. 아주 예전에 들었다면 허무맹랑하다고 생각했겠지만, 이미 차원을 건너왔다고 해도 좋을 아리가 눈앞에 있었다. 건너왔으니, 다시 건너갈 방법도 있지 않을까.

가능성을 점쳐보는데, 아리가 문득 잠시 멈칫했다.

"……아직 죽지 않았다면요. 원래 세계에 있는 제가."

"살아 있을 거야."

나는 다급하게 말했다. 달리 확신할 근거도 없으면서 나도 모르게 그렇게 말한 건, 어두워지려는 아리의 얼굴을 가만 보고 있을 수만은 없었기 때문인지 모른다. 그리고, 지켜주고 싶었으니까.

'희망.'

부러우면서 반짝이는 그 감정을.

"계단에서 굴렀다며. 틀림없이 살아 있을 거야. 사람이 그렇게 쉽게 죽었으면 운 나쁘거나 덤벙거리는 사람들은 진작 다 죽고 한 명도 안 남았을걸."

"……그럴까요?"

"사실 나도 어릴 때 계단에서 구른 적 있어."

"언니가요?"

"그것두 돌계단에서. 왜, 절 앞에 길게 주르륵 놓여 있는 거 있잖아. 구르는 순간 그대로 끝장일 것 같은."

"헉, 그래서요? 설마 전생에 그렇게 죽은 거예요?"

"아냐…… 그랬으면 이 시점에 이 얘기 안 꺼냈지. 얼핏 보기엔 끝일 것 같아도 사람이 생각보다 쉽게 끝장이 안 나더라고."

이제는 기억도 희미한 전생의 이야기를 머릿속을 더듬어가며 열심히 꺼내놨다. 그러면서 느낀 건데, 전생의 나는 놀랄 만큼 조심성이라곤 없는 인간이었다.

자전거 타다 내리막에서 넘어지고, 인라인 타다 엎어지고, 스키 타다 자빠지고, 보드 타다 쓰러지고─스키에서 실패했으면 알아서 포기할 것이지 꾸역꾸역─, 계단에서 구르고. 해지기 전 산에 올랐다가 너무 높이 오르는 바람에 해진 후 길 못 찾아서 조난되고. 언제는 유통기한 한참 지난 음식을 모르고 먹었다가 밤중에 응급실에 실려 간 적도 있었다.

'나 대체 어떻게 살아 있었던 거지⋯⋯?'

도중에 한 번쯤은 죽었어도 이상할 게 없는 것 같은데. 지금에서야 반쯤 타인의 눈으로 보니 생명력이 참 질기기도 했다 싶었다.

'그래놓고 마지막에는 스토커한테 걸려서 쫓기다 죽다니.'

인생이란 참 허망한 거다. 아리를 달래려다 갑자기 찾아온 깨달음에 도리어 내가 허탈해져 멍해 있는 그때, 아리가 고개를 숙이더니 풋웃었다.

"고마워요, 언니."

"⋯⋯?"

"언니 말대로라면 고작 학교 계단에서 구른 정도로 죽는 게 더 이상하겠네요."

"바로 그거야."

"잘하면 발목만 살짝 접질렸겠어요. 아니면 머리에 혹만 났을 수도."

"그렇다니까."

어쨌든 내가 늘어놓은 과거사가 마냥 헛소리는 아니었던 것 같아 다행이다. 나는 그렇게 생각하며 찻잔을 다시 집었다. 아리가 그런 나를 물끄러미 응시하다가 재차 입을 열었다.

"언니는 어때요?"

"음?"

뭘 묻는 건지 순간 바로 알 수 없었다. 나는 잔에서 입을 떼고 우선 짚이는 대로 답을 내놨다.

"소동은 있었지만 잘 해결됐어. 죄인들은 죽거나 끌려갔고. 영지는 새 경영인이……."

"그게 아니라요."

'그럼 뭘 말하는 거지?'

고개를 저은 아리는 그새 다시 비장해진 낯을 하고 있었다.

"나만 집에 돌아가고, 나만 산다고 다 되는 게 아니잖아요."

"……."

"언니는요? 언니도 살아야 하잖아요."

"그건……."

불시에 말문이 막혔다. 잊고 있었던 사실이 생각났다. 나와 아리는 동맹이라고 부를 수 있을 만한 관계를 맺었다. 나는 아리를 돕고, 아리는 나를 돕는.

"……그렇긴 한데."

영지로 떠나기 전, 무용지물이 된 매혹의 천을 들고 도움이 되지 못해 미안하다고 울던 아리의 모습이 떠올랐다. 내심 당황스러웠다. 아리에게 부채감을 지우고 싶지 않았다. 그건 아리의 탓이 아니었으니까.

"어떻게든 되겠지. 신경 쓰지 마."

뱉어놓고 나니 신경 쓰라는 소리 같아서 얼른 덧붙였다.

"말했잖아. 사람 쉽게 안 죽는다고. 괜찮으니 아리 넌 우선 네 일에만 전념해."

"뾰족한 수를 찾은 건 아닌 거죠? 미래를 바꾸거나 달아날."

"뭐……."

하지만 조만간 생기겠지. 대충 그런 말로 이 주제를 얼버무리려고 했다. 그런데 그보다 아리가 한발 빨랐다.

"그러면요, 언니."

"응?"

"이건 혹시 만에 하나 다른 단서가 있을까 싶어 책을, 그러니까 〈신녀 아그리타의 봄〉을 다시 읽어보다가 알게 된 건데요. 나중에 언니가……."

그렇지만 거기까지 말해놓고 아리는 재차 고개를 흔들었다.

"……아니, 아니에요. 지금 말하기엔 섣부른 것 같기도 하고. 괜히 아니라면 실망만 불러올 테니까. 미안해요, 언니. 말을 하려다가 말아서."

"아니야. 사과하지 마."

그때 마침 하녀가 문을 두드리더니 들어왔다. 식어서 미지근해진 차를 새로 우려낸 더운 것으로 바꿔주려는 것 같았다.

"차 맛이 독특하다. 원래 저택에 있던 거야?"

"아, 이건……."

이때다 싶어 화제를 돌린 나는 김이 모락모락 오르는 찻잔을 입으로 가져갔다. 맛이 독특하다는 건 둘러대려 꺼낸 말이 아니라 진심이었다.

나는 뜨거운 차에 혀를 데지 않도록 조심하며 천천히 맛을 보았다.

'무슨 말을 하려고 했을까?'

그 자리에선 주제를 바꾸며 그냥 넘어갔지만, 아리가 하려다 그만

둔 말이 뭐였을까 궁금하지 않은 건 아니었다. 그렇다고 굳이 닦달해서 억지로 듣고 싶은 정도도 아니었지만.

'책이라.'

나는 귀가하자마자 방으로 올라와 선반에서 익숙한 책을 꺼내어 펼쳤다.

〈신녀 아그리타의 봄〉. 이 세계의 근간이 되는 이야기. 그러나 이제 와선 별다른 의미가 없어졌다 싶은.

'그도 그럴 게 주인공이 사라졌으니까.'

이곳에 아그리타는 없다. 아리가 있을 뿐. 겉모습이 아니라 속에 든 알맹이가 중요하다는 건 이 세계가 아리를 죽이려 드는 시점에서 이미 검증이 끝났다.

'아그리타가 중심이 되는 이야기인데, 그 아그리타가 없으니……'

악당이나 남자 주인공 같은 몇 주역은 여전히 존재한다지만, 그래도 이건 제목에서 보여주듯 누구보다 아그리타가 핵심을 이루는 이야기였다.

그러니 그녀가 사라져 버린 이상, 그녀를 둘러싸고 설계된 책의 줄거리가 전부 흔들리고 어그러질 수밖에 없었다. 아그리타의 존재 유무와 딱히 상관없는 이야기 정도나 본래 정해진 대로 흘러가겠지.

'그래, 가령 내 죽음이라거나.'

파라락. 경쾌한 종잇장 소리를 내며 책장이 넘어갔다. 아그리타는 부재했지만, 내 출신은 그대로다. 그녀의 공백으로 이야기가 바뀌어도, 내가 이 집안의 핏줄이 아니며 에시의 누나가 아니라는 사실은 바뀌지 않는다.

'그러니 부정할 수도, 이제 와 의심할 수도 없는 거지. 그놈의 참담한 미래를.'

빠르게 넘어가던 책장이 어느 페이지에서 우뚝 멈췄다. 나는 드러난 페이지를 잠자코 읽었다.

위드그린 공녀의 죽음. 그 갑작스럽고도 충격적인 일에 공작저는 일동 애도의 침묵에 휩싸였다. 사용인들은 슬피 눈물을 흘리거나 각자 묵념했다. 그러나 가장 슬퍼해야 마땅할 그녀의 손아래 혈육, 위드그린 공작은 모순되게도 그중 가장 아무렇지 않은 사람이었다. 그럴 수밖에 없었다.

위드그린 공작. 그가 바로 지난밤 제 누이의 심장에 손수 검을 박아 넣은 장본이었으니까.

그는 집무실 창가에 서서 공녀의 초상에 슬퍼하는 저택의 분위기를 이해할 수 없다는 낯으로 눈에 담았다. 그가 직접 공녀를 죽였음을 아는 그의 심복이 머뭇거리다 그의 앞에서 감히 질문했다.

"각하. 어찌하여 그러셨습니까?"

그러나 되돌아온 말은 생뚱맞은 소리였다.

"신기하지. 다들 대단히 정이 많군."

"예?"

"피 한 방울 섞이지 않은 타인의 죽음을 진정 동정하고 눈물을 보일 수 있다니."

"……."

"애석한 일이야. 내겐 그런 정이 조금도 없다는 게."

심복은 그제야 깨달았다. 이건 제가 한 질문에 대한 대답이었다.

위드그린 공녀는 사실 공작과 진짜 남매가 아니다. 저택에서도 몇 사람만 알고 있던 비밀이었다. 숨겨온 진실을 들킨 결과는 참혹했다. 심복은 죽은 이를 애도하며 묵묵히 고개를 숙였다.

"……."

처음 이 대목을 읽었을 때는 너무 놀라서 책을 떨어뜨렸었는데. 하도 읽어서 그런지 지금은 충격보다는 다른 감상이 먼저 들었다.

'재미없어.'

책은 재미없었다.

'이게 서점에 깔린 통속소설이었으면 정말 안 팔렸을걸.'

이제 와 하는 말이지만, 서술이고 대사고 정말이지 재미없게 써놨다. 인물 심리 묘사도 극히 부족하고, 사건은 극적인 것과 일상적인 것에 무게를 다르게 둘 줄 알아야 하는데 그런 것도 크게 없고. 문장은 종종 정보 전달이 유일한 목적인 것 같고.

'발단, 전개…… 위기, 절정, 결말이었나? 이런 걸 나누기도 엄청 모호하고.'

누가 쓴 걸까. 정말 어떤 인물의 생애를 엿보고 단순하게 글로 옮겨놓은 거라면 몰라도, 소설로서는 여러모로 영 꽝이었다. 실종이다, 실종. 주인공만 없는 게 아니라 재미도 실종됐어.

'……뭐, 그다지 중요한 건 아니지만.'

나는 몇 장 더 뒤적이다가 이내 덮어버렸다.

오 년 전 그날 이후, 밤을 새워가며 읽어도 몇 번은 더 읽은 이야기였다. 지금 다시 살펴본다고 한들 그동안 발견하지 못했던 어떤 것을 갑자기 찾아낼 가능성은 희박했다.

'아리가 알게 되었다던 건 나중에 알아서 말해주겠지.'

아리는 지금 말하기엔 섣부른 것 같다고 했다. 그럼 후일 때가 되었다 싶으면 그때 가서 다시 이야기를 꺼내겠단 소리였다.

나는 책을 있던 자리에 도로 꽂아놓은 후, 걸음을 옮겨 책상 서랍을 열었다. 아리를 생각했더니 떠오른 것이 있었다.

'시간을 되돌리는 구슬.'

원래 오늘 아리를 만나면 이 이야기를 하려고 했다. 그러다 차원의 신이라는 예상치 못한 화두가 나오는 바람에 그대로 잊어버리고 말았지만.

'이제야 생각나다니.'

종이를 꺼내 펼친 후 깃펜을 손에 쥐었다. 나는 시간의 신을 모시는 신전에서 구슬 절반을 훔쳤다. 그 말은 아직 그곳에 나머지 절반이 남아 있다는 뜻이었다.

'아리더러 훔쳐서 가지고 있으라고 하자.'

보험은 언제나 없는 것보다는 있는 것이 좋다. 지금은 당장 딜런이 아리의 안전을 무사히 책임져 주고 있다지만, 사람 일이라는 게 본래 앞을 예상할 수 없는 거였다. 만에 하나 딜런에게 무슨 일이 생기면? 예기치 못한 사고라든가, 사건이든가 뭐든.

'더구나 차원의 신에 대해 알아본다고 했으니까. 어쩌면 수도에서 멀리 떠나야 할 일이 있을지도 모르고.'

열다섯 개의 시간을 되돌리는 구슬은 존재를 알면서도 그냥 두기에는 너무나 매혹적이고 유용한 보험이었다. 신전의 동태를 보아하니 구슬이 사라졌단 사실은 아직 들키지 않은 것 같았다. 나머지를 마저 훔칠 거라면 움직임은 빠를수록 좋았다.

'내일 오전 중으로 방문하겠다고 해야지.'

구슬 이야기는 직접 만나서 전할 생각이었다. 최대한 상세하게 과정을 공유하고 비법(?)을 전수할 생각이니 글보다는 역시 말이 나왔다.

펜과 종이를 든 것은 자작저 방문 전에 예의상 미리 기별을 보내두기 위해서였다. 그레이스 자작저는 수도 외곽 쪽에 있어 지금 다시 찾아가기엔 시간이 애매했다. 역시 내일 오전 일씨감치 다녀오는 것이 최적이다. 나는 펜을 쥔 손을 움직이려다 멈칫했다.

'……구슬을 영지에 가지고 내려갔어야 했어.'

그랬다면 에시가 화살을 맞자마자 구슬을 깨뜨려 없는 일로 되돌릴 수 있었을 텐데. 아리가 곁에 없으면 구슬을 쓸 만한 일이 없을 거라고 안일하게 생각했던 것이 바보 같았다.

나는 입술 안쪽을 철 맛이 약간 날 정도로 깨물었다가 이내 지난 일을 떨쳐 버리듯 고개를 흔들었다. 그러곤 편지를 써 내리기 시작했다.

친애하는 그레이스 영애에게.

그러나 거기까지 쓰고 또 손을 멈춰야만 했다. 다른 이유가 아니었다.
'잉크가 없잖아.'

펜촉을 담갔던 잉크병을 당황스럽게 들여다보았다. 언제 다 떨어졌지? 그러고 보니 전에 바닥을 보였던 기억이 어렴풋이 나는 것 같기도.
'이참에 교체해 둬야겠다.'

평상시에 찾을 일이 많지 않아서 미처 신경을 못 썼다. 잉크쯤이야 베시에게 말하면 곧바로 새것을 가져다줄 것이다. 그러나 잔심부름으로 괜히 번거롭게 왕복시키기 뭐해서 직접 이야기하려고 방을 나가 내려갔다. 그런데 일 층에서 마주친 건 웬 외출 채비를 끝낸 베시였다.

"베시? 어디 나가?"

"아, 아가씨. 다른 게 아니라 시장에 다녀올까 하고요. 필요한 물품이 몇 가지 있어서."

"베시가 직접? 알렉스나 다른 하인을 시키지 않고."

"외출해서 바람도 쐴 겸 겸사겸사 다녀오는 거죠. 주문서만 넣고 오면 되는 일이니까요. 참, 아가씨 뭐 필요하신 거 있으세요?"

"아, 별건 아니고 잉크를 좀……."

"이미, 길팼네요. 이 시기리먼 잉그기 펑소보디 품 필도 좋고 종류도 다양하게 들어와 있을 텐데."

베시의 말이 뭔가 묘했다. 나는 그 묘한 지점을 소리 내서 짚었다.

"이 시기?"

"곧 수확제잖아요."

그 말에 나는 문득 날짜를 세어보았다. 그러고 보니 어느새 그랬다. 구월 말. 가을이 무르익고 수확제가 열릴 시기였다.

'벌써 그렇게 됐어?'

말도 안 돼.

'내 앞날은 여전히 조금 전에 본 새카만 잉크병 같은데, 시간은 이렇게나 쏜살같이 흐르다니.'

기가 막히는 일이었다. 나는 절로 치미는 한숨을 꿀꺽 삼키고 표정을 수습했다. 어쨌든 곧 수확제라니, 베시가 직접 시장에 다녀오겠다는 것도 이해가 됐다. 매년 축제를 앞두고 수도 저잣거리에는 여느 때보다 질 좋은 상품이 쏟아져 나왔다.

'명절 전 대목과 비슷한 느낌이랄까.'

물론 그만큼 평소보다 값은 비쌌지만, 그런 것에 연연할 정도로 공작가의 재정이 곤궁하지는 않을 거였다.

"지금 나가면 보는 재미도 있을 테고. 그렇지, 아가씨도 같이 다녀오실래요?"

"응? 나?"

"잉크 필요하시다면서요. 기존에 쓰던 것이 저택에 없는 건 아니지만, 기왕 기분도 낼 겸 마음에 들고 좋은 것으로 직접 골라보시는 건 어때요?"

"찬성입니다."

내가 한 대답이 아니었다. 옆을 돌아보니 언제 내려왔는지 다베리경이 서 있었다.

"경이 왜요?"

"그러잖아도 무기점에 들를까 싶었거든요."

"검 바꾸려고요?"

"검집 좀 볼까 해서요. 베시, 혹시 이거 복지 차원에서 비용 지원됩니까?"

"흐음, 그래요. 다녀와서 집사한테는 제가 이야기하죠."

"좋아. 답은 나왔군요. 아가씨, 함께 가시죠."

"……."

'답이 왜 거기서 나와?'

뜻밖의 외출은 이렇게 갑작스럽게 결정되었다.

'그래, 시장은 가까우니까.'

선심 썼다. 내 호위라 내가 가는 곳마다 따라다녀야 하는 다베리 경이 근래 개인 시간이 부족해 보였던 것도 사실이긴 했으니 말이다. 나는 두 사람과 함께 시장으로 나왔다.

"활발하군요."

가게가 길게 늘어선 거리는 한눈에도 사람이 많아 활기차고 시끌벅적했다. 다베리 경의 감상에 동의하듯 잠자코 고개를 끄덕거렸다.

'벌써 구경을 나온 사람이 꽤 있네.'

한 해의 풍요를 기리는 수확제는 큰 행사였다. 규모만 놓고 보면 봄에 있는 건국제와 어깨를 나란히 했다. 그래서인가, 아직 축제가 시작도 되기 전임에도 미리 축제 분위기에 취해 바깥으로 놀러 나온 사람이 제법 보였다.

"어디부터 가실까요?"

"글쎄요. 난 어디든 딱히 상관없으니 가까운 곳부터 먼저 들러요. 여기서 무기점이 가장 근처에 있던가요?"

"아가씨."

"왜요, 아니에요?"

"낭만이 없으시군요."

"……?"

갑자기 뭔 낭만?

"이 거리를 보십시오. 뭔가 느껴지는 게 없으십니까?"

"사람이 많네요. 가게도."

"그리고 활기가 넘치지요. 축제를 맞이한 거리입니다."

"그런데요?"

"아무리 물건을 사러 나왔다지만 정말 물건만 사는 건 지금 이처럼 밝고 들뜬 거리에 대한 예의가 아니지 않을까요?"

무슨 소리를 하는 거야? 난데없는 주장에 그를 황당하게 보고 있으려니 베시가 옆에서 손뼉을 짝 쳤다.

"맞아요!"

그러더니 마치 이때만 기다렸다는 듯 거들었다.

"아깝잖아요, 기왕 나오셨는데. 볼거리도 이렇게 많은데 나온 김에 천천히 둘러보시는 어떨까요?"

나는 눈을 깜박이며 두 사람을 번갈아 쳐다보았다. 곧이어 어렵지 않게 외출의 목적을 짚을 수 있었다.

"……둘이 언제 입 맞췄어?"

"어머, 뭐를 맞춰요?"

"그런 뜻 아닌 거 알잖아. 어쩐지, 처음부터 이럴 목적이었구나."

저택에서 다베리 경이 퍽 공교로운 타이밍에 나타나 끼어들었던 것이 생각났다. 절묘한 우연이라고만 생각했는데 지금 보니 우연이 아니었던 모양이다. 미리 합심해서 나를 시장에 나오게 하려던 거였다니.

내가 다 알아챘다는 듯 팔짱을 끼며 시선을 주자, 다베리 경과 베시가 서로 눈을 마주치더니 이내 순순하게 시인했다.

"티 났습니까?"

"말이라고."

"아가씨, 다 아가씨를 위한 거예요. 들켰으니 그냥 솔직히 드리는 말씀이지만, 오늘은 다른 건 전부 잊으시고 부디 마음 편히 축제 구경에만 전념하세요."

"응?"

베시가 대뜸 내 손을 덥석 잡더니 그렇게 말했다. 나는 눈을 깜박거렸다. 한 귀로 듣기에도 절절한 걱정이 묻어나는 말에 저절로 어안이 벙벙해질 수밖에 없었다.

"그게 갑자기 무슨……."

"저희가 몰랐을까 봐요? 요새 아가씨 안색이 얼마나 안 좋으셨다고요."

"어?"

'내가?'

아니, 그야 엄밀히 말해 안 좋을 수밖에 없는 상황이기는 했다. 다만 당황스러운 것은 그걸 내가 겉으로 표 내고 있었다는 사실이었다. 나는 잠시 말문이 막혀 버벅거리다가 다베리 경과 똑같은 소리를 했다.

"티 났어?"

"그걸 말씀이라고. 당연하죠. 어휴, 우리 아가씨, 마음고생이 심하셔서 어떡한대요."

"그……."

"이 한겨울 북쪽 숲에서 맨몸으로 싸돌아다니다가 꽁꽁 얼어 뒈질 놈의 루카스."

왜 그처럼 안색이 안 좋았냐고 물으면 뭐라고 해야 하나 그럴듯한 변명을 찾고 있었다. 그런데 그럴 필요가 없었다. 베시는 내게 이유를 묻는 대신 죽은 사람을 향해 시원하게 욕을 쏟아냈다. 집사 못지않은 화려한 언변에 넋이 빠져 있다가 곧 정신을 차리고 그녀를 말렸다.

"그만해, 베시. 주변에서 쳐다봐."

실제로 쳐다보고 있었다. 베시는 따가울 정도로 집중된 시선에 욕의 향연을 멈추는 대신 투덜거렸다.

"아유, 정말이지, 이미 죽고 없는 게 그저 한이에요. 그걸 그렇게 곱게 죽도록 놔둬선 안 됐는데."

"음……."

'곱게 죽었었나?'

칼 맞고 한 방에 죽었으니 그런 것 같기도.

"괜히 그 자식 때문에 우리 아가씨 험한 일 겪으시고, 그것 때문에 아직도 이리 심란해하시고. 열불 나서 어쩌면 좋아요?"

할 말이 없었다. 솔직히 말해 근래 내 심란함의 이유는 태반이, 아니, 실은 전부 에시에게 있다고 봐야 했지만 그걸 사실 그대로 말할 수도 없는 노릇이었으니까. 나는 어색한 미소로 대답을 얼버무렸다. 다베리 경이 끼어들어 베시의 어깨를 토닥토닥 두드렸다.

"진정해요, 베시. 어쨌든 이렇게 나왔으니까. 아가씨 기분 전환시켜 드려야죠?"

"맞아. 그래요, 아가씨. 뭐부터 구경하실래요? 이 기간에는 저잣거리에서 마법 도구를 이용해서 만든 솜사탕도 팔아요."

베시는 의욕에 불타 이글거리는 눈동자로 나를 응시했다. 괜찮으니 그처럼 신경 써줄 것 없다는 말은 이미 통하지 않을 것 같았다. 나는 결국 사양하지 못하고 시장 전체를 간단히 돌아보기로 했다.

"아가씨, 저것 보세요. 다트를 맞추면 인형을 주는 이벤트를 하네요. 저 인형 어떠세요?"

"응, 예쁘네."

"제가 꼭 얻어나 드릴게요."

그리고 이 기회에 알게 된 건데, 베시는 꽤 다재다능했다. 나는 그녀가 신들린 다트 실력으로 상인의 얼굴을 새파랗게 질리게 하는 걸 구경하다 다베리 경에게 말을 걸었다.

"경."

"네, 아가씨."

"경이 보기에도 내 안색이 요새 그렇게 엉망이었어요?"

"뭐…… 생각이 많아 보이시기는 했습니다."

그때 나는 문득 다베리 경이 지난번 마차에서 했던 말을 떠올렸다.

'좋아하는 사람이 생기면 상담해도 좋다고 했지.'

그런 쪽에선 자기 감이 남들보다 날카롭고 정확하다고 말이다.

'……안 들키게 조심해야겠다.'

나는 몰래 마른침을 삼켰다. 아무래도 다베리 경이 옆에 있을 땐 에시에게 되도록 가까이 안 가는 편이 좋을 것 같다. 혹시 모르니 표정 관리도 연습해 두고.

그런 생각을 하고 있는데, 그새 선언한 대로 정말 인형을 얻어낸 베시가 밝은 걸음으로 돌아왔다.

"여기요, 아가씨."

"와, 고마워."

사실 인형보다는 베시의 의기양양한 얼굴이 더 보는 재미가 있었다.

'어쨌든 나 때문에 노력해 주는 거니 고맙기도 하고.'

역시 표정 관리 연습에 매진해서 앞으로는 이런 식의 걱정을 끼치지 말아야겠다.

그렇게 시장을 어느 정도 돌아다녔을 때였다. 슬슬 다리가 아픈 것도 같다고 느낄 무렵, 내 허리춤에 겨우 닿을 것 같은 아이가 옷자락을 붙잡고는 호객 행위를 했다.

"점 보고 가세요."

"점?"

"인생의 고민을 해결해 드려요. 아주 용해요."

외워둔 것이 분명한 말을 작달막한 아이가 옹알옹알 늘어놓았다. 아이의 너머로 시선을 주자 웬 천막이 눈에 들어왔다.

"점술가의 천막인 모양이네요. 이런 시기면 꼭 하나씩은 있죠. 잠깐 들러보실래요?"

"음, 그럴까?"

나는 오래 고민하지 않고 고개를 끄덕였다. 마침 다리가 아픈 참이고, 점은 앉아서 보는 거였으니 딱히 거절할 이유가 없었다. 나는 천막으로 향하기 전 아이와 눈을 맞췄다.

"이름이 뭐니?"

"마리예요."

"그래, 마리. 너 때문에 점을 보는 것이니 나중에 잊지 말고 삯을 두둑이 챙겨달라고 하렴."

"네."

야무지게 대답하는 아이의 머리를 가볍게 쓰다듬어 주고 걸음을 옮겼다.

"아가씨, 실은 저 점 보는 거 처음이에요."

"정말?"

"아가씨는요?"

"나는 뭐……."

'그러고 보니 나도 이곳에선 처음이네.'

전생에는 시내에만 나가면 타로니 뭐니 해서 곧잘 봤었는데.

'여기도 비슷하려나.'

"어쨌든 재미있었으면 좋겠네. 들어가자."

천막 내부는 생각보다 넓고 밝았다. 등을 여럿 주렁주렁 매달아 놓은 안쪽으로 백발 성성한 노파가 상을 펴두고 앉아 있었다.

"어서 오시게. 이거 귀한 손님이 오셨군. 말마따나 아이 몫을 단단히 떼줘야겠어."

"들으셨어요?"

"장사를 하려면 귀가 밝아야지. 어쨌든 앉으시게."

귀한 손님 운운한 것치고 노파는 별달리 태도를 낮추거나 하는 기색이 없었다. 나는 어딘지 묘한 기분으로 베시와 나란히 노파의 앞에 앉았다.

"거기, 자네도 앉아."

"저는 서 있는 게 편합니다."

"해줄 말 있어. 앉아."

그렇게 결국 다베리 경까지 세 사람이 자리에 몸을 앉혔다. 그러자마자 노파는 베시를 돌아보며 입을 열었다.

"자네, 조만간 좋은 인연이 있을 거야."

"네? 좋은 인연이요?"

"남자, 남자."

"어머!"

베시가 놀란 듯 입을 가렸다가 이내 손을 내저었다.

"제가 나이가 몇인데요."

"나이가 중요한가? 시집만 안 갔으면 됐지. 죽을 날 받아놓은 노인도 아내, 남편 없으면 서로 눈 맞아서 잘만 하는 게 연애라는 거야."

"에이, 그래도……."

"연하남, 연하남."

"그 얘기 조금만 더 자세히 해주실래요?"

그러나 노파는 아쉽게도 거기서 이야기를 끊고 이번에는 다베리 경을 돌아보았다.

"자네는 내가 칭찬해 주고 싶어서 앉으라고 했어."

"예?"

"본인을 아주 능하게 속이고 있잖아. 그거 잘하고 있는 거야."

다베리 경이 눈을 깜박였다. 난데없이 그게 무슨 소리인지 잘 모르겠다는 듯. 노파는 그런 상대의 반응 같은 건 아랑곳없이 자신만의 길을 가듯 말을 이었다.

"기왕 하는 거 제대로 속여. 마지막의 마지막까지. 그렇게 속는 줄도 모르면서 속아. 그게 자네에게는 유일하면서 이로운 일이야."

"저기, 정말 제가 모르길 바라셨다면 그 말은 안 해주셨어야 하는 거 아닙니까?"

"그런가?"

노파가 껄껄 웃었다. 기묘한 노파였다. 입담이 좋다고 해야 하나? 천막 안의 분위기가 그녀의 의도에 따라 이리저리 쥐락펴락 움직이는 듯했다. 앞서 그녀의 말처럼 이것도 장사라면 노파는 확실히 장사를 잘하는 사람일 것이다.

이어서 마침내 노파의 주름진 얼굴이 나를 향했다.

마지막 순서였다. 나는 잠자코 노파의 입이 열리길 기다렸다. 하지만 가만 기다려도 노파는 아무런 말이 없었다. 정적이 제법 이어졌다.

"……?"

뭐지? 설마 끝인가?

'나한테는 해줄 말이 없나?'

어차피 이런 것은 태반이 상황과 분위기에 맞춰 그럴듯하게 말을 지어내는 거라는 걸 모르지는 않았다. 크게 의미가 없다는 것은 알고 있지만, 그래도 하필 내 차례에 맞춰 뚝 끊기니 마치 놀이 기구 줄이 내 바로 앞에서 끊어진 양 어쩐지 섭섭한 아쉬움이 밀려들었다. 나는 조금 더 기다리다가 그냥 베시를 돌아보았다.

"잘 들었어요. 베시, 이만 복채를……."

"기다려."

'응?'

몸을 일으키려다 말고 다시 노파를 쳐다보았다. 노파는 흔들림 없는 어두운 감회색 눈으로 나를 똑바로 직시하고 있었다. 가지 말라고 붙잡는 것인가 생각할 무렵 말이 이어졌다.

"재미있는 운명이군. 높으신 분의 장난인가? 알 수 없는 일이야."

"……"

"바라는 것이 있을 테지? 그렇다면 기다려. 흘러가는 대로, 아무것도 하지 말고 있어."

"……"

"그럼 기회가 올 테니까."

그렇게 말한 노파가 상 가까이 있던 줄을 당겼다. 그러자 천막 입구의 천이 걷히며 호객 행위를 했던 아이가 안으로 들어왔다.

"복채는 아이를 통해 주고 싶은 만큼 주시오. 얘, 손님 나가시니 안내하거라."

천막을 나오고 나니 알게 된 사실이 있었다. 천막 안은 마치 외부와 단절된 듯 신기할 만큼 조용했다. 바깥으로 나오자 번잡한 시장 거리의 소음이 기다렸다는 듯 시끄럽게 주변을 채웠다.

"상상했던 것이랑은 다르네요."

베시가 운을 뗐다.

"점술가라고 하면 왜, 보통 무슨 구슬 같은 걸 가운데 두고 중얼중얼 음산하게 주문을 외고 그럴 줄 알았는데."

"찾아보면 그렇게 하는 점술가도 있겠죠."

말을 받은 다베리 경이 이어서 감상을 덧붙였다.

"이쩠거니 진부 지리도 힐 수 있을 깃 같은 말이었습니다."

"그래도 전 재미있었어요. 색다른 경험이었고. 아가씨는요?"

연하남 이야기가 마음에 들었는지 베시는 화색을 띠었다. 나는 짧게 고민하다 둘의 중간쯤 되는 소감을 내놨다.

"나쁘지 않았어."

노파의 마지막 말을 떠올렸다.

'기다리라니……'

노파의 눈빛은 형형했고, 목소리는 마치 찬 공기처럼 천막 안에 나직하게 깔렸다. 그래서일까? 어디 오래된 책의 서장에나 나올 법한 범용적인 교훈 같은 말에도 순간 뭔가를 읽힌 듯 철렁한 기분이 들었던 것은.

'그럴 리 없겠지만.'

일반적이고 냉정하게 생각해 본다면 말이다. 기실 따지고 들면 다베리 경의 말처럼 누구나 할 수 있을 것 같은, 어느 하나 추상적이고 실체를 잡기 힘든 말뿐이었고. 아, 연하남 제외.

'아무튼, 역시 장사를 잘하는 할머니였던 거야.'

분위기를 조성해서 별것 아닌 말을 그 순간에나마 별것처럼 들리게 하다니.

'연출 장인이셔.'

나는 거기까지 생각하고는 점에 대한 남은 미련이나 감흥을 털어버렸다. 다베리 경이나 베시 또한 각자의 소감을 떠나 천막에서 들은 말을 그다지 마음에 담아두는 기색은 아니었다. 이러나저러나 해도 어차피 가볍게 재미로 본 점에 지나지 않았다. 애당초 옷자락을 잡았던 아이가 아니라면 들어가지도 않았을 곳이기도 하고.

나는 인파를 따라 다시금 정처 없이 느긋하게 걸음을 옮기며 다른 화제를 입에 담았다.

"그나저나 다베리 경, 경은 그럼 검집은 보지 않아도 되는 건가요?"

"검집이요?"

"시장에 나올 구실로 삼으려던 것뿐이라 딱히 필요 없나?"

"아아…… 뭐, 새 장비를 마련하는 건 언제나 제게 기쁨이 되어주기는 합니다만."

"그러면 보러 가요. 그러잖아도 이제 더 갈 곳도 없는 느낌인데."

"그럴까요?"

다베리 경이 밝아진 얼굴로 냉큼 앞장섰다.

그러자 베시가 후다닥 따라붙어 실은 비용 지원은 절반만 해줄 수 있다고 속삭이듯-그러나 다 들리게-전했다. 그에 다베리 경이 그런 법이 어디 있냐고 항의하면서 둘이서 작게 아옹다옹하는 소리가 들렸다. 그 모습을 엄마 미소를 띠고 지켜보며 걷던 도중이었다.

'응?'

나는 무심코 시선을 돌렸다가 그대로 멈췄다.

"아가씨?"

갑자기 거리에 멈춰 선 나를 의아하게 살핀 두 사람이 이어서 내 눈길이 향하는 곳을 확인했다.

"아시는 분입니까?"

나는 다베리 경의 물음에 잠시 고심하다 답을 정했다.

"모르는 사이는 아니에요."

'에이린 아이작.'

아이작 백작가의 영애. 나는 그녀와 한 번 마주친 적이 있었다. 바로 지난 별궁 파티 때.

'강렬한 만남이었지.'

파티장에서 실수인 척 내게 부딪혀 드레스에 와인을 쏟게 하고, 그래서 쫓아가 붙잡고 왜 그랬냐 추궁했더니 내가 에시의 혼사를 막는 민폐라서 그런 거라는 어마어마한 답을 내놨던.

'지금 다시 생각해도 머리가 아프려고 하네.'

당시 느꼈던 아득할 만큼 아연한 심경이 새록새록 되살아나는 것 같았다.

'어쨌든 그건 그렇고.'

나는 이 순간 상대를 향한 사감을 잠시 내려놓았다. 그도 그럴 게 눈에 들어오는 광경이 그다지 평화롭다고는 볼 수 없었기 때문이다.

"다투는 모양인데요?"

베시의 목소리에 나는 상황을 주시하는 눈가를 슬쩍 좁혔다.

에이린은 혼자가 아니었다. 일행인지 번듯하게 차려입은 웬 남자가 같이 있었는데, 문제는 그 남자와 에이린의 사이가 그다지 좋아 보이진 않았다는 것이다. 두 사람은 가게 모퉁이로 꺾어지는 골목 안쪽에서 서로 언성을 높이고 있었다.

여기서는 대화의 내용까지는 들리지 않았지만, 겉으로 드러나는 양상만 보더라도 둘 사이의 분위기가 험악하다는 건 충분히 알아차릴 수 있었다.

"그러게. 확실히 화기애애한 상황은 절대 아니라는 데 다베리 경의 새 검집을 걸 수도 있겠어."

"그걸 왜 겁니까?"

다베리 경은 투덜거렸지만, 나와 마찬가지로 골목을 주시하는 눈을 떼지는 않았다.

에이린과 함께 있는 남자는 얼핏 보기에도 그녀보다 키가 머리 하나는 컸다. 덩치로 말할 것 같으면 두 배 가까이 되어 보였다.

그건 남자가 크다기보단 에이린이 워낙 평균보다 작고 마른 탓에 그런 것 같긴 했지만, 어쨌든 마치 어른과 아이처럼 눈에 보이는 체격 차가 현격했다. 그런 조건에서 남자는 에이린을 벽과 제 몸 사이에 끼우듯 가두고 마치 위협하듯 연신 목소리를 높여대고 있었다.

'저러고 싶나?'

자기 반만 한 애를 상대로 힘자랑이라도 하겠다는 건지.

'체면도 모르는 놈이.'

양심 어디 갔어? 정말이지 영 보기 나쁜 장면이었다.

'그렇다고 끼어들자니, 사정을 몰라서 섣부르게 나서기도……'

그렇게 생각하는 순간 남자가 에이린을 향해 번쩍 손을 올렸다. 나는 화들짝 놀라 외쳤다.

"다베리 경!"

"예."

"크악!"

대답과 거의 동시에 둔탁한 소리가 울렸다. 미리 준비하고 있기라도 했다는 듯 즉각적인 대응이었다. 남자는 외마디 비명을 내지르고는 제 머리통을 붙잡고 바닥으로 굴렀다. 남자의 발치를 보니 웬 검집이 함께 뒹굴고 있었다.

'나이스.'

딜런이 짱돌을 던져 도둑을 잡던 모습이 떠오른 것은 왜일까. 어쨌든 속이 시원했다. 나는 한달음에 에이린에게 다가갔다.

"괜찮아요?"

"당신은……"

에이린은 얼떨떨한 얼굴로 나를 보았다. 나한테도 반 뼘은 못 미치는 키에 가는 몸, 좁은 어깨, 오밀조밀 앳된 이목구비가 가까이서 보니 한결 여전했다. 절로 인상이 쓰였다.

'때릴 데가 어디 있다고.'

손을 올려? 이거 완전 개새끼 아니야? 사람 사는 세상에 개 핏줄이 왜 이렇게 많지?

나는 뒤통수를 제대로 맛았는지 바로 일어나지도 못하고 끙끙 고통을 호소하는 남자를 싸늘하게 내려다보았다.

에이린은 차가운 표정의 나와 바닥에 누운 남자, 그리고 다베리 경을 번갈아 보더니 곧 나를 향해 고개를 숙였다.

"……도와주셔서 고맙습니다."

"내가 도울 만한 상황은 맞았던 거죠?"

"누, 누구야!"

그때 남자가 드디어 비틀비틀 몸을 일으켰다. 그는 사납게 도끼눈을 뜨는 것 같더니 곧이어 나를 발견하곤 주춤했다.

"위, 위드그린 공녀?"

"님 자가 빠졌네요. 어느 가문의 누구 영식."

이렇게 보니 남자도 에이린 못지않게 어린 외모였다. 더 황당했다. 저 나이에 벌써 저런 인성에 저 손속이라니.

앞날이 너무 밝은데? 태양보다 눈부신데?

"자앙 자작가의 마그 영식이에요."

에이린이 남자의 자기소개를 대신 해주었다.

"마그 자앙?"

"네."

'인성만 막장인 게 아니라 이름도 막장이네.'

막장이라서 그렇게 앞뒤 가리지도 않고 손을 올린 건가? 자작 영식이 백작 영애를 상대로 퍽 용감하기도 했다. 물론 신분이 더 높았다고 해서 용납될 일도 아니었지만.

"크윽, 공녀님께서 개입하실 일이 아닙니다!"

"그걸 누가 정하는데요?"

"네?"

나는 팔짱을 끼곤 마그 자앙에게 시선을 주었다. 일부러 천천히 머리부터 발끝까지 상대를 훑었다.

"내가 끼어들 일이고 아니고를 누가 결정하냐고. 내가 결정할 일 아닌가?"

적어도 네 주제는 아니지. 네가 뭔데 감히 내 행동에 합당함을 따지고 드느냐는 노골적인 시선에 마그 자앙이 입을 딱 다물었다. 다이아 수저라는 게 이럴 때는 참 편리했다.

'그리고 뭐? 개입할 일이 아니야? 손찌검까지 하려고 들었으면서 어디서 뻔뻔하게.'

범죄자 꿈나무 자식이, 진짜.

잠시 그러고 있을 때였다. 다베리 경이 이리로 터벅터벅 다가와서는 바닥에 구르는 검집을 주워 들었다.

"아, 이런. 이건 이제 정말로 못 쓰게 생겼네."

다베리 경이 그렇게 푸념하더니, 다음 순간 허리를 세우면서 마그 자앙과 거리를 바짝 좁혀 그에게 뭐라고 속삭였다. 주목할 만한 건 이후 마그 자앙이 보인 반응이었다.

무슨 소리를 들었는지 갑자기 얼굴이 새파랗게 질려선 뒤로 주춤 물러나더니, 그대로 몸을 돌려 자리에서 도망쳤다.

"히, 히익!"

저런 모양 빠지는 추임새까지 잊지 않고 남겨가면서.

"……?"

나는 그야말로 순식간에 달아나 버린 상대의 빈자리를 황당하게 응시하다가 다베리 경을 돌아보았다.

"뭐라고 한 거예요?"

"별말 안 했습니다."

"별말 안 했는데 사람이 저렇게 귀신한테 고백이라도 들은 것처럼 도망가요?"

얼굴이 아주 파란 색종이던데, 다베리 경이 내 말에 피식 웃고는 어깨를 으쓱했다.

"그냥, 혹시 모르고 있나 해서 선례를 하나 알려준 것이 답니다."

"선례?"

"아가씨 앞에서 먼저 주제도 분수도 모르고 행동한 어느 누가 지금 어떤 꼴이 되었는지 말입니다."

웅? 그 말은 설마…….

'리가아 가미였나?'

지금은 그냥 리가아가 된. 그러고 보니 나한테 추잡하고 입에 담기도 질 낮은 개수작을 부리려다 인생 망한 영식의 이야기가 한동안 수도를 파다하게 물들였을 터였다.

'아하, 그래서 튀었군.'

자기도 행여 잘못해서 그런 처지가 되고 싶지는 않았을 테니까. 하여간, 남을 막 힘으로 위협해 댈 때는 언제고 자기 안위가 걸렸다 하면 누구보다 날쌔고 기민해지지.

'쯧쯧.'

한심해서 내심 혀를 차는 그때, 벽에 기대듯 서 있던 에이린이 자리에서 비틀거렸다. 나는 얼른 그녀를 부축했다.

"괜찮은 거예요?"

"괘, 괜찮아요. 그냥 긴장이 조금 풀려서."

"설마 아까 저놈이 내가 보기 전에 벌써 한 대 친 건 아니죠?"

"……아니에요."

다행이군. 그때 고개를 젓는 에이린의 발치에 어떤 물건이 보였다.

'가발?'

모는 꽤 부드러워 보였지만 염색 과정에서 실수가 있었던 모양인지, 색감이 어딘지 어중간한 붉은색의 남자 가발이었다. 조금 전 비틀거리면서 떨어뜨린 걸까. 어쨌든 남의 것이니 주워주려는데, 그보다 에이린이 한발 빨랐다.

에이린은 떨어진 가발을 발견하곤 순간 깜짝 놀라는 것 같더니 이내 황급히 그것을 주워 품에 갈무리했다.

'……음? 왜 내 눈치를 보는 것 같지?'

가발이 딱히 보여선 안 될 이상한 물건도 아닌 것 같은데. 기분 탓인가?

"아, 저, 도와주신 일은 진심으로 감사드려요."

"뭘요. 누구라도 당연히 했을 일인데요."

"조금 전 그 영식과는……."

"영식이 아니라 자식."

간단하게 정정해 주었다. 그런 놈한테 쓰이기엔 존칭이 너무 아깝잖아. 아마 존칭어를 만든 사람도 슬퍼할 거야. 에이린은 찰나 웃음을 터뜨릴 뻔한 위기를 겪는 것 같더니 입술을 깨물어 참고는 말을 이었다.

"……그 자식과는, 소개를 받아서 전에 잠깐 만났던 사이예요."

"저런."

소개해 준 사람이랑 인연 끊어야 하는 거 아닌가.

"정말 아주 잠깐이지만요."

에이린이 나를 힐긋거리며 빠르게 말을 덧붙였다. 나는 그 말이 어쩐지 변명처럼 따라붙었다는 인상을 받았다.

굳이 그럴 거 있나? 사람 만나고 헤어지는 거야 그저 자연스러운 일인데.

'민망해서 그런가?'

저런 인성 터진 자식과 사귀었다는 과거가 부끄러워서? 뭐, 그렇다면 이해가 안 되는 것도 아니지만. 그래도 그건 전부 인성이 저렇게 다 쓴 폭죽처럼 터져 버린 놈의 잘못이지 만나준 에이린에게 잘못이 있다고는 볼 수 없었다. 그런 생각을 하다가 문득 깨달았다.

'아, 그게 아니라…… 혹시 에시 때문인가?'

그러고 보니, 에이린은 일전에 내 앞에서 에시를 향한 마음을 드러내 놓고 뱉어낸 적이 있었다. 에시에게 직접 자수를 놓은 손수건과 연서를 보냈다고 했었나. 그것 때문에 답장을 받지 못했던 원인을 내게 돌려 나를 원망하고 비난하기도 했었고.

'그랬으면서 다른 사람을 만났었다는 게 신경이 쓰이는 걸까?'

나는 에이린이 내 눈을 계속 쳐다보지 못하고 시선을 떨어뜨리는 바람에 드러난 그녀의 단정한 가마를 가만 쳐다보았다. 설사 내 추측이 정답이라고 해도 변명할 일이 아니라는 의견에는 변화가 없다. 혼자 하는 짝사랑에 어떤 의무나 책임, 제약을 부여할 수는 없다고 생각한다. 그건 너무 잔인하고 가혹한 일이니까.

'더구나 그 마음을 상대가 알아주지도 않는 처지라면 더더욱.'

괜한 연민이 일어 한숨을 삼켰다. 이게 동병상련인가. 나는 아무것도 모르는 척 입을 열었다.

"지금은 헤어진 거고요?"

"저는 분명 그러겠다는 의사를 전달했었어요."

"알 만하네요. 그럼 오늘은 우연히 마주쳤던 거예요?"

에이린이 고개를 끄덕였다.

'일행이 아니었구나.'

"인성이 덜된 작자 때문에 고생이 많았어요. 머리가 있다면 그럴 리 없겠지만, 혹시라도 상대방이 추후 보복하려 들거든 그때 다시 내 이름을 팔아도 좋아요."

"배려에 거듭 감사드려요."

그렇게 대답한 에이린은 이어서 어딘지 머뭇거리는 기색을 보였다. 나와 슬쩍 눈을 마주쳤다가 도로 내렸다가, 입술을 열었다가 다시 닫았다가. 무엇을 망설이는지는 몰라도 그처럼 주저하는 눈치를 보이더니, 이내 결심한 듯 말이 흘러나왔다.

"……지난번에는 정말 죄송했습니다."

작은 목소리였다. 그 직후 에이린은 다시금 고개를 꾸벅 숙이고는 재빠르게 골목에서 빠져나갔다. 언젠가처럼 잠을 새 없이 부지런히 멀어지는 작은 몸을 나는 멀뚱멀뚱 쳐다보았다.

"아가씨께 전에 무슨 잘못이라도 했었습니까?"

"뭐······."

나는 대수롭지 않게 어깨를 들었다 놓았다.

"별일 아니었어요."

지금부터 그렇게 치부하기로 했다. 이렇게 사과도 받았으니까. 나도 참, 마음이 약해서 큰일이야.

'그나저나 수행원도 없이 나온 모양이던데.'

나는 자리에서 사라진 에이린에 대해 잠깐 생각했다. 에이린은 수행 하녀나 호위조차 없이 혼자서 시장으로 외출한 것 같았다. 처음엔 아까 그 막장 자식과 일행이었나 싶었지만, 그것도 아니라고 하니까.

'몰래 나왔을까?'

아무리 수도의 치안이 나쁘지 않은 편이라지만, 성년도 되지 않은 여식을 혼자 바깥으로 내보내는 귀족 가문은 찾아보기 힘들었다. 나는 조금 더 생각해 보다 이내 그만두었다. 어차피 이런다고 답이 나올 문제도 아니었으니까.

"이만 돌아갈까요?"

슬슬 해가 지고 있었다. 골목에서 벗어나 하늘을 올려다보며 가볍게 운을 뗐다. 그런데 그러자마자 다베리 경의 안색이 급격히 안 좋아졌다.

"예? 이대로요?"

"왜 갑자기 나라 잃은 표정이에요?"

"검집······."

아, 참.

남은 볼일을 마치고 귀가했을 때는 해가 뉘엿뉘엿 기운 직후였다. 나는 저택에 돌아와 저녁을 먹고 잠시 쉬었다가, 아까 외출하기 전 못 다 쓴 편지를 완성했다.

그런 후 사람을 통해 그레이스 자작저로 편지를 부치려는데, 문득 바깥이 소란스러운 느낌이 들었다. 복도 창밖을 내다보자 소란의 원인을 한눈에 알 수 있었다.

'연무장?'

이 시각에 뭘 하는지 기사들이 연무장에 옹기종기 모여 있는 것이 눈에 들어왔다.

'훈련은 낮에 끝나지 않았나?'

기사단 정규 훈련은 보통 해가 떠 있는 동안 마무리된다. 해가 저물어 어두워지고 나면 훈련 도중 부상을 입을 위험이 증가하니 말이다. 아직 완전히 어두워진 시각은 아니라지만, 그래도 저녁인데. 약간 의아한 눈으로 시끌시끌한 광경을 내려다보고 있으니, 막 내게서 편지를 건네받은 알렉스가 나를 따라 밖을 보곤 입을 열었다.

"그러고 보니 올해는 누가 우승할까요?"

"우승?"

"사냥 대회 말입니다."

나는 알렉스의 말에 순간 잊고 있던 것을 떠올렸다.

'맞아.'

사냥 대회. 그런 행사가 있었지.

나라 전반을 아우르는 큰 축제인 수확제에는 제국민은 물론이고 황실도 편승한다. 수확제 기간에는 황실이 직접 주최하는 두 개의 행사가 있었는데, 바로 사냥 대회와 무도회였다. 수확제가 얼마 남지 않았다는 말은, 다르게 하면 사냥 대회도 그만큼 얼마 남지 않았다는 뜻이다. 수확제 첫날에 축제의 서막을 알리듯 열리는 것이 바로 사냥 대회였으니까.

'그럼 지금 저건 사냥 대회를 미리 연습하는 건가?'

자세히 보니 연무장 한구석에 몇 기사가 웬 과녁을 세우는 것이 보였다. 직접 만들기라도 한 모양인지 어딘가 투박했다. 아니, 뭘 저렇게 열심이야? 작년에는 분명히 안 저랬던 것 같은데. 그렇게 생각하는데 알렉스가 말을 이었다.

"이전까지는 황태자 전하께서 매회 연속 우승자의 영광을 거머쥐셨지만, 올해는 글쎄요."

의미심장한 목소리였다. 목이나 어깨에 왠지 뿌듯하게 힘이 들어가 있는 것 같았다.

"올해 사냥 대회는 좀 다를 겁니다. 황태자 전하라고 하셔도 긴장하셔야 할 거예요. 그렇지 않은가요, 아가씨?"

알렉스가 내게 동의를 구했다. 나는 그 말을 듣고 나자 모든 것이 이해되었다. 그렇다. 올해 수확제에 열릴 사냥 대회에는…….

'에시가 참가하지.'

그럼 작년까지는 참가하지 않았던 거냐고? 못 했다. 황실이 개최하는 사냥 대회는 성년이 지난 귀족 남성이나 기사에게만 참가 자격이 주어졌다. 에시는 올해 성년을 맞이하는 생일을 보냈다. 사냥 대회 참가자로 이름을 올릴 수 있는 건 이번부터였다.

'기사들이 갑자기 사냥 대회 연습에 열을 올리는 것도 그래서겠구나.'

에시가 사냥 대회에서 우승이라는 유의미한 성적을 거두는데, 그 휘하 기사라는 자들이 기본조차 못하면 그건 그것대로 영 면이 서지 않는 일일 테니까. 여기까지 느껴질 정도로 연무장에서 열의를 불태우는 기사들은 다들 틀림없이 에시가 우승할 거라고 믿고 있는 것 같았다.

'하긴.'

나는 알렉스를 향해 가볍게 고개를 끄덕여 주었다.

"맞아."

나도 별로 다를 것 없는 생각이기는 하지만. 황태자에게는 내심 미안한 이야기지만, 에시가 어떤 경쟁에서 진다는 건 해보려고 해도 좀처럼 하기 힘든 상상 중 하나였다.

'가만, 이거 책에서는 어떻게 되더라?'

문득 올해 수확제 사냥 대회에 관해서는 〈신녀 아그리타의 봄〉에서도 짧게 다루고 넘어갔다는 것이 떠올랐다. 한 줄 정도로.

'한 줄은 솔직히 너무했지.'

저자에게는 사냥 대회 따위, 그런 게 있다고 설정은 해뒀지만 아무려면 좋은 이야기였던 걸까. 언급이 짧아도 너무 짧았던 탓에 결말이 바로 생각이 나지 않았다.

그때였다. 연무장의 소란이 한층 커졌다.

'응?'

질서 없이 군데군데 퍼져 있던 기사들이 일제히 한곳을 보며 부랴부랴 예를 취했다. 나는 눈을 깜박 감았다가 떴다.

'에시.'

환한 대낮이 아니어도 단번에 시선을 잡아끄는, 절대로 잘못 볼 수 없을 것 같은 눈처럼 새하얀 백발. 갑자기 연무장에 나타난 에시의 모습에 나는 잠깐 자리에서 동작을 멈췄다.

"……하."

"……를…… 시죠."

웅성거림 사이로 간간이 전해지는 목소리는 뭐라고 말하는지 알아들을 수 없었다.

"각하께서 시범을 보여주시려는 걸까요?"

알렉스가 그렇게 말하기 무섭게 에시가 근처 기사로부터 활과 화살을 건네받았다. 덕분에 나는 깜짝 놀랐다.

'시범? 정말?'

에시가 그런 번거로운 것 때문에 직접 연무장까지 나왔다고? 이상했다. 그건 있을 수가 없는 일인데. 의심하는 찰나 활에 화살을 건 에시가 왼손으로 시위를 당겼다.

'왼손?'

아, 어쩌면.

'뱀독 때문에 지난번 왼팔 사용이 부자유스러웠으니까, 지금은 완전히 괜찮은지 확인해 보려는 걸까?'

신빙성 있었다. 적어도 에시가 기사들을 위해 바쁜 와중 일부러 시간을 내어 시범 같은 걸 보여주러 나왔다는 가정보다는 말이다. 에시가 가장 멀리 있는 과녁을 겨눴다. 그리고 나는 찰나 속이 울렁거렸다.

'……뭐야, 설마 활을 봐서 그런가?'

울렁거림을 느끼고 스스로 조금 어처구니가 없었다. 활이든 화살이든 혹은 둘 다든, 지금 나에겐 그다지 달가울 것이 못 되기는 했다. 그도 그럴 게 불과 며칠 전에 회상하기도 싫은 일이 있었으니까.

'하지만 내가 화살을 맞은 것도 아니었는데.'

고작 이 거리에서 잠깐 보았다고 이럴 줄이야. 과민 반응이라는 생각이 들지 않는 건 아니었지만, 어쨌든 더 보고 있기 힘든 기분이라 창가에서 눈을 뗐다. 알렉스가 닫혀 있던 창문을 난데없이 열어젖힌 것은 그때였다.

"뭐 하는 거야?"

더 자세히 보려고? 그러나 돌아온 대답은 예상 밖이었다.

"그게, 공작님께서 창문을 열라고 명령하신 것 같아서……."

"뭐?"

시선을 되돌렸다. 에시는 활을 내리고 이쪽을 보고 있었다.

'언제 여길 봤지?'

시선이 마주쳤다고 느꼈다. 그러자 다음 순간 에시가 내 쪽으로 다가오는 것 같더니, 즉시 가까운 벽을 가볍게 딛고 도약했다.

"에시!"

여긴 이 층이었다. 한순간에 창문으로 올라선 에시가 내게 놀랄 시간도 주지 않고 복도로 내려서서 나를 지그시 응시했다.

"안색이 왜 그래?"

"어?"

"무슨 일 있어? 표정이 나쁜데, 누님."

대체 내 표정은 그새 또 언제 본 거야. 아니, 그보다 지금 그걸 확인하겠다고 이렇게 올라온 거야? 무슨 말부터 어떻게 해야 좋을지 알 수 없었다. 나는 그처럼 갈피를 잡지 못해 침묵을 지키다가, 이내 에시가 아직 왼손에 들고 있는 활을 혼란스럽게 흘긋 바라보았다.

'이걸 말을 해야 하나.'

안색이 안 좋았던 이유를 물었으니 대답이 필요할 것 같기는 한데, 곧이곧대로 실토하는 게 좋을지 잠시 판단이 서지 않았다. 그러나 그러한 내 고민은 정말로 잠깐이었다.

내 시선을 기민하게 잡아낸 에시가 자기 손에 들린 활을 보고는 금방 뭔가를 알아차린 얼굴을 하더니, 그대로 그걸 부러뜨려 버렸기 때문이다.

"⋯⋯?!"

화살도 아닌 활이 장난감처럼 단숨에 두 동강이 나서 나는 화들짝 놀랐다. 에시는 그런 후 이어서 창밖으로 시선을 주었다. 눈길을 받은 연무장 기사들이 서로를 돌아보았다. 그리고 다수가 있으면 개중 유달리 눈치가 빠른 이들이 나오게 마련. 뭐라고 명령하지도 않았는데 몇몇이 곧바로 들고 있던 활을 내팽개쳤다. 그러고는 마구잡이로 밟아서 망가뜨렸다.

시작이 있으니 동조는 순식간이었다. 선두 주자를 필두로 너도나도 상황을 알아차렸는지, 기사들이 누구라고 할 것 없이 단체로 활과 화살을 부수기 시작했다. 어떤 기사는 활 끄트머리를 잡고 사정없이 바위에 내려치기도 했다.

"뭐, 뭐야?"

눈치 없기로는 저택에서 내로라하는 알렉스가 그들의 미친 짓에 경악한 목소리로 중얼거렸다. 실상을 아는 내가 보기에도 기가 막히기는 마찬가지였다.

사정 아는 사람이 봐도 그저 정신 나간 광경으로밖에 보이지 않는 연무장의 살풍경은 충성심이 넘치는 어느 기사가 죄 없는 과녁까지 발로 차서 부수는 것으로 마무리를 지었다.

"……."

"누님."

나는 평온한 목소리에 정신을 차렸다.

"어딜 가려던 중이었어? 데려다줄게."

방금 무슨 일이 있기라도 했었냐는 듯 일상적인 태도였다. 그런 에시 뒤로 알렉스가 방금 자기가 본 것을 의심하듯 눈을 비비는 모습이 보였다. 말문이 막혔다.

"……그냥, 음, 볼일을 마쳐서 방에 돌아가려던 차였어."

"가자."

에시가 손을 내밀어서 나는 잠시 머뭇거리다가 그 손을 잡았다. 창밖 연무장으로는 되도록 눈길을 주지 않으려 노력했다. 열심히 손수 나무판을 깎고 정성 들여 과녁 무늬를 그렸을 누군가가 울고 있을 것 같았기 때문이다.

나는 아직도 상황을 파악하지 못하는 알렉스를 놓아두고 복도를 벗어나며 잠깐 고민했다. 고작 내 안색이 좋지 않았다는 이유만으로 활을 모조리 부숴 버린 에시와 이런 와중에도 에시의 손을 잡았다고 가슴이 설레는 나. 둘 중 어느 쪽이 더 답이 없는 것일지.

수확제 아침이 밝았다. 나는 불현듯 책에서 보았던 사냥 대회의 결과를 기억해 냈다.

'비겼지.'

우승자는 두 명이었다. 황태자와 에시.

'뭔가 김새는 결과인데…….'

아니, 어쩌면 전형적인 걸까? 황태자나 에시나 둘 다 일반적인 범주에 든다고는 보기 힘든 인물들이었으니, 섣불리 어느 한쪽에게 승리의 영광을 안겨주기가 곤란했을 수도 있다. 그러니까 저자의 시선에서 본다면 말이지.

'실제로는 어떻게 될까.'

오늘 결과도 책 내용처럼 비기는 것으로 결론이 날까? 그렇다면 공동이긴 해도 우승은 우승이니, 저택 기사들이 막 엄청 실망하고 그러는 일은 없으려나. 나는 그런 생각을 하며 베시의 손에 몸을 맡겼다.

베시는 평소처럼 야무진 손길로 나를 치장해 주며 싱글벙글 웃었다. 난 거울을 통해 베시의 표정을 확인했다.

"들떠 보이는걸, 베시."

"축제잖아요. 아가씨는 즐겁지 않으세요?"

내 머리에 말아두었던 롤을 하나씩 빼며 베시가 되물었다.

"나도 뭐……."

거울에 비친 나와 눈을 맞췄다.

"응, 즐겁지."

지난 며칠은 참 순식간에 흘렀다. 눈 감았다가 뜨니 수확제의 막이 오른 기분이라고 할까. 나는 그간 시간이 가는 대로 가만두었다. 어떻게 보면 기다리라는 점술가 노파의 말을 착실하게 실천한 셈이었다.

'좋아서 실천하고 있는 건 아니지만.'

어차피 이외엔 딱히 할 수 있는 것이 없으니 하는 일 없이 가만히 있는 것뿐이다. 아, 하는 일이 한 가지는 있다.

'아리가 구슬을 무사히 훔쳤으면 좋겠네.'

아리는 얼마 전 내게서 구슬에 대한 조언을 듣더니, 각오한 얼굴로 고개를 끄덕이고는 조만간 도둑질—사실이지만 이렇게 말하니 뭔가 기분이 이상하다—을 반드시 실행하겠다고 했다. 그런 이후 결과에 대한 연락은 아직 받지 못한 상태였다.

만에 하나 아리가 구슬을 훔치다 실패해서 신전에 붙잡히거나 한다면—그럴 일이 없길 바라지만—그때는 내 책임도 부정할 수 없으니 구슬을 써서 시간을 되돌려 줄 생각이었다.

그러려면 하루라도 늦어서는 안 되니 나는 요새 신전과 아리의 소식에 신경을 곤두세우고 있었다. 그리고 그게 끝이다. 내가 요 며칠 한 일이라고는. 정말이지 이전과 크게 다를 것 없이 몸은 편하고, 마음은 불편했다.

"무도회는 내일부터니까 오늘은 간단하게 치장했어요."

베시의 말에 나는 다시금 거울 속 내 모습을 살폈다. 긴 머리를 절반만 틀어 올리고 절반은 풀어헤쳤다. 베시의 수고 덕에 구불거리는 붉은색 머리카락이 탐스럽게 가슴 위로 흘러내렸다.

"뭐, 치장을 어떻게 하든 우리 아가씨는 늘 아름다우시지만."

"칭찬 고마워."

수확제가 시작된 것 때문인지 베시는 평소보다 제법 들떠 있었다.

'나도 축제를 좀 즐겨야 하나.'

어쩌면 마지막 축제일지도 모르는데, 이 순간이라도 실컷 즐겁게 놀까. 그렇게 생각했다가 이내 거울에 비치는 표정을 통제하기 위해 안간힘을 썼다. 정말 축제를 즐길 생각이라면 아무래도 마지막이라는 생각은 하지 않는 편이 도움이 되겠지.

"출발은 조금 뒤죠?"

"응."

"잘 다녀오세요. 무리하지 마시고, 조심하시고요."

"무슨 일이 있겠어? 나는 그저 응원만 하는 건데."

수확제의 첫날을 맞이한 오늘은 낮 동안 사냥 대회가 열린다.

장소는 황실 소유의 서쪽 숲. 사냥 대회에 참가할 수 있는 건 귀족 남성이거나 여성 중에서는 정식으로 기사 작위를 수여받은 사람에 한정되었지만, 그래서 귀부인이나 영애들이 사냥 대회와 전혀 관련이 없느냐 하면 그렇지도 않았다.

'응원단.'

그녀들은 가족이나 연인, 친구, 혹은 가문 기사를 응원하러 대회 장소를 밟았다. 그건 나도 마찬가지였다. 나는 오늘 에시의 활에 우승과 무운을 기리는 손수건을 묶어주기 위해 사냥 대회가 열리는 장소에 참석할 예정이었다. 그게 예의고, 매해 이어진 전통이었으니까.

'처음에는 활을 봐야 한다는 게 조금 걱정이었는데.'

하지만 곧 그 고민은 깨끗하게 해결되었다. 나는 일전에 단순히 활이나 화살을 보았다고 속이 울렁거렸던 것이 아니었다. 과녁을 겨누는 자세를 보고, 그제야 증상이 나타났던 거다.

응원단이 대기하는 장소와 실제 사냥이 벌어지는 숲은 당연하지만 분리되어 있었다. 대회 참가자들이 사냥감을 겨누는 문제의 모습을 내가 직접 보게 될 일은 없을 터였다.

"그렇긴 해도요, 아가씨. 혹시 모르는 일이니까요."

"알겠어."

"다베리 경 근처에서 절대로 떨어지지 마시고요."

"그러고 보니 다베리 경은 나 때문에 대회에 참가도 못 하네."

"저 부르셨습니까?"

언제 나타났는지 문가에 선 다베리 경이 의미 없이 문을 똑똑 두드렸다.

"준비 끝났어요?"

"보시다시피. 그리고 사냥 대회 참가를 말씀하시는 거라면, 저는 괜찮습니다."

"아쉽지 않아요?"

"그다지요. 말 타고 이리저리 뛰어다니면서 짐승 잡아보셨습니까? 그거 그냥 번거롭고 피곤하기만 합니다."

"재미있을 것 같은데요."

"저는 멀리 앉아서 손수건 흔드는 게 더 재미있습니다."

"그렇다면 다행이지만요."

가문의 촉망받는 기사이자 실력자 중 한 사람인 다베리 경은 이번 사냥 대회 참가 명단에 이름을 올리지 않고 응원석에 남기로 했다. 내 호위를 맡아야 했으니 불가피한 선택이었다. 나는 오늘만은 다른 사람과 교대해도 괜찮다고 했지만, 다베리 경이 거절했다.

'설마 사냥 싫다는 거 진심인가.'

기사들은 사냥하는 거 다 좋아할 줄 알았는데. 내 편견인가. 어쨌든 약간 마음이 쓰였는데 저렇게 말해주니 가책이 덜어지는 것도 같았다.

잠시 후 에시까지 출발할 준비를 마쳤다. 대회 장소인 서쪽 숲은 여기서 마차를 타고 한 시간 정도 이동해야 했다.

'수도 중심지에서 고작 한 시간이라니.'

즉 엄연히 노른자 땅에 속한다는 말인데. 오직 사냥 대회 때문에 그런 위치에 숲을 유지하고 있다니.

'역시 황실은 황실이야.'

전생으로 친다면 강남에 숲이 있는 격일까. 그렇게 실없는 생각으로 시간을 보내는 사이 마차가 목적지에 도착했다. 에시의 에스코트를 받아 마차에서 내리는 그때, 에시가 입을 열었다.

"혹시 대회 장소에 들어가서 불편하면 바로 이야기해."

"응?"

"그대로 돌아가도 되니까."

'……아니, 내가 알기로는 안 될 텐데.'

설명하지 않고 넘긴 것이 있는데, 사냥 대회 참가는 의무였다. 모든 가문은 소속 기사를 제외하고 대회 참가자를 각 한 명씩은 내보내야 했다. 여기서 제외되는 건 피치 못할 사정이 있는 경우뿐이다.

예를 들어 아직 집안에 성년을 맞이한 남자가 없거나, 모종의 이유로 남자는 다 죽거나 실종돼서—애도를 표한다—여자만 남았거나. 남자가 있기는 한데 말을 타고 사냥터를 누비기 불가능할 정도로 늙거나 병들었거나. 이런 식의 정말이지 어쩔 수 없는 사연만 참작되었다.

두말하면 입 아프지만, 현시점에 우리 가문은 저 중 어디에도 해당 사항이 없다. 에시는 이세 미성년자가 아니고, 노인도 아니고, 여자도 아니며, 병자는 더더욱 아니었으니까.

'하지만 에시가 그런 걸 신경 쓰지는 않겠지.'

그럼 내가 신경 쓰는 수밖에.

"괜찮아."

고개를 젓는 김에 나는 아무 말이나 덧붙여 봤다.

"그리고 활에 손수건을 묶어주는 거 전부터 꼭 해보고 싶었어."

에시는 답이 없었다. 너무 아무 말이었나.

숲에서 어느 정도 떨어져 조성된 공터에는 이미 사람이 제법 들어차 있었다. 나는 그곳에서 아는 얼굴을 몇 발견하곤 간단하게 인사를 나눴다. 그러고 나니 금세 대회가 시작할 시간이 됐다.

수행원을 양쪽으로 거느리고 나타난 황제가 간결한 축사를 마치자 시종이 요란하게 나팔을 불었다. 나는 에시의 활에 손수건을 꽉 묶었다.

"조심해."

"우승할까?"

조심하라는 당부에 돌아온 것치고는 뜬금없는 말이었다. 나는 고개를 들어 올렸다.

"뭐?"

"우승을 기원해서 묶어주는 손수건이니까."

"……다치는 일 없이 무사하란 의미도 있지."

"그건 당연한 거고."

에시가 나를 지그시 보며 눈가를 접어 웃었다. 웃는 얼굴을 기습적으로 봐서 그런지, 순간 심장이 덜컹 떨어지는 것 같았다. 아, 이렇게 가까이서 갑자기. 제길, 방심했다. 나는 일부러 손수건이 제대로 묶였나 확인하는 척 시선을 피했다.

"하고 싶다고 해서 마음대로 하고 그럴 수 있는 거야, 우승이라는 게?"

"그래서, 할까?"

"마음대로 해."

나는 에시에게 승부욕이 많았던가 잠시 고민했다. 그러는 사이 에시가 활을 둘러메고 말에 올라탔다. 나는 시야가 훌쩍 높아진 에시를 따라서 고개를 들었다가 이내 다시 떨어뜨렸다. 해 때문에 눈이 부셨다.

"위드그린 공작."

귀에 익은 듯 낯설지 않은 목소리가 들린 것은 그때였다.

"전하."

나는 손 그늘을 만들어 햇빛을 가렸다. 백마를 탄 황태자가 이쪽으로 가까워지는 것이 시야에 들어왔다. 그리고 나는 그 모습에 찰나 깜짝 놀랐다.

'뭐가 저렇게 잘 어울려?'

황태자와 백마가 놀라울 정도로 환상의 궁합이었기 때문이다.

'저래서 백마 탄 왕자님이라는 말이 있는 건가?'

시종의 감각인지, 황태자 본인의 안목인지는 몰라도 어쨌든 완벽한 선택이라고 해주고 싶었다. 반면 에시가 타고 있는 말은 흑마였다. 갈기도, 털도 온통 흑옥처럼 짙고 윤기 흐르는 검은색이었다. 덕분에 황태자가 거리를 좁힐수록 흑과 백의 대비가 선명하게 이루어졌다.

그건 나만 느낀 감상이 아니었는지 주변에서 소음처럼 작게 수군거리는 소리가 들렸다.

"흑기사와 백기사 같은걸요."

"저는 흑왕자와 백왕자요."

'그건 또 뭐야.'

"전 천사와 악마 같아요."

마지막 말에 나도 모르게 고개가 돌아가려는 걸 참았다. 누군지는 몰라도 날카로운데. 알고 말한 것은 아니겠지만, 역할만 놓고 보면 보편적으로 정의로운 남자 주인공과 무자비한 악당이었으니까.

'사이에 두고 대립할 여자 주인공은 사라진 상황이지만.'

그렇게 생각할 때 황태자가 먼저 운을 뗐다.

"오늘 사냥 대회는 작년보다 훨씬 즐겁겠군요."

가벼운 인사말을 건네듯 여상한 목소리에 평범한 내용이었다. 그런데 고작 그 한마디에 뒤에서 술렁이듯 탄성이 터졌다.

'왜?'

아…… 그런 건가? 유명 연예인이 한마디 던진 기분? 그럴듯하군.

"뭐든 경쟁자가 있어야 재미있는 법이니 말입니다. 공작도 그렇게 생각하지 않는가요?"

"과분하게 봐주시는 말씀입니다."

"흠, 이런 걸 두고 마음에도 없는 답이라고 하면 되는 건가."

"……."

"좋아요. 그래서 나는 기대하는 게 좋겠습니까, 아니면 긴장하는 편이 좋겠습니까?"

"어느 쪽이든 실망하시는 일은 없을 겁니다."

두 사람의 대화에 나는 문득 둘이 이번 사냥 대회의 유력한 우승 후보라는 사실을 상기했다.

'여주인공이 없어도 대립하기는 대립하는구나. 우승을 두고.'

물론 이런 것이야 한시적인 대립에 지나지 않겠지만 말이다. 잠시 의미심장한 공기를 강조하듯 침묵이 흘렀다. 이내 황태자가 소탈하게 웃음을 터뜨렸다.

"그럼 난 둘을 동시에 하는 편이 좋겠군요. 무운을 빌죠, 공작."

"전하께도 무신의 가호가 함께하기를."

그다음 순간 황태자와 눈이 마주쳤다는 느낌이 들었다. 워낙 스치듯 찰나였던지라 완전히 확신할 수는 없었지만 말이다.

그때 시종의 나팔 소리가 재차 허공을 감랐다. 황태자는 에시에게 사냥터에서 다시 보자는 말을 남기고 말고삐를 당겨 먼저 숲으로 향했다.

에시는 말머리를 돌리기 전 나를 쳐다보았다. 이건 확신할 수 있을 정도로 길게 눈이 마주쳤다.

"……."

햇빛이 강해서 그런 척하며 헛기침과 함께 눈꺼풀을 내리깔았다. 얼굴이나 귓가가 붉어지지는 않았겠지.

뒤이어 에시가 말을 출발시켰다. 그렇게 공터에 있던 참가자들이 하나둘씩 숲으로 모습을 감추기란 금방이었다.

이전과 비교하면 눈에 띌 만큼 한산해진 공간에서 수군거림이 또렷하게 들렸다.

"누가 우승할까요?"

"저는 어느 쪽이 우승하든 좋아요. 양쪽 모두 응원할 거예요."

"영애는 영애 가문 기사를 응원하셔야죠."

"가망도 없는 일을 해서 뭐 하나요?"

'냉정해.'

"그나저나 두 사람이 경쟁한다면, 오늘 숲의 짐승은 그야말로 씨가 남아나질 않겠는걸요."

"하지만 짐승들도 저 두 분께 사냥당한다면 영광일 거예요. 아, 짐승이 되고 싶어라."

"하아, 저도요."

"네? 그건 좀……."

황태자와 에시의 인기를 다소 미묘한 방식으로 확인하고 있을 때였다. 잠깐 자리를 비웠던 다베리 경이 짐을 가지고 다시 돌아왔다. 깔개, 양산…… 바구니?

"바구니는 뭐예요?"

"왠지 한눈에 느낌이 오지 않으십니까?"

"음식 냄새가 나는 것 같은데요."

"바로 보셨습니다. 간단한 샌드위치와 과일입니다."

"베시가 그런 것도 싸줬어요?"

꼭 소풍이라도 나온 기분이네.

나는 슬슬 적극적으로 대화의 꽃을 피우며 내게도 하나둘 말을 걸기 시작하는 사람들 틈에서 벗어나 다소 구석진 곳으로 이동했다. 여럿에게 둘러싸여 수다를 떨기보다는 좀 한가롭게 앉아 있고 싶었다. 곧 적당히 인적이 없는 곳을 찾아 자리를 펴고 바구니에서 과일을 꺼냈다.

그렇게 한적한 곳에서 한가한 손길로 방울토마토를 집어 입에 가져가려던 때였다.

'응?'

무심코 눈길을 준 숲 안으로 웬 남성복을 입은 작은 체구가 들어서는 것을 목격했다.

'하인인가?'

대회 참가자라기에는 말을 타지 않았고, 잠깐 본 것이지만 활도 들고 있지 않은 것 같았다. 그리고 무엇보다 성인 남자라고 보기엔 믿기지 않을 정도로 몸집이 작고 가냘팠다. 잘 쳐줘야 십 대 중반 소년 정도?

'하지만 대회 진행을 도울 하인이라면 진작 숲에서 대기 중이라고 들었는데.'

이제 들어가다니. 지각생인 걸까? 과연 지각생이란 때와 장소를 막론하고 언제나 있는 법이었다. 나는 그렇게 생각하다가 곧 이상함을 눈치챘다.

'눈에 익어.'

잠깐 본 모습이 눈에 익어도 너무 익었다. 고작 스치듯 목격한 것만으로도 이렇게 유난스럽게 신경을 잡아끌 만큼.

'어디서 봤더라?'

그리고 나는 곧 그 이유를 알아차렸다. 머리 색. 방금 시야에 들어왔던 머리는 붉은색이었다. 그것도 그냥 붉은색이 아니라, 염색에 실패한 듯 어딘지 미묘한 기운이 감도는 애매한 붉은색. 나는 저것과 똑같은 색을 불과 며칠 전에 본 적이 있었다.

'에이린!'

손에 들고 있던 방울토마토가 또르르 굴러떨어졌다. 입이 떡 벌어졌다. 그러고 보니 머리의 모양과 길이도 딱 맞아떨어졌다. 시장 골목에서 에이린을 발견하고 도와주었던 날, 그녀가 떨어뜨렸던 그 가발이 분명했다.

'저런 빨강인 듯 빨강 아닌 빨강 같은 색이 또 있을 수는 없어.'

그렇게 생각하고 보니 뒷모습도 영락없이 에이린이었다.

'에이린이 왜 사냥터에?'

속단하지 말자. 아직 확신하기는 이르다. 확률적으로 드물 거라고 생각하긴 하지만 어쩌면 그저 우연의 일치일 수도 있었다.

"아가씨? 어디 가십니까?"

나는 다베리 경의 의아해하는 목소리를 뒤로하고 가장 가까이 있는 황실 관계자를 붙들었다. 시종 차림을 한 중년인이 내 부름에 순순히 고개를 돌렸다.

"무슨 일이십니까?"

"묻고 싶은 게 있는데요, 혹시 오늘 사냥 대회에 동원된 인력 중에 붉은색 머리를 지닌 하인이 있나요? 이것보다는 조금 흐리면서 탁한 색인데, 키는 이 정도고……."

"없습니다."

"확실한가요?"

"오늘 동원된 인원에서만 볼 것이 아니라, 황실 사용인을 전부 뒤져 봐도 그런 외양의 하인은 제가 알기로 없습니다."

그 수많은 하인의 머리 색을 전부 기억하고 있기라도 하는지 시종은 망설이는 기미조차 없이 단호했다. 하긴, 그럴 만도 하다. 붉은색이 그렇게 쉽게 볼 수 있는 머리 색은 아니긴 하지. 나만 하더라도 지금껏 바깥에서 나와 비슷한 적발을 발견한 기억이 손에 꼽았다.

"왜 그러십니까? 어떤 문제라도?"

"……아니에요."

나는 시종에게 고개를 젓고 물러났다.

'큰일 났다.'

이로써 내가 목격한 사람이 에이린일 확률이 두 배는 껑충 뛰었다.

'이걸 어쩌지.'

시종의 기색이나 주변의 반응을 보아 에이린—으로 확신에 가깝게 추정되는 사람—이 숲으로 몰래 들어가던 걸 본 건 나뿐인 것 같았다.

'혹은 봤어도 관심을 안 두는 중이거나.'

하긴, 나도 에이린일 가능성이 있다는 걸 몰랐다면 이렇게 신경 쓰지 않았겠지.

'정말 어쩌지?'

"아가씨, 무슨 일 있으십니까?"

그때 다베리 경이 지척까지 따라와서 말을 걸었다.

"……다베리 경."

"예?"

"숲은 보통 위험하겠죠? 그것도 맹수를 포함한 갖은 짐승이 뛰노는 숲이라면 말이에요. 힘없는 소녀가 단신으로 들어갔다가 자칫 비명횡사할 확률이 얼마나 된다고 생각해요?"

"사냥터에 들어가고 싶으십니까?"

에이린이 왜 님징끼지 헤기며 숲에 들어갔는지 그 이유는 알지 못한다. 그렇지만 한 가지는 정확히 알았다. 사냥이 진행 중인 숲은 꼭 눈먼 화살이 아니더라도 어린 소녀에게는 충분히 위험한 장소라는 걸.

천운이 따른다면 아무 일 없을지 모르지만, 반대로 조금만 운이 보태주지 않아도 에이린은 크게 다치거나 혹은 그보다 최악의 상황을 맞이할 수도 있었다.

나는 길지 않은 고민을 마치고 입을 열었다.

"그러고 싶다면, 들어갈 수 있을까요?"

2권에 계속…